漫娱文化
异界幻想系列

天醒之路 1

蝴蝶蓝 作品

长江出版社
漫娱文化

序

《天醒之路》终于也出版了，编辑让我写点什么。有关这本书，真是有挺多想说的，多到有些想说的，都记不清了。

对我而言，这本书是一个全新的开始。从游戏类型跳到玄幻，写作用语、措辞方面的不合适，挺早就和大家分享过了。不过那仅仅是一个开始，在之后的写作过程中，还有许多这样那样的新问题、念头不断地出现着。

这实在是一件……很有趣的事。

是的，有趣。

写书于我而言，一直以来都是很有趣的一件事，因此我才走上了这条路，并在走过十一年后，还时常津津有味地回忆初入门径、乐此不疲的那个阶段。

不可否认，如今的我，已经不像最初那样兴致勃勃。

《全职高手》里叶修说，荣耀再玩十年也不会腻，我让他这样说，就是因为我清楚，无论是爱好还是什么，能坚持十年，都是极其罕见不易的，能在十年之后再十年，是我在虚构的人物身上才敢赋予的。

那时我就在想，自己呢？

然后我就写过了十年、十一年，接下来会是第十二年。

写书依然是我每天在做的事，我不像最初那样有激情，但我发现，我已经离不开它。讨论喜欢不喜欢什么已经失去意义，这就像是老夫老妻，已经成为各自生活的一部分。

而每个人，大概都期待生活可以有趣一些，不要那么枯燥乏味。

所以我很庆幸我写了《天醒之路》，很庆幸做改变和尝试。有了各种各样的问题和变数，乏味就会离你远去了。

写天醒，很有趣。

希望大家看着也会觉得有趣。

然后我继续有趣地写下去，大家继续有趣地看下去。我的写作不会乏味，而你的生活也多那么一点点调剂。

谢谢大家。

蝴蝶蓝

2016 年 10 月

CONTENTS

目录

Chapter 1

◆ 摘风废物 ◆

“我们要去哪？”小女孩问道。

“不知道，总之要活着。”

厚厚的积雪，将小男孩的双腿整个陷在当中。他艰难地移动着，每向前一步，都有金属碰撞的声音,他的双手双脚赫然被铁链锁在了一起。雪花如刀一般卷到他脸上，他没有闪避，也无处闪避。他就这样昂着头，连眼都没有眨一下，拖着锁链，背着小女孩，毅然地向前走着。

“我有点冷。”小女孩说。

“我也冷，一起冷。”小男孩说。

“好吧！”小女孩同意。

两人身后，深深的脚印落在这无垠的雪白当中，隐隐可见一道红色。

脚印的尽头，下的不是雪，是血。

鲜血染红了这里，每个倒下的人都带着一副惊讶恐惧的面孔，仿佛看到了什么不可思议的可怕事情。

大雪落下，悄然覆盖着这一切。

三年后。

“路平，起床上课。”

“再睡五分钟。”

“给我起来！”

哗！阳光洒下，照遍路平全身。

“啊！！！”惊叫声顿时响彻云霄，将路平的睡意彻底击碎，之后是苏唐摔门而出的怒吼：“什么条件啊你玩裸睡？！”

“裸睡还需要什么条件啊？”路平嘟囔着，总算起来了。这一站到地上，狭小的房间顿时显得更加拥挤。路平一边随手拿过床头的衣物穿戴，一边注视着被苏唐怒摔过的那道破门。

嘎吱，嘎吱，破门颤巍巍地摇晃着，路平一脸不忍地闭上了眼。

咣……门到底还是直接坠了下来，可怜地倚在了墙上。

“真是个怪力女。”路平感叹着，却根本没去理会那门，上衣搭到肩上，就这么赤着上身，推开窗户一跃翻出。

天空蔚蓝，阳光灿烂，小屋的窗外是一片花圃，散发着阵阵芬芳。路平走在这片芬芳之中，东张西望，终于眼前一亮。

“在这里了！”路平兴高采烈地走上前，弯腰拿起了浇灌花圃的水管，毫不客气地朝自己的头上浇下。引自峡峰湖的冰凉山泉让路平一阵清爽，驱走了最后一丝睡意。就这样洗漱了一番后，路平随手把水管扔到了一旁。

一声尖叫，再次直击他的耳膜。

“路平！！！”负责摘风学院二十二片花园林景的园艺大师莫森，怒气冲冲地站在花圃边。

“哦，是莫老师，早啊！”路平好像完全没有察觉到莫森的怒气。

“我的睡火莲！”莫森咆哮着，六魄共计十七重天、冲之魄贯通的强者，释放出的杀意连花圃里的昆虫都感受到了，身后林荫大道两旁郁郁葱葱的林间更是惊起飞鸟无数。

路平却还是毫无知觉的模样，一脸诧异地问道：“在哪？”

“在你的脚下……”

“啊？”路平低头移脚，果然看到一株含苞待放的睡火莲被他踩得不成模样。这睡火莲本就是非常名贵的品种，从水中移植到陆地更是十分不易，现在却被路平踩成了一个包子。

“给我滚出来！”莫森看到那包子一般的睡火莲，心疼得要命，连生气都顾不上了，急急忙忙冲进花圃趴到了睡火莲跟前，小心翼翼地检查起了它的根茎。

“它没事吧？”路平蹲身凑过头来，很是关注。

“消失，或者死！”莫森的杀意已经蓄势待发了。

“我消失。”路平连忙退下。摘风学院著名的林荫大道上，正看到苏唐气鼓鼓地迎面走来，路平扬手打了个招呼。

“你……”苏唐一愣，没明白路平怎么反倒出现在自己前方，但是目光转向小屋那边，看到莫森老师撅着屁股可怜兮兮趴在地上的模样，顿时明白过来。

狠狠地瞪了路平一眼，苏唐连忙走到莫森老师身旁。

“莫森老师，他不是故意的，有什么我能帮忙的吗？”

莫森站起身，顾不上掸去身上的泥土就先长出了一口气。睡火莲的根茎无碍，他的气也算是消了大半，毕竟这种事已经不是第一次，他真的有些麻木了。这次若不是珍贵的睡火莲被踩，他可能连发火的力气都没有。路平这一路穿过花圃，踩坏的花草可不只这一株睡火莲，但其他的莫森看都没看一眼。

对于苏唐的解释，莫森更是深感无奈。那个臭小子，当然不是故意的，他压根就没有在意过，哪来的故意还是有意？只是难为了苏唐这个好孩子，总要为那个烂泥扶不上墙的家伙收拾烂摊子。

不值啊！莫森真心为苏唐感到不值，不只他，摘风学院上上下下，大概只有那些嫉妒苏唐才能的人才会乐于看到她被路平拖累。如果没有路平，苏唐可以更加全身心地进行修炼，以她的才能，此时的境界……一想到此，莫森依稀察觉到了什么，已贯通的冲魂魄力流转，双眼突地闪过一丝光亮。

“六重天？力之魄六重天！你的力之魄已经突破到了六重天？”莫森几乎就要语无伦次了。六重天，这是单魄修炼的顶峰。苏唐现在才十五岁，进入摘风学院修炼了才三年，但现在就已将力之魄练至了六重天，这在摘风学院校史上是绝无仅有的。至于莫森自己，他达到六重天境界的是冲之魄，前前后后用了快七年时间，就这，已经比许多人优秀很多，让他一直引以为傲。可是现在和苏唐一比，他落后了苏唐整整一倍还多，而且他可记得，他当时修炼可是专心致志，没有一个像路平这样麻烦的家伙需要他去分心理会。

“了不起！力之魄六重天，你居然这么快就达到了！”在看到苏唐点头确认后，莫森终于从震惊中回过神来。就在这一瞬，他也猛然下定了决心。这样出色的资质和才能，真的不能眼看着被耗费掉。

“苏唐，回答我一个问题。”莫森的神情忽然变得无比郑重。

“是。”苏唐看着莫森郑重的神情有点奇怪，但并没有表现出来，只是恭敬地应了一声。

“如果有一天,你的父亲和母亲同时掉到水里,只能救一位,你救哪一位？”莫森说。

苏唐一愣。

“我知道你是孤儿，这只是假设。”莫森说。

“可这个问题……”

“这个问题很混账是不是？”莫森说道，他的目光转了转，有意将那边站在路旁的路平捎了进来，“但你有没有想过，我们的人生，有时无法避免地就会遇到这样残酷的选择，你没有退路，你必须有所舍弃。犹豫或是模棱两可，只会导致更加不幸的结果。”

苏唐沉默，她已经明白莫森老师为什么要问这样一个问题，也很明白莫森暗示的是什么。进入摘风学院三年以来，从导师到同学，有太多人劝过她远离路平，因为路平是那样的一无事处，苏唐却是这样的聪明优秀，路平会是她的负累，越来越沉重的负累。

可事实上，你们都搞错了呀！而且就算是你们想象的那样，自己也绝对不会为了前途抛开路平的。这一点，苏唐毫不犹豫。

“你们的人生，从进入摘风学院那一刻起，注定会走向不同。”莫森继续说着，他没有刻意压低音量，而是有意想让身后不远的路平听到。他知道苏唐和路平的感情，这两个孩子是从小相依为命的孤儿，是院长三年前外出时将他们带回了学院。

整个大陆，有四百多座学院，每一座都是足以改变一个人一生的修炼学府。学院本身都有很严格的挑选机制，有机会进入任何一座学院的人，都会奋发努力，无论最终成就如何，终归会把自己的人生推向一个新的高度。可路平却是个例外，入院三年，两次例行的年度大考都没有通过，连续两年留级，至今还只是一个一年级生。根据摘风学院的院规，三次年度大考不过的学生，就要被逐出学院。

摘风学院这条校规已经称得上是非常仁慈宽容了。换作是其他任何一家治学严谨的学院，路平这样的家伙在一个月内就会被逐出了。眼下第三次年度大考临近，莫森这双冲之魄贯通后可以查看魄之力存在的双眼，从路平身上看不到丝毫通过的可能。

路平如果被逐出学院，苏唐呢？直觉已经给了莫森答案。如果要苏唐做出一个残酷的舍弃，她会抛下的绝不是路平，从苏唐的双眼中，莫森已经看出了这份坚决。

这让他更加欣赏苏唐了，虽然苏唐远离路平是他十分愿意看到的结果，但如果这真是苏唐自己的选择，他真的会有一些失望。而现在，他从苏唐身上看到的不只是天分和努力，还有优良的品性。

这一切，他希望路平也能看得到。他希望路平好好想一想苏唐为他牺牲了多少，好好想一想他应该怎么做才是为苏唐好。莫森转过身，直视着林荫道旁的路平。

苏唐这时也意识到莫森老师这些话实际上全是说给路平听的，她笑了，躲在莫森的身后，向路边的路平偷偷做了一个鬼脸。

“嗯！”路平很用力地点了点头，“莫森老师教导的是。苏唐，你听到了没有？你一定要继续加倍努力，只有这样，当你面临这种残酷混账的选择时，才能有实力做出完美的选择，无论什么，都绝不舍弃！”

莫森的神情瞬间冰冷起来，路平那郑重其事的面孔，在他看来简直犹如魔鬼一般。他错了，他居然对路平的品性抱有幻想，这个恬不知耻拖累了苏唐三年、只知汲取不知付出的家伙，早就打定主意要死缠住苏唐了吧？他是将自己的希望建立在对苏唐的摧毁上，真是个彻头彻尾卑鄙无耻的吸血鬼、寄生虫。

杀意！莫森心底真正扬起了杀意。这个卑鄙的家伙，真以为所有人都对他无可奈何吗？不，那只是因为大家对他总还是抱有一线希望。在莫森看来，摘风学院宽容的校规，落在这家伙身上简直就是一种浪费，这样的人渣，根本没有生存的必要。

杀意稍露即逝，这一次，虫鸟都没有被惊动。因为这次莫森是真下了决心，而不只是宣泄一下愤怒。杀意很快就被他掩藏了，他可没打算立即动手，为了苏唐，他决心还是要给路平一个比较体面的死法。

“行了，你们去吧。”莫森摆了摆手，示意两人离开。

“莫森老师，从窗口到这边的路……”苏唐又提起了这事。

“那等他能通过这次大考再说吧！”莫森说道。

“好的，谢谢莫森老师。”苏唐高兴地跳出了花圃。

莫森望着她和路平渐渐走远，转回身，看着脚边那株被踩成包子的睡火莲，一挥指，花蕾已从花茎上滚开，只留下齐齐的切口，渗出火一般的红色茎汁，仿佛鲜血一般，浸入泥土。

“莫森老师真是挺关心你的。”走在林荫道上，路平对苏唐说着。

“是的，莫森老师是个好人。”苏唐说。

“非常好。”路平说。

“所以，你以后能不能少踩点他的花啊？”苏唐说。

“其实我是有分寸的，帮他踩掉的都是杂草。”路平说。

“睡火莲也是杂草？”苏唐斜眼看过来。

“说不定哦！”路平的目光像是躲避苏唐似的，又朝着花圃那边扫去。

两人边走边聊，一路上引来其他学生，甚至导师的目光都不在少数。他们两位，在摘风学院那可是鼎鼎有名的鲜花与牛皮糖组合。原本大家是想说鲜花与牛粪的，但后来有一位高年级的学生坚决不同意，他认为牛粪虽然恶心丑陋，但对花朵来说至少还是养分。倒是牛皮糖，黏糊糊的一团扯不开，对鲜花来说毫无用处，这才是更恰当的形容。

有的人觉得牛皮糖形容路平太过美化了，也有喜爱牛皮糖的人士认为这是对牛皮糖的诋毁和中伤，但不管怎样，这个叫法被传开了，最终人们也只能接受这个设定。

这样的目光，路平和苏唐都已经习惯，没有太在意。不知不觉间，两人沿着林荫大道就走到了摘风学院的主楼——摘风楼。

摘风楼共六层，一到四层分别是学院一年级到四年级的课室，五层归学院导师使用，六层则是院长亲自坐镇，据说学院很多名贵的典藏书籍、神秘功法都收藏于此。

路平抬头望着这学院第一高楼，久久无语。

“无缘无故，我怎么就走到这儿来了？”他嘟囔着。

“你都多久没来了？偶尔也该露露面吧？”苏唐说着。

“好吧……”路平一脸勉强，总算是跟着苏唐进了楼。

一层，明亮的大堂。

左边墙壁的最左侧，悬挂着摘风学院的院规，内容相当简略，真正有被学生熟知并重视的，也只有大考不过留级、三次不过逐出学院这一条。如此宽厚简略的院规，完全基于摘风学院创立初期院长便立下的八字院训，此时就悬挂在院规的一旁：严于律己，宽厚待人。

这八个大字，便是摘风学院一直以来所贯彻的院风。不过这个“一直”也不能算很久。在八字院训的另一旁，挂的就是摘风学院的院史了，内容比院规还要简略。

整个大陆有明确记载的学院共四百四十二座，摘风学院在其中不算太差，但肯定和历史悠久扯不上边。有资格称历史悠久的，只有四大学院。摘风学院的院长本人便是四大学院之一——玄武学院——第三百二十七届的毕生生。离开玄武学院，院长在外游历多年后，回到家乡创办了这所摘风学院，迄今已经过去二十四年，院长大人郭有道现在就坐镇在摘风楼六层。

左边墙壁，是院规、院训和院史；右边墙壁上，罗列着学院二十四年涌现出的优秀人才。当中有导师，也有学生，有些还活着，有些已经死去。这其中要说名动天下的，一个都没有，比较让学生们津津乐道的倒有四位，他们的共同之处就是从摘风学院毕业后，被推荐继续深造，最终都进入了四大学院。

同是学院，就是有着这样的天差地别。谁都知道这片大陆数百年间涌现的名人豪杰，有太多太多都是出自四大学院。

四大学院，注定不凡。进入四大学院的四名摘风学生，日后肯定不会再以摘风学生的身份出现。即便如此，仅仅是能进入四大，就已经被认为是成就和殊荣，被认为是摘风学院所培养出的最有前途的四人。

大厅左右墙上的内容，学生们早已经看熟，很少还会有人驻足。苏唐沿楼梯准备去三层三年级课室，忽然就察觉身边没了人，扭头一看路平在一层就要转去课室了。

“你去哪儿？”苏唐忙叫。

“我是留级生嘛，当然去一年级课室了，你走你的。”路平挥挥手。

“你只是懒得上楼吧……”苏唐无语。摘风学院院风自由，一年级生就算想去听三年级的课，也不会受到任何阻碍，但路平已经随便找了间一年级的课室就钻了进去。

课室里学生坐了不少，路平对当中很多人来说是个生面孔。有如此自由随意的校风，大家也习惯了不把生面孔当回事。但到底还是少数人仔细确认后，终于认出:“路平？”

“那是谁？”有人还是不知道。

“牛皮糖路平！”

“哦哦哦！”一带上这个绰号，顿时人人皆知。所有人的目光中都带着惊奇，各种鄙视也接踵而至。

“就是那个一直抱着苏唐学姐大腿的路平啊！”

“对，连续两年大考不过，现在还是一年级生，咱们的同级生哟！”

“就是因为自己没有才能，所以才会死命地抱着苏唐学姐的大腿不放吧？”

“真是无耻啊！”

“想到他今年居然要和我们一起大考就有点恶心呢！”

“不过这就是最后一次了。”

“苏唐学姐终于可以摆脱这个恶棍了。”

各种冷眼，各种鄙视，毫不避讳路平，就在当面嘲讽。路平却好像没听到一样，在没人的角落挑了一个靠窗的座位坐了下来。

上课的钟声敲响了。导师还没有来，但课室里立即安静下来。每个学生都回到了自己的座位，开始静心打磨自己的魄之力。

摘风学院的课时安排，据说是院长从“四大”之一的玄武学院带回的先进经验。他们这些普通学生恐怕一生都难有机会摸到“四大”的门，对于这种据说是源于“四大”的东西都珍惜得紧，一听钟声敲响，立即就把时间一点都不浪费地用在修炼上了。

不大会儿，导师罗唯来到课室。学生们珍惜时光的态度让他十分满意。不过就在课室的最角落，他看到一个孤独的身影，若有所思地望着窗外，显然心思没放在修炼上。

罗唯盯了这边许久，希望那个学生有所察觉，结果这位愣是没回过头来看他一眼。罗唯心下有点来气，正准备亲自上前提醒一下，那学生总算舍得把头扭过来了。

一看到这家伙的正脸，罗唯自己就把头扭到一边去了。路平，是那个废物……

长年不见人，今天居然出现在了自己的课堂上，但罗唯一点都不觉得荣幸。什么“朽木不可雕”、“烂泥扶不上墙”一类的形容简直就是为路平量身定做。罗唯觉得跟他多说一句话都是浪费自己的时间，有这精力，不如多关心一下其他孩子。

目光回到其他认真努力的学生身上，罗唯心情变好不少。这些孩子，或许没有什么惊人的天赋和才华，但是至少他们懂得努力，懂得珍惜这得来不易的机会。摘风学院宽容的院规，就是为了让这些孩子得到更多的机会，结果倒是让那路平趁机当了寄生虫，真是想想就觉得恶心。

冷冷地又瞥了路平一眼，罗唯再不去想他，转身在课室的教板上，写下了六个大字：冲、鸣、气、枢、力、精。六个大字排成了一圈，圈中空出了一块，但这六个字，却好像在指向这个空白。

学生们精神一振，他们已经意识到导师要讲什么了。这内容，虽然他们还没有开始正式涉猎，但因为摘风学院的自由开放，从高年级学长，或是高年级的课堂上，大家多少听到过一些。而现在，他们终于要真正接触到了。

在所有学生期待的目光中，罗唯微笑着，在六字圈的空白处写下第七个字：英!

七魄，便是他们这些修炼者制造力量的本源。但在进入学院的第一年里，所有学生受到的教导，开始感知的魄之力，都只是冲、鸣、气、枢、力、精这六魄。

第七魄是什么？为什么修炼课程中从来没有？这个问题学生们都好奇，从一些渠道也听说了一些理论，但终归也比不上最熟悉他们的导师正式讲解来得确切。

“第七魄，英之魄！”罗唯指着教板上说道，只看这被六魄围绕在正中的格局，已知这第七魄的重要性。学生们兴奋地保持着安静。

“之前六魄是什么，相信大家现在都已经有了清晰的认知。”罗唯说道。

学生们点头。

六魄，实际上对应的就是人的六感。眼、耳、鼻、舌、身、意，这六种感观渠道，便是六魄，每一魄的修炼都分六重天的境界，总计三十六重天。一魄二重天，或是二魄一重天，总计都属二重天的境界，但是一个二重天的境界，却比两个一重天的境界强大太多，修炼起来也更艰难。

目前的一年级生，修炼的主要内容就是感知到魄之力，无论哪一魄，先捕捉到这种力量的存在便好，并不要求能达到什么境界。

这一步，一年级生基本都能实现，有不少人还能感知到多个魄之力。但要说突破境界达到一重天，那就极为少见了。

“在咱们这里，人人都已经感知到了魄之力，像伯用同学这样出色的，甚至感知到了五种魄之力，第二魄鸣之魄更是已到了突破至第一重天的程度，非常了不起。”罗唯继续说着，被他点到名的伯用，露出几分得意的神色，其他学生也纷纷投来羡慕嫉妒的目光。

“但是，即使像伯用同学这样优秀，修炼接触到英之魄也为时尚早。”罗唯的话却在此时突然一转。

“那么我们为什么还要这么早提到英之魄呢？因为英之魄是未来，是冲、鸣、气、枢、力、精这六大魄之力，修炼达到六重天境界后最终的指向。”罗唯一边说着，一边将教板上的六大魄之力逐一圈了起来，连续用六个箭头指向了英之魄。

“经魄贯通，这个名词，我想大家或许也有耳闻。所谓经魄贯通，就是指六魄与英之魄之间的打通，而想实现这一点，有一个先决条件，那就是，六重天！”罗唯说着，又在每个箭头上，都标识了一个六。

“只有先将某一魄之力修炼到六重天的境界，才有可能和英之魄实现贯通。而当实现经脉贯通后，我们的能力就会进入一个全新的领域。”罗唯说。

“那是什么呢？老师！”有学生急切地问着。

“老师接下来就给大家演示一下，大家应该都知道老师是一位冲之魄贯通者吧？”罗唯说着，已经徐徐闭上了双眼，再睁开时，双眼已经蒙上了一层淡淡白光。

“哇！”学生们顿时开始惊叫，罗唯脸露微笑，抬眼随意一扫后，开口道：“原敏同学，今天只带了三包零食吗？可能有点不够吧？”

“啊？”被叫到名的原敏一愣，不知道导师为什么会说到这事，其他同学转头望向她也是一头雾水，零食？什么零食？

“康德同学，你的衣服扣子是不是扣错了？不，我不是说你的外套，而是你那件米黄色马甲的第四颗纽扣。”

所有同学又看康德，米黄色马甲？哪里有穿？可当康德惊讶地脱下外套后，所有人都看到，外套底下确实是一件米黄色马甲，第三颗纽扣，被扣错到了第四个扣眼里。

“老师……”伯用不愧是这里最聪明的学生，第一个反应过来，惊讶地望向罗唯眼中的那抹白光。

“是的，这就是老师冲之魄贯通后所拥有的新能力：透视！所以老师能看到原敏同学放在桌子下面的零食，能看到康德同学穿在里面的马甲，嗯？”罗唯说到这时，神色忽然一变，他原本想顺势再透视几样东西加强说服力，可当目光转到右边墙壁时，却看到课室外一个鬼鬼祟祟的身影，正小心翼翼地贴着墙壁移动。

是谁？罗唯心念一动，连忙就要强化透视的效果，但是眼角的余光中，却捕捉到了一个微微扬起的嘴角。没等他强化，说话的声音已从那个嘴角传出。

“莫森老师，这么巧啊？”

莫森？是莫森？罗唯的透视终于完成强化，那一圈墙壁在罗唯眼中顿时有如玻璃一般彻底透明，他清楚地看到墙外，果然是莫森，对方正一副惊慌失措的模样。

说话的人呢？是路平？！

路平正趴在窗上，半个头伸到了窗外，嘴角如罗唯刚刚余光所看到的那样扬起了一个弧度，微笑着，和莫森说着话。

居然被发现了！莫森满脸的羞愤。在路平和苏唐离开后不久，他就悄然跟了上来，他准备了解一下路平的行踪，好伺机下手。

但是现在，还没探听到什么呢，居然就被发现了，而且是被这个废物发现的。

莫森一张老脸涨得通红，原想自己虽然是个园艺师，但料理这么一个废物根本费不了多大劲。现在看来，跟踪、窃听这一类的勾当，自己确实非常不专业。

真想直接动手啊！看着窗口探出来的那张令人生厌的笑脸，莫森很想直接捏爆他的头。

可是他不能。他毕竟是个导师，路平毕竟还是摘风学院的学生，更关键的是，他做这些是想为苏唐扫清障碍，他不想给苏唐的心里留下这样的阴影。最好的，除掉这个废物的方法，是一个意外。

怎么能弄出一个意外呢？莫森马上就有了新的苦恼，他发现这事真不如他想的那么简单，作为一个园艺师，制造意外来杀人，他一点思路都没有。

“莫森老师。”正发呆，忽然前边窗口探出半个身子，叫着他的名字。

哎哟！莫森的脸顿时更红了。自己居然走神，居然在发呆。如果路平真是一个敌人，一个对手，自己已经死了不知多少遍了！不过，声音是从前方传来，莫森往前边一看，是罗唯从窗里探出身来喊他，正一脸疑惑。

“哦，是罗唯老师啊！”莫森突然一下子就轻松释然起来。怪不得呢！他想着。

罗唯和他一样是冲之魄贯通者，不过两人最终修炼出的技能却不相同。他的技能，叫做检视，可以查看生命体内部的一些生命迹象。所以他可以看出睡火莲虽然被踩坏了花蕾，但根茎内部的生长体系并没有损坏，也可以看出苏唐体内突破到六重天境界的强劲力之魄。

而罗唯的技能是透视，那么自己在外面被发现也就不难理解了：是罗唯透视后先发现了自己。路平则正在自己身边的窗口，自然要探出头来看一看了。

“莫森老师，您有什么事吗？”罗唯脸上写满了奇怪，对于之前看到的——莫森的慌张和尴尬感到不解。

“没什么事，只是路过，我正要往……嗯……那边去……”莫森不是暗杀者，不是追踪者，甚至连一个说谎高手都不是。原想随便扯一个目的地，结果话到嘴边大脑却是空白，熟悉的摘风学院，到了要说谎的时候，愣是一个地名都说不上来。

“哦，那您，慢走……”罗唯依旧没有收起疑惑，但他对莫森是非常信得过的。肯定有什么原因吧？以后有机会再问好了，他这样想着。

“莫森老师再见。”路平也向莫森道别。

“嗯，会再见的。”莫森酷酷地答了一句，背着双手，假装从容地走开了。

“我们接着上课。”罗唯回到讲台，莫森的事就暂不去想了。但是路平却还是趴在窗口，看着莫森想走快又不敢太快，想回头又害怕不自然的别扭样，终于忍不住“噗”一声笑了出来。

“路平，你笑什么？”刚讲了几句就又一次被打断，罗唯实在忍无可忍，点了一下这个他压根就不想去理会的名字。

“不好意思，您继续。”路平连忙收起笑容。

但是其他学生都不高兴了。他们好不容易盼到导师教授全新的内容，大家正在满怀期待，结果被这个废物硬生生打断了两次。

“不想听课的人，就请出去，不要在这里浪费大家的时间！”号称一年级中最优秀的伯用站起来说话了。口气倒不算太重，毕竟他也不想在导师和这么多同学面前像个恶人，但是那一脸鄙视嫌弃的神情，却是毫不掩饰的。

“对，请出去。”又有学生跟着站了起来。

“出去。”

“不要打扰我们！”

“滚！”

声音越来越多，越来越不客气，就连一些原本有点不同意见的人，到最后也不敢再说什么了。

罗唯有些无法坐视了，尽管他也一样讨厌路平，可毕竟有导师的身份在，他觉得还是应该再给路平一次机会。虽然他觉得这实在没有必要，但是职责所在。结果没等罗唯开口，路平就已经站起了身。

课室忽然变得安静，一种挺不自在的感觉涌上每个人的心头，很多人的目光情不自禁地从路平身上移走。

“是在说我吗？”路平开口问道，语气很平静。可刚刚还群情激奋的众人，这一刻竟然没有回答，每个人似有意似无意的，都选择了回避，寄希望于别人。

沉默，足足持续了有一秒。

“是！”终于有人应了一声。一年级中最出色的学生伯用，接过了路平的问题，所有人顿时都有一种松了口气般的感觉。

在所有人的注视下，伯用有种拯救世界般的自豪，他已经忘了他所做的不过是回答了一个超级简单的问题。他更没有留意到当他回答这一声“是”的时候，右手不由自主地支在了身后的桌上。他咄咄逼人地瞪着路平，路平却突然笑了笑，点了点头。

“好的。”他说。然后手一扶身边的窗台，就这样翻了出去。

真就这么走了？学生们愣了好一会儿，他们原以为路平受到这样的鄙视，会发飙，会放出很多狠话，结果就这么灰溜溜地翻窗走了？

“还真是个废物。”不知是谁嘀咕了一声。

“是啊，一点骨气都没有。”

“缩头乌龟。”

“懦夫。”

声音越来越多，都在鄙视路平，鄙视得很痛快。显然在他们眼里对路平早有先入为主的定夺，无论他做什么都会和废物行径划上等号。

罗唯却还在发愣，一直都没有说什么。那阵感觉，是怎么回事？对学生们来说，那只是一种不自在、不舒服的感觉。但对他来说，虽然短暂，却是一种奇怪的压力。

来自哪里？路平？罗唯没来及体会清楚，感觉却已经消失。

学生们还在议论纷纷，还在鄙视着路平。罗唯却再一次走到窗边，向外望去。他看到路平独自走在路上，他试着集中了一下注意力，但没有察觉到任何异样。

是有什么人路过了？还是，楼上课室的某人？罗唯看看四下，又抬头看了看二层三层，没有任何发现。

莫森小心控制着自己的步幅，尽量不太快，也不太慢，目光直视前方。先前被发现确实很丢脸，但是眼下，莫森觉得自己这若无其事的表现，至少可以打九十分。他哪里知道，他这“九十分”的表现反倒让他的行走变得极为做作，惹来了路平的笑声，惹出了课室里接下来的又一出风波。

莫森全不知情，他以九十分的姿态，最终走到了一个他认为已经足够远的距离。这才回头，开始思量接下来该怎么做，却看到路平从窗口跳了出来。

臭小子，课上到一半居然跑了！莫森气愤，完全忘了路平素来都是不上课的，上一半已是三年来极其少有的状况。

不过看着路平走在空无一人的路上，莫森忽地心念一动：这……好像是个机会？

学生此时大多集中在摘风楼内上课，学院里活动的人极少。趁这时将路平叫去一个偏僻的地方，不就可以将风险降到最低了吗？

对，就应该这样。一个计划飞快浮现在了莫森的脑海，他加快移动，迂回绕前，在一棵大树后整理了一下心情后，若无其事地向着路平迎面走去。

“咦，莫森老师？又碰到了。”路平和莫森打着招呼，很意外的样子。

“你不是在上课吗？怎么跑到这里来了？”莫森皱着眉头问了一句，这是他事先想好的开场白，他觉得非常自然，非常合理。

“哦，同学们说不想听课的人就请出去，我就出来了。”路平说。

“呃……”这个坦白到让人无法直视的回答，让莫森忘词了。

“不学无术！”他终于想到了自己该说的词，严厉地批评了一句。

路平笑。

“反正你也没事，一会帮我个忙，踩坏我的睡火莲的事可以稍微原谅你一下。”莫森开始他的计划。

“哦，好的，是什么事？”路平问。

很容易上钩嘛！莫森心下得意，随即说道：“十点，不，还是十点半吧，到西北区的那片园林，知道在哪儿吗？”

“知道。”

“嗯，十点半，不要忘了。”莫森叮嘱。

“其实我现在就没事，不如现在就过去？”路平说。

意料外的回答，顿时让莫森有点慌。现在过去当然不行，他还要有所准备，因为他要把这一切弄成是一个意外。

“不用！”莫森连忙用坚决到不容置疑的口气说着，“现在还不需要你，十点半再过来，就是这样。”

“那……好吧！”路平犹豫了一下，终于接受了莫森的安排。

莫森心下长出了口气，点了点头：“好，就这样吧！”

“是，莫森老师再见。”

“嗯。”莫森点点头，目送路平离开，直至看不到他的身影。迂回，加速，莫森直冲学院西北区。这片园林在摘风学院的位置最偏僻，园林规划得也不是太好。不过那是园林师的工作，莫森是园艺师，一字之差，工作内容大不一样。栽种培养各种花草树木才是他的拿手好戏。这片不怎么受欢迎的园林，莫森倒是会经常过来，在这里做一些奇奇怪怪的栽培实验，对这里他相当熟悉。

这个时间，这里绝不会有人。莫森赶到后，确认了一眼时间：九点三十五分。于是更确信自己将时间从十点推到了十点半是多么的明智。

五十五分钟，应该够了吧？莫森脑中已有了一个制造意外的计划，他决定利用这园林中的一座观景亭下手——这亭子残旧已久，如果塌了，应该不会有人感到意外。他要做的，就是让这符合他的需要。

研究了观景亭的结构，莫森开始动手。忙忙碌碌，折腾得满头大汗，时间更是过得飞快，莫森在完成预计的第一部分工作后，看了一眼时间：十点十五！

这就过去四十分钟了吗？莫森大惊，时间消耗超乎他的想象，他完全高估了自己的拆迁能力。奈何又不敢使用魄之力方面的手段，那会留下痕迹。

十五分钟！好像有点来不及了，但是，事在人为。莫森没有放弃，加快动作。效率是提高了不少，但是想在十点半完成无疑还是非常困难。

也许，那小子会迟到呢？莫森不想半途而废，考虑着各种可能性。他没有停，一边注意着来路。十点半了，路平没有出现，莫森心中一阵狂喜，这个家伙，果然不靠谱，果然会迟到，多迟上片刻，五分钟！自己还是有机会完成的。

五分钟！哎呀，还差一点，不过那个家伙还没到，再迟一会儿啊，你这蠢货。

十分钟！还是差一点。但是人还没来，很好，你会为你的不守时付出代价，这真是一个绝妙的讽刺。

十五分钟！呼，完成了，这家伙，居然迟到了十五分钟，真是不靠谱，不过正因为此，他彻底断送了自己的一线生机，真是可悲。

完成一切的莫森，长出了一口气。他满身都是汗水，但却丝毫不觉得疲惫。他开始急切期待着路平的到来，期待着他被塌下的观景亭砸翻。

等那家伙来了，就如此如此，这般这般……莫森心下盘算着自己将路平引诱入局的计划，只觉得一切都完美之极。

九十分！莫森心下满意，再次给自己打出了九十的高分。

但是转眼，已经十一点钟，距离约定的时间已经过去半个小时，却连路平的影子都没有看到。真是差劲，不守信用，不尊重时间。莫森心下狠狠数落着路平，可是又过了半个小时，路平还是没有出现。

难道……这家伙以为是晚上的十点半？仔细想想，自己当时确实忘了强调是上午了。

等到晚上十点半？那太蠢了，晚上再来就是。可是，如果那家伙不是在等晚上，只是单纯地、非常可耻地迟到了长达一个小时呢？

再等一小时吧！左思右想，莫森最终还是如此决定。于是，一小时后，莫森又累又饿地离开西北区园林。在向学院饭堂走去的路上，他的腿都有些打战。

年纪大，体力也不出色。虽然六魄共有十七重天的境界，但这当中和身体素质紧密相关的力之魄却连一重天都没有。这是他们家族的遗传，在力之魄的感知方面非常迟钝。

不敢使用魄之力，完全是靠自己的体力忙活，这对莫森而言绝不轻松。开始还有一份期待感在支撑，可是两个小时的等待，早将这份力气耗尽。

此时的莫森只想着吃顿饱饭，然后回去美美地睡上一觉。结果正巧看到路平和苏唐从饭堂里走出，和他打了个照面。

“路平！”莫森忽然间就又提起了一些精神。

“莫森老师。”两人一起向他问候。

“我想，你应该没有忘记我交待你的事吧？”莫森说。

“当然没有。”路平回答。

莫森心下稍稍释然了些，看来这小子果然是当作晚上十点半了。

“不要忘了。”莫森说了一句后，真的不想再多说什么，他只想尽快吃饭休息。结果正要离开，却听到苏唐在问路平：“什么事？”

糟糕！莫森心下顿时一紧。大意了！怎么能在苏唐面前说这事呢？她这么一问，路平一说，晚上再在那边出点意外，这很容易让人产生一些联想吧？

找个什么说法圆过去呢？正紧张思考，忽然那边大道上有人边跑边叫：“不好了！”

“怎么？”喊声吸引了很多人的注意，纷纷追过去问。

“西北区 18 号园林的观景亭塌了。”

“啊！有没有伤到人？”

“那倒没有，但是霍夫老师查看后说，是有人对观景亭的结构进行了破坏。”

“啊？什么人会做这种事？”

“不清楚，还在查，霍夫老师说从破坏的程度上来看，这人显然不是要拆毁观景亭，是想利用观景亭的倒塌另有所图。”

“那还能图什么，是想伤人吧！”

“一定是的！”

“学院里竟然会有这样的人。”

“是啊，太可怕了，会是谁？”

“早上有看到人过去那边吗？”

“不知道啊……”

消息散开，众说纷纭，学生们都在议论着这件事，不断有这样的声音从莫森身边划过。

“莫森老师，莫森老师？”

“啊！”莫森猛然回过神来，发现苏唐不知什么时候已经在他身边，都不知道叫了他多少声。

“您怎么了？您的脸色好难看。”苏唐关切地问道。

“我……我没事，早上干了点活，有点累，我需要休息。”莫森说道。

“那我送您回去吧？”

“不用，不用，我自己走就好，你们去忙你们的吧！”

“哦，那您当心啊！”

“当心，当心……”莫森重复着这两个字，这在他心中已经有了不同的意味。这个事，该如何收场呢？去向学院坦白吗？自己是为了苏唐铲除败类，学院也会理解吧……不，如果是个人宗旨，或许还可以，但学院的宗旨，怎么可能因为一个学生影响到另一位，就将他直接杀掉呢？这从道德上完全站不住脚，自己做得有点过火啊！

正心神不宁，就听到路平在他身后喊着：“莫森老师，晚上还要去 18 号园林吗？”

“不用了……”头也不回地回答了路平的问题后，莫森立即飞一般的消失了，连饭都没有去吃。

“怎么回事？”苏唐皱眉。莫森那心神不宁的样子，谁都看得出极不正常。

“心事重重的样子。”路平连连点头表示认可。

“要再去看看吗？”苏唐有些担心，凶巴巴的莫森她见得多了，但这样魂不守舍的样子真的从未有过。

“我就不必了吧？看到我他只会更郁闷。”路平说。

“他找你去 18 号园林有什么事？”苏唐又问到这问题，结果这次路平又没来及回答，就再一次被打断。

三个人拦在了路平和苏唐面前，顺势分开站立，隐隐拉出包围的架势。

摘风学院并没有统一的学院服装，但这三人却身着一模一样的黑色服饰，左手臂上绣着一个纹章，银边金字，是一个“纪”字。

风纪队！

主要由学生构成，协助学院一起维持学院秩序的团队。在很多学院都有类似职责的团队，但是摘风学院的风纪队说起来却是一个略有点尴尬的存在。

因为摘风学院的院规实在一点都不严谨，迟到、早退、旷课……这些在绝大多数学院都会被严厉制止的行为，在摘风学院根本连问都不会被问一声。风纪队根本就没有多少事可做，绝大多数学生完全没跟风纪队打过交道。但是路平对风纪队却一点也不陌生，一看到这三位拦到面前，娴熟地露出无奈状。

“又有什么事啊，三位学长？”路平问道。

“你说呢？”三人正中的学生叫西凡，摘风学院四年级生，现任风纪队队长，一听到路平话里的那个“又”字，他就特别火大。从二年级加入风纪队开始，他就盯上了路平，这一盯就是近三年。

三年没上过几次课，两次大考不过，只有摘风学院这样宽松的院规才能容忍这样的存在。这种不受欢迎的废物，西凡一直认为风纪队有责任找到他的把柄，将他驱逐出学院——除了三次大考不过，摘风学院还是有一些其他不可触碰的底线的。

但是，西凡盯了路平近三年，愣是一点把柄都没有抓到。别人眼中路平就只是个没用的废物而已，可他却连一个废物都对付不了，这让他如何能咽得下这口气？

可是留给他的时间却不多了。年度大考临近，他通过考试后，就将毕业离开摘风学院；路平不通过，则会依院规被学院驱逐，无论哪种情况，都将让他再也无法洗刷他与风纪队在很多人眼中的无能。

这一周里，一定要找到路平的把柄！西凡重视这件事，甚至超过重视他的毕业大考。眼下他终于找到机会，死盯着路平，生怕他跑了似的。

路平却继续着他无奈的表情：“大家都这么熟了，有话直说嘛！”

“少和我套近乎。”西凡严厉呵斥了路平，“18 号园林的观景亭，是不是你做的手脚？”

“当然不是。”路平说。

“哦？那为什么有人那么巧看到你早上有往 18 号园林去呢？那个地方平时可是极少有人去的。”西凡说。

“是谁看到了？”路平问。

“还存着侥幸心理？”西凡冷笑，一挥手，停下围观这场面的学生人堆里走出来一位。

“小宝。”路平朝那人打招呼。

被叫作小宝的学生一愣。他和路平根本谈不上认识，更没说过话。他认识路平，这不稀奇，牛皮糖虽然名声差，但论名气，在摘风学院能超越他的人屈指可数。可他魏宝在学院中只是再普通不过的一位，被路平认得可就有些意外了，而且叫的还是自己相熟朋友才会称呼的“小宝”。

“你们认识？”西凡也觉得诧异。

“不认识。”两人都说。

不认识，名字却叫得亲热？西凡疑惑，可眼下暂且顾不上这点，示意魏宝先把要说的话说了。

“就在西北区的那个丁字路口，我看到路平从东边过来。那个路口往北，只通向 18 号园林那一个地方。”魏宝一脸的信誓旦旦。

“这一早上，可只有你一个人往那方向去，你还有什么话说？”西凡这次真是前所未有的自信，盯了路平近三年，他第一次感觉距离自己的目标是那样的接近。

“就我一个人？不会吧，你的情报是不是有什么遗漏？”路平却疑惑起来。

“你什么意思？”西凡认定路平是在胡搅蛮缠，冷笑着。他不介意多享受一下这一时刻，毕竟他期待了那么久。

“你看到我过去了是吗？”路平忽然问起魏宝。

“是的。”魏宝也是自信十足。

“我也看到你了。”路平点点头。

“啊？”魏宝一愣，神色间闪过一些不自然。

“虽然你当时躲得比较隐蔽，但我还是看到了。你和一位女生在一起，我就不点名了。你看到我过来，瞟了我一眼，没理我。因为当时你很忙，你的嘴距离女生的右脸只有一点七公分，然后你闭上眼睛，一脸陶醉地凑了上去，后来你睁眼了？”

“我没有！”魏宝想也没想连忙就说。

“没睁眼，怎么知道在路口我是向北，还是向西？”路平说着，向西凡做了一个他十分娴熟的无奈表情：“你这次的人证也不靠谱啊！”

西凡咬牙切齿，这表情，三年里他见多了，那个“也”字也十分刺耳。又一次，自己脸上就像被刻写上了一个“无能”。

看到西凡可怕的神情，路平淡定依旧，魏宝倒是慌了，他已经反应过来自己的白痴，忍不住向西凡解释：“我……我是在帮你呀！”

“滚！”西凡没有多说第二个字。他明白魏宝的心理，学院里看不起路平的人太多。18号园林的观景亭事件，无数人先入为主地认为是路平做的。西凡也是，他也觉得路平的嫌疑最大，但是作为风纪队的一员，无论如何他也要有明确的证据才能做进一步的推断，而不能像魏宝这样，因为偏见，就想当然地胡乱编造。他盯了路平近三年，毫无建树，但是哪怕背上无能的包袱，他也没有一秒想到过要用栽脏抹黑的手段去针对路平。这是他的底线，是身为风纪队队员绝对无法容忍的事。

在这一秒里，西凡对魏宝的厌恶，超过对路平。但一秒后，仇恨回归。“还有六天，我会盯死你的。”西凡对路平说。

“辛苦学长。”路平笑。

“走。”西凡转身，带着两个风纪队队员头也不回地离开了。其他学生随即散去，言谈中不乏鄙夷，有针对路平的，也有针对西凡的。

“西凡学长真是……”苏唐也不知该用什么词来形容了。西凡的正直是无可挑剔的，但在针对路平这件事上，他其实比任何人都先入为主。近三年，他是除苏唐以外接触路平最多的人，结果积累起来的只有越来越多的偏见。

“还好他就快要毕业了。”路平长出了口气。

“莫森老师约你去18号园林到底做什么？观景亭的事是不是和你们有关？”苏唐开始了非常准确的联想。

“不只和我们，和你也有关。”路平说。

“和我？”苏唐愣。

“所以我说，莫森老师很关心你呀！”路平说着。

苏唐继续发着愣，但是已经隐隐意识到了些什么，脸上的神情渐渐变得哭笑不得。

“就是不知道他现在死心了没……”路平说着。

死心了吗？莫森暂时还没考虑到这下一步。观景亭的事让他心绪不宁，不过这一路听到一些学生的议论，总算让他稍稍平静了一些。

目前，还没有发现任何线索。就在刚刚，还听到几个学生言之凿凿地说是路平。

莫森当然知道不是路平，虽然他自己还没有站出来承认，但也没有乐于看到有人替自己背黑锅的心情，哪怕那个人是路平。

几个学生被他训斥了几句，但都没有感到惭愧，反倒都是一脸诧异。有人会帮着路平说话仿佛是什么非常难以理解的事。就在离开后，他们还在不住地回头看着，想不通莫森老师这是吃错了什么药了。

这该怎么办呢？莫森挠着头,来到路平小屋附近的花圃。摘风学院二十二片花园，他最喜欢这一处，他总觉得这边的花草似乎有一种特别的生命力，长得特别精神。

此时刚走近，就看到花圃中蹲着个人，一身绿衣，头顶上扣着个草帽。

“谁？”莫森走近了些，想看清这人在花圃里做什么。

“是我呀！”那人听到声音，一边站起转过身来，一边摘下头顶的草帽。那是一个看起来十七八岁的年轻人，却没有这个年纪应有的健康漂亮的肤色，倒是多了一些晒伤的痕迹。此时他望着莫森，嘿嘿笑着，露出一口白牙。

“是你小子，你怎么这么快就过来了？”莫森一边欢喜，一边却在诧异。

“我本来就要路过这边，正准备来看看您，结果就接到您的信。”

“那还真是巧。”

“所以，有什么麻烦要我帮忙处理吗？”

“其实不算什么麻烦，只是我不想弄出太大动静，所以我想，你比较专业。”莫森说着。这半天下来的遭遇，已经让他十分清楚：专业，这很重要！

莫林，莫森的侄子。

莫家就像摘风学院在众学院中的地位一样，是大陆无数家族中并不起眼的一家。他们没有什么惊人的血脉，也没有什么庞大的家业。对家族的未来他们没有统一的经营规划，他们事实上更像是一个普通的大家庭，没有什么家族名誉一类的东西要去负担，各人有各人的活法，彼此之间只是因为血脉有着一份亲情，仅此而已。

莫森是摘风学院的园艺师，而莫林，却是一名刺客，或者说，杀手。

莫森从一开始就担心自己会做不干净这件事,所以叫了自己当杀手的侄子来帮手。现在来看，术业有专攻，这句话不是没有道理的。

“要杀的人在哪儿？”寒暄结束后，莫林立即无比珍惜时间地要开始他的工作了。

“就住那儿。”莫森指指莫林身后的小木屋。

“那里现在没有人。”莫林展示着他的专业素养。他会在这里停留，就已经先摸清楚了这一区域的一切状况。

“是的。”莫森说。

“这让事情变得简单了。”莫林说着，立即返身，大步流星地走到了小木屋的窗前。窗口较高，屋内情况莫林已经做过确认，没再多看。他双手扒住窗台，用力向上攀去，紧接着专业的刺客气场，就消失殆尽了。

“叔，过来搭把手！”莫林叫道。两次用力攀爬，最终却都无力地滑了下来，莫林只好向亲友请求帮助。

莫森无奈。如果一定要给他们莫家血脉贴个特征的话，那体能差劲恐怕是最合适的。但是很遗憾，这是一个缺陷，而不是什么强大的能力，这样的标签不要也罢。

莫森看了看左右，确定没有人后，连忙上去搭手，总算是把莫林送进了小屋，跟着就听到进屋的莫林郁闷地叫道：“什么人啊！出去怎么不锁门？”

莫森有点心塞。他只知道这侄子从事的是刺杀，但并不知道水平如何。开始还觉得挺踏实，但是现在，却觉得也未必靠谱。

“别啰唆了。你准备怎么做？”莫森在窗外奋力地踮脚，看着屋里莫林的举动。

“很简单。”莫林已经开始了他的行动。他来到床边，右手从口袋里掏出了一个镊子，而后从左侧衣襟内缝制的皮囊中小心翼翼地夹出了一枚针。

“这是我从夹竹桃和白夜曼陀罗里提炼出的毒素，这根针上的份量足够毒死你们摘风学院整整一个年级的人。现在……”莫林一边说着，一边将针小心地倒插进了床褥，随即退后看了看后，满意地点了点头。

不用问，莫森也已经知道了莫林的计划是什么。简单，但却很实用，隐没在床褥里的毒针谁能发现？莫森六重天的冲之魄力都看不出来。

“叔，扶我。”莫林回到窗口招呼莫森帮他出来。

“不从门走？”莫森说道。

“不要留下多余的痕迹比较好。”莫林说着，半个身子已经爬出来了。

设计实用，思虑也很周密。但就这笨手笨脚的翻窗，算是把一个刺客该有的气场毁完了。也亏得莫森是自家人还能体谅到莫林的难处。这要换作别的雇主，恐怕早已经对这刺客失去信心了。

“后半夜我来收针，然后就等着给他收尸吧！”莫林一边拍打着翻窗时弄乱的衣物一边说着。

“离开的时候注意点。”莫森叮嘱。摘风学院院风再宽容，也不可能把学生的生死不当回事。学院肯定会彻查，莫林这样的陌生人很容易引起怀疑。

“叔你放心吧，我来收针的时候会善后的，没有人会发现他是非正常死亡。”莫林自信地微笑着，没有了翻窗这种事后，他的刺客气质顿时又流露出来。说完这话，朝个没人的方向走了去，不大会儿就从莫森视线里消失了。

这样，就可以结束了吗？目送莫林离开，莫森再度望回小木屋。自己最喜欢的这片花圃中很快就会再没有那个碍眼的存在了。一想到这，莫森忽然发现自己并没有像早上设计观景亭时那样期待了，心情似乎变得有一些沉重。

“希望苏唐不要太难过……”莫森想着，开始低头去打理花花草草，只有这些可以让他的心变得平静。

到了后半夜，屈指可数的几点星光挂在天空，但对一位冲之魄达到二重天境界的感知者来说，这点光亮，已经足够他分辨一切。

一道身影在花圃中轻轻地移动着，偶有脚步声，却恰巧和风拂过花圃带起的沙沙声混在一起。

如果是位鸣之魄出色的感知者，或许可以分辨出这当中的不同，但是莫林知道，小木屋里的那位，根本没有什么感知，更何况，他现在已经是一个死人。

即便如此，莫林却还是尽可能轻手轻脚地来到了窗下，然后，俯身，在窗下垒好了两块垫脚砖。

这确实有点煞风景，但摊上这样一个身体莫林也相当无奈。他当然也十分羡慕那些身手出众、来去如风的家伙。可是莫家人的身体，在力之魄上就是这么迟钝。

没办法，只能多靠智慧来解决问题了。莫林踩着两片垫脚砖，手扶在了窗台上。屋里虽然更暗，但只要有一点光，对于一个冲之魄二重天的感知者来说，看清东西就不成任何问题。

莫林看到目标一动不动地躺在床上，只是这一刻，他更为强大、更为敏锐的六重天枢之魄，向他传递出了更为精准的信息。

不对！温度不对。

虽然没有触摸，但只这种距离，足够莫林察觉到目标人物身上散发出的体温。现在已经是后半夜,除非这家伙是刚刚睡下,否则已死半夜的他,不可能还有这样的体温。

情况有点不对，是进一步确认，还是……莫林尚在犹豫，但床上身形已动。

闪！莫林心中早有戒备，虽在犹豫，却绝没有放松警惕。床上身体刚一微动，他已察觉，毫不犹豫，拔腿就走。

毒针为什么没起作用？是被发现了吗？对于自己配置的毒素,莫林是无比自信的,目标无事，除了没被刺到，根本没有任何解释。

跑开的莫林没有回头，只是倾听着身后的动静。他的枢之魄最为强大，已达六重天，完成和英之魄的贯通就可达贯通者的境界，拥有更强大的能力。除此之外，他的其他五魄，除力之魄以外也都有一定的境界。鸣之魄就已达三重天，这个距离，任何动静都逃不过他的耳朵。

起身了……下床了……到窗口……跳出来了！在莫林听来，极其沉重的落地声在身后响起，目标人物，竟然追了出来。

莫林忍不住回头看了一眼，这个莫森叔叔口中所说的一无是处的废物，似乎也并不是那么没用。至少很有胆色，虽然这胆色在他看来很愚蠢。

即便是身体差劲、力之魄极弱小的莫家人，作为感知者总也多的是战斗手段。和普通人相比那完全是两种层次。这家伙，明明没有任何魄之力，竟然也敢追出来，这大概就是所谓的无知者无畏吧！

没有感知，所以这小子根本不知道他追击的目标有多强大多可怕。

直接杀掉他吗？不能。虽然莫林完全有这个能力,但是莫森再三叮嘱必须是意外,一个让旁人看来，不是非正常死亡的意外。

“想不到对付一个普通人，也得启用我的备选方案。”莫林心下嘀咕着。

二十三步，左转，直跑，逃过障碍……

暗淡的星光下，莫林的奔跑没有丝毫停滞，他看得清一切，对这路线也显得无比熟悉。而他身后传来的脚步声则跌跌撞撞，双腿双脚与花草发生着剧烈的摩擦，让莫林听了都为莫森感到肉痛。

虽如此，双方的距离却在不断拉近。莫林虽然看得清，跑得稳，但是却跑不了多快。身后的家伙，虽然跑得跌跌撞撞，但冲劲却是十足。

不过这一切都在莫林的预料中，他的备选方案，针对的就是这种意料外的状况。

听着身后的脚步，莫林心下开始了默数：五、四、三、二、一……就是这里了！

哗！

身后追来的身影向下一沉，赫然是跌入了地下。莫林早早就在这里设下了一个陷阱。这就是他的备选方案，可攻可守的一个方案。

“哈哈。”莫林愉快地笑着，转过身来。仔细辨认了两眼，确认了这就是莫森所说的那个路平。而这陷阱显然也并不只是一个坑那么简单，或者说，这根本就不是一个坑，而像是一片沼泽，一片松散的流沙。路平一跑到这里，立即深陷进去，此时已经只剩一个头留在地上，丝毫动弹不得。

“神奇吗？”莫林走近了些，蹲在了路平的脑袋跟前，指着他脸旁的一株草说，“这个叫作蚯蚓草，它们的根部在生长过程中会让土质变得异常松软。不过你现在看到的是经过我特别培育的品种，它们生长更快，繁殖力更强。这是我下午刚种的，你看看，现在就已经长成这么大一片了，有宽度，有深度，再过一会儿，你的头也会沉下去，你还有什么话要说，抓紧时间吧！”

“你真觉得这样就可以困住我了？”路平说道。

“笑话，不然呢？你以为你是谁？”莫林说。

“你觉得我是谁？”路平问。

“放心，我没有认错人。路平，摘风学院两次大考不过的留级生，自己不思进取倒也罢了，却还要寄生在别人的人生上，我说的是你吧？”莫林说道。

路平稍稍沉默了片刻，看着莫林说道：“你不是我们学院的人。”

“是的，我不是，那又怎么样呢？”莫林说。

“谁找你来的？”路平问。

“这个你没有必要知道。”莫林说道。

“行吧！”路平点了点头，这看起来已经是他此时所能做的唯一动作。

“怎么？”莫林对路平的举动表示不解。

“刚才有一点点误会。”路平说。

“哈，你是打算求饶？”莫林笑。

“不，我是说，我对你有一点误会。”路平说。

“是吗，你误会了什么？”莫林还是在笑。

“这个你没有必要知道。”莫林刚刚才对路平说的话，被路平原封不动地还回来了。

“哦，那么然后呢？”莫林说。

“然后我就要回去睡觉了。”路平话音刚落，就见泥沙扬起，他的双臂竟然从地里抽出，还没等莫林反应过来，两手在两旁一撑，整个人就这样从地里拔了起来，而后仿佛上台阶似的，一腿迈出，踩着一旁的硬土，就这样走了上来。整个过程没有丝毫费力挣扎，一连串的动作都是那么轻松自然。

“我回去接着睡了。”路平认真掸着身上的泥土，看也没看莫林一眼，“你把这收拾一下吧，太危险了。”说完，转身走了，只留下莫林一个人望着眼前那个路平走出后留下的大坑发呆。

“这……什么情况？”等他发出声音的时候，路平早已经消失在夜色中。莫林依旧望着眼前的大坑，脸上还保持着不可思议的神情。

这个经改良的蚯蚓草，一直被莫林视作秘密武器，他完全清楚种下这么一片蚯蚓草后，松软下来的土质具有多强的吸附能力。力之魄三重天以下的感知者，都休想从中逃脱，更别论一个普通人了。

“怎么回事啊？”莫林还在嘟囔着。这是他的备选方案，进可攻退可守的方案，更是他用来保命的手段。有如此重要的作用，可靠性自然不必多说。

“难道这土质有什么特别的不同？”莫林搓起一撮蚯蚓草疏松过的泥土，甚至放到嘴里尝了尝。“没有问题啊……”莫林下午种下蚯蚓草前就做过了检验，眼下还是再做一次确认。

但是无论泥土，还是蚯蚓草，全都没有任何问题。那么问题就只能出在路平身上，普通人的身躯，力之魄三重天以上的力量？

没有这种可能。

或有一些人是天生神力，但是这种人通过感知探查就可以发现，他们所谓的天生神力事实上也是源自于力之魄。他们是天生的感知者，天生就能感知到力之魄，甚至有人天生就是一重天境界。

这种天生就能感知到魄之力的人，被称为觉醒者。他们天生感知到的魄之力有着非比寻常的敏锐和强度。他们可以更快地提高这一魄之力的境界，六重天后和英之魄的贯通也会更加顺利和稳固，贯通后所产生出的能力往往也更加强大，通常都会被评定为四级以上。像莫森的检视和罗唯的透视，虽然各具用途，但都不具备实际的战斗杀伤力，最终评定都仅属二级。

但不管怎么说，天生就有三重天境界的觉醒者闻所未闻。更何况，即便是觉醒者也不可能隐藏魄之力，而从莫森的情报，还有莫林自己的观察判断来看，从路平身上确实察觉不到魄之力的存在。

“这到底是怎么回事啊？”莫林再一次念叨着，一边还不得不依着路平的吩咐，将种下的蚯蚓草给清理掉。

Chapter 2

◆ 暗杀就在午夜时 ◆

清晨，阳光，新的一天。

路平推开窗时，就看到莫森在窗外的花圃中忙碌着。

“莫森老师，这么早啊！”路平打着招呼。

莫森点了下头，神情极其复杂。昨天半夜三点多，他的侄子莫林摸进了他的房间，把他吓个半死，但是惊吓程度远远比不上莫林跟他讲述的事情。来来回回只是确认经过，就用了三遍。

难以置信！叔侄两个一直分析到天亮，也是毫无头绪。作为一个冲之魄的贯通者，莫森的双眼都熬得通红，这显然不可能只是因为过分疲劳所致。

一大早他就跑出来打理花圃，可是这一次，他的心怎么也无法平静下来。直至现在，路平开窗，然后像往常一样，从窗里翻了出来。

“我可什么都没踩到啊！”路平举着双手，向莫森说着。

莫森艰难地点了点头，而后看到路平在花圃里寻觅，莫森随即朝某个方向指了指：“在那边。”

“谢谢。”路平高兴地走过去，拣起浇灌的水管，洗漱。

一切都和往常一样，不一样的只是莫森。路平平时那些会令他暴跳如雷的举动，今天他都表现得出乎意料的配合。而对他这种反常的态度，路平却完全没有表现出丝毫诧异，好像早料到会如此。

“你到底是什么人？”让莫森纠结了一晚上的问题，终于还是被他问了出来。

“我是路平啊！”路平微笑着。

看不穿，猜不透，对方显然也不打算说什么，莫森就这样看着路平离开。在路平离开后，莫林从花圃中最茂密的一处站了出来。

叔侄两个面面相觑，路平没事人一样的态度，让他们更加摸不着头脑了。无论毒针还是蚯蚓草，莫林所表现出的杀意清晰得一目了然，结果这家伙就这样不了了之了。一点报复的心思都没有？

“这不科学啊……”莫林嘟囔着。他毕竟是个刺客，对于血腥杀戮一类的事比较习以为常。这种情况下自己没受到丁点报复，堪称奇迹。

“我想再试试他。”莫林说道。

“你别乱来！”莫森说道。他现在觉得路平有些高深莫测，但更重要的是，昨天搞出观景亭的事以后，他就已经有些后悔。昨晚被莫林从睡梦中叫醒，得知他失手后，虽然惊讶，但是心底却好像还有一丝庆幸。

“不会乱来，我会非常小心的，只是试试，叔，其实你也并不想让他死对不对？”莫林说道。

莫森沉默。

“还有。”莫林的视线往花圃里偏了偏，“您那个睡火莲是怎么回事？我看昨天好像是刚刚把花蕾取下来啊，怎么现在又像是要培育它开新花的样子？”

“这怎么了？”莫森不解。

“睡火莲火气很重，当它开花时必然会汲取大量水分，所以适合生长在水中，陆地上的话，它开花时会引起小面积的干旱，周围两米范围内的植物都有可能因此而枯萎，难道你不是因为这个原因才取掉它的花蕾吗？”

“你说什么？”莫森大惊。他不是惊讶于莫林知道得比他多。他早就知道这个侄子在植物学方面也有很深的造诣，只是和他这个园艺师相比重点不同。睡火莲的这种特点，确实更像是莫林会涉足的领域。

他惊讶，是因为想到含苞待开的睡火莲被路平一脚踩掉。这是巧合，还是路平早知道睡火莲开花会是一出惨剧？

看着睡火莲周围那些自己一直相当珍惜的花草，莫森不由地深思起来。路平踩坏过不少他的花草，在他暴跳如雷的时候，也曾恬不知耻地说过“我踩掉的都是杂草”。莫森根本没有理会过这种解释，可是现在，他在思考。

记忆不是特别清晰，但总有一些是印象深刻的：鸢藤、穿心果、通天竹、飞信草……

这些被路平踩坏过的植物，莫森当时都只顾得心疼，只顾得生气。现在仔细一想，这些个植物，说是杂草当然过分了，但是它们的存在，多多少少会影响到其他植物生长，是不太和谐的存在：

鸢藤会攀援其他植物，有可能悄无声息地将某一株花草碾在身下；

穿心果的果实尖锐，挤在花圃中，极容易刺破其他植物；

通天竹则根茎发达，有可能在地表下面破坏到其他植物的根茎；

至于飞信草，它的生长对其他植物倒是没有什么影响，但它成熟后叶絮会随风飘落，生长成为新的飞信草，这种繁殖方式不好控制，会破坏整个花圃的植物搭配结构。

以上几种植物，都有很强的观赏性，但是它们的栽种都需要特别的打理。而路平那种粗暴的方式，难道真的是在打理这些植物的生长？

站在花圃中的莫森发着呆，这片他最喜欢的花圃，拥有特别的生命力，难道这一切，就是得益于路平的暗中相助？

让莫森立即接受这一点实在有些困难，他完全无法将自己脑海中刚刚生成的这个路平，和印象中的那个路平重叠。此时心中的茫然和震惊，远超后半夜莫林给他带来的信息。

莫林！莫森猛然回过神来，四下却早没了莫林的踪迹。

“这小子！”莫森着急，如果自己刚刚的所想都是真实的，那么针对路平可就太不应该了。这孩子，恐怕完全不是大家以为的那种人。

莫森一路寻找莫林，逢人就打听路平。认识路平的人还是很不少的，很快莫森就在学院的饭堂看到了路平和苏唐，但是，莫林呢？

在饭堂里扫了一圈，终于，莫森在一个很不起眼的角落里看到了莫林，他手里抓着一个大饼，时不时地撕下一块往嘴里填着，眼睛却眨也不眨地死盯着一个方向，那边，路平和苏唐正一边聊天一边吃着早饭。

莫森快步走到莫林跟前，莫林的眼睛却都已经直了。

“你做了什么？”莫森感觉到了异常。

“我在他的粥里下了毒。”莫林说。

“我不是和你说了这件事就到此为止了吗？”莫森急了，就要上前。

“别担心。”莫林却拉住了他，“下的药量不大，我也已经准备好了解药，可是现在看来，解药好像已经用不上了。”

“什么意思？”

“他吃了，但是毫无反应。”莫林说着，他的目光一刻都没有从路平身上移开过。

“你用的什么毒？”

“麻木。”

莫森虽然不钻研这一领域，但对植物涉猎较多，麻木是一种常见毒草，毒性不算太强，解药即便是他也有能力配置，况且莫林还控制了剂量，这让他松了口气。但是紧跟着，他就听到莫林在嘟囔：“虽然减了药量，但毒死三个人也够了啊，他怎么什么事也没有？”

“你就是这么控制药量的？！”莫森差点没跳起来，赶紧回头朝那边望去，却见路平正好也朝这方向望来。

莫森愣，莫林愣。路平却只是笑了笑，然后用手指了指自己刚刚喝完白粥的空碗，跟着就和苏唐一起离开了。

“什么意思？”莫森还在发愣，莫林却已经飞快地冲了过去，莫森连忙紧随。

莫林没有去追路平，而是站在路平和苏唐刚刚所在的位置，他端起那个空碗，看到碗底浅浅地剩了一点白汤。

莫林的神色变了变，略一思索，从缝在衣襟右侧内的皮囊里，掏出了一根刻度吸管。他小心翼翼地将碗底的白汤尽数吸进了吸管，然后一看刻度，非常精准的零点六毫升。莫林的神色变得无比严肃，非常郑重地取出了原本是给路平准备的解药，自己服了一颗，再之后，将那零点六毫升的液体全都滴到了自己嘴中。

很快，他的脸上露出痛苦的神色，汗珠迅速地从他脑门渗出，剧烈的疼痛让他连站都站不直了。但是痛苦之中，莫林脸上还流露着无比的认真，他在仔细体会着这种感觉。而先服下的解药也飞快发挥起作用，冲抵着这份痛楚，直至完全解除。

莫林的神色却没有因为恢复而轻松起来，一点也没有——莫林已经可以百分百肯定，他下在那碗白粥中的麻木毒，分量丝毫不差地留在了碗底。

一旁的莫森也意识到发生了什么，念叨着：“这怎么可能？他怎么做到的？”

“我没有看到他有任何动作……”莫林说道，从路平端到这碗白粥起，他就一刻都未将目光从路平身上移开过，他看到路平一口一口地喝下去，看起来没有察觉，更没有采用任何解毒手段。但是最后，毒药原封不动地留在了碗底。

“不可思议……”莫森眼中的路平，已经越来越陌生了。

“如果这是真实的，那么，这至少得是枢之魄贯通者的能力，四级以上。”莫林说道。他的枢之魄已达六重天，对这一魄之力已有相当的研究，但是感知和贯通完全是两种境界。路平所做到的，是枢之魄六重天的感知者也完全没可能做到的事，这只能是贯通者才有的能力。

贯通者，而且是具备四级能力以上的贯通者。莫森的表情变得更加精彩起来，因为这意味着，路平是远比他要强大的存在……

“无法想象，我一定要弄清楚。”莫林说着。

“你还想怎么做？”莫森问道。从这一刻开始，他担心的重心已经从路平转到他的侄子身上了。

“我要加入摘风学院，近距离地观察他。”莫林说。

“开什么玩笑！”莫森失声叫道。短短的一天，路平在他心目中的形象已经几经变换，从废物，到没那么简单，到难以置信，到不可思议，再到现在——神秘，且危险！

“当然，我不会再用这种方式。”莫林说道。两次，或者可以算是三次，自以为高明，自以为万无一失，但是最终对方化解得轻而易举。

毒针？路平弄到哪去了，莫林到现在也不知道。

蚯蚓草弄出的沙坑，路平抬抬腿就走出来了。

说是手下留情却是足够毒死三人份的麻木，路平仿若无事地喝下，把毒留在了碗底。

说化解，莫林都觉得是在给自己脸上贴金，自己以为的杀招，人家根本就没当回事。如果这样还不明白实力上的巨大差距，那就是彻头彻尾的白痴。

路平的实力到底有多强，他怎么会有这么强的实力，都让莫林非常感兴趣。

摘风楼，六层。

可以鸟瞰整座学院的院长室中，院长郭有道看着眼前这个戴草帽的奇怪家伙。

“你想加入我们摘风学院？”眼下并不是招生时间，换是一般的求学者，早就被打发离开了，哪里需要院长亲自接待？但是眼前的这位，魄之力总计十四重天，枢之魄已达六重天，这样的境界，已经远比摘风学院的很多毕业生要优秀，但是他竟然说想要加入摘风学院。

“是的！”莫林明白无误地回以肯定答复，眼里的渴望看起来非常真实。

“为了什么？”郭有道认为这人应该会有一个特别的理由。

“学习！”莫林回答。

沉默。

资质优秀的学生，当然会受到学院欢迎。但是莫林的实力，已经超出了摘风学院所能教授的程度，这种感觉，就好像一个四大学院的毕业生跑来摘风学院进修一样，只是程度没这么夸张罢了。

“你想跟哪位导师？”郭有道问道。

莫林的情况，他只想到一种可能，那就是他希望学习某种能力，而这种能力，正巧摘风学院中有导师具备。

“导师？”莫林愣了愣，但随即也反应过来，毫不犹豫地说出了一个名字：“莫森。”

莫森？检视？郭有道意外了一下。原以为莫林想学的肯定是枢之魄贯通者的能力，谁想他最终感兴趣的竟然是冲之魄贯通者莫森的能力。冲之魄，这家伙才二重天，还差得远啊！

但是不管怎么样，算是弄清了对方的来意，对于这样一位有实力的学生，没理由拒绝，甚至可以在非招生期破格录取，摘风学院的院规，向来是很宽松的。

“我批准你入学，跟随莫森老师，由他亲自指导。”郭有道说。

“谢谢，我也可以去各年级的课室听课吧？”莫林问道。

“当然可以，但是，你有这个必要吗？”

“我想还是有的。”莫林认真地说。

获院长特批，莫林得以在一个学年的末段成为了摘风学院的一名学生。从院长室离开后，莫林迫不及待地就来到了摘风楼的一层。

课堂四十五分钟，休息十分钟。摘风学院非常良好地保持着这种据说是来自于四大学院的教学节奏。莫林走进一间课室的时候，正是他们的休息时间。

又是一个生面孔，学生们难免要多看上两眼。虽然在摘风学院这种事不稀奇，但是一年级和高年级还是有些不同。高年级的课室，有些低年级学生好奇来听听，这很正常。可是一年级的课室，高年级学生以学习为目的来听课那可就不合逻辑了。因此一年级课室里出现的生面孔，除了像路平这样上课太少以至于大家都陌生的人以外，通常就只有一个原因：为了接近某位一年级女学生而来的高年级男生。

虽然莫林戴草帽的模样看起来有点奇怪，但是小女生们那种尴尬却又暗含一点小期待的情绪，还是迅速在课室里蔓延开来。

可是莫林的目光在课室里扫了一圈后，很快露出失望的神色，原想要就此离开，但是上课的钟声恰巧敲响，导师准时走进了课室。莫林作为一个刺客，习惯性地不想引发过多关注，顺势就在身旁的空位坐了下来。

学年到了尾声，课堂上导师已经没有什么新的东西教授，大多是对一年下来教授的内容进行复习和巩固。

“那么，昨天的内容，大家有没有什么疑问？”导师没有理会课室里多出来的新面孔，继续着他的教学节奏。

一些学生举手，向导师提出了自己的疑惑，逐一得到导师的解答后，所有人发现，那个戴草帽的生面孔，居然也在举手提问。

“这位同学。”老师将莫林点了起来。

“我想问一下。”莫林站起身来说道，“路平怎么没来上课？”

“他从来都不上课。”有人顺口就说出了真相。

“啊？”莫林呆住，这家伙还有这毛病呢？这事莫森叔叔没和自己交待啊！

“你是谁？”导师也疑惑起来，摘风学院的学生哪会有人不知道路平不上课这事的。

“哦……我是今天刚入学院的。我叫林默。”莫林向大家介绍自己。用的自然是假名。他可没忘了自己的身份，一个刺客，怎么能随便曝光自己的真实信息？

刚入学院的？所有人愣住，现在都学年末了，这个时间怎么会招进来学生？除非是破格录取，这个戴草帽的，有什么过人之处？

一年级生们看不出来，这位导师的能力恰巧也无法精准判断出对方的魄之力境界。不过通过基本的感知，至少察觉了莫林拥有的魄之力并不简单，绝不是一个一年级生会有的境界。

“如果你是找路平的话，可能来错地方了。”导师说道。

“那我可以离开吗？”莫林问。

“请便。”导师知道一年级的课堂对这个学生没有什么意义。

莫林飞快地离开了。走出摘风楼后，一拍脑袋，暗骂了一句自己白痴。在摘风学院的课室听课，院长连他都认为没有这个必要。远比他强大得多的路平来上课，那得是有多无聊？

那家伙当然没必要来上课，那他每天都在做什么呢？他又是如何修炼感知和贯通的？莫林迫切地想知道，但在学院里找了一圈又一圈，却依旧没有发现路平的踪迹。这让莫林有些受伤，这么大点的学院，想找出一个人这么费劲？自己甚至用出了“问人”这种不入流的手段，自己可是个刺客，哪有刺客当街询问自己的目标在哪里的，这是怕自己惹不来关注吗？

一早上，莫林毫无收获，中午，连忙又跑去饭堂蹲点，终于守到了路平。

“嘿！”莫林觉得自己和路平已经算是认识了，抓着大饼就凑了上去。看到路平和苏唐正要排队打饭，他很快找到了开场白。

“吃饼吗？”莫林挥舞着手中的半张大饼。

路平没接，但很仔细地看了看。

“放心吧，这次没有毒。”莫林说。

前后左右的目光顿时都投了过来。吃饭的地方，毒这个字实在太禁忌了。

“玩笑，玩笑。”莫林连忙解释着，为表清白，赶紧掰下一半吃给大家看，另一半顺手递给路平。

“你怎么还在这里？”路平接过了小半张饼，问道。

“我现在是摘风学院的学生。”莫林说。

路平还没来及说什么，黑衣，金字银边纹章，时常在他身边打转的风纪队，不失时机地出现了。所有人都放下手中事，朝这里望来。

西凡神情严肃，但看都没看路平一眼，他是冲着莫林来的。

“你是那个新来的学生？”西凡问道。

“是的，我叫林默。”莫林又报假名。

“听说你一早上都在找路平，有什么问题吗？”西凡问道。昨天的观景亭事件，到最后也没找到什么线索可以指向路平，但是西凡岂会这么轻易放弃。今天一早，又听说有个新入学院的学生，从一年级课室开始，四处打听路平。

谁会这样去找一个废物？西凡先入为主的执着偏见，立即认为一定是路平又惹下了什么祸事，让人一定要追究。这样的机会，他当然不会错过。于是这一早上，莫林在找路平，西凡却在找莫林。终于在这里把所有人都碰齐了。

“啊？”莫林愣了愣，一脸茫然，“我找他，和你有什么关系吗？你是谁？”

“西凡，风纪队。”西凡简洁地介绍自己，风纪队队长的身份，他并不喜欢挂在嘴上。

“所以呢？”

“有什么问题，可以对我们说。”西凡说。

“问题就是，你找我到底有什么事？”莫林说。

西凡无语。这个新人，真是什么都不懂。如果是其他学生，恐怕立即就明白自己是可以帮到忙的。这家伙，还得费力气和他解释。西凡正准备开口，这次却是被路平抢了先：“你俩慢慢聊。”说完就要走开。

“站住！”

“别走！”

西凡和莫林异口同声，措辞不同，表达的却是一个意思。西凡以为这下莫林是可以和自己达成某种默契了，却没想到莫林理也没理他，就急忙又跟上路平了。脸上的神情哪里像是要找麻烦，看起来更像是要……套近乎？

居然是在向路平示好？西凡顿时对莫林惊为天人了。摘风学院三年，这样的人物可一次都没有出现过。唯一的苏唐，那是和路平早有交情。

“这新人哪来的？”西凡觉得自己的大脑有些不够用了。

“不清楚啊！”两个经常跟着他的风纪队员也很茫然，对于有人向路平示好这种事，他们也是分外不理解。

“去了解一下。”西凡吩咐着，而他自己，也重点留意起了莫林。

针对了路平三年，都没有找到什么把柄。最后这几天，西凡虽然有决心，但真的无法乐观。观景亭查不到路平，他甚至不知道还会不会再有这样一个至少能查一查的由头。

于是莫林就这样出现了。

听到消息的西凡飞快前来把握机会，但事实和他所以为的情况有出入，这个家伙并不是一个他们可以借题发挥的由头。但是，这人的出现很奇怪——学年末，加入摘风学院。一入学院，立即就打听路平。看他的样子，和路平也完全不熟，如此刻意地接近，是为了什么？

这或许会是一个突破口。

当天下午，西凡就收到了关于这人的一些情况：具体来历不详，但境界很高，枢之魄已达六重天，来摘风学院，据说是想跟莫森老师学习。但真实情况却是，一直在打听路平，压根没从他口中听过“莫森”两个字。

“那就是个幌子。”西凡听取完情况后，立即做出判断，“很明显，这家伙就是冲着路平来的。学院方面什么态度？”如此简单的判断，西凡相信学院不至于判断不出来。

“学院的意思，也是让风纪队多多注意这个林默，但因为他境界比较高，所以不建议派六重天以下的人进行接触。”队员报告。

“那就是说要我来喽！”风纪队中，拥有六重天境界魄之力的，只有西凡一人。摘风学院这个名不见经传的小学院，能在四年里达到六重天境界的学生，真的是极为罕见的。

“你们其他人继续试着查一查这人的来历，还有路平那边也不要放松，对林默的监视人员汇报位置，然后撤离，直接监视的工作就交给我。”

“是！”所有队员领命。

还有四天！西凡望着风纪队室墙上张贴着的日历。

距离本学年的最终大考，还有四天不到。每个学生都在紧张这件事。可对西凡来说，在这四天不到的时间里将路平逐出摘风学院，才是他最重视的事。

绝不能让风纪队因为那家伙被绑在无能的耻辱柱上！这是西凡的决心，或许没有多少人在意，但是他在意。

名誉，高于一切。

“喂，你还不走？”路平望着莫林，真有些无奈了。

饭堂吃饭的时候，这家伙凑在一边。

吃完离开的时候，这家伙跟在一边。

现在路平已经准备回他的小木屋了，这家伙还是不离不弃想要跟进来的模样。

“说说嘛！”莫林说道。

“没什么可说的。”路平说。

莫林有一搭没一搭地和路平、苏唐套近乎、聊天，冷不丁地，一共抛出了四个问题：“你怎么会这么厉害？”“你什么境界？”“你从哪学的？”“你是不是有什么特殊的血脉？”

四个问题，连一个字的回答都没有得到，但是莫林就是不气馁，连苏唐都先一步离开了，他还在这跟着。然后，第五个问题终于也来了。

“你那晚，是不是把我当成什么人了？”莫林问。他仔细想了想那一晚算是和路平交手的经过，陷入流沙地里的路平问他的话，很像是一种试探，而从他的言语中，路平掌握到了某种信息，于是再没有继续纠缠，平静离开，放过了试图杀他的莫林，大方得令人发指。

那番对话中隐含的信息显然极其重要，甚至可以说，莫林是因此保住了小命。可是这个问题，他依然没有得到答案。

“懒得理你。”路平说着，已经将门摔上，将莫林关到了门外。

“喂，喂！”莫林用力拍门，但路平对身后的声音充耳不闻，笔直地躺回了床上。

“喂，喂！”叫嚷声很快又从窗户这边传来，只是花圃这边的窗台甚高，莫林垫着脚也只能露上来半个头。

“我昨晚的砖呢？”莫林嘟囔着。昨晚他是带着两块垫脚砖来的，逃走时当然没顾上带着，可是眼下也不知道被收拾到哪去了，四下看了圈，没有。

“起来呀，那么多问题，多少回答我一个啊！”莫林站在窗外说着，但是用的音量却又不高。他还是知道轻重的，路平这样厉害的人物，在这样的一个不起眼的学院中被视为废物，这肯定是有点原因，甚至是有莫大的苦衷的，他不会随便就将路平隐藏的东西泄漏出来。他是一个刺客，是有守密习惯的。

“喂，喂！”莫林还在叫着，但是房里的路平就是不理。莫林有心翻进去，但没人搭手，没垫脚砖，他做不到啊！

莫林着急，不远处有个人比他还着急。

西凡单枪匹马过来监视莫林。他不敢离得太近，因为从拿到的资料上来看，这林默不只有六重天的枢之魄，还兼具三重天的鸣之魄。异常敏锐的听觉，让西凡不敢太靠前。

但如此一来他就难受了，鸣之魄，这恰恰是西凡所欠缺的。连一重天都没有的他，听觉比普通人也强不了多少，此时远看莫林似乎在朝路平说着什么，却连一个字也听不到，别提多着急了。他只能仔细观察莫林的举动和神情:很迫切，神情中充满好奇，有极强的期待感……

三重天冲之魄的视力，让莫林一切细小的动作和神情都像是发生在他眼皮底下一般。再配以六重天境界的精之魄，让西凡能够清晰精准地从莫林的举动和表情中判断出他的心情。

看起来总是十分严厉、随时都有可能和人动手的西凡，没有多少人想到，他其实是一个精通精之魄的感知者。精之魄为第六魄，是六魄中最复杂的，包含着人的思想、心态、情绪等等许多无法一言以蔽之的东西。精通精之魄的大多是些心思细腻灵巧的人，而西凡给人的第一印象绝不会让人想到那去。

但是西凡的精之魄确实是六重天境界，而且他将六重天精之魄和三重天冲之魄结合利用得相当好。他的这种感知运用技巧，让学院非常看好他。只是很遗憾，西凡在鸣之魄上资质平平，否则若有鸣之魄的辅助，以西凡的感知运用技巧，极有可能在精之魄完成贯通后练成“读心术”技能，那可是拥有五级评定，但被很多人认为拥有六级价值的超实用能力。

可惜啊……摘星学院的导师时常为此感叹，但不管怎样，西凡的将来，依旧是值得让人期待的。

不过西凡却没有这样觉得，因为他所掌握的这一切，从来没有帮助他从路平那里获取过什么。自己所谓的才能，在人人口中的废物身上毫无用处。以至于眼下，他需要从观察其他人那里，来间接挖取信息。

在分析出莫林的心情后，西凡已经断定他与路平之间一定有什么事可挖掘。

继续观察！西凡悄悄隐藏着自己，继续用他的方式，捕捉着信息。

而莫林努力争取了好一会儿，依然得不到路平的任何反馈，终于还是安分下来。但是他却没有就此离开，而是就这样守在了路平的小屋外，开始了守株待兔。

就这样，莫林在屋檐下忍受着午后的骄阳，西凡在树丛中忍受着蚊虫的叮咬，两个人都没有轻意放弃的心思。

一个小时，两个小时，三个小时……日头渐渐偏西，暴晒了一下午的莫林已是汗流浃背，树丛中的西凡身上多了好几个鼓包，小屋内一直毫无动静。

路平这一下午竟然也不出门，就在床上一直躺尸。有好几次，莫林都怀疑路平是不是这才睡到他昨晚放下的毒针上，给戳死了。于是，他好几次趴到窗口，结果发现一切正常。他意识到了，路平就是决心用沉默消磨掉他的耐心，让他选择放弃。

“喂喂，我可不会放弃的，我是个刺客。”莫林对窗里说着。没有反应。不远处的西凡也继续观察莫林，分析莫林的心理，他没有听到莫林说了什么，但是从莫林的神情中，他看出了不放弃的决心。

转眼又是两个小时，骄阳已经彻底变成夕阳。

“喂，不吃饭吗？”莫林趴在窗边叫。

“要我去给你买个大饼吗？”

“苏唐给你送饭来啦！”

依旧全无反应，唯一能确认的，就是路平绝对没死，绝对是活着的。莫林不再说什么了，继续在窗台下坐着。

太阳终于彻底落山，月亮爬上树梢，但很快就被乌云遮起，今天的夜晚，比昨天还要漆黑一些。但是透过云层，到底还是有些微月光照下，对于冲之魄二重天的莫林和冲之魄三重天的西凡来说，这点光亮已经足够。

西凡已经做好了守夜的准备，但是莫林，却在又守了三个小时后，选择了放弃。他不缺毅力，但是他没有这个体力，莫家的血脉在这时候拖了他的后腿。

“喂喂！”他又一次趴在窗边叫着，“我要回去睡了，实在盯不住了，昨天熬了通宵呢！”昨天他前半夜熬着为了杀路平，后半夜，因为没杀成路平而睡不着。

“明天我会再来的。”莫林表了一下决心。

要走了？树丛中的西凡有些意外。虽然莫林看起来很疲倦，但真没看出他有丝毫要放弃的意思，想不到这一次起身，就是准备要离开了。

难道路平和他说了什么？由于听不到,西凡担心自己的信息有些欠缺。目前来说，他的收获真的很少，只是感受到了莫林非常坚定的决心，这让西凡更想知道这份决心因何而来，毕竟他最终想掌握的是有关路平的信息。

再跟上，多观察一下吧……不敢跟太紧，西凡只是看清莫林的去向，待他走出很远后，这才缓缓地从树丛中站起，跟上。

又是一个夜晚，又是一无所获。莫林叹息着，摇着头，却还在小心翼翼地避开叔叔莫森精心栽种的花草。

沙！一声轻响钻入莫林耳中，他很疲惫，但疲惫没有让他的鸣之魄失去敏锐。

是脚步声，刻意地隐藏，但还是踩到了一小片枯叶。三重天的鸣之魄，对声音包含的内容可以进行相当程度的解读。

“是谁？”莫林已经警惕，他不认为会是路平，因为路平没有必要如此鬼鬼祟祟。

“呵呵呵呵，不愧是三重天的鸣之魄，一个不小心，就被你发现了。”一个低沉的声音响起，莫林脸色变了，他已经听出来这是谁。

“没想到啊，你会跑到这么个学院来，不过你更没想到，我们会追到这里吧？”

低沉的声音继续说着，人影从黑暗中渐渐浮出。

我们……莫林听到这个词，脸色更难看了。因为他知道这个阴沉的声音是谁，更知道如果是“我们”，那么他的生机将更加渺茫。

但是不能就这样放弃。莫林一边小心感知着其他人的所在，一边微微移动着手指。

“不要动。”这丁点动作，却已经被人察觉，又一个声音响起，警告着他。

“虽然身体不怎么样，不过你的手段我们还是知道厉害的，你最好不要动。”那个声音继续说着。

什么最好？生命悬于一线，不动还能产生什么“最好”的结果？多活一分钟吗？幼稚！

我当然还是要动，而且要更快地动，不只动，我还要喊！左手往衣内侧皮囊里插去，插得血花溅起。这一动果然没好事，对方甩手飞来的暗镖正中莫林左手，鲜血顿时就将他要去抓的毒粉全泡成了浆糊。

莫林张嘴惨叫，顺势就组了个词：“救命啊！”他喊得很快，不像是宣泄痛苦，倒更像是在防备着什么似的，就好像这一声喊也是偷袭，生怕被人察觉。但是他到底还是失败了，喊声刚一出口，就好像是撞着了什么，声音突然扭曲，降低，消失。

声音被打碎了。

这不是什么新鲜事，因为莫林知道对方当中有这么一人，一位鸣之魄的贯通者，消音只是一个二级能力，但是在一些恰当的时候非常实用，比如现在。

莫林的这声救命最终被消了音。他很失望，事实上动作什么的都是掩饰，这声救命才是他的大招，但是现在，他彻底失败。

“去死吧！”对方没打算和莫林多聊，双方的立场本就清晰得很。莫林是刺客，他们也是，他们这些人就总在杀与被杀之间徘徊。不过今天，活的会是他们，死的将是莫林。他们坚信这一点，一道寒光，直斩莫林的头颅。

莫林想躲，但是他本就不擅运动，而且他好累，他正想睡觉呢，想不到这下就要睡得这么彻底了。

唉唉唉！莫林叹息，不放弃也不行了。刺客，就要有被杀的觉悟。

但是这时，一道黑影突然急速窜出，手一挥，带出呜呜的风声，那道寒光被撞到了一旁。黑影护到了莫林的身前，让莫林一阵激动。

“什么人？”对面轻叱。

“风纪队，西凡。”黑影说。

“我去！”莫林好生失望。

“你什么态度？”黑影没回头，但显然对莫林十分不满。

“你怎么来了？”

“我一直都在。”

两个少年对话时，对方三人已经都从黑暗中走出。

“你们是什么人？”西凡一边说着，身子微转，将处于不同方向的三人统统装进了他的视角。

冲之魄的魄之力，与人的视觉能力息息相关：一重天，比普通人看得更远，更清晰；二重天，可以在极微弱的光线下看清一切；三重天，则是对视角的全面利用。人的单眼视角最大可达 156 度，但这当中可以真正看清楚的视角事实上只有 60 度。冲之魄三重天的境界，就是将这 156 度的最大视角全部发挥出来，最终双眼共计 188 度的水平视角中，所有影像全部清晰。

此时西凡微微调整了他的身形，顿时将对手三人的一举一动都看得非常清楚。三人，两男一女，神色都是一样的冷漠，都在仔细观察着他。

“精之魄六重，冲之魄三重，力之魄三重。”西凡的境界被瞬间分析完毕，站在中间的女人，将他境界最高的三项魄之力逐一列举，至于其他较低，包括没有突破的鸣之魄，对方干脆就没有提。

“手里那把竹刀是怎么回事？”最右边的家伙说着。

“因为是小孩子啊！”女人说道。

“所以是玩具喽？”左边的人说。

“那玩具刚刚可是挡开了你的音罗刀。”最右边的笑着。

“呵呵。”最左边的家伙冷笑了下，没有介意自己人的这句取笑。他们肆无忌惮地聊天，甚至打趣，只说明一件事，他们完全没有把西凡放在眼里。

确实是这样。西凡仔细地注意着这三人的举动、言谈、表情，他们的轻视，不是刻意，是确确实实地没有把他当回事。

不过更重要的是……音罗刀，这是一个足以证明他们身份的标识。

“你们是星罗。”西凡的视线开始急速晃动，并不局限于三人了，因为星罗，这是一个杀手四人组，而眼前所见只是三人。

“是的，是星罗。罗音、罗星、罗冲。”身后的莫林逐一介绍了三位，“本来应该有四个人的，但现在不是了，这就是他们追杀到这的原因。”

“哦。”西凡说。

“哦？只是哦吗？知道了还不快走开？这和你有什么关系？”莫林说。

“虽然才一天，但你也已经算是摘风学院的学生了，风纪队有责任和义务保护好每一位学生。”西凡淡淡地道。

“就凭你？”站在西凡正对面的罗星笑了，却并不紧盯着西凡，而是扭头向着两位同伴：“摘风学院？我还是刚刚知道这学院的名字呢！很有名吗？”

“没听说过。”罗冲说着。

“别浪费时间了。”罗音有些不耐烦了，手微扬，掌中音罗刀的刀锋已亮起。

寒光又闪，极快，瞬间已从西凡身边掠过。罗音出手，直接斩向了西凡背后的莫林，这实在是莫大的侮辱。他就这样斩出，西凡拦还是不拦，拦不拦得住，似乎根本不在他的考虑中。

因为他们已经看穿西凡的境界，虽有很少见的六重天的精之魄，但到底还只是个感知者，那和贯通者完全不在一个级数，只有贯通者，才能彻底发挥出魄之力的威力。魄之力，可以用六识来认知，但如果以为魄之力就是如此，那可就被局限住了。只有到了贯通境界，才能真正领略魄之力的变化。

罗音，鸣之魄贯通者，之前的“消音”就是来自于他的贯通能力。而他所掌握的能力可不只是一个“消音”。他有无视西凡的信心，因为他所用的斩击——飞音斩，可是货真价实的鸣之魄贯通者才能掌握的、评定可达三级的攻击技能，这怎么可能是一个感知者能抵抗得了的？大概连看一看都会被吓傻眼吧！

寒光，就这样又一次斩向了莫林的头颅。以莫林的身体素质，对这种三级的攻击技，是不存在任何能抵挡的幻想的，但就在这时，西凡动了。

呜……又是这样一声。

没有明亮的寒光，也没有凄厉的鸣叫，竹刀和空气的摩擦，听起来就是这么笨拙而又朴实的一声，然后，就撞到了那抹寒光上。

这样就想挡住评定三级的攻击技能飞音斩？罗星、罗冲都在笑，根本就没有要上前帮手的意思，罗音的神色却变了。

这一击，挡不了。区区一把竹刀，撞上他音罗刀施展的飞音斩，瞬间就已被触到的魄之力绞至粉碎，西凡握刀的右手也被伤得血肉模糊。

挡不了，绝对挡不了。寒光还在落下。但是，偏了！

没有多大的力道，也没有极快的速度，但是西凡这一刀很准，很巧。巧到罗音想再调整飞音斩已经来不及，寒光就这样从莫林身边掠过，将他的衣袖绞得飞扬，将花圃中的花瓣绿叶绞得漫天飞舞。

“走！”西凡大叫。他出了一刀，动作却没有就此打住，接着就冲上去将罗音从身后死死禁锢住，抬腿就把莫林往一旁踹。

“唉……”莫林叹气，“要不是我没有力气，我还真就跑了。”莫林没有跑，他不是那样没有担当的人，只是可惜了西凡，这跟他真是一点关系都没有。

放他走……莫林想这样试着和音罗的三个家伙交涉一下，但是话还没出口，死瞪着他催促他离开的西凡，突然一脸痛苦的神情。

“妈的！”罗音骂着，从西凡的双臂中挣脱出来，挥臂一肘就砸在西凡脸上。

西凡侧身倒去，他身后的罗冲动作却更快，举手提足，已经跳后了三步，插在西凡后背的匕首也被他顺势拔走，鲜血在花圃中盛开着。

“呸。”罗音朝西凡啐了一口，根本没去理会他的死活，迈步就要朝莫林走去，他才是他们此行的目标。但是刚迈开一步，就觉得脚被什么东西绊住。

低头一看，西凡那只早就血肉模糊的右手，挣扎着，抓住了他的脚踝，紧紧地。

“真是麻烦。”罗音一脸嫌弃，举刀，就要斩下。

刀却悬在了半空。

“后面！”罗星、罗冲，都在叫。

罗音知道。他的手腕被人抓住了，丝毫动弹不得，他当然知道身后有人。但是更让人感到可怕的是，他之前丝毫都没有察觉到，他可是鸣之魄的贯通者，虽然没有探知类能力，但是这个人能瞒住他的耳朵出现在他身后，也已经足够可怕了。

“是谁？”他喝道。比起之前叱问西凡，这一次的声音紧张焦虑多了。

西凡趴在地上，右手重伤，身后刚被插了一刀，脸也因为刚吃了罗音一肘后血流满面。他的意识，他的视线，都有一些模糊，三重天的冲之魄，也没能让他一瞬间就看清罗音身后来了个什么人。然后他就发觉一股大力袭向他的右手。

之前他还下定决心，无论如何，这只右手也绝不放开，可当这股力道袭来时，他的决心一下子就动摇了，因为这力道是如此强横，让他瞬间感觉像是要飞起。西凡明智地松手了，然后就见罗音嗖一下就从他眼前消失了。这是……被扔出去了？

所有人看到一团身影，飞上空，划出一道弧线，然后重重地摔回了地上。

鸣之魄的贯通者，感知者心目中不可战胜的存在，就像一团垃圾似的，被人这样随手就给甩出去了？

是谁？西凡觉得自己就快要昏迷了，但他还在努力坚持，他一定要看一看这人到底是谁。然后他终于看清了。

靠……西凡心里想着，自己真的是太太太太纠结于路平了，这种时候，可能都快死了，居然还要眼花把别人看成是这家伙。

不对……等等……好像，真的是路平？西凡又用力看了好几眼，终于确认自己没有眼花。原本已经快昏迷，原本已经觉得就要死的西凡，忽然不知哪来的精神和力气，居然又站了起来。

“退后。”西凡将路平往后拦。

“什么？”路平没明白。

“虽然有些不值得，但不管怎么说，你还是摘风学院的一员，风纪队有责任和义务保护好每一位学生。”西凡说着，又朝四下看了看，“刚才还来了一个人，在哪呢？”

“这人真是快死了吧？在这胡说八道什么呢？拖走拖走。”路平对一旁的莫林说道。

“喂喂，你就别在这捣乱了！”莫林冲上来拉西凡。路平的突然出现让他一阵激动，再看他如此随手就把贯通者罗音给扔了出去，险些就要叫出好来。对路平他更加好奇和期待了，也因此对西凡的舍身相救也完全顾不上感动了，反倒有点嫌弃他此时碍手碍脚妨碍路平发挥。

“还有一个人在哪呢？”西凡是死也不愿意相信刚刚那个人就是路平，犹自挣扎着东张西望还想再找出一个人来。但他确实已经到了极限，三重天的力之魄，却连莫林都拗不过，愣是被拖到了一边，再次失去力气，摔倒在地。

“别乱动了你，我先给你止血。”莫林说着，伸手进皮囊里摸药，但线视百分之八十还是投在路平身上——路平到底是什么实力，他连一秒钟都不想错过。

“你是谁？”罗冲匕首横在了身前，早已经没了之前轻松谈笑的心情。

“废物……”西凡这一边吐着血，一边还试图对路平说点什么，他心目中的“还有一个人”到底还是没有找到。

“呵呵。”路平笑了笑，没在意西凡的称呼，也没去向罗冲介绍自己，他就这样不作任何防备，没有任何架势地向着罗冲走去。

罗冲没有立即迎上，他还在等，他在等身旁罗星感知到的情报。

冲魄贯通者罗星，四级能力“确查”，极其精准的一个感知类技能，用来感知境界根本就是大材小用。罗星的双眼只是微微闪起了一抹光芒，她认为这已经足够。但是……光芒闪起，她却一无所获。

“没有境界……”四个字被她很生涩地从嘴里挤了出来。

“什么？”罗冲听到了，但是他以为自己听错，连忙再次确认。

“我再看看……”罗星显然自己都不相信这个答案，双眼里的光芒更盛，她想进一步强化“确查”的效果，但路平已经走到了他们身前。还是没有任何架势，抬手，挥拳。

罗冲弯下了腰，他的眼中全是难以置信。他已经集中了全部注意力，一瞬都不停地死盯着路平的动作，他的每一步，直到他挥出的一拳。他没看出有什么特别的节奏，也没感觉到什么特别强大的攻击性，仅仅是路平手抬起，挥拳。再然后，拳头就已经不见。

紧接着，他的腹部剧痛，无法忍受的痛。罗冲已经不知道该用什么词来形容这种感觉，他觉得身子似乎都在萎缩，他的五脏六腑好像全都窜在了一起。手中匕首跌落，他弯下了腰，狠狠地弓起身子，然后剧烈地呕吐。

出道九年，执行过二百四十七次刺杀，得手一百九十九次，失手四十八次，七十九次身受重伤，十七次死里逃生……罗冲杀人无数，受伤也无数，经受点攻击那更是家常便饭，但是从来没有一次被打到吐，痛到吐。

而且他不只痛到吐，他还痛到哭！他这种人，向来宁可流血也不肯流泪，多痛的伤害，皱一皱眉咬一咬牙也就挺过来了。但是这一次，他眼泪控制不住，鼻涕也控制不住，瞬间就哭了个唏哩哗啦，地上还被他吐得一片狼藉。

这，才只是一拳。罗星的脸色早就变了，她哪里还顾得上去“确查”什么境界。她也动手了。

她的实力可不弱，星罗，根本就是将她的名字倒过来命名。她并不只是四人组中的侦查兵，了解星罗底细的人都知道，罗星动手的时候，才是星罗战斗力最强的时候。

毫无保留，罗星出手就是她的绝招——星罗盘！一个随手就把罗音扔掉的人，一个一拳就把罗冲打哭的人，这样的对手容不得她有半分保留。

星罗盘被扔出，一分二，二分四，四分八……三级技能，星光密布！

无数星罗盘飞舞在路平身遭，它们都只是虚幻的光影，晃得人眼花缭乱，但是光影当中，有一个是真，直取路平性命的那一个——一道流光，直切路平的喉咙，在眼花缭乱的晃动中这记流光一点也不显眼。它就这样无声无息，饮下了不知多少人的鲜血。

凭此一招，星罗以罗星的名字命名。

凭此一招，罗星是星罗的大姐大。

路平对付这一招，果然也有点费力，相比起对付罗音和罗冲，对付罗星的星光密布，他至少用了两只手。

啪！路平双手拍了个巴掌，像是声控开关似的，密布的星光，一下子就消失了，只剩下一抹，在路平的双掌间旋转着。

路平露出一丝满意的神情，就好像是终于拍死了一只烦人的蚊子。然后他随手朝旁一甩，罗星珍爱的星罗盘就被他扔到了一旁。

哇！罗冲还在吐，还在哭。鼻涕眼泪呕吐物，瞬间就把星罗盘给浇湿了。但罗星已经顾不上这么多，路平还在步步逼近，她的手段都已经用尽，她只剩下最后一样武器。

她是一个蛮好看的女人，在很多时候，因为对手怜香惜玉，让她赢得很多次败中求胜的转机。

这一次呢？

对方虽然看起来只是个孩子，但也是十五六岁的大男孩。罗星正准备摆出一个笑容，路平的手却已经抬起。

拳头，她也没有看见，然后她就脸一歪，和罗冲撞倒在了一起。她的美丽瞬间不在，下巴歪了，整齐的牙齿一下子就掉了七颗，五颗飞了出来，两颗吞了下去……

莫林已经完全看傻了。他知道路平很强，非常强，但是，强也要有个限度吧？此时他已经无法想象路平到底是什么境界了。三个贯通者，一个随手抓住就扔掉了；一个被一拳打到吐，打到哭；还有一个，也是一拳，直接就整容了。

那是三个贯通者啊！那可是星罗啊！

当初他接到那份刺杀星罗四人组之一的罗明的刺杀令时，犹豫要不要接下就花了三天。之后又用了整整二十二天，仔细研究星罗四人的习惯以及罗明个人的方方面面，之后又用了八天，才等到一个看起来并不如何像样的机会，冒着可能一死的风险，终于成功毒杀了罗明。就这样，最终却还是被星罗查到了他，追杀他到了摘风学院。

可现在呢？可怕的星罗，在路平面前连二十秒都没有，就已经全军覆灭了。罗冲和罗星的惨样莫林已经看到了，但是被扔出去的罗音呢？莫林站起身，朝那边看了看，终于看到，罗音已经被种到花圃中了。

那里可不是蚯蚓草种出的流沙地，就这样一扔，罗音竟然被种到了地里，路平那一扔到底用了多强的力之魄，莫林完全无法想象。

“这……到底是谁？”倒在地上的西凡也在喃喃自语，一切发生得太快，他都还没来及昏迷过去，等看完这一切，更是昏不下去了。

“这就是你说的废物。”莫林说着，低头又看了看西凡的伤势，他给西凡止血，还没路平收拾掉罗星和罗冲的速度快。

西凡再怎么不相信，也只能接受眼前的事实。他呆呆地望着那个他视为废物、费尽心思想要赶出摘风学院的身影，不知该说什么好。

“你说，这人到底什么来头？”莫林却还要和他聊聊。

“我不知道。”西凡说，他只知道，路平和苏唐是三年前出游的院长领回来的。两人据说都是孤儿，从此以学院为家。苏唐很快显露出才能，倍受期待；路平则被叫了三年废物，受尽冷眼。但是他依旧我行我素，各种冷嘲热讽，各种针对打压，都默默忍受着，从来没有因此引发过什么冲突。于是大家更觉得他没有出息，没骨气，是个孬种。

但是现在看来……西凡只觉得大家都该和他一起庆幸路平的这种“没出息”“没骨气”“孬种”吧……

“摘风废物”路平回到了两人身旁，西凡顿时更加局促，完全不知道该说些什么。好在六重天境界的精之魄到底还是有些过人之处，西凡发起精神控制，头一歪，强制自己晕了过去。

“了不起！”莫林赞叹着，只是感知者，魄之力就能运用到如此程度，西凡确实是有些过人之处。

“失血过多，伤势不轻，但应该还能活。”莫林对路平说着西凡的情况。

“先搬到我房间去吧！”路平说着走上前，说是搬，其实就是抓起西凡的衣服，随手一拎。

“喂，那三个怎么处置？”看到路平“提”着西凡就要离开，莫林连忙问道。

“那是找你的，你看着办吧！”路平说，言外之意，是要莫林处置。

“你不怕我放走了他们，泄漏了你？”莫林疑惑。他一直猜测路平的低调隐藏是在躲避着什么。三年没被学院的人发觉，可想他有多么的谨慎，那么按理来说，这三人应当被灭口才对。可现在看来，除了被种到地里的罗音好像毫无反应外，罗冲、罗星都还倒在地上痛苦地呻吟着。

路平没有答他，只是做了个无所谓的表情。

“哦……”莫林没有再多问什么。

杀人，毁尸。作为一个刺客，这些事他完成得干净利索。虽然平时接任务他会有相当的选择性，但他会接杀罗明的任务，自然对杀星罗组的其他三人没有任何心理负担。

从某种意义上来说，莫林觉得自己不能算是一个专业刺客。专业刺客，接任务，刺杀，拿酬劳，根本不问究竟。而他呢？或许应该说是一个兴趣使然的刺客。事实上他想当的也并不是刺客，而是一个惩奸除恶的英雄来着。只是英雄都是义务劳动的，而他则借着英雄行径顺便赚点生活费。他觉得挺无可厚非的，可在别人看来，他就成了刺客。

刺客就刺客吧！莫林也不是太在乎，这名头，感觉也挺酷的。

麻利地料理掉了星罗三人，莫林也回到了路平的小屋。西凡被随手扔在了地上，路平倒是舒舒服服地躺回了床上，好像已经快要睡着了。

“喂喂！”莫林狂喊，这是一个对待伤者的态度吗？他实在看不下去了，西凡好说也算救了他。

“睡了。”路平说。

“你是睡了，他就这么扔地上啊？”莫林叫道。

“地是干净的。”路平说。

“这不是干净不干净的问题吧！”莫林继续叫。

于是路平不知从哪儿随手扯来一块布一抛，就把西凡整个盖上了，像是盖起了一具尸体。

“也不会着凉了。”路平说。

“不管了！”莫林无奈地叫了一声，一屁股坐在了窗台下边。其实上他也感知到了，西凡呼吸均匀，体温正常，确实已无大碍，而他此时也实在没什么力气支撑下去了。

“地上没事，那就地上睡吧！莫林嘟囔着，干脆就睡在了窗外的花圃中。

“喂，还有没有东西盖啊！”莫林突然喊道，他觉得有点凉。

哗……不知什么东西从窗里扔出盖了下来。莫林也懒得去看是什么了，接住一裹，就在花圃中睡了过去。

“怎么回事？发生了什么？”第二天清晨，把三人一起吵醒的是苏唐的叫声。她一大早来找路平，结果就先看到窗台下边睡着的莫林。

莫林昨天黏上来时苏唐就在，但也没想到这家伙居然虔诚到一直守在窗外，不由也是一阵惊叹。但等进了房间，看到地上被单里不知盖着个什么东西，掀起一看是西凡时，苏唐就有些茫然了。

她先试了试西凡的鼻息，在她看来西凡和路平能长时间共处一室，除非其中一个是死人。事实证明西凡还活着，这让苏唐不禁还紧张了一下，但在很快确认路平也还在世后，她终于忍不住把三人都叫醒了。

路平和莫林都是从沉睡中醒来，西凡那是从半昏迷状态中醒来的。他在看清楚周围的状况后，眼中的茫然不比苏唐少多少。

“你怎么样？”路平先问了下西凡。

西凡试着动了动，立刻感觉到伤口的疼痛。“还活着。”他说。

“你们打架了？”苏唐问。

如果是一天前，西凡会很希望有机会和路平打一架，那样他就可以狠揍这个废物一顿。但是现在，和路平打架？西凡倒吸了一口凉气，牵动的伤口又是一痛。他试着站起来，失败。

苏唐这才发现西凡的伤势并不是满脸血这么简单。“怎么回事？”她扶着西凡坐稳，看了看他背后的伤势，血是早已经止住了，只是伤口不知道料理得如何。

“来了三个刺客。”路平一边下地一边说道。

“星罗，听说过吗？”莫林也在窗口那边露了个额头出来。

“星罗？”苏唐望向路平。

“找他的。”路平指了指那额头。

“对，找我的。”莫林使劲踮了踮脚，努力露出额头以下的眼睛。“看到我的草帽了吗？”莫林说着，被苏唐吵醒后，他第一时间关心的是他的草帽。

“没有。”路平说。

“你昨晚找到我们的时候我有没有戴着？”

“好像没有。”

“你们能不能说重点！”苏唐无语，她这急着知道到底发生了什么，结果两个人对一顶破草帽讨论个没完。

“星罗的三个人来找他。后来……”路平回答，然后问莫林：“后来怎么样了他们？”

“变成肥料了。”莫林说。

“就是这样。”路平对苏唐说。

知道了大概的苏唐也就不再多问了，后续的重点当然是西凡的伤势，很快学院的医师被叫来了，风纪队也知道了队长重伤的消息，再然后学院上下都知道了，再然后院长也知道了，并亲自过来看望——西凡可是学院数得上的优秀学生。

看望伤势的同时，院长当然也免不了过问一下昨天的事。

星罗来追杀莫林，后来就成肥料了，故事还是那么言简意赅。但是星罗这个名字还是让在场的不少人倒吸了一口凉气。莫林很高兴有这么多人的认知和他一样，他们显然都觉得星罗是很可怕的存在。

一群井底之蛙啊！莫林幸灾乐祸。

但是能把可怕的星罗给干掉的人，无疑是更了不起的。赞叹、震惊的目光纷纷投向西凡，大家都认为一定是西凡拼死一战，这才身受重伤击杀了星罗，而那个林默，境界也不错，大概也帮了不少忙。至于路平……他怎么没被星罗给干掉呢？所有人纷纷为此露出惋惜的神色。

“不错，都很不错。”院长郭有道却没有对三人采取各异的眼神。

“摘星学院的未来，就是要靠你们这些优秀的学生了！”郭有道感叹着。

“院长。”西凡用微弱的声音提醒郭有道，“我还有三天就要毕业了。”

“院长。”莫林也举手讲话，“我只是路过的。”

“院长。”路平也有话要说，但这次却有人抢了他的话头。

“他还有三天就要被开除了。”

一片轰笑！大家都觉得这话接得太美妙了，无懈可击的美妙。

路平笑了笑，没说话。西凡和莫林却对望了一眼，他们觉得，三天后的大考，会有好戏可看。

风纪队弄来了一副担架，准备把西凡抬回他的住处休养。西凡数次望向路平，想要说点什么，但是最终那个“谢”字还是没有说出口。他对路平的情绪，到底还是没办法这么快就转换过来。

西凡被抬走，来慰问的人群立即就散了。对莫林这个进入学院才一天的陌生新生都有人去表示了一下关心，但对路平却连一句问候都没有。没有理会他有没有受伤，也没有人过问他在这次事件中充当的是什么角色。

“那还用问吗？肯定是累赘呗！”所有人都是如此一厢情愿地认为着。

小屋恢复了冷清，只剩下苏唐。三年，这间小屋唯一会来的人就只有苏唐。默默收拾好小屋难得一次的狼藉，苏唐站在窗边。

又是一个好天气，但是窗外的花圃却不像平日那么缤纷了。昨晚那一场恶战，花圃此时的状况可比路平的小屋要严重多了。莫林站在一片被压扁的花草旁边，正被莫森骂得狗血淋头。

“你还不去上课？”路平在她身后问道。

“马上就去。”苏唐目光从窗外移回来，伸手指了下小桌，“早餐放那了。”

“好。”路平点头。

“那我走了，那个什么星罗还会有后文吗？”苏唐问。

“应该不会了。”路平说。

“当心些。”

“放心。”

苏唐离开了。路平过去小桌拿过早餐。包子已经凉了，路平也没在意，站在窗边默默地吃着。他已经习惯了这样，在苏唐去上课、去修炼的时候，独自一个人。

窗外莫林还在被莫森责骂着，一脸的无奈。

路平看着看着，却笑了出来。

这一幕在他看来其实很温暖。爱之深，才责之切啊！莫森老师那么反感他，训斥他也不少，但从来就是两三句重话后就不再理会了，什么时候有过这么长篇大论苦口婆心的数落？

这家伙和莫森老师的关系，看来比自己一开始想得还要深一些啊！

正想着，那边莫森总算是训斥完了，然后就连忙去检查昨晚弄坏的花草，看看有哪些是还可以拯救一下的。莫林也不知从哪拣回了草帽，扣回头上，就又往小屋的窗边来了。

路平这次没有回避，提袋里的包子还给莫林留了两个，递给了他。

莫林接过，嘟囔着："才两个？"然后又嫌弃，"都凉了。吃凉的对胃不好。"一边往嘴里塞了一个，一边接着说道。

"你和莫森老师什么关系？"路平问。

"他是我二叔。"莫林说。

"你也姓莫。"

"对，其实我叫莫林，不是林默，不要说出去哦！"莫林说。

"有必要吗？"路平说。

"当然，我可是个刺客，而且我正在逃避……呃……追杀？"声音越说越微弱，莫林说到最后才想起来，追杀他的人现在已经成为这片花圃的养分了，"好像确实不是特别有必要了。不过作为一个刺客，名字隐藏一下总是好的。你的名字是不是假名？"

"不是。"路平说。

"你能不能做我的导师？"莫林说。

"什么？"路平被莫林冷不丁的这一句给吓了一跳，他原本以为莫林接下来就又要问他昨天总在好奇的那些问题了。

"我昨天入学院的时候，院长问我想跟哪个导师，我当时随口就说了我叔叔的名字，但现在我觉得你最合适。"莫林说得无比认真，真就看年纪的话，他比路平还要大个两三岁，但他丝毫不觉得这有什么难为情的，十分期待地望着路平。

"我教不了你什么。"路平说。

"不要这么快拒绝嘛，你再仔细想想。"莫林说。

"确实教不了。"路平说着，就又躺回到床上了。

"又装尸体，喂喂！"莫林狂叫，他又被拒之窗外了。

Chapter 3

◆ 毁灭性的打脸 ◆

三天的时间一晃而过，摘风学院一年一度的大考终于来了。

三天里，学院再没有发生什么事情，只是传出了一个不好的消息，风纪队的队长西凡因为伤重休养，无法参加大考。

消息传开后，新生莫林立即找到了院长郭有道。

“能不能代考？”他认真地问着，西凡受伤，他觉得他有很大责任，如果不是他的存在，星罗完全没可能会出现在摘风学院，何况如果不是为了救他，西凡也不会伤成这样。所以他觉得，他替西凡去考试，这非常合理。

但是摘风学院的院规再宽容，也不可能允许代考这种事，哪怕这次有很特殊的情况。于是，莫林当即就被轰出了院长室。

不过随后，院长也决定特别通融一下，可以等西凡身体恢复后，给他一次重考的机会。虽如此，却还是有不少人为西凡感到惋惜——学院大考，会关注的可不只是学院的导师和学生，还有这片大陆上的各个国家，各种势力。

摘风学院虽然不像四大学院那样名声响彻整片大陆，但在峡峰区这个偏僻辖区却是唯二的学院之一。尽管比起另一家峡峰学院，影响力还是要小上不少。

峡峰学院已有二百多年历史，是和峡峰区共同建立发展起来的，拥有深厚的资源和背景，也一直被峡峰区掌权者和民众所推崇。摘风学院后来建立，靠着院长郭有道四大学院出身的名师身份迅速壮大，但终究还是比不上峡峰学院二百多年的积累。

一年一度的大考，两家学院是在一起进行的，自然也是有着竞争的意思。峡峰学院学生更多，一直以来都稳占着上风，但最近几年，摘风学院频频出现极优秀的学生大出风头，让峡峰学院有些颜面无光。

而西凡，就已经在连续两年的大考中大出风头，这次四年级大考，他本又是峡峰学院的心腹大患，但重伤无法参加大考的消息一传来，顿时让峡峰学院觉得鸿运当头。

“好遗憾啊！西凡怎么会这么不小心呢？”监考台的正中，坐的自然是两家学院的院长。峡峰学院的院长巴力言正皮笑肉不笑地向郭有道表达着他的遗憾和慰问。

“人没事就好。”郭有道淡淡地道。

“哈哈，没错，这个当然是最重要的。”巴力言笑着，身旁一排峡峰学院的导师，也跟着附和起来。笑完，立即有人凑上来道：“院长，时间差不多了。”

“哦，那好，那就准备开始吧！还是像往常一样，一年级开始，让摘风学院先来，他们人少，比较快一些。”巴力言意气风发。没了西凡，他不认为摘风学院还有什么人能扫到他们的颜面。

开考的预备钟声敲响，两家学院的一年级一起列队站在了塔下——魄之塔。

这就是各大学院惯常用来考核学生的考场，不同学院会有不同的设计标准。摘风学院和峡峰学院用的这尊魄之塔，共分十二层，学生进塔，以登塔为目标，每层八分，十二层共计九十六分，但若连十二层也突破，再加四分，得满分一百。

虽然只是四分，但这四分却是最难的四分。摘风学院二十四年来的大考中，仅有四人有过拿下满百分的纪录，而这四人，最终都被四大学院录取进修，是摘风学院最大的骄傲。

“今年的摘风新生都很精神嘛！”巴力言的目光在摘风学院的学生身上逐一扫过，假惺惺地向郭有道夸赞着。事实上，他早就知道摘风学院这批一年级生的水准。

“哟，五种魄之力，真不错啊！”巴力言假装惊讶着，他自然也早知道摘风学院的一年级中有这么一位，至于名字，他没记住，因为他完全不觉得这个水准有记住的必要——今年峡峰学院的一年级生里能感知到五种魄之力的学生多到巴力言都记不过来，能感知全部六种的也多达十二人，当中更有三位已经突破了一重天的境界。这一年级的对比，摘风学院势必是要惨败而归，巴力言不介意多赞美摘风学院几句——捧得越高，摔得就越狠嘛！

他笑眯眯地逐一看下去，可当看到队伍倒数第二位一个戴着草帽的家伙时，巴力言稍微呆了呆，而后将魄之力提高了一个程度，确认了自己没看错，巴力言的脸色瞬间就变了。

“郭院长，你们的一年级生里有一个不太对劲吧？枢之魄六重天？这是一年级生？郭院长真是不遗余力，不过这有点太难看了吧？”巴力言脸色是变了，但也没慌张，这种境界的学生会是一年级生？根本不会有人相信。摘风学院将这样的学生排到一年级里加强竞争力，未免太愚蠢了点。

“巴院长你说的是戴草帽的那个吗？你误会了，他只是随便看看热闹，不参加大考的，他是进修生。”郭有道不慌不忙地说道。

“进……进修生？”这下巴力言的脸色变得可就有点管不住了。进修生，作为一个学院院长太清楚这意味着什么了。这意味的是一种认可。因为只有更为优秀的学院，才有可能受到别人的青睐前来进修。峡峰学院纵然有两百多年历史，但地处这个偏僻的大区，在整个大陆而言名气也没比摘风学院大多少，从来没有过人想到要来他们这个学院进修。但是现在，摘风学院，居然有一位进修生？

巴力言深深怀疑这个消息的真实性，但是郭有道已经说了这学生不会参加大考，是不是真的来进修，就完全没有要向他说明的必要性了。

无奈。巴力言顺势再往后看，草帽男身后，摘风学院的最后一名一年级生。

嗯？嗯？巴力言这次也是接连确认了两遍，终于才敢肯定，而后就笑出来了：“这样的学生，郭院长也会留他到大考，让人佩服呀！他不会也是来看热闹的吧？”

巴力言这一次总算是说中了要害。郭有道虽然还算神色如常，但摘风学院其他导师们的神色就有些不自然了。

一年级生都只是刚刚接触魄之力的阶段，摘风学院和峡峰学院一年级的差距是一目了然的。摘风学院肯定要被比下去，而且会被比得很惨。更惨的是他们当中还有个路平，这个废物的水准，简直就是致命一击。

这时巴力言身旁的导师凑上来和他说了几句，巴力言听了之后笑得更开怀了。

“原来他就是路平啊！听过听过，连续两次大考不过的留级生？为什么我之前好像没有见过呢？”巴力言笑道。

“因为之前两次他不是不过，而是没有来考。”郭有道说。

“哈哈哈。”巴力言更乐了，“你这话说的，好像他来就能考过似的。老郭啊，不是我说你，你的院规真有些太宽容了。就像这种学生，你还给他三次机会？这要在我们峡峰学院，一个月我就让他滚蛋，考都不用考！”

“院长，院长……”旁边的导师连忙拉了巴力言两下，他们院长有些得意忘形，太失风度了。

“咳咳……”巴力言也立即意识到自己的失态，连忙咳嗽了两声，稳定了一下情绪，而后用四平八稳地口气宣布：“这就开始吧。”

“开始！”魄之塔旁的监考导师，宣布大考正式开始。

“先从摘风学院开始，叫到名字的学生入塔进行考试，内容就是登塔，用什么方法都可以。一到四层，每层限时半分钟；五到八层，每层限时一分钟；九到十一层，每层限时两分钟；十二层，限时四分钟。到达第七层，就算及格。此外，整体用时的多少，也会影响最终评估，明白我的意思了吗？”监考导师宣布考试规则。

“明白！”学生们齐声回答。魄之塔的考核方式，他们从学长和学院导师处都已经听说过。

“很好，那么现在开始，一号考生，瑟南。”

“到。”被叫到名字的学生站出队伍，两位监考人员立即利用魄之力对他进行了飞快感知。不是探查他的境界，而是检查他是否携带武器、药品等所有严禁在大考中使用的物品。

“没问题。”在得到两位监考人员的确认后，瑟南这才获准走向魄之塔。

塔门紧闭，门上有一个凹进去的掌印，瑟南将右手缓缓地按了进去，虽然听学长们说过这一关极其简单，只要有感知到魄之力，就可以通过，但他心里依然七上八下地有些紧张。

很快他就听到“咔”的一声轻响，像是钥匙拧开了门锁，魄之塔的大门悄然无息地缓缓打开了。

果然非常简单！没有任何主动操作，只是将手掌放上，魄之塔的大门就自动感知到了这人所拥有的魄之力，八分，轻松到手。

瑟南七上八下的心总算平静了不少，他回身，向他的同学们挥了挥手后，走进了魄之塔，塔门在他的身后徐徐关闭。

“瑟南加油！”摘风学院的一年级生们用力喊着。

“哈哈哈哈！”但是随即他们就听到人数众多的凌乱嘲笑声。

“连一年级的考试都需要‘加油’，那得有多差劲啊？”

在一旁等候摘风学院考完才能开始考试的峡峰学院一年级生，对摘风学生们的加油声不屑一顾——他们都认为这场考试无比简单，居然还需要“加油”这样的鼓励？

“真是一群土包子。”峡峰学院的人指指点点地议论着。

摘风学院的学生们自然极其不爽，有人立即反唇相讥，不过没等双方口角升级，就已经有监考人员过来严厉制止了。

“坦白说……”队伍尾巴的莫林对路平小声说着，“我觉得他们真相了，这么个简单要死的考试，也要喊加油？我现在站在这队伍里都有点羞耻，我的脸红了没有？”

“没有。”路平倒是很淡定。

而这时瑟南在魄之塔中也是势如破竹，一层、二层、三层……每过一层，魄之塔就会亮起一圈，成绩当场就出，一目了然。

紧跟着，四层、五层、六层。这几层也都过得极其迅速，连续冲到六层，一共用时刚过一分钟，非常行有余力。

摘风学院的学生们顿时都挺得意，忍不住主动向峡峰学院那边投去不少挑衅的目光，结果队伍的末尾又有人在泼冷水，莫林一脸受不了的表情扶着额头：“这有什么大不了的啊……一会有他们脸红的时候。”

莫林虽然还未到贯通境界，但感知这些一年级学生的水准还是足够的，他完全清楚摘风学院的一年级比起峡峰要差不少。可惜这些摘风的一年级却不知道，对抗意识非常足。

“自取其辱啊……”莫林感叹着。再看峡峰学院那边，对摘风学院的挑衅都表现出不屑一顾的态度，一副你们在我们面前连当对手都不配的高姿态，而他们也完全有资格这样高姿态。

“哎哟，太心塞了。”莫林捂着胸口，“我入学院才几天啊，怎么有这么强的荣誉感。我先去别处转转，快到你了再回来，能挽回一点颜面的也就只有你了，不过这种测试……”莫林看了看魄之塔，摇了摇头。一年级的大考实在是太简单，就算打个全通也不至于被惊为天人。他看到峡峰学院那边至少有三个人都突破到了一重天境界，这在一年级大考都是有机会拿到满分的。这风头，靠路平一个人也压不住，到最后只能是摘风自己人被路平的表现打脸打得啪啪的。

可怜摘风学院的学生们全不知道。他们还在津津乐道地议论着瑟南的表现，跟路平则保持着距离，不小心有目光转过来时，都连忙要换成鄙视的。

离开的莫林四处瞎逛，在四年级这边看到了重伤的西凡。这家伙不在家好好养着，弄了个轮椅让风纪队的人推来了考场。他无法参加考试，却还关心着学院的表现。

“摘风学院的未来，就是要靠你们这些优秀的学生。”莫林站到了西凡身后，模仿着郭有道的口气。

“你在这里干什么？”西凡问，他知道莫林是不用参加大考的。

“随便转转。”莫林说。

“那边……怎么样？”西凡问的是一年级那边。

“内忧外患。”莫林说。

“怎么？”西凡不解。

“外有峡峰学院的碾压，内有路平即将到来的打脸表现，你说惨不惨？”莫林说。

西凡默默一想，还真是这么回事，一时间也不知道该说什么好了。

“就是不知道那家伙会怎么表现，他太淡定了。我这入学院还没几天的，都想把峡峰那帮嚣张的兔崽子全毒死，你说我荣誉感怎么这么强？”莫林说。

西凡根本没理他这些胡说八道，忽然就听到一年级那边传来阵阵欢呼。

“怎么回事？”西凡问道，他的鸣之魄无境界，听不到太多的信息。

“在讨论一个叫伯用的。”莫林鸣之魄三重天，一用起魄之力，立即收获到了信息。

“哦。”西凡知道伯用，这批一年级里算是最出色的一个，已经感知到了五种魄之力。

“伯用，伯用！”摘风学院的一年级整齐地呼喊着。

伯用用更快的速度，势如破竹地就冲到了第六层，但是令摘风学生们彻底兴奋起来的，是他连第六层也势如破竹地闯过了。

之前的学生，从一到六，基本都很顺利，很有气势。但是在第六层却都耗费了快一分钟的时间，显然从这一层开始难度大不一样，想闯进及格的第七层，终究是需要花费一点不一样的心神。

虽如此，每位学生倒也都做到了，暂时没有出现到不了第七层不合格的现象。只是七层之后，明显再没了之前的气势，有的人就停在了第七，有的到第八，目前最出色的一个，也不过抵达了第九层。而现在，伯用，摘风学院最出色的一年级生，不费吹灰之力就已经迈上了第七层。

有羡慕，有嫉妒，但在这样和峡峰学院针锋相对的考场上，大家更多的还是同仇敌忾。

吹呼声中，伯用已经冲到了第八层，难度陡然提升，让他也开始花费了多一点时间，但不管怎么说，第九、第十……都没有难住他，直至第十一层。

一分钟、两分钟、两分半……三分钟……时间到了。伯用终于还是只停留在第十一层，被传送出来的他，脸上写满了懊恼。

“唉！就差一点点！”他对其他学生说着。

“不要紧，已经很出色了。”和他交好的学生安慰着，而后又有一些不安分的，再次得意洋洋地向峡峰学生发起挑衅。

“真是受不了你们这群井底之蛙了。”峡峰学生队伍中走出来了一位。

“你叫伯用是吗？”这人对伯用说着，然后伸手向东北方向一指，“两百米外，树梢顶上落着的那只鸟，是什么鸟？”

“什么？”伯用一愣，顺着那人指去的方向望去，树是看到了，树梢顶上，落着鸟？

“看不到吧？所以，知道差距了吗？”那学生不屑道。

“胡说八道谁不会，八千米外那只鸟是什么？麻烦你告诉我。”有摘风学生叫道。

“呵呵，可以请老师验证一下呀，是不是有只杜雀站在梢顶上。”这学生自信地说着。而他所说的监考导师就是摘风学院的，直接摆脱了串通的嫌疑。

这位导师也早就听到了两边的争论，此时叹了口气：“是有一只杜雀，冲之魄一重天的话，应该就可以看清了。”

“冲之魄……一重天？！”摘风学院所有一年级生的脸色都变了。

“呵呵呵。”峡峰学院的一年级生们都在笑着，笑容看起来很谦虚，一点都不张扬，但是对比起之前摘风学院的伯用冲到十一层后他们那意气风发的张扬模样，峡峰学院这副装出来的谦虚从容，顿时就成了最大的讽刺。

摘风学院的学生个个都觉得无地自容，伯用更是目瞪口呆了半晌。在摘风学院，同学们都称他是天才，导师们也时常拿他做榜样，这让他慢慢地也就真的接受了这个设定。虽然也有导师提醒他“人外有人”，但他一直觉得，这是导师怕他骄傲。他不会骄傲，但是，也不会妄自菲薄。他是天才，还是一个努力的天才。可是现在看来，感知到五种魄之力，原来根本就不算什么，峡峰学院的一年级，甚至都有突破到一重天境界的。

“继续加油，你还只是一年级，境界并不重要。”摘风学院的导师特意过来对伯用说。

“哦……”伯用应了一声，但是心思却已经开始动摇：是自己真的不够出色，还是说……峡峰学院的培养方式，更加出色？

峡峰学院一重天的冲之魄，算是给了摘风学院一个十足的下马威。所有人都变得没精打采的，不再互相打气鼓励，更不敢再向峡峰那边挑衅，连望向对方的目光都变得畏首畏尾。

“加油哦！”

“打起精神呀！”

倒是峡峰学院的学生们，这时好像很有关怀精神似的给摘风学院打起气来，可是就那嘻皮笑脸的模样，还有故意拖着各种尾音的怪调，显然是在落井下石奚落着摘风学院。

摘风学院的学生更郁闷了，可是又有什么办法？一重天的境界啊！他们谁能去抗衡？连伯用都被彻底比下来了。

“哈哈哈哈。”监考台上的巴力言，若不是考虑到身为院长的风度和稳重的举止，此时恐怕会笑到手舞足蹈。

今年的一年级生，真是解气啊！这话他只能心里想想，说出来就显得没气量了。

“摘风学院的孩子有点没精神啊！”巴力言如此说道。

是的，在遭受了那样的对比打击后，摘风学院的学生彻底没了精神。他们排着队，听着点名，依着次序，一个个很是机械地走进魄之塔进行考试，似乎都在盼着大考快点结束。

这之后进行大考的学生，也再没有哪个有什么优异的表现，绝大多数都只是七八层，甚至有两个学生居然没有踏上第七层，这绝对是发挥失常。这让那两个人也变得越发地垂头丧气了。

终于快要完了……看着队伍不断地缩短，摘风学院的学生个个都有松了一口气的感觉。直至队伍的最后，路平被叫到名字进入了准备区。

摘风学院的学生耷拉的脑袋顿时更低了。

真不幸啊！已经被峡峰学院比得无地自容了，最后竟然还有这个家伙来拉低下限。这个完全没有魄之力的家伙，到时候会连门都进不了啊！

不少学生已经开始捂脸了。不只他们，就连监考台上不少摘风学院的导师都露出尴尬的表情。

因为魄之力不充足，或是发挥失常，没能冲到七层的状况总还是时有发生的。但是如果连塔门都进不去，连第一层的八分都拿不到，这可算是丢人现眼到家了。这得是什么水平，才能教出一个一点魄之力都没有的学生？导师们顾惜的不是路平的脸面，而是摘风学院，还有他们这些摘风学院导师们的脸面。

“似乎大家都对这个学生很期待的样子啊？”巴力言注意到了摘风学院上下的窘迫，兴味盎然地和郭有道说着反话。期待路平表现的，分明应该是他们峡峰学院才对。

郭有道笑了笑，没说话。这时两位监考人员也对路平进行了感知，结果都露出奇怪的神情，两个人交流了一下眼神后，加强能力又感知了一遍。

“怎么？”主考导师走了过来。

“他……没有魄之力。”这本不是这两位监考人员需要负责的问题，只是在之前的感知中顺势就发现了，一时好奇就又细细感知了一遍，结果发现真是没有。

“什么？”主考导师也感知了一下，果然没有。

对，不要让他考了！摘风学院的学生们心里齐齐燃起期待，就在这里把路平卡掉的话，总比这家伙连塔门都打不开要强得多吧？

“你也要考？”主考导师把选择权交给了路平。

不要啊！众人心中齐呐喊，可路平给出的回答却是：“是的，不然就要被开除了。”

垂死挣扎！摘风学院上上下下都在如此想着，想到会因为这个废物让他们再次大失颜面，心里就一股子憋屈。

“好吧，下一个到你。”主考导师没有再阻止路平。

“我再确认一下，只要是往塔顶上冲就可以了是吗？”路平忽然道。

主考导师看了一眼他，点头：“是的。”

这家伙想要什么小聪明吗？听到路平最后这句话的不少人都觉得会是这样。但是主考导师却完全没去计较路平这话里会不会有什么文字陷阱。想用什么小聪明来规避考试规则，真当他们这些监考者是没脑子的木头人吗？

当！魄之塔传来一声钟响。刚刚进去的摘风考生最终停留在了第七层。他没能继续往上，但也算合格，随即被魄之塔传送出来。

“及格！”主考导师当场宣布，随后叫出摘风学院最后一个名字：“路平。”

“到。”路平应声。

主考导师没说什么，只是示意他可以开始。摘风学院上上下下一片长吁短叹，只除了两个人……

莫林推着西凡，悄然回到了一年级考场这边来看路平考试。莫林是一脸的期待，西凡则是左右为难，摘风学院如此郁闷，他不愿意见到，但最后被路平这个大家一直以为的废物震碎眼珠,他也不愿意见到。因为他经历过,那种感觉,真的一点也不美妙。

怎么才好呢?西凡想不出。

路平这时已经走到了塔门前,抬起右手,按进了那个手印。塔门毫无反应。

看吧,就知道啊!摘风学院上下欲哭无泪。而峡峰学院这边,一年级生境界有限,他们可不知道路平是没有魄之力的。稍愣了一下,才意识到是个什么状况——实在是这样的状况从来没有听说过,毫无概念啊!

居然还有如此差劲的学生?连塔门都打不开?

"哈哈哈哈哈!"这次峡峰学院顾不上再装什么谦虚从容了,彻底笑疯。不少人捂着肚子,笑得眼泪都飞出来了。笑声好像利剑,刺扎着摘风学院上上下下的心。

主考导师早料到会如此,已经准备上前示意路平考试结束。连塔都没进,倒是把传送的功夫给省了。

谁想就在这时,突然听到轰一声巨响——门开了。不,准确来说,应该是门飞了!

所有人反应过来的时候,路平右手按上的塔门,已经不见。然后就见他走进了魄之塔,他的身后已没有徐徐关上的塔门,他的背影就这样一直存在于所有人的视线里。

再跟着,是脑海里。因为背影已经不见。

上二层了?所有人抬头看,果然,一道光环飞速被点亮,但是……亮的有点高,这是……第七层。

一步七层!一二三四五六层的光圈统统没有亮起!什么情况?所有人目瞪口呆,路平这一步,直接就上到了七层!

"怎么回事?"峡峰学院的院长大人巴力言失声叫道,一下子就从座位上站了起来,大肚一挺,浑厚的魄之力不由自主地释放,直接把面前那张桌子给顶飞了。

哗喳!桌子摔得四分五裂,魄之塔第十层的光环也在此时亮起。

一步七层,第二步,到十层!许多一年级生奋力也无法到达的高度,路平只用了一转眼,只用了两步。

再然后,第三步,十二层!

第十一层也被跳过,这本是摘风学院之前由伯用取得的最好的成绩,但是现在,在路平这里,竟然都没有让他停留一下。

"这……"巴力言总算没有一直惊讶失神下去,他的目光在一瞬间变得凌厉,扫了身旁的峡峰导师一眼。

这位导师立即心领神会。第十二层，他们有一点特别的安排，但是原本可没想着要在一年级这里使出。对一年级生而言，这种安排太过火，弄不好会出乱子。但是院长已经示意了，而且这家伙看起来也不是普通的一年级生。

发动吧！导师正准备使用他的能力。

轰——

巨响后，十二层已破！一道人影已经站在了塔顶，拥有冲之魄境界的人都可以看清，是路平，平静的平。

轰轰轰轰轰！

还没等任何人做出反应，魄之塔传来接连不断的轰响，每一层中都有尘土向四面飞扬。

塔在倾斜，塔在下沉。

"快跑！！！"主考导师大叫。魄之塔下聚集的监考导师和两院学生连忙四散躲避。

魄之塔塌了。片刻间就成为了一片废墟，荡起的浓浓尘埃升向蓝天，一道人影从中缓缓走出，越来越清晰——

"这塔不及格。"路平说。

时间仿佛停止了。

监考台上的院长和导师们，四个年级考场附近维持考试纪律的监考人员们，还有参加大考的一到四个年级的学生，学院外以选拔人才为目的特意来观看大考的各方势力成员们……所有人都是一样的姿势，一动不动，只有眼珠在随着某个身影的移动而转动着。

一年级的大考，原本不会是大家关注的重点。二、三、四年级的大考，才更能展现出学生的水平。但是眼下，一年级大考却把所有人的视线都吸引过去了。即便一开始没有关注的人，当明白过来塔塌的原委后，立即和所有人一样，目瞪口呆地瞪着那个身影。

身影不慌不忙地走着，步子没有太快，也没有太慢，就像极寻常地走在路上一样，然后回到了摘风学院的学生队伍中。

摘风学院的学生依旧像之前一样，下意识地同来人拉开了距离，只是眼下大家的目光再不是嫌弃，更像是看到了什么可怕的东西，本能地闪避。

路平神色如常，和三年来被大家鄙视唾弃时一样，还是那么平静。

学生们面面相觑，监考导师们也是大眼瞪小眼。主考导师手里拿着成绩表，却不知该如何下笔记录了——登到塔顶，是满分100。把整个魄之塔都弄塌了，这该怎么算分？整个大陆都没有这样的先例。

主考导师想了又想，准备去向两家学院的高层请示一下。但是看到他要离开，峡峰学院的一年级生们却立即慌了，纷纷围了上来。

“老师，我们的考试怎么办？”峡峰学生们纷纷问着。

主考导师顿时更头大了。这峡峰学院的学生还没考试呢，一年级的魄之塔却已经没有了，二、三、四年级的魄之塔，相对一年级生来说绝对不合用，勉强的话还可能有生命危险。

“大家稍等，我去问问……”主考导师也不敢给任何承诺，安抚了一下峡峰学生们就匆匆离去了。

峡峰学院的学生此时哪里还有之前的意气风发，路平到底有多厉害，他们暂时都顾及不到了。现在重要的问题是一年级考试的魄之塔没有了，这让他们怎么考试？在整个峡峰地区，这些塔都是唯一的。摘风学院要和峡峰学院一起大考，最主要的原因就在于摘风学院没有自己的魄之塔。

“大概会用别的方式吧？”

“我可从来没听说过还有什么魄之塔以外的考核方式，尤其一年级生，放你去像四年级那样试炼吗？怎么死都不知道啊！”

“总不能等着再修一座魄之塔吧？”

“那要等到什么时候啊？”

“这不是等于变向地留级了吗？”

峡峰学院的一年级生们七嘴八舌的，别管是感知到五种还是六种魄之力甚至是突破到一重天境界的，此时都是一脸忧色，谁知道这魄之塔的倒掉会对他们造成什么影响呢。

摘风学院的学生看到峡峰学院这边的惊惶，自然是大出了一口恶气。对路平的情绪转换也并不如西凡那么艰难。毕竟西凡处心积虑地盯了路平近三年，积怨颇深。而这些一年级当中，不少人其实就只是听过路平的传言而已，根本没有什么直观的印象，只是人云亦云罢了。此时一看到路平这么震撼的表现，以前的嫌弃鄙视很快就变淡了。

“太厉害了，你是怎么做到的？”终于，有学生凑上来和路平主动交流了。

“没什么。”路平说。

“你这么厉害，以前两次大考为什么会不过呢？”

“哦，因为我没去考。”路平说。

“为什么不去？”

“因为没必要啊……”路平说。

“那这次呢？”

“这次不考，我就要被开除了。”路平认真地解释。

这对话，莫林和西凡也都听到了。

“大实话！”莫林感叹。路平的实力，根本就凌驾在摘风学院的水准之上，最大的疑问应该是，他为什么要来摘风学院而不是为什么考试过不了或是没参加考试。

没必要，这个理由绝对真实，绝对可信。就连西凡都不得不点头表示认可。

“早知如此，何必要他考试呢！可惜了这塔啊，不少钱吧？”莫林说。

西凡沉默了片刻后，终于还是说了一句：“塔是峡峰学院的。”

“哦哦。”莫林一脸的恍然，“那还好，还好。”

严格来说，一年级大考还没结束，西凡和莫林两个是不被允许太接近的，只能在一旁看着。然后就见路平向着监考导师举了下手。

“什么事？”有一位监考导师过来问道。

“考完是不是可以离开了？”路平说。

“呃……”监考导师语塞，回头看了看那一地的废墟，尘埃都还没有散尽。这路平的最终成绩在记分册上还没有录入啊，他们根本不知道这应该算多少分。

“还是稍等一下吧，等主考回来。”监考导师说。

“好吧！”路平只好继续等，目光扫向三年级大考那边。但现在全场重心其实都在他们一年级这边，不知有多少魄之力飘过来在路平身上感知着。

监考台，主考导师来到了两位院长面前。摘风学院的郭有道神色还是比较正常的，和之前一般无二。但峡峰学院的巴力言就不是太好了，原本摆放身前的桌子被他肚子顶飞摔碎，还没有搬来新的。此时他瘫坐在座位上，眼睛瞪得溜圆，望着那变成废墟的魄之塔，嘴角正在不住地抽动着。

主考导师左右各看了看，觉得还是先找郭有道说话比较合适：“郭院长，那位路平的成绩，您看怎么给？我拿不准。”

郭有道微微一笑：“那还用说，当然是满分。”

“好的。”主考导师没有提出任何异议。原本打分是魄之塔的工作，他的职责只是记录。现在塔没了，自然是需要找有决定权的人打分，而他照旧负责就好。

路平满分。得到了这个答复后，主考再看巴力言，峡峰院长还是有点没缓过来，但他还是不得不硬着头皮上去问一声：“巴院长，这个……峡峰学院一年级的考试，接下来怎么安排？”

巴力言还在愣着神，直至身边的导师唤了他两下后，才回过神来，将主考刚刚的问题想了一遍后，顿时更闹心了。光顾着心疼魄之塔，他都把这一茬给忘了。

“不如我来写封推荐信，就让他们去天照学院考吧？”郭有道建议着。

“不用！”巴力言果断拒绝。他当然知道天照学院是距离他们峡峰最近的志灵区的一所学院，听说天照院长和郭有道交情匪浅，有他一封推荐信，确实会省了不少麻烦。但是巴力言可不想承郭有道的人情。这家伙，想用这么一封推荐信就打发掉摘风学生弄塌魄之塔这事吗？没这么便宜！另找座学院临时安排一下大考而已，他巴力言也不是没有这个人脉。

“这些学生，安排一下，让他们去双极学院，我稍后会安排人打点这事。”巴力言吩咐着。

“好的。”主考也不过是听命行事。两家学院虽然是一起考，但对各自学院的事务是互不干涉的，主考当即依照两家各自的安排去处理了。

监考台上，巴力言可没觉得这事就这么完了，他开口问：“郭院长，这事你看接下来怎么办呢？”

“哦？什么接下来？”郭有道说。

“别装糊涂！”巴力言这会正烦着呢，根本没耐心和郭有道兜圈子，也顾不上什么风度气度了，“这魄之塔是被你们摘风学院学生给搞毁的，我不要求你全责，但你多少也得给我点说法吧？”

“哦，难道要我赔你塔？”郭有道问。

巴力言当然很愿意，但也知道这要求有点痴心妄想。塔是摘风学院的学生弄坏的不假，但这种事在大陆上史无前例，所以在摘风学院商量借用魄之塔的时候根本没有过这方面的约定，现在哪里扯得清楚？

“赔塔就算了，这种事谁也没想到，你把弄坏塔的那个学生给我留下吧！”巴力言说到那个学生的时候咬牙切齿，一副深仇大恨的模样。

“哦，路平。”郭有道笑了笑，很痛快地点头，“可以啊！”

“啊？”巴力言一愣，他还在思考如何周旋扯皮呢，想不到郭有道毫不犹豫地应承了。他这痛快劲儿，别说巴力言，连摘风学院的导师们都吃惊不小。要是换了以前，有学院要路平，他们倒给钱都愿意送走，但现在，瞎子都看得出路平非同小可，哪家学院还会把这样的人往外推？郭有道倒好，答应得毫不含糊。

“说话算话！”巴力言不敢多想，连忙说道。

“我说话算话，只是，学生自己愿不愿意，这事当然由不得我。”郭有道说。

“哦？”巴力言顿时又听出了几分味道。看起来郭有道是相当自信路平绝不会离开摘风学院啊！虽然心有疑虑，但是对方的话已经说到这份上，巴力言也实在没法再挑理了。

主考带着两位院长的决定回到了一年级考场。摘风学院这边，大考就算结束，路平最终拿到了一百分的满分。峡峰学院这边，也总算是给了他们解决的方案，但是需要跋山涉水赶往双极学院参加大考，这也不是多么值得高兴的事。峡峰学院的一年级生们个个愁眉苦脸，偷偷地还想对造成这一切的路平投去一点仇恨的目光，结果路平的人都已经不见了。

得知大考结束，自己通过后，路平立即就离开了。绕了考场半圈，来到了三年级生的大考场地。

“这里！”苏唐远远就看到了他，向他挥手。

路平也挥了一下，示意看到她了。但是考场规定，参加大考的考生不得和场外发生接触，非考生或监考人员，也不许随意进入考场范围，路平只能站在考场外看着。于是两人进行了远距离的大声对话。

“那边怎么回事？”苏唐喊。

“塔塌了。”路平喊。

“你有没有事？”苏唐问。

“我没事。”路平答。

“那就好。”苏唐喊。

两人这对话的音量，在场的但凡是有鸣之魄境界的人几乎都能听到。峡峰学院的人那个气愤啊！修一座魄之塔可是很不容易的事，就这样塌了，心疼的不只巴力言一个人。但现在苏唐和路平的对话里满满的“塔不要紧，人没事就好”的口气，听得他们分外不舒服。敢情塔不是你们家的啊！

“你还要多久？”又轮到路平喊话了。

“还早着呢，挺慢的，要不你先回去？”

“没事，我等你。”路平喊。

“那好，等我一起。”苏唐喊。

“你们俩！差不多得了啊！”监考导师中终于有一个看不过去的了。考生和场外禁止接触，这接触本也应该是包括对话的。只是没有什么实质性影响的话，一般大家睁只眼闭只眼也就过去了。但这两个居然没完没了。

两人随即闭嘴，苏唐又向路平用力挥了挥手，示意他放心。路平点了点头，也就在考场外围随意找了个地方坐下了。

“她没问题的。”这时莫林推着西凡到了他旁边，西凡对路平说着。他开始试着放下以往的情绪，和路平建立新的交流。

“当然。”路平说。

“三年级就有六重天境界，非常出色了。”西凡说。

“你三年级的时候呢？”莫林问，他显然是学院外野生成长的，并不太了解学院培养的成长进度。

“精之魄三重天。”西凡说的是自己最突出的那一项魄之力，通常来说，每个人都是精研某一项魄之力，其他为辅。

摘风学院的教学培养就是基于这种安排，一年级让学生感知并习惯魄之力的存在；二年级开始突破境界，在这一年中，找到自己感知修炼最顺畅、最拿手的魄之力；然后，三年级，学生就有了明确的分支，课程开始有选择，魄之力的修炼也将分清主次；最后，四年级，多在实践中磨练魄之力，进一步提高主修的魄之力以及其他辅助魄之力。

“平均来说三年级的境界都在多少？”莫林问。

“三重、四重吧！”西凡答道。

“那你有点逊啊。”莫林快言快语。

“因为摘风学院没有优秀的精之魄导师。”路平却在这时说了一句。

“哦哦，那你差不多等于自学成才的？”莫林说。

“知夜老师给了我很大的帮助。”西凡说。

“帮你洗衣服吗？”莫林问。

西凡一愣，居然脸红了起来。

“不是吧？猜对了？这也能对？我胡说八道的啊！”莫林惊讶。因为路平是强者，所以他相信路平的判断。西凡说有什么老师给他帮助，他立即觉得这只是客气话，随便就接了一句。哪想这一句还真是说对了。

而这位知夜老师，就是有感自己在精之魄上教不了西凡什么，所以经常来帮西凡料理一些生活上的琐事，希望他能把更多时间用于感知和试炼上。洗衣服确实是其中一项，西凡多番推辞不掉，最后也只能默默接受，结果现在被莫林胡说八道还真给戳中了。

“所以还是自学，现在却到了六重天，了不起。”莫林扯回正题赞扬西凡。

“或许吧！”西凡没谦虚，但也没接受，只是这样模棱两可地应了一声。

而后三人默默地看着三年级的大考。方式和一年级一样，也是塔十二层，一样的冲层计分方式。只是每一层给的时间要更多，每一位学生所花费的时间也更多，而且明显不合格率远比一年级要高。

先进行的同样是摘风学院，目前结束了十四位，当中就已经有四位没能到达第七层。他们当中有一位甚至是气之魄五重天，这在三年级中算是优秀的，结果却在第五层就被传送出塔了。可见在三年级的考试中，临场发挥变得更加重要了。

队伍缓慢地前进着，苏唐由于当初和路平一起入学时，于学院的开学日期晚了几天，学院号自然是落在了所有人后，此时按号排序也就成了最后。

塔里的状况外面看不到，所以大考其实根本没有观看一说，有的只是等待，等待每一位学生最终带来的结果。

一年级的节奏很快，但到三年级这就变得十分漫长了。莫林看了会儿后，觉得无趣，开始犯困，先是坐地上，然后干脆躺平，再然后就睡着了。

二年级大考那边的节奏，比三年级要快上一些。摘风学院率先结束，最好的表现是突破到了十一层，等同一年级生中伯用的表现。而这样的成绩，让摘风学院的二年级生显得十分谨慎低调。他们不像一年级生，已经有了魄之力境界的他们，有了感知对手的能力，虽然不算精准，但大致判断下来，总不会因为十一层的成绩就有什么优越感，模糊对比双方，峡峰学院似乎还是要更强一些。

果不其然，峡峰学院开始大考后，第四位学生就突破到了第十一层，与摘风学院的最优秀成绩打平；之后，第七位突破十二层，完成超越；再之后，十一层、十二层的成绩时不时就会出现一下。虽然一直没有能突破十二层抵达塔顶取得满分的，但已经把摘风学院比得体无完肤了。

以往摘风学院能取得优势，都是靠极优秀的学生突破十二层抵达塔顶。如此一来，峡峰学院十一、十二层的成绩再多，也会显得黯然失色。

但是这一次，二年级的大考并没有这般极优秀的学生，顿时就成了对摘风学院的煎熬，帮助峡峰扫除着刚刚在一年级大考那边接收的郁闷。

而三年级这边情况也不乐观，突破到十一层的倒是多了不少人，但是没有更高突破的优秀学生，显然还是会被峡峰的人数优势给淹没。但是三年级学生却没有这么快就垂头丧气，因为他们当中有一位让他们寄予期待。

苏唐。三年级，力之魄六重天的境界。这种远超同年级学生的水准，应该是可以突破到塔顶，将峡峰比到黯然失色的吧！所有考完的三年级生，都将期待的目光投向了苏唐。

“到我了！”终于轮到的苏唐，却是先回头冲路平喊了一声。

“喂！”监考导师立即出来打断，禁止这两人又嚷嚷着聊起来。

苏唐吐了吐舌头，朝路平挥了挥手后，向着魄之塔走出。塔门同样是按手印的测试，苏唐不费吹灰之力打开，然后，一层、二层、三层……

冲层的速度明显要比其他人快上许多，摘风学生们变得越发期待了，峡峰学院的学生们一开始还不以为然，直至苏唐势如破竹极具效率地冲到第十二层时，他们的神色变了。

这好像是要突破到塔顶的样子，峡峰学院这边，有能抗衡的吗？

“放心，有我。”好像是感受到了所有人的担忧，峡峰学院当中一位众人环绕，一身装束也与众不同，极显身份的学生自信满满地说着。

“气之魄……六重天。”西凡感知到了这人的境界，但是就在感知这学生境界的过程中，他那六重天的精之魄，突然也察觉到了一丝别的异样，似乎有一道魄之力在不间断地指引着这边，牵动到的是三年级大考魄之塔十二层！

“好像有什么不对？”西凡脱口而出。

“啊？什么？”莫林一个骨碌翻起身，望向身边的西凡，很快就又有了另一个疑惑。

“路平人呢？”莫林问。

路平不见了。要不是莫林说起，西凡到现在都没有察觉。就算他的鸣之魄没有境界，但路平原先就在他身边不过一米，突然离开，他居然毫无知觉。

“去哪了？”莫林东张西望。

西凡不知道，但是他有一种预感。刚刚感觉到的那道魄之力，难道是路平？

“对了，你刚刚说什么不对？”莫林问道。

不，不是路平！西凡很快肯定，虽然那道魄之力他此时已经察觉不到，但就方才那一瞬间所察觉到的指引来向，绝对是另一个方向。

“有一道魄之力……”西凡对莫林说着，而他的目光则转向了他所判断的来向。那边，只有监考台上坐着的两院导师，还有院长。

是什么？西凡也无法对莫林有更准确的描述，他只是觉得，路平的离开，或许和这有关。

三年级魄之塔，十二层。

苏唐凭借自己六重天的力之魄，一路顺畅地冲到了这一层。正如西凡所说，三年级魄之力在三重天、四重天境界的居多，五重天算优秀，六重天那就是相当突出的才能，足以在这三年级的魄之塔中取得碾压级的优势。若说难度，就只有这第十二层。

第十二层不再是靠境界碾压就可以通过的，这一层里对魄之力的运用能力将起到至关重要的作用。

西凡三年级大考时能突破十二层，靠的就不是境界，他当时最高的精之魄不过四重天，别说第十二层，九层以上就已经不是他靠境界就可以支撑过去的。他靠的就是对魄之力的运用，不仅仅是精之魄，还有其他他所掌握的一切魄之力。

苏唐，境界上比西凡更具优势，运用上也显露了一定的才能。摘风学院上下对她的期待不是没有缘由的，她也确实没有让大家失望。在和把守在十二层的这头像是狮子的幻兽周旋了数个来回后，她终于摸清了这幻兽的攻击方式和套路，三重天的冲之魄，无比精准地捕捉着幻兽的动作。

喝！最后一声轻喝，苏唐右手疾出，正面扑来的幻兽被她准确地按住了头颅，她左手飞快跟下，双臂猛然一起向下用力。

幻兽咆哮着，却无法和这六重天力之魄突然爆发出的力道相抗衡，脑袋重重地撞向了地面，砸出了一个大坑。后半身却因为消化不了这急扑的惯性，翘向了半空。

轰！幻兽倒翻在地，头颅耷拉在那坑中，停止了挣扎。

苏唐松开了手，小心翼翼地退后了两步。这幻兽确实有些不好对付，她的呼吸变得有一些沉重。但她没有马上放松警惕，依旧紧密注视着瘫倒在地的幻兽，直至幻兽彻底消失，这才真正放松下来。

呼！苏唐长出了口气，一边检查着左肩在之前周旋中受的一点皮肉伤，一边就要向塔顶走去。

忽然一道劲风袭来！

还没完？苏唐极其机警，身子向右一跃，已经避过了这记攻击，再向身后看去，幻兽确实是消失了，这次出现的是一个人，看起来和幻兽一样也是魄之力所凝聚，方才一击不中，此时好像显得有些惊讶迟疑。

不好对付！苏唐立即有了判断。那头幻兽虽然凶猛，但只是无所畏惧地执行着攻击。而这次出现的幻象，竟然会在一击不中后有情绪流露。这样的对手，总比那头只是机械进行攻击的幻兽要难缠得多。

果然这十二层难度要比下边大很多啊！苏唐有些遗憾地想着。击倒幻兽，她已经有些疲惫，她不确信自己能不能再击败一个比那幻兽还要强大的对手。但是，总不能就这样退缩吧！

苏唐迅速恢复镇定，调动起她的冲之魄、鸣之魄，紧密关注着对方的一举一动。

对手动了！或者说，根本就没动，但是他已经消失了。

苏唐惊讶，她已经盯得足够紧，疲惫并没有降低她的注意力。但是三重天的冲之魄却没有看到对手有任何一点动作，他就这样凭空消失。

188度的全视角内，完全没有对手的踪迹。

只能是身后！虽然三重天的鸣之魄没有听到任何声音，但是苏唐已经做出了这样的判断。

转身，扫腿！苏唐的反应和动作都已经足够快，但是对这个对手来说还不够。对手出现在了她身后，并且抓住了她扫来的这一脚。

带着光亮的幻象，露出了一抹微笑，甩手就要把苏唐扔出。但是力道不够！指尖传来的，是六重天力之魄带来的强大阻力，这女孩的强硬在他的意料之外。

“你是谁？”他听到苏唐在对他说话，因为他那一抹微笑，让苏唐觉得很不自然。

之前那貌似惊讶迟疑的情绪，可以理解为幻象在对接下来要做的攻击进行盘算思考，是更高级更复杂幻兽的运作。但是这抹微笑又是怎么回事？由塔凝聚魄之力所产生的幻象，居然还带这种真实人类的情绪？

苏唐立即觉得不对，她意识到这幻象可能不是由塔控制，更像是由某个人控制，再或者，这可能干脆就是某个人。

幻象没有回答，他已经意识到自己一时大意露出了破绽，这是因为他从一开始就没有这方面的戒备。他甚至以为自己都不用露出正面，在最初那一击偷袭中就可以结束这次考试。他没想到偷袭不中，没想到苏唐能这么快地反应过来攻击身后，也没想到自己一甩手居然没能将苏唐丢出去。他不想再有这样的意外发生，他决定加快行事。

比蛮力，此时他在神游状态下，并不占便宜，他决定不去和苏唐较劲，抓住苏唐的手已经准备放开。但是这一次较劲，苏唐却已经找到了自己的优势在哪里——力量！

她的力量，是这个身法诡异的幻象也无法轻易抗衡的。于是她左脚蹬地，发力，发出全力。被抓住的右腿猛然向前蹿出，幻象原本抓着还算有点阻力，但这一瞬他正想着要放开，却不料苏唐这一脚竟如此强硬地直接踹了过来。

双方相距本就没多少，这一脚结结实实地蹬到了幻象的胸膛，踢得他身形一通扭曲变幻。

看起来确实只是一个幻象，但是这幻象，可和之前的幻兽不同，幻兽被攻击打中时，没有这样扭曲过。

到底是什么？不管了，先打再说！

苏唐没有错过难得到手的优势，身子无比快速地跟近，挥拳、出腿——格斗的技巧，自然是最容易发挥力之魄的。幻象在连续的击打中竟然一直就没从扭曲变幻中恢复过来，一直是这么一副半成品似的模样。

好像这样的话，他就没办法再做什么了。苏唐如此推断着，攻击顿时更紧密了。

幻象心中叫苦，他确实不是魄之塔所生成的幻象，十二层的考试，在击败幻兽后就已经通过了。他是峡峰学院的导师元夷，一位精之魄的贯通者，此时就坐在峡峰学院院长巴力言的身边，出现在十二层塔中的幻象，是他精之魄贯通后的四级能力：神游。

幻象完全由他来控制，峡峰学院准备用这样的方式阻挠摘风学院的学生突破魄之塔的十二层。他原想一击偷袭就可以完成使命，却没料到纠缠到现在，眼下更是落了下风。

不妙，太不妙！这样下去，别说是阻挠，他自己甚至会因为神游幻象被摧毁而受到伤害。

管不了那么多了！元夷本也不想伤到摘风学院的学生，只是想破坏对方的成绩。但是现在，阻止不了对方突破十二层不说，自己还要受到伤害，实在也顾不上手下留情了。

四级能力神游，可不只是这样。元夷汇聚精神，精之魄力被他源源不断地引导着，开始全力施展神游。

苏唐挥出一拳顿时打空，已经被她揍得快没了形状的幻象突然消失。

精之魄不是苏唐所擅长的，仅仅是在二年级勉强突破了感知后，就没有再重点涉猎过了。但只凭这一重天的境界，她也感受到了身后浓郁的精之魄力，伴随着危险一起来临。

转身，攻击！苏唐的反应和身手依旧是那么快，但是这一次，对方更快！被她打到几乎破碎的精之魄力，重新恢复成了人形，甚至比之前还要清晰一些，但没等苏唐看清些什么，幻象的一击已经击上了她……

苏唐体内所聚集施展起的力之魄力瞬间涣散，她失去了力道，甚至失去了意识，被对手攻击所释放的魄之力肆意伤害着。

还不如早这样出手呢！一击结束了战斗的元夷心下想着，已经准备结束神游，却忽然觉得身后有异。下意识地转身，幻象的喉咙却已经被一只手给锁住。

什么人？元夷惊讶，但是对方却根本没打算和他做什么交流，毫无征兆的澎湃力量，在无法察觉的微小时间中瞬间绽放出来，没给元夷任何反应的时机，他连对方是谁都没来及看清。

轰轰轰轰！又是巨响，这样的巨响，在今天已经不是第一次。

全场目光再一次聚集，所有人目瞪口呆地看着，这三年级魄之塔，好像……也是要塌了吧？

“快跑！”塔下监考导师大喊着，所有人连忙散开。

但是相比一年级的魄之塔，这三年级的魄之塔倒塌来得更突然，更没征兆，忽然间的巨响，然后整座塔就崩碎了。

“搞什么？”所有人都呆了。

一年级的魄之塔被搞塌，三年级的也被搞塌，能不能有点新意啊？

摘风学院的人想笑，峡峰学院的人想哭，巴力言院长这次却顾不上发作，因为就在塔塌的一瞬，他身边的元夷突然一声闷哼，一口鲜血直喷出了近三米。

倒塌的废墟中，身影逐渐显现。

男孩背着女孩，从废墟中一步一步坚定地走出，仿佛那年雪原中，他背着这个小女孩。

他叫路平，平安的平。

一步一步，路平背着苏唐向前走着，没有停留，没有左望右盼，他的眼睛所盯的一直就只有一个方向。

所有人都愣了好久好久，这才回过神来。

“怎么回事？”

“苏唐怎么了？”

“路平怎么出现在这了？”

摘风学院的学生疑惑。他们原本在开心，在笑，因为他们一直以为是苏唐太厉害，直接把塔给搞崩了。虽然是个重复发生的状况，但他们依然觉得十分痛快，十分兴高采烈地欣赏着峡峰学院三年级生们的表情。但是转眼，从废墟中走出的，竟然是背着苏唐的路平。

事情好像并不像他们想的那样，他们想上去问问，可看到路平的模样，最后却没有一个人动。摘风学院的人没动，峡峰学院的学生却按捺不住了。

“怎么回事啊？这是怎么回事啊？”

“这小子是谁？怎么跑到魄之塔里去了？”他们知道一年级的魄之塔被摘风学院的一个留级生给弄塌了，却不认得那个人就是眼前的路平。

“这是什么情况？是作弊吗？”峡峰学院的学生们嚷嚷着，这个怀疑当然很合理。塔里出现了两个人，这很不符合考试规则。于是他们当中就有人直接跳了出来，蛮横地拦到了路平身前，身后一帮簇拥者，正是那个气之魄六重天的少年。

“喂，说你们呢，怎么回事啊？”少年冲着路平喊道。

“让开。”路平的目光并没有在少年身上停留，也完全没有在拦路的任何一人身上停留，他的目光依旧和之前一样，只是指着一个方向。

“你这家伙，很嚣张啊！”少年怒了，迈步上前就朝路平身上推来。他很自信，因为他是一个气之魄六重天的感知者，有能力冲上塔顶的存在。而眼前这家伙呢？从他身上少年根本感知不到任何魄之力，他毫不犹豫地就推了上去。

路平没有停下脚步，他依然在向前走着，少年凑上来，推向他，妨碍到了他的下一步，于是他也毫不留情地伸手推向了少年。

看起来，这只是很寻常的推搡，之后或许会发生什么争斗，监考导师们已经迅速赶了过来。但是紧跟着，少年飞了出去。

只是很平常的一推，谁也没有看到路平如何发力，但是少年却像是被什么东西猛然撞击到了一般，倒飞出去，在空中划了有二十米，而后落地，接连翻了四个跟头，又贴地滑出去六米。原本面对面的两人，转眼就已经相距了三十米。

路平的脚步没有停，目光也没有动，还是那样继续向前走着。

那些跟在少年身后的峡峰学生，在少年刚飞出去的时候本还在大呼小叫的，可当路平继续这样笔直走过来的时候，不由自主地就闪到了两旁，呼喊叫骂声不由自主地就越来越低了。

路平就这样从人群中穿过，就这样笔直地走着，朝那少年不断地接近。

“不好！”监考导师们加快了冲上来的速度。考场大范围外，只被允许旁观而不允许进入考场的非学院人员中，也有两人不顾学院规定连忙冲进了场。学院维护秩序的人员想要上前阻拦，但看到这两人衣服上两座山峰图案的徽章后，就默默地不再阻止二人了。

峡峰徽章，是峡峰城城主的家徽，被路平推飞的少年正是来自城主家，是峡峰城现任城主卫仲的独子卫天启。但最终第一个到达卫天启身边的，还是路平。

卫天启已经完全茫然了，从地上坐起时，他就一直在发愣，直至路平的身影出现在了他面前。卫天启惊慌失措，连滚带爬地向后闪避着。监考导师高喊着“住手”，城主家的两位家卫更是已经焦急地取出了武器，其中一人手中的杀魄弩端起就要朝路平射去。

但是路平谁也没有理会。包括地上的卫天启，他也看都没有看一眼，他还是那样一步一步地向前走，从卫天启身边走过，继续向前。

端起的杀魄弩放下了，每一个冲向那里的人都松了一口气，放慢了脚步。

他这是要去哪？所有人都在看着，只是看着。

监考人员原本打算问个究竟的，但眼下却都犹豫了。一个个面面相觑，没有人再上前。机灵点的都跑去扶起卫天启表示关怀了。

咕噜咕噜……车轮滚地的声音，打破了所有人目瞪口呆的宁静。莫林表现出与所有人大相径庭的兴奋，推着西凡猛追路平的脚步。

看到最终路平背着苏唐走出时，西凡就已经猜了个七八分。那一道精之魄力，虽然他还不清楚是谁，但现在看来应该是针对苏唐做的手脚。他仅仅是察觉，但路平显然判断得比他更清楚，他在那时候就赶去魄之塔。至于他怎么进塔怎么上的十二层谁也没看到。总之最后，塔塌了，苏唐看起来是在晕迷中，果然还是中了对方暗算。

是峡峰学院想阻止我们有学生冲上塔顶？西凡不清楚是不是有人对苏唐有私人恩怨，所以还不太敢确定是不是峡峰学院搞的鬼。他也想知道究竟，于是莫林推着他的轮椅狂奔，颠得他伤口似乎都要裂开了，他也咬着牙愣是没吭声。但最后先掉链子的却是莫林，开始推得还挺快挺猛，跑没多远就开始气喘，然后就越来越慢，好在路平走得也没多快，两人到底还是跟上了。

路平走向的，正是监考台，随着不断接近，他的目光，他走向的方向，似乎也越来越清晰——巴力言身边，元夷。

元夷刚才口喷鲜血后弄得峡峰学院这边手忙脚乱，也不知道是该先顾他，还是先弄清楚那边塔塌是怎么回事。只有巴力言对事情猜出了个大概，脸色变得越发难看。然后所有人就看到路平背着苏唐，笔直地朝着这边走来。没用多久，就已经走到了监考台前。

“你要做什么？”峡峰学院负责学院安全，也兼职教授课程的力之魄贯通者毕格，拦在了来意不明的路平身前。

“让开。”路平依旧只说了这两个字。

毕格没有动。他看到了路平抬手就把卫天启推飞了三十米，知道这个学生恐怕不简单。但是，作为一个贯通者，而且是一位不同于其他导师，曾在战场上厮杀过的有真正实战经验的贯通者，他不认为自己有理由畏惧眼前这个少年。

他没有动，也没有说话，只是拦在路平身前，他准备看看路平要怎么做。

路平只是继续向前走，他的目光被毕格魁梧的身躯给拦住了，但是他的眼神却没有变。他眼神所注视着的，依然是他最初注视的方向、注视的目标，拦在他身前的毕格好像直接被他的目光穿透了一般。

这是无视的眼神，这眼神让毕格有些愤怒。他原本不打算主动出手，想先看看路平会怎么做的。但是现在，他改变主意了，他决定让这少年吃吃苦头，谁也别想阻止他，他谁的面子也不会给。

“给我站……”毕格一边厉喝，一边出手，但是，只说了三个字。

因为路平背着苏唐终于走近了他，下一步，他再不让开的话，路平就没有办法迈出去。于是路平伸手，将他向一旁推去，然后他也就飞了出去。二十米的平飞，落地后的四个跟头，还有之后六米的贴地平滑。他受到的待遇和卫天启一模一样，没有一点区别，这好像就是路平给拦路者设下的统一警告，谁也不吃亏，谁也别占便宜。

然后路平继续向前走，踩在了那片元夷吐出的血迹上，背着苏唐，望着桌子后边脸色苍白的元夷。

“你想干什么？”路平问道，他的表情很认真。

万籁俱静。监考台上整整一排的两院导师，个个都是贯通境界，此时竟然没有一个人说话。不只是峡峰学院的导师们在惊诧，摘风学院也一样，甚至比峡峰学院还要惊讶。这可是他们眼中最废柴的学生，没有之一。可现在……

依然没有人感知到路平的魄之力，但所有人都已经见证了路平的强大——毕格，峡峰学院的实战最强者，只一个照面，连个交手都没有，就被路平给推飞了。这是不是意味着，毕格这个力之魄的贯通者，在这少年面前和一个六重天的感知者根本没什么区别？

所有人都沉默，但路平根本就没有理会任何人的反应。包括巴力言，这个说起来应该算是全场最有话语权的人，路平同样连看都没有看一眼。他只是盯着眼前——脸色苍白，嘴角的血迹还没有擦净的元夷。

原本在一旁查看元夷伤势的峡峰学院医师,在这样的注视下也变得手足无措起来，不知道该不该继续。

元夷已是处于半昏迷状态了，努力抬着眼皮，看着眼前逼问他的少年。魄之塔十二层，他根本还没来及看清对方的面孔就一败涂地，但是他记得那一瞬间的感觉，和眼下所受到的压迫完全一样。

元夷微微张了张嘴，似乎想要说点什么，但刚要发声，鲜血再次涌上喉头。

哇！鲜血再次从元夷嘴里喷出，但这次不像之前那样喷远，只是淋在了身前的桌上，四下飞溅着。不少人惊叫出声，在他左右两旁的，包括峡峰院长巴力言也都在下意识地躲避，但路平却没有动，任由血珠溅到身上。

“别欺人太甚！”一声暴喝传来。毕格，被路平单手推飞后，本也在惊惧，也在犹疑，可看到路平这咄咄逼人的架势，看到元夷再次吐血，一股热血上涌，让他豪气倍增。猛从地上窜起，近三十米的距离，毕格杀气腾腾地冲过，贯通境界的力之魄已被他催发到了顶点。

力之魄，所包含的并不只是力量。速度、耐力、灵敏、柔韧，这等等等等所有人体机能，都是通过对力之魄的感知修炼来提高。

箭步冲来的毕格，飞身跃起，一脚踩在元夷吐血染红的桌面上。桌子在这一脚的力道下碎裂垮下，元夷的拳头也已在此时挥出。

力之魄，毫无疑问是六大魄之力中最具破坏性的，是战斗搏杀中不可缺少的魄之力。力之魄的贯通者所掌握的能力，最常见的就是各种增强破坏力的杀招武技。

毕格所练就的就是这样的能力。昔日战场上曾一次又一次帮他杀敌保命，自从来到峡峰学院，就再也没有使用过——宁静的学院，并不需要如此凌厉的杀人武技。

但是这一次，毕格没有保留。并不仅仅是因为他在路平身上感受到了屈辱，更重要的是，他在路平身上感受到了威胁。

战场上磨练出的习惯和直觉，让他在面对威胁的时候从来都不会有一丝心慈手软。即便现在身处学院，但这种从尸山血海中汲取到的经验可不是那么轻易就会被舍弃的。所以他使用了最强的攻击——四级能力：连力拳！

普通的名字，不普通的威力。四级的评定，就是最好的证明。

当毕格一拳挥出时，那连绵不绝涌出的力道就连他自己也无法再停下来。当年在战场时，这一拳的力道，曾一击就毙命三人，重伤四人。而这一次，这所有力道，冲向的只有一人。

连力拳，拳出，力不能停，这是一个有进无退的杀招。所爆发出的破坏力远在元夷神游所制造的幻象之上。虽然大家同是贯通者，同样是四级能力，但在搏杀方面，力之魄的破坏力，终究是占据统治地位的。

但是路平依旧不退，他依旧背着苏唐，当毕格的拳头挥来时，他迎上来。看起来，桌子被踩垮后，倒是给了他继续向前的空间。

路平的拳头挥出。拳对拳，力对力。轰——

巨响，远比两座魄之塔倒塌加在一起还要剧烈的轰然巨响。澎湃无比的魄之力碰撞着，从两拳相撞的中心，形成一股肉眼可见的气流，迅速掀起，迅速扩散。

路平没有魄之力？不！

在这一刻，所有人清晰地感知到了，这是魄之力，从路平的拳头所涌出的，和毕格的连力拳碰撞的，确实是魄之力。

但是，这是何种魄之力？所有人一时间都没有办法分辨，两道魄之力碰撞所掀起扩散的冲击，让他们也不得不运起各自的魄之力来抵挡。

连力拳，力不能停！汹涌的魄之力，自毕格的拳头中继续疯狂地向外贯注着。但是毕格的神色已变。

他的魄之力，只是没有停而已，而对方的魄之力却在变得越来越强，越来越强。两人相抵的拳头，因魄之力聚集所产生的光团，对方的正在变得越来越大，渐渐就要将他的给吞噬了……

这是，什么境界的魄之力啊？毕格的脸上已经浮起畏惧的神色，但是他……力不能停。

轰！又一声，这次不再是碰撞，而是毕格拳端的魄之力被彻底击溃，那数倍于他拳端魄之力的光团，正在整个向他吞噬过来。

要死了……尸山血海中练就的直觉，狠狠地告诉他这一信息。毕格并不十分畏惧死亡，他只是有些无法相信。这是什么力量？这是什么人？

叮当，叮当……

这在这时，毕格耳中突然听到如此响声，有些刺耳，但在这魄之力疯狂的碰撞中，却极为清晰。听到的不只他一人，有的人不只听到，还看到了。

背着苏唐的路平，他的双手，赫然挂着锁链，在魄之力凝聚的澎湃光团照耀下，时而模糊，时而清晰。

“那是什么？”不少人忍不住互相问着，在之前可没有看到这锁链，眼下却突然出现，这是什么能力吗？

没有人知道。

只有峡峰学院的巴力言，他的境界比其他导师们都要高一些，他的见识也远在一般人之上。当看到那若隐若现的锁链时，他的神色整个都变了，绝对是从听到摘风学院有进修生开始，变得最厉害的一次。他甚至情不自禁地向后退开了几步，像是要远远地避开什么。他满是震惊的目光向四下扫着，似乎是想要找到一个安慰，最终，他看向郭有道，看到了郭有道并不像所有人那样惊讶，而且正在望着他。

“这是……”巴力言艰难地开口。

“是的。”郭有道点了点头。

“销魂锁魄……”巴力言深深地吸了一口气。

澎湃的魄之力就在此时忽地消失。路平依然是背着苏唐站在那儿，手上也没有什么锁链，而毕格，从半空中落下，正撞到了元夷身上，两个人一起摔翻在地。

销魂锁魄。如果说之前巴力言还一直保持着院长应有的镇定，那么在念出这四个字以后，他脸上的神情终于也和所有人保持了一致，被畏惧所取代。他看看郭有道，又看看路平。

魄之力已经消失，消失得特别彻底，特别干净。

路平和毕格的交手，事实上也就是一瞬，两人所完成的，也不过是一拳的对轰。

毕格倒下去了，甚至还撞翻了元夷，但这时所有人竟然都忘了关心这二位，都只是望着路平。之前还在查看元夷状况的峡峰学院医师，在二人交手的时候干脆就被吓得坐倒在地。

路平的神情已经恢复了平静，苏唐恰巧在此时醒了过来。

趴在路平背上的她，此时也算是被所有人注视着，但她没觉得有什么不自然。她看了看眼前倒在地上不知生死的二人，望了望那个坐在地下吓到直哆嗦的医师，还有周围所有防备和畏惧的眼神，开口说出的第一句话是：“我多少分？”

“不知道，塔又塌了。”路平马上回答了她。然后，两人的目光一同指向了郭有道，他可能是所有人中唯一一个神情自若的。但这绝不是两人看他的关键，关键是苏唐的分数郭有道最有话语权。

“满分。”郭有道笑了笑，给出了分数。

“太好了。”苏唐表示由衷的高兴。

“厉害。”路平也赞叹了一下，然后问道：“那我们可以回去了吗？”

“可以。”郭有道点了点头。于是路平转身离开，依然是这样背着苏唐。

现场一片安静，谁都没有说话，然后……咕噜咕噜……

打破安静的又是轮子转动磨地的声音，莫林推着轮椅上的西凡，连忙跟上了那二人，渐去渐远，留给所有人四个看起来有些奇怪的背影。

监考台上所有人都在面面相觑，保持着这份安静。

“啊……”忽然有人叫了一声。

所有人听到声音扭头，看到是毕格恢复了意识，他略一动后，感觉到了疼痛，不由就叫出了声。

大家这才意识到这还躺着不知死活的两位，连忙又有人围了上去，就在二人身边的医师也连忙上前查看二人的情况。

“骨折……”他抬起毕格搭拉的右臂看了看后说着，但是紧跟着，又觉得这个描述并不准确，“确切地说是骨碎，快些送去医疗。”他的话表明毕格右臂的伤势已经不是他所能解决了的。跟着他又飞快感知了毕格的其他状况，神色放轻松了不少：“其他没什么问题。”

所有人都跟着松了口气。方才那超强的魄之力，让大家都以为毕格是要死定了。最后竟然只是伤了一条手臂，下意识地都觉得简直赚大了。

毕格也是硬汉一条，自己扶着伤臂，忍痛站起了身，和所有人一道，望向那些个背影。

医师跟着去检查元夷，首先，他确认了元夷也还活着，连忙把这个好消息告诉了大家。再跟着检查下去，神情却再没有轻松下来。

“怎么样？”看到他迟迟不说话，有人凑上来问道。

医师抬起了头，在围观的人群里，却没有找到院长巴力言。

“可能……废了……”医师犹豫着说道，似乎还不太敢确认。

“废了是什么意思？”周围人问。

“性命没大碍，但是精之魄非常紊乱，也很微弱……”医师说。

所有人沉默了。元夷是一个精之魄的贯通者，这境界被摧毁的话，确实是废了。

医师安排人将毕格和元夷送去进一步检查治疗，然后搜寻着院长的身影，最后看到巴力言竟然是和郭有道在一起，好像是特意避开着所有人，小声谈论着什么。

“销魂锁魄？你确定？”巴力言还在和郭有道纠缠这个问题。

“我确定。”郭有道说。

巴力言倒吸凉气，没完没了地：“谁会用这种手段对付一个孩子？难道他是……”巴力言想到了一种可能，比起这个可能来说，销魂锁魄这种由六级能力加六级道具施展出来的强大禁锢手法，也变得没那么可怕了。

“天醒者。”郭有道说出了巴力言想到的那种可能。

巴力言又在倒吸凉气了。

天生可以感知到魄之力的，被称为觉醒者，这种人被称为万中无一的存在。无论摘风，还是峡峰，两家学院目前都没有这种学生。这种人，在意识到自己的才能和价值后，也不会满足于寄身在摘风或是峡峰这种名不见经传的学院。更何况会有这种天赋的，很多都出身于拥有优秀血脉的家族。

但是在觉醒者之上，还有一种更天赋的存在，号称亿万人中也未必会有一个，知道这种存在的人，也仅仅是把这当作是一种传说，甚至有人认为这不过是无聊人士用想象力杜撰出来的。毕竟拥有这种天赋，肯定会极其不凡，可大陆中名声显赫的觉醒者多了去了，什么时候听说过哪位是天醒者？

天醒者，天生的魄之力贯通者。传说或者想象力所杜撰出来的，是这样说的。

“怎么可能？”巴力言倒吸完凉气后又笑了，“那不过是胡编的，哪有什么天醒者，我看这也就是一个天赋出众的觉醒少年，达到贯通境界以后，被人锁魄了吧！”

“或许吧……”郭有道说着，目光所注视着的背影，已经渐去渐远，逐渐消失不见了。

“但是……被销魂锁魄了，怎么还能释放出这么强大的魄之力？”巴力言又疑惑。

“我知道的并不比你多多少。”郭有道说道。

“别忘了，这个学生你答应过要放给我的。”巴力言忽然又提起这一茬。

“如果他愿意。”郭有道还是这话。

巴力言随即也就不多说什么，也赶紧去看他那两位导师，还有两座魄之塔的倒掉事件，以及三年级未完成的考试……一堆足以让他头皮炸掉的烂事还在等着他。

郭有道也回到了他的位置，大考还没有结束，但是现在却已经没有人关注任何学生的成绩了，所有人的心思都还在那个离开的、背着苏唐的路平身上。

“院长，天醒者？”摘风这边有导师听到了郭有道和巴力言的对话，凑上来问。天醒者，他们有的人听过这个说法，有的则没有，但是听过的，也只把这当作是一个玩笑。

“天醒者……”郭有道望着考场上那些还在努力的学生，“就是无论你怎样努力，无论你如何挥洒汗水，到最后却可能连他的背影都看不到的存在。”

“但是，这只是虚构的不是吗？”有人说道。

“或许吧……”郭有道淡淡地回应着。

咕噜咕噜……莫林推着西凡，走在背着苏唐的路平一旁，在沉默了很久后，终于按捺不住了。

“我说，不要一直扮酷啊，说点什么吧。”莫林说。

“嗯？”路平看了他一眼。

“苏唐没事了吧？”莫林开始找话题。

“还好，我觉得没什么问题。”苏唐自己回答了他。

“不能大意，快下来，让我帮你看看。”莫林严肃地说。

“你是不是走不动了？”苏唐笑。背人的路平没见疲惫，推轮椅的莫林倒是已经气喘吁吁了。

“这只是原因之一。放她下来吧！”莫林对路平说道。

“你会看？”路平的目光中充满了质疑。

“会毒的人，通常也会懂些医，这个道理你不懂吗？”莫林说。

“但你的毒很一般啊！”路平还是表示不太信任，但苏唐却已经被他放到了路边的一棵大树下，扶着她靠树坐稳。

“那是你太强大了好吗？你知道吗……”莫林对西凡讲述了他对路平下手三次却都没有得逞的惨痛经历，试图博取同情，但是最后，却只等来西凡不以为然的一句：“三次而已。”

是的。他当然有理由不以为然。虽然他的目的不是杀死路平，但是针对路平使手段，他可是折腾了三年，折腾了不知道多少次。三次没得手，也有资格在我们面前诉苦？西凡向莫林传达的正是这一信息。

莫林脸黑，不再理会西凡，蹲到了苏唐面前。

“手给我。”莫林说道。接过苏唐伸来的右手后，搭到了她的脉上。

“你搭脉啊？”路平说，“能搭出来吗？”

“对啊，你没有力之魄啊，触觉应该很差吧？”西凡说。

“你们俩吵死了！”莫林气极，“我枢之魄六重天，难道我就应该上去舔她吗？”

“呵呵。”苏唐笑着，左手随意从身旁捞起一块拳头大的石头，一用力。噗——石头直接就被握成末了，粉尘四散。

“这么精神，肯定是没事了。”莫林脉也不搭了，直接就把苏唐的右手给扔了。

“但身子还是提不起劲。”苏唐说。

“多休息，多喝水。”莫林说。所有人脸上怀疑的神色更重了。

“还是回去找林竹老师看吧！”路平将苏唐重新背起，林竹是摘风学院的医师。

“不信算了。”莫林也没太在意，主要是这么停下歇了一会后，他觉得又可以推着西凡走上一大截了。

这时却是西凡主动开口了：“你手上的锁链呢？”没有绕弯子，没有废话。

“一直在，看不到而已。”路平说。

“能摸到吗？”莫林伸手试探，却哪里有什么隐形的锁链。

“这东西封住了你的魄之力？”西凡推断。

“是的。”路平证实。

“可是你明明还是可以使用的，对吧？”莫林问。

“我用了很长时间，才可以稍微冲破一下它的禁锢。”路平说。

“只是稍微吗？”西凡和莫林面面相觑了一把，这都只是稍微，那如果完全没有这禁锢，这家伙要强成什么样？

“什么时候可以完全解除它？”莫林问。

“不知道。”

“谁给你戴上的这玩意儿的……呃，如果是戴上去的话。”莫林说。

“组织。”

“什么组织？”

“我只知道是组织，不知道组织的名字。”路平说。

“所以说，那天晚上，你最初以为我是这什么组织的人？”莫林说。

“是的。”

“所以你是逃出来的，他们在找你？”莫林问。

“或许吧！”路平说。

“什么叫或许？”

“我并不确认他们是不是在找我们。”路平说。

“我们？”莫林看了一眼路平背上的苏唐，“苏唐也是组织的人？”

路平点头。莫林挠了挠头，他有一肚子的疑惑，但偏偏不知道该从哪里问起。

“所以对那个组织，你知道的东西也很有限是吗？”于是西凡又开始发问，首先就在明确可以获取信息的方向，以此再来确认问题。

“是的。”

“你在组织时每天都在做什么？”西凡问。

“吃各种奇怪的东西，做各种各样的测试。”路平说。

“什么时候开始有这锁链的？”西凡问。

“不记得了。”路平说。不记得的意思，自然就是指从有记忆开始，路平就被锁链禁锢着魄之力。

“所以，你并不知道自己的身世，所有的记忆都是在这个组织？”西凡说。

“是的。”路平说。

“苏唐呢？”西凡转问苏唐。

“我在组织长大，我的父母，或许就是组织的什么人，但我从来没有见过或是听说过他们。”苏唐说。

“你也和路平一样每天吃奇怪东西做各种测试？”西凡问。

“没有。”苏唐摇了摇头，“我也不清楚我算是什么存在，或许就是个打杂的。”

“路平，你觉得你是什么呢？”西凡问。

“实验品。”路平说。一个很残酷、很可怕的猜测，从他口中却是很简单地被说出，他似乎完全没有因为这种可怕的可能产生什么特别的情绪。

“所以这个不知名的组织，是在对魄之力进行某种研究，从你一开始就被锁链禁锢来看，你从出生起大概就带有可怕的魄之力，这或许就是你会成为被研究对象的原因吧……”西凡阐述着自己的推断和分析。

“出生就有可怕的魄之力，难道是……”莫林年纪虽然也不大，但毕竟在外面闯荡过，听闻到的东西不免要多一些，此时也立即想到了那个据说是传说，又或者是无聊者虚构的存在。

“天醒者。”西凡却已经抢先他一步说了出来。他又继续问路平：“天生的魄之力贯通者，这一点，你自己有什么感觉吗？”

“或许是吧！”路平说。

“怎么又是或许？”莫林说。

“如果没有这东西的话，我也许能更确认一些。”路平晃了晃他那看起来空无一物，事实上却有着极强禁锢的手腕。

“凭你展现出来的战斗力，毫无疑问应该是贯通境。不过，贯通的是哪一魄呢？你自己能感知出吗？”西凡问。

这一次，路平没有马上回答，而是沉默了片刻后才开口：“六魄贯通。”

“我去！”莫林惊叫，“你确实应该被好好研究！”

六魄贯通，这就和天醒者一样，是一个仅存于想象中的概念。就像从来没有过天醒者一样，大陆也从来还没有出现过六魄贯通的强者。

不过比起天醒者，六魄贯通至少更让人觉得真实可信，人们都觉得这是一个通过努力，终有一天会达到的境界。强者们的境界，确实在不断地突破着极限。

六百年前，大陆有强者首次达到三魄贯通，惊为天人；二百四十年前，有人实现了四魄贯通，再次刷新实力的上限；到了如今，大陆有六位赫赫有名的强者都已经达到了五魄贯通的境界。人们都已经开始期待，六魄贯通的大圆满，或许就将在这个时代诞生。

但是就在今天，传说中虚构的天醒者，大陆顶尖的强者都需要再更努力都不一定能达到的六魄贯通，就这样活生生地站在莫林和西凡面前。

这就是说，路平一出生就具备了大陆顶尖强者至今还在孜孜不倦锲而不舍追求渴望的境界，他一出生，就已经站在了金字塔的顶端。

路平在“组织”的状况显然十分悲惨，但是现在，莫林和西凡却怎么也同情不起来。在知道这家伙可能是个六魄贯通的天醒者后，两人心里只有一模一样的心声：为什么不是我?

这种莫名其妙的，一出生就占据最强的天赋，为什么不是我，为什么是别人呢?

“啊啊啊啊啊！”莫林突然扶着西凡的轮椅仰天长啸起来。

而西凡则沉默了，原本对那个“组织”，还有路平和苏唐他还有一些问题想问，但是突然间就提不起精神来。

六魄贯通的天醒者。这八个字实在太沉重了,听到这八个字的人没在嫉妒中发狂，就已经具备相当不错的心理素质。

一个沉默，一个乱叫。西凡和莫林各自消化着这八个字的意义，苏唐显然早就知道这一切，看着两个人毫不掩饰的羡慕嫉妒恨，笑个不停。

“你一定是有什么地方搞错了！”莫林还在挣扎，期待这当中有什么误会，不然的话这人生实在太不公平。人家是天生的六魄贯通者，自己呢？是感知不到力之魄的莫家血脉传承者。

“或许吧！”路平确实也不太确定，销魂锁魄的禁锢和限制，让他没办法对自己的魄之力进行最准确的估量。西凡断定他肯定是贯通境界之上，也是因为他所爆发出的魄之力击跨了贯通者而已。

深呼吸了几口气的西凡调整了一下自己的情绪，正准备就之前的疑惑再问几句时，身后突然传来喊叫声。喊叫者没有使用魄之力，是扯着嗓子实打实地高喊，即便没有鸣之魄境界的西凡也完全听到了。

四人一起回头望去，就见一个挺着大肚子的胖老头健步如飞地冲了过来。

四人只是看着新鲜，但这一幕若是放在峡峰学院里，不知道多少人的眼珠都得掉出来摔碎不可——他们的院长巴力言什么时候会这么不顾形象地卖力奔跑？他可是非常讨厌他下巴和肚子上堆积的肥肉的，可眼下这一跑起，两处肥肉甩动着，要多显眼有多显眼。

“巴力言？”西凡第一个认出了对方。

“哦？那是谁？”路平问着，莫林脸上也带疑惑。

“峡峰学院的院长。”西凡说。

“他是在喊我们吗？”莫林说。

“除了我们，好像没有别人了。”路平左右看看，这条路上眼下只有他们四个。

转眼，巴力言已经赶到了四人身边，胖归胖，这一路狂奔下来，巴力言不出汗不喘气，可见魄之力的境界相当不凡。

“巴院长是在喊我们吗？”认得巴力言的西凡代表大家发问。

巴力言也认得西凡，连续两年大考扫过他们峡峰的颜面，在路平搞塌两座塔之前这就是巴力言心目中最无法忍受的事。今次大考，他一度因为西凡受伤无法参加而高兴过，否则的话，四年级的魄之塔十二层一定也会有像针对苏唐一样的安排。

“哦，是西凡啊！”但此时的巴力言却一副慈祥的模样，笑眯眯地表示着关怀，“听说你受伤了，怎么样，没事吧？”

“没大事。”西凡说。

“没事就好，大考不用担心，回头肯定会给你补考的机会，老郭要是不答应，我和他说理去。”巴力言一副好人模样。通过和西凡的对话，先建立一下自己的形象，这才转向他扔下未完的大考不顾，亲自追出要找的目标。

路平？不！并不是。路平是巴力言的最终目标，但此时他不顾形象亲自追出，要找的人却不是路平。

“苏唐同学，你的情况好像有点严重，怎么走这么急？我刚去安排了医师要给你检查，回头你们就走没影了。”巴力言对苏唐开始了他的慈祥关怀。

从这一点上，已经可见巴力言的城府。想笼络路平，一般学生的那种优待肯定是没用的。路平的实力甚至凌驾在贯通者之上，这还是在有销魂锁魄禁锢的情况下。这种实力，无论摘风还是峡峰，根本都没有任何资源能吸引到他。

所以还是要从他所在意的其他方面着手，而这方面即便是对路平还全无了解的巴力言，也看到了一个清晰明显的答案——苏唐。

这个女孩毫无疑问是他相当重视的人，而眼下对于巴力言来说却是难堪的事，因为他的作弊安排，苏唐受了伤，这肯定让路平对峡峰学院十分不满，他一上来就已经先失了一城，而且很有可能是决定性的一城。

所以他果断行事，在飞快安排好学院那边的事务后，就一个人亲自追了出来。他要快些表态，以洗除路平对他们峡峰学院的恶感，这才可能有下文。

短短的时间里，巴力言已算是用尽了心机，摆尽了姿态。但是苏唐对于他的关怀，却只是简单笑了笑：“我没事，多休息，多喝水就行了。”

“那怎么行呢？”巴力言几乎是想也不想地就回答，一脸严肃中饱含着浓浓的关怀，“不如你们就在这先休息一下，我去叫医师过来。”

“然后呢？”路平说。

“然后？就好好做一下检查啊！”巴力言顺口就答，这“然后”问得着实有些废话。

“然后呢？”结果路平却又再问了一遍。

巴力言愣了愣，原本对于路平搭话他感到欣喜，这似乎是要接受他好意的信号，那么一切都可以慢慢化解。可是现在，一句废话一样的“然后”之后，又是一个“然后”……

巴力言望向路平。路平的神情很认真，眼神就和他从魄之塔的废墟中背着苏唐走出时一样，坚定，笔直，毫不犹豫。

巴力言顿时明白了。路平没有兴趣兜圈子，不想和巴力言玩这种虚伪的人情游戏，他就想巴力言直接了当地告诉他。“然后”其实指的是最后……

巴力言无法回答“然后”是什么。是希望路平进入峡峰学院？还是希望利用路平的实力提高峡峰学院的地位？然后有很多，但这些真实的目的根本不是可以引诱到少年的借口，原本他需要很多花团锦簇的包装来粉饰，可是现在，面对少年这种直指本心的追问，他无言以对，忽然有种所有话都已说尽的口干舌燥感。

巴力言硬挤着笑容，连他都知道自己此时一定笑得很难看，比哭还要难看。

“没有然后？那我们可先走了。”莫林跟上一句,给了无言以对的巴力言最终一击。

这个学生……巴力言起先没怎么注意莫林，此时再看，突然想起，这个不就是郭有道所说的那位进修生吗？

路平、苏唐、西凡、莫林……巴力言忽然发现，此时走在一起的这四位摘风学院的学生，全是非常精英的苗子。

巴力言呆呆地站在路中央，看着这四个身影。他这堂堂院长，忽然就有一种很凄惨的感觉。四人就这样走了，对他这个堂堂院长的出现他们居然连一句讨论都没有，传入巴力言耳中的最后一句，是那个进修生的抱怨：“我们真的要这样走回摘风学院吗？”

声音就此消失了。巴力言也没有再动用他的鸣之魄去试图听到更多，他有些颓然地转身，已经准备返回学院，就在这时，他的感知突然一跳。

这是一种强者的自卫本能。巴力言今天确实被搞得很狼狈，但若说实力，这位峡峰学院的院长大人，在峡峰这一大区，绝对是可以位列前十的存在。

什么人？集中精力的巴力言瞬间清楚定位到了目标的方向。

路边的稻田，在风中左右摇曳着。当中就有一道身形在悄然向前移动，完全配合着稻田摇曳的律动，不露出丝毫形迹。

一级能力，远视！巴力言毫不费力地施展出了一个冲之魄贯通境所能掌握的一级能力，那身影，在巴力言的眼中一下子就被拉近了许多，顿时也变得更加清晰起来。

这是……不等看清人，巴力言就已经看清楚了那人被稻田挂起的衣角，一个双峰相叠的徽章。巴力言立即收起了他的能力。

这是城主府的密探。

是执行什么任务需要如此隐密地路过这里？巴力言不禁望向了路的远端，已经变得很小的四个身影。

已经被盯上了吗……巴力言默默地想着，但是这已经不是他所能掌控的事。站在原地又发了一会呆后，巴力言迈步向着峡峰学院的方向走去。

Chapter 4

城主府邀约

峡峰城，城主府。

城主卫仲每天清晨五点四十五分准时起床，会在十五分钟内完成穿衣、洗漱、方便、早餐等等每个人起床后都要做的事，然后在六点整，准时坐在他那宽只一米有余，长却足足有四米的奇怪书桌前。

需要他处理的事务，每天都会如山一般地堆放在书桌前，而他会坐在桌子的最左端，逐一处理这些事务，直至将整张桌子上的文卷全都处理干净。

其实这当中有绝大多数事务他完全可以交给手下去办，但卫仲喜欢亲自处理。他希望事无巨细都在他的掌控当中，如果有一点不在他的控制之下，他就会觉得焦躁不安。而在处理这些事的时候，他会觉得十分充实，十分满足。

今天一上午，卫仲又处理了满满一书桌的事务，他觉得十分过瘾。虽然他知道手下为了投其所爱，有时甚至会没事找事地弄些影响不大的琐事来让他处理，但他并不介意这一点。

在度过了这样一个上午后，卫仲又在下午召集起手下，将很多事情很仔细地安排下去，清晰地交待着每一个细节。于是，充实又完美的一天，似乎就要过去了。但是就在这时，他看到他的儿子，本该是在参加峡峰学院大考的卫天启，愁眉苦脸地站在了议事厅的门外。

卫仲的脸顿时沉了下来。这个时间，卫天启绝不应该出现在这里，除非是发生了什么意外。

意外，卫仲最讨厌的字眼，他希望一切都尽在他的掌握，意外简直就是他的天敌。

“进来，说。”卫仲只用了三个字，他另外一件讨厌的事，就是浪费时间。这让他无论做什么，都显得极具效率，哪怕是对待自己的儿子。

“魄之塔倒了，我们三年级都要去双极学院参加考试。”卫天启显然也十分清楚父亲的习惯，所以没有说一句废话，用最简洁的字眼说明了状况，如果父亲想要知道得更详细，他会再问。

“怎么会这样？”卫仲果然再问。魄之塔倒下？这种事情从来没有听说过。

“是摘风学院的一个学生，他今天毁了我们两座塔，一年级和三年级的。”卫天启说。

“有多强？”卫仲没有像绝大多数人一样去惊讶一个学生怎么会做到这种事。既然是已经发生的事，惊讶又能解决什么？卫仲需要的是效率，最效率地掌握最关键的问题。

“不知道，但他随便一推就把我推飞了，也是随便一推，就推飞了毕格老师……”

“卫虎！”卫仲直接打断了儿子的回答，只因他说了不知道，而他之后的描述，又只是一些根本无法精准断定对方实力的模糊场面。

听到叫声的卫虎，立即走进了议事厅，正是今天出现在大考考场的两位家卫之一。

“我也不是很清楚。”卫虎没有犹豫，没有含糊，只是诚实地说出了自己的判断，“但我已经派了人去盯。”但他很快就又补充了一句。

“为什么要盯？直接派人去找他，说我要见他，带他来。”卫仲却完全没有满意卫虎的细心安排，显然他觉得那还不够效率。

“半个小时之内，我要见到他。”卫仲说，这才是令他满意的效率。

“是。”卫虎微一欠身，飞快地退出了议事厅。

咕噜咕噜……车轮滚动，一架马车拉着三男一女四个少年，还有一架轮椅，驶向摘风学院。路平他们四个到底还是雇了辆马车来代步。莫林起初很高兴，但在和健谈的赶车夫聊了几句后，情绪顿时低落起来。

啪！啪！赶车夫挥动着马鞭，却只是凌空飞出声响，十分小心地不让鞭子落到这匹黑马身上。

“怎么样，跑得快吧？”赶车夫很自豪地说着。

“挺快。”路平点头。

“我就说，我一直觉得我这马至少得有三重天的力之魄哩，你们是摘风学院的学生，帮我看看是不是。”赶车夫说着。

魄之力并不是什么秘密的东西，整个大陆人人都知道有这种力量的存在。很多学院也有流传在外的修炼教材。普通人拿着这些，感知到魄之力，甚至突破出点境界，那也是常有的，但绝大多数人也就能感知到一种两种，境界能有个一重天二重天就算不错。所以所有人才会觉得路平太废，三年都感知不到魄之力，这要么就是毫不用心，要么就是毫无才能，否则在学院里接受系统的教导，就算是头猪也该有感知了。

是的，动物也是有可能感知出魄之力的，比如此时赶车夫滔滔不绝谈论着的爱马。

路平、苏唐、西凡，三个人都不说话，齐齐望向莫林。

莫林神情阴沉，一副要杀人灭口的模样，一只手一直塞在他衣襟内侧的皮囊里迟迟没有拿出来。连匹马都有力之魄，这事真是……太伤自尊了。

苏唐忍着笑，她是力之魄六重天的境界，对力之魄更加熟悉，随即对赶车夫说道：“大叔，这马是有点力之魄呢，但没你说得那么高，还不到一重天。”

“是吗？”赶车夫有点失望，他到底还是想得有点多。多少人怎么努力都只能停留在一二重天呢，何况只是一匹马，又不是什么异能妖兽，能有点感知就已经算相当罕见了。

赶车夫看起来很快也想通了这点，重新笑容满面：“那也挺好的，总比没有的强。你们说是吧？”

“冷静，冷静！”路平连忙把莫林按住，这家伙直接从皮囊里掏了根折成三段的扦子来，一抖直了足足有一尺见长，这一扦子捅进去，足以把毒送到想送的任何部位。

“别拦着我！”莫林挣扎，“真当杀手没脾气吗？我杀起人来不眨眼的我跟你讲。”

“知道知道知道。”路平连连说着，但是马车就在此时猛然停下，弄得车里四人东倒西歪。

“知道怕了吗！”莫林叫着，苏唐忙要去解释，但一看，车停下，是因为有人拦。一排黑衣甲士，齐齐列在了马车前。

赶车夫连忙从车上跳了下去，迎上了前。这峡峰城的卫戍军可是借他十个胆子他也不敢得罪的，此时一脸惶恐，全不知道自己为何会被拦下。难道是……看中了自己这匹拥有力之魄的马？

赶车夫心里一阵刺痛，但没等他开口，黑衣甲士中领头那位已经快步走上前来，根本没看他，而是径直走到了车前。

“谁是路平？”他望着车里四人问道。他们小队原本在城内巡视，忽然接到城主府传来的命令，要将某个人带回。

路平，男，十五六岁，摘风学院学生，三男一女同行，后搭单驾马车一辆，黑马，两轮，方形车箱。这是目标的大概信息，准确而又迅速地传递到了需要的人手中。所有人都知道城主重视效率，没有人敢怠慢，于是很快，路平所搭的这架马车便被这支巡查的卫戍军给发现了。

“我是。”路平对来人说道。

“下车，跟我们走。”来人说道。

“不去。”没有问对方的来意，也没有要问去向何处，路平直接拒绝。

“去城主府，城主要见你。”来人皱眉。下来的指示只说将这少年带回，城主要见，并没有说明这是邀请，还是逮捕，这让他一时间也无法拿捏分寸。于是他说明了意图，一个在峡峰城，甚至可以说整个峡峰区都没有人可以拒绝的意图。

但是路平却好像没听到一样，还是两个字：“不去。”

“不识抬举！”来人有点恼怒了。虽然指示中看不出城主的确切意图，但听起来应该没有太大恶意，否则的话自己还会在这和对方这么多话吗？但是这家伙居然拒绝得如此干脆，真当自己是什么人物了吗？

哼，连点魄之力都没有，普通人一个而已。简洁的情报只是以找到路平为目的，并没有提到路平的实力——将两座魄之塔搞塌的事，现在也还没有传开。来人感知了一下车内四人，发现其他三个颇不简单，但就这路平，根本只是常人一个。

“调头，去城主府。”来人干脆就不理会路平了，直接对赶车夫下令。赶车夫心中暗叫倒霉。卫戍军是他万万得罪不起的，但是摘风学院的学生对他来说也是很可怕的存在。学院学生，那都是有境界的修炼者，回头想找他这么一个普通人的麻烦还不是轻而易举？

左右为难的赶车夫只好唯唯诺诺磨磨蹭蹭地，期望事情有什么转机。

来人也立即察觉了赶车夫的犹豫，知道他在为难什么，但又哪里会去体谅。学院的学生，其实他也是有所顾忌的。真论实力，车里除路平外的另三人他根本看不出境界，显然是在他之上。

学院所代表的毕竟是修炼者的最高水平，学院出来的学生，无论最终到达什么境界，总比常人要高得多，前途自然也非同一般。摘风学院虽然只是大陆四百多家学院中不起眼的一家，但是比起他们这支卫戍军小队还是显赫太多了。学院学生的地位，自然也比他这个戍卫小兵要高得多。

所以他也不想和这摘风学院的学生发生直接冲突，支使赶车夫，就是他的聪明之处，把这横竖都要得罪人的事推到了这赶车夫身上。

所以车夫的犹豫，他理也不理，只是连声催促，而那几个学生，他希望他们识趣一些保持沉默就好了。

他们的地位是比卫戍军的小兵要高些，但也不能忽视小兵所代表的意义。他们象征的可是帝国的统治，学院地位再超然，也不是独立王国。哪怕是拥有数千年传承和历史的四大学院，也和大陆最强盛的三大帝国有着盘根错节的关系。

峡峰区地处大陆东南，属三大帝国之一的玄军帝国。峡峰城主，就是这一区的最高统治者，他的命令对于峡峰区的任何一个人都有效。除非他不以命令的形式和人交流，比如摘风学院和峡峰学院的两大院长，在他那里都会得到极客气的礼遇。但对区区一个学生，他实在没有这个必要。

带回来，半小时之内要见到。这是他的指示，眼下正有人在执行，但是，却遭到了意想不到的抗拒。

路平从车上下来，依旧背着苏唐。于是莫林和西凡也跟了下来，西凡还坐着轮椅，莫林推着他。

“我们走。”路平对苏唐说着，向着摘风学院的方向。

这一幕在西凡和莫林看来很有趣。

来自于城主的，无论是邀请，还是召唤，或是别的什么，只要是在峡峰区，恐怕真的没有人会这样直接拒绝。哪怕是郭有道，或是巴力言，面对邀请也顶多是委婉地推辞一下，但面对今天这种看起来并不太像是客气邀请的召唤，这两位恐怕都会放下手头的事尽快去和城主见上一面。但是路平，就是一句“不去”，甚至连有什么事都不问一句。

这孩子疯了！一旁的赶车夫瞪大了眼。此时倒不用他为难了，可他却不免为这孩子有些担忧。城主要见他，说不定是好事呢？这孩子怎么就敢如此干脆地拒绝？

西凡和莫林都不会这么想，准确地说，在一起走过这条路之前，他们还会这样想，但是现在他们不会。

因为路平可能是天醒者，六魄贯通的天醒者。这是什么？这是能创造一个时代的顶尖强者，对于这样的强者来说，区区一个城主根本不算什么。

而作为一个顶尖强者，路平的态度说实话已经算是很温柔很和蔼了，他还在耐着性子准备自顾自地离开，显然也没想着生事，只是也不想别人打扰到他。

换成是五魄贯通的六位强者中性情最为乖戾，背地里都会被人叫作疯狗的冷休谈，没准马车被拦下的那一瞬，这一小队卫戍小兵就已经脑袋搬家了，连马带赶车夫都被他迁怒干掉也不是没可能的。

再看路平，多老实啊！车被人堵了，不让走了，就自己默默地下来，背着苏唐默默准备离开。不识抬举的，是你们啊……

西凡和莫林心里都在这样想着，只是莫林纯粹看热闹不嫌事大，西凡却考虑得要更多些。

"站住！"卫戍军的小队长一声喝斥，其他卫戍小兵得到示意准备上前拦下路平，西凡此时自己转着轮椅的轮子，凑到了那小队长身边："这位大哥，城主找路平有什么事啊？"

路平不屑于问的问题，西凡帮他问了。

"我怎么知道，城主只说要见他，限时让我们带他去城主府。"小队长没好气。他不想和摘风学院的学生起冲突，但也没必要低声下气，更何况眼下有城主的指示在，如果非要发生冲突才能完成城主的命令，他会毫不犹豫执行的。

擅长从神情和动作判断人心理的西凡，已经完全意识到了对方的这种决心："但我们现在也有要紧事，能不能迟些再去？"西凡想争取到一个缓冲，那样无论对路平还是学院都比较好，这样强硬的冲突在他看来并不理智。当然，路平是强到不在乎，可他不是莫林那种看热闹不嫌事大的。

"半小时之内，城主要见到人。现在还有十七分钟。"小队长说着，挥起了他的左手，他已经不准备再做耽搁了。十七分钟，这已经要很抓紧才能赶到城主府了。城主对时间的重视他们都是深有体会的。

"拦住他。"小队长发出了动手的指示，同时也神情戒备地盯了西凡和莫林一眼。这些他都摸不清境界的学生真要一起和他为难，他这一小队恐怕还真够呛。

要呼叫支援吗？小队长正这样想着，忽然眼前人影晃动，他队中的两个士兵已经朝他飞了过来……

"啊……"惊叫声转眼就已经到了他耳边，小队长连忙抬手，想将飞来的两人接住，哪想手一搭上二人后背，传来的力道却根本不是他可以抗衡的，他甚至还没来及惊讶，就已经跟着那两人一起飞了出去。

“唉……”西凡叹了口气，两道人影，带着刚刚还在他身旁和他说话的小队长，几乎是从他头顶上呼啸而过，他也没见有什么慌乱，他只是很遗憾事情很快就发展成了这样。他针对了路平三年，当然很了解路平的行事风格，他不想做的事，没有任何人可以勉强。他会遵守一些规则，也会答应一些要求，但前提是他愿意。

西凡此时很庆幸，自己实在是一个很讲理的人。三年来都是在找合理的依据，从来没有试图以力压人。他算是看出来了，路平根本就没有隐藏实力的意思，在摘风学院三年来的风平浪静，只是因为没有人真正干扰威胁过他，而对那些冷言冷语，他根本没有在意过，或者是，没必要在意。因为他强。强得有依据，强得有自信，他不需要对那些言语暴力施以惩戒来证明自己。只有自卑的人才会在面对质疑时急到跳脚。

再然后，西凡还觉得，或许路平是觉得那些人的嘲讽、轻视，都有道理。因为他在摘风学院表现出的作派，本就不是一个强者，就是一个不学无术还要抱着苏唐大腿的无赖。这样的人，被人看轻，被人侮辱，有错吗?

所以从这一点上来说，西凡觉得路平也是一个非常讲道理的人。他自己并没有对所有人解释过什么，所以对于因此所产生的误会，他都默默承受着，不以为意。可是当他需要展示出什么的时候，他从来没有犹豫退缩过。

仔细想想这三年，如果自己足够用心去分析的话，应该可以发现路平事实上已经显露过很多才能。就比如最近刚刚发生的，戳穿魏宝指认他去过 18 号园林的伪证时，提到的嘴与脸一点七公分的距离，这恐怕真不是一句随口带出的调侃。他的冲之魄，就有这种仿佛一级贯通能力“测量”一般的效果。这些，西凡一直都忽视了。

而这队可怜的卫戍军小兵，他们不是忽视，他们是根本就不知道。他们的小队长原本还在顾忌西凡或是莫林会不会插手，哪里想到他要找上的路平，本身就是这当中最强横的。

从地上爬起的他，不可思议地望着路平。这个完全没有魄之力的少年，轻而易举就把两个经过严格训练的卫戍士兵给扔飞了，而那力道，竟然大到自己完全无法接下?自己的力之魄已是四重天境界了啊！刚刚到底是发生了什么？没办法，只能召唤更多的同伴了。

响箭飞上了天空，小队的士兵都不敢上前，他们只是摆成了一个包围，伴随着路平向前的脚步，随同移动着。

数支卫戍军小队看到了响箭发出的信号，迅速向这端赶来。而这里所发生的一切，也已经有人汇报了城主府。因为峡峰城的城主卫仲喜欢掌控一切，他不只关心半小时后有没有见到路平，这半小时中所发生的一切，他同样在意。但是前方送回的消息，却完全无法让他满意。

“拒绝？理由！”卫仲说。

“没有理由，他只说‘不去’。”因为了解城主的习惯，所以送回的消息包括了所有细节。汇报人准备好了接收城主的任何询问。

“有意思。”城主卫仲却笑了，“那么，再派人，请他回来，说我想见他。”他重新发出了指示，这一次不是带他回来，而是请他回来。

虽然还不知道这少年的深浅，但就在之前这数分钟内，他也已经听取了关于峡峰学院元夷和毕格这两位贯通者的伤势汇报。能将这两人伤到这程度，只目前所显露的这份实力，就已经当得起一个“请”字。

“明白。”

新的指令飞快传下，峡峰城街道上，路平和苏唐却已被团团包围。但在共计四支卫戍小队的包围下，路平依然神色不变，依然继续向前走着。

四位小队的队长，已经准备发出动手的指示了，但就在这时，他们纷纷接到了新的指示。而送来指示的人，已经将他们的包围分开了一条道。

来的人身着城主府家卫的服饰，只是他的年纪实在不大，看起来就是个十六七岁的少年，带着很和气的笑容，一直来到了路平面前。

“城主说，想请你到城主府去坐坐。”他将那个“请”字咬得很重，两次指令的更换，重点就在这一个字上。

路平还在向前走着，包围中的道路已经让得更开，听到这少年特意更换来的那个“请”字，路平叹了口气，什么也没说，只是走。

少年跟在路平的身后，看了看路平一直向前的方向，脸上的笑容忽然变得更灿烂了。到底还是一个识趣的人，他想着。不过敢和城主耍这脾气，这家伙也算胆大了。

“好了，大家散了吧，辛苦了。”少年随即向四队卫戍军士兵招呼着。

怎么看这也是一个阳光开朗的少年，可是四队成年士兵望着他时，脸上的神情却都有些僵硬，听到他说散了时，立即如释重负地离开了。

少年没有再理会他们，而是信步走到了西凡和莫林跟前。他说："你们两个，是路平的同学吗？"

"是的。"莫林也在笑着，对这个少年，他倒是挺有好感，"我们看起来年纪差不多。我 17 岁，你呢？"

"很遗憾，城主没有要见你们，所以，以后有机会再找你们玩吧！"少年好像完全没有听到莫林在说什么，只是自顾自地继续说道。

"城主也没有说要见苏唐。"莫林指了指那边。

"我会让他放下的。"少年笑着，转身，不慌不忙地朝路平跟了过去。

"你好像认识他？"对少年产生的好感只持续了三秒的莫林看出西凡的神情似乎知道点什么。

"他叫卫扬，城主府有十二家卫，他是其中之一。据说十四岁开始感知，十六岁就达贯通境，是个不折不扣的天才。"西凡说。

"天才？你是要惹我笑吗？"莫林说。

"今天之前的话，你也笑不出来吧？"西凡说。

当然笑不出来。无论摘风学院还是峡峰学院，四年就能突破到贯通境界的人都屈指可数。莫林家族出身，接触魄之力的修炼比学院学生还要更早一些，现在最高的枢之魄也还在六重天，未能完成贯通。

两年，从零开始，突破贯通，说是天才并不过分。只是现在有个六魄贯通的天醒者走在前边，莫林只觉得看什么都是浮云。

"走吧！"眼看人都已经走远，西凡说着，莫林又推起轮椅，咕噜咕噜地跟在后边。

因为已经没了好感，所以莫林没有推着西凡去赶卫扬，而卫扬也没有急着要追上路平的意思，只是这样不远不近地跟在后边，不慌不忙地走着，时不时还会转过头来，朝后边的莫林和西凡远远地笑一笑。

三方就这样保持着距离，却又是朝同一个方向走着。渐渐地，远离了闹市的喧嚣，一行人走上了一条宽阔而又宁静的大道。这条大道上除了匆匆走过的行人，没有任何杂货摊出现在道路的两旁，整洁而又冷清。

峡峰城的城主府就在这条街道上，它的占地面积并不大，内里也并不如何豪华，但是城主府的大门却极其气派醒目。因为城主卫仲认为，大门是不可以低调的，来城主府办事的人如果不能一眼找到城主府在哪里，那实在是很没有效率的一件事。

府门外，两个卫兵站得笔直，注视着城主府处走过的每一个人。

路平背着苏唐，走到了他这里，他们身后不远的卫扬也在此时突然停步，回头，望着身后距离他同样也不远的西凡和莫林，开口说话了。

“你们为什么还在跟着？”卫扬说话依旧是带着笑的，但所说的却是“你们不该如此”的意味。

西凡也带着笑，回答了他：“回摘风学院，就是这条路。”

“原来如此，那么请便吧！”卫扬不再理会二人，已经准备赶上路平，是时候让他放下那个女孩了，因为城主说要见的，只是路平一个人。

西凡和和莫林的表情则在此时变得极精彩。

卫兵一直注视着路平，但路平并没有去看卫兵，他的目光只是注视着身前的道路，然后一步一步，城主府的大门就这样被他路过了。

果然如此！西凡和莫林顿时都哈哈大笑起来，给这条宁静肃清的道路增添了一些平日不常有的气氛。

起初，他们也以为路平被那个“请”字给打动了，因为这个笑容满面的卫扬还是挺容易让人心生好感的。但是随着这沉默却又默契的一路走，两人忽然意识到，这当中可能有误会。现在看来，果然如此。

去城主府？路平说了不去，你以为笑容满面地说一个“请”就能改变他的主意？

他会朝着这个方向来，只不过是因为他要回去的摘风学院恰巧也是这个方向。他会走到城主府的门口，只不过是因为路过。

而加快步伐准备赶上路平让他放下苏唐的卫扬，眼睁睁地看着路平停也未停地路过城主府的大门，身后又传来笑声，让他不变的笑脸变得有一些扭曲。他意识到自己是被耍了，更准确地说，是他自作多情。路平根本就没有理会他，他走的始终是他想走的那条路，而他卫扬，想太多了。于是他的身形就在此时蹿出，原本还有几步的距离，这一蹿就已经赶上。他还在笑着，一只手臂却横到了路平的身前。

“你走错了。”他说。

路平看了一眼前方：“没有错。”

“城主有请。”卫扬拦住路平的手臂，向着城主府大门的方向做了个请的手势。

“我早说过了，不去。”路平说。

“原来你不像我以为的那么识趣啊。”卫扬的笑容再次变得灿烂起来。

“你在笑什么？”路平有点奇怪，照一般逻辑，被拒绝的人好像不应该笑得这么灿烂。

“笑你！”卫扬说着，拦在路平身前的手臂突然就朝路平挥去。

路平横身移动，错位，他还没有出手，但他背上的苏唐却在这时突然挥出一拳。

这一拳太让人意外，笑容满面的卫扬根本就没防着会有这么一下，被这一拳结结实实地捶中面门。

“我去！”莫林看到这一幕，一脸惨不忍睹的表情，坐在轮椅上的西凡也忍不住缩了缩身体，好像切身体会到了这一拳似的。

“力之魄六重天啊！”西凡说着。

“是啊！脸上会留下一个坑吧？”莫林说。

苏唐收回了拳头，路平扭头看了趴在他肩上的苏唐一眼，却也没说什么。两人随即一起望着挨了这一拳的卫扬。

“你没用全力吧？”路平问道。

“没有，使不上来全力呀！”苏唐说。

“我说呢，他怎么还站得这么稳。”路平点头说。六重天魄之力的一拳，结结实实命中，但卫扬的身形都没晃动一下，哪怕他是一个贯通者也不太应该。

虽如此，卫扬脸上的笑容却被这一拳完全打没了。这一拳不重，却让他受到了莫大的侮辱。门口的两个卫兵看到这里立刻行动起来，一人进去通报，一人急忙冲了过来。

“我要杀了你！”笑容不见的卫扬咆哮着。

“我要走了。”路平对这样的威胁丝毫不理会，将背上的苏唐又往上托了托，迈步向前继续走去。

无视，彻彻底底的无视！除了城主卫仲，卫扬从来没把任何人放在眼里，也从未想到居然会有人将他彻底无视。低身伸手向裤腿处一探，卫扬已经抄起了一把匕首，毫不犹豫地就朝着路平背上的苏唐扎了去。

摘风学院的学生吗？这种身份他才不会在意，他要让对方为那一拳，为那无视的态度，付出代价——杀人这种事，他很拿手。

寒光，直刺苏唐的后背。可是这一次，卫扬又有一些误会。他应该顾忌的不是路平和苏唐作为摘风学生的身份，而是路平六魄贯通天醒者的身份。可惜他不知道，所以要付出代价的不是无视他的路平，而是无知的他。

寒光落下，路平恰到好处地转身，将苏唐从寒光下转走。卫扬正惊讶，忽然眼睛就被蒙住。不只是眼，还有鼻子和嘴……

路平右手五指张开，将卫扬的整张脸掌握其中。卫扬根本就没看到路平出手，就被路平的五指卡死了他脸上每一条可以牵动笑容的肌肉。五指在收缩，一股寒意从卫扬的心底升起。这个自负的天才少年第一次体会到了无力——他竟然完全无法抗衡，更无法挣脱。

自诩杀人很拿手的卫扬，在这一刻束手无策。匕首在他的手中，他却已经不知道该怎么使用，他的双腿情不自禁地哆嗦着。这份无力实在可怕，他已经感觉到自己的脸在变形，在对手的五指下，自己的头似乎就要被捏烂了。

怎么办？这一瞬，这个自命不凡的少年所产生的念头，竟然是喊救命！他这才发现，自己远比想象的要软弱脆弱得多。但是连笑都笑不出的他，此时就连喊救命的机会都没有。

卫兵呢？卫兵怎么还不来帮忙，卫扬心中闪过一丝期待。他甚至没发觉刚刚冲上来的那个卫兵已经被路平另一手随手抓起就扔到墙上去了。

“唉……”西凡叹了口气，他决心还是劝一下路平。就是一个邀请而已，实在没必要激化到杀死城主府家卫的地步。西凡刚张开口，却有一个声音在他身后抢先一步响起。

“怎么回事？哪来的孩子在这里打闹？”身影同声音一道，转眼就已从西凡的身后来到了他的身前。来人步伐很快，当这句话完全说完的时候，他就已经移动到了路平和卫扬的身旁。

“咦？”来人看面容只有三十来岁的模样，但头发却白了不少，在走到路平和卫扬身边后，立即露出疑惑的神色，而后看了路平一眼。

“放开他吧，你杀不了他。”来人对路平说道。

“是的。”在西凡看来很难被说服的路平居然点了点头，不过他并没有轻易就放开卫扬，而是手掌猛一发力，把卫扬摔向了一旁。

“多此一举。”来人摇摇头说道。他看出路平这一摔多是出于安全考虑，以防对手在他松手的一瞬立即发起反扑，但是他更看得出，卫扬早就失去斗志，他的心已完全被恐惧所占据了。

路平收手，魄之力自然也不再施展。中年人正准备走过去看看卫扬，却在此时猛然回过头来。

“咦？”他再度露出惊讶的神色，望向路平的目光变得更加认真了，他眯起眼，仔细地打量了一番，似乎是在做着什么确认——魄之力竟然在一瞬间消失得如此干净，消失得连他都感觉不到？

“你的手给我看看。”他不容置疑地对路平说着，右手已经伸了过来。

“你是谁？”路平神情戒备，并不准备将手伸出，而是打算退开，但不想眼前一花，那原本看起来只是伸在那等他的右手，突然就抓起了路平的左手。

“你……”路平刚要反抗，那人却仿佛被针扎一般甩脱了路平的左手。路平手腕上的那道锁链就在那一瞬突然闪现出来，甚至比路平一拳轰破毕格的连力拳时还要清晰，晃动得也更加剧烈，好像是受到骚扰后正在发脾气一般。

叮叮叮叮……急促的摩擦碰撞声，异常刺耳，但是就这么一瞬，锁链已经再度消失，那中年人脸上的神情却变得更加复杂了。

“销魂锁魄？”他在嘴里嘀咕着，口气却有些不确信。

西凡和莫林也早已察觉出这人不简单，此时也正一点一点凑上来，想听听看他们在说些什么。

“是销魂锁魄吗？”他问路平。

“大概是吧……”路平说。

“销魂锁魄的禁锢下，你还能使出魄之力？”这人真正惊讶的地方，其实是在这里。

“不太多。”路平说。

“不不……不应该这样。”这人居然围着路平走了两个圈。

一旁的卫扬在大声咳嗽，吐出了三颗被路平硬生生捏下来的槽牙，他的脸上也有很多处骨骼被捏碎变形，他已经永远失去了他那张讨人喜欢的笑脸，但是此时没有人看他，没有人关心他，一个人都没有。

可在围着路平走了两圈后，这人却突然把路平放到一边，注意力转到了苏唐身上。

“小姑娘，你的伤不轻。是被精之魄贯通者伤到的吧？你紊乱的魄之力里有一股力之魄力需要引导出来，不然后果很严重。”这人说道。

路平、苏唐、西凡的目光一起齐刷刷地指向了莫林。

“不是吧？”莫林听到这人的判断时，早就已经凑上来了，“我觉得没什么大碍啊，多休息，多喝水就好了吧？”莫林坚持己见。

那人回头，扫了莫林一眼，但是居然又露出了惊讶的神色："莫家血脉？"

"这也看得出？"莫林也很惊讶，莫家从来都不是闻名大陆的著名血脉家族吧？

那人却提起了一指头，朝莫林戳来。莫林下意识想躲，可就连路平都没能避过这人突然伸出的右手，何况莫林？指头用力不大，但是莫林却立即失去了平衡，一屁股坐在了地上。

"太容易认了，除了莫家血脉，哪还有这么弱的体魄？"那人说。

"我去！"莫林气，连滚带爬站起来，有心掏毒扦子扎死这家伙，但也就是想想。

"阁下是什么人？"西凡自己转着轮椅移了过来，对这样的高人，口气中的恭敬也多了几分。

"等下再说，我先帮她，把她双手给我。"这人嘴上吩咐着，其实根本是自顾自地上前就把苏唐的双手提了起来。

"精之魄力的伤害是很复杂的，它会……咦！"这人一边说着，一边再度露出惊讶的神色。他直望着移动轮椅出现在一旁的西凡："燕家人？"

西凡的神色顿时变了变，但很快恢复如常："我叫西凡。"

"但你姓燕，燕秋辞的燕。"这人说道。

"啊？"这次轮到莫林惊讶了，显然他听到了一个不得了的名字，但是没等他说什么，就听"轰"一声响，两股澎湃之极的力道突然就从苏唐的双手间迸放出来，这一声响，竟是这两股魄之力与空间碰撞所产生。

一道人影飞出。但在半空中就见他抖落了两下衣袖，便化解了狼狈，最后竟是十分潇洒地平稳落地，只是脸上却再次摆满震惊的神色。

"六重天的力之魄，就这么强？"这人惊讶着。而后他的目光在面前四个少年身上逐一停留着，从路平，到苏唐，到西凡，再到莫林。

"怎么回事？"他嘟囔着，"这么巧碰到的四个孩子个个都来历不凡？"

我呢？墙根下，卫扬脸痛得说不出话来，但耳朵却还灵敏得很，他听到这人的评价，看着他目光的移动轨迹，知道这人所说的四人，绝对没有包括自己。

我可是两年时间就突破到贯通境的天才啊，这四个都是什么东西？最高境界就在六重天而已啊！卫扬悲愤地想着，脸似乎也变得更痛起来，突然一口鲜血涌上喉头，眼一黑就晕了过去。

“哎哟，这还有一个呢！”那人连忙赶了过来。

卫扬总算是被想起了。

峡峰城主卫仲极其重视效率，城主府上下自然也已养成这样的风气。门口卫兵进去通报后，早有家卫领了卫兵出来，但是因为这个奇怪家伙的出现，冲出来的家卫并没有轻举妄动。

来人似乎无恶意，也没有要偏袒某一方的意思。苏唐那两股强劲的力之魄力被他引出后，立即就变得神采奕奕，而这人已经走向了卫扬。

“你是什么人？”路平问着。

“能一眼就识破血脉的，在整个大陆也只有一个人。”西凡说。

“对，是我。”那人低身检查着卫扬脸上的伤势，最后摇了摇头，站了起来，向着城主府门外正在注视着这边的又一位家卫招了招手，“人没事，但脸毁了。”

“阁下是……”这位家卫挥手示意卫兵上去将卫扬扶回，而他则快步迎上了来人，有了西凡那句提示，他已隐隐猜出了这人是谁。

“文歌成。”那人笑着。

家卫立即换上早已准备就绪的恭敬神情，向来人行了个礼：“显微无间。”

显微无间是一个能力，也就是西凡刚刚所说的整个大陆只有一个人掌握的能力。所以这个能力，也就成了这个人的符号，甚至成为了对这人的尊称。

这个人叫文歌成，这个能力叫显微无间。因为能力唯一，所以这个人也显得唯一。虽然从境界上来说，只是双魄贯通的文歌成同整个大陆那些三魄、四魄甚至五魄贯通的强者存在很大的距离。但是唯一的能力给予了他唯一的地位，让三大帝国四大学院都想方设法地努力争取笼络这位二魄贯通者。

但是文歌成没有接受任何一方的邀请，他就这样游戏人间，行踪飘忽不定。他突然出现在峡峰城，足以让城主暂时失去对区区一个摘风学院少年的兴趣。当然，如果卫仲知道这是一个六魄贯通天醒者的话那立即又会不一样了。

新的消息，早已经传递进府。城主卫仲的效率果然不同凡响，家卫这才陪着文歌成聊了几句话，他就已经亲自出现在了府门外。

“文先生！”卫仲的神情严肃认真，字句铿锵有力。只是一句称呼，却让所有人都感受到了他的那份尊敬和重视。

“卫城主。”文歌成也向卫仲还了一礼。

统御一方的城主，那在大陆上可不会像摘风学院这样籍籍无名。卫仲，可是一位四魄贯通的强者，而且以他的身份，自然不会像文歌成这样独来独往。只身边最贴身的十二家卫，就个个都是高手。刚被路平把脸捏烂的卫扬，只是因为天赋才华而骄傲，真论境界实力，他在十二家卫中是倒着数的。不过他才十七岁，前景还是无限光明的。

“文先生驾临峡峰城，有失远迎，还请府上一坐。”卫仲接下来也是字字铿锵，散发着让人无法拒绝的魄力。

“其实我只是路过，不过既然城主相请，那就坐坐？”文歌成笑着。

“请！”卫仲利落转身，引着文歌成就往城主府里去了。至于路平嘛，不过就是个让他有点好奇的少年，尽管前后两次下令想要见一下，但此时有文歌成在，他的目光连半点都没有落在眼前的路平身上。

府门外瞬间恢复了平静，卫扬被抬进了府，那个被路平摔上墙的守门卫兵也被人扶走。府门前换了两个士兵，依旧笔直地站立着。路平他们四人，忽然一下子就变得无人问津了。

“倒是省事了。”莫林说着，原本他也在想路平若是真杀了那个卫扬，接下来得如何收场，谁知道这事看起来就这么不了了之了。文歌成出现，城主府上下立即就众星拱月去了。

“希望如此吧！”西凡说着，他可不觉得这事就到此为止了。城主的颜面是可以这样随便被扫的吗？城主府可不是峡峰学院，卫仲更不是巴力言。

“你怎么样？”路平却不理这些，正在问着苏唐。

“好像完全恢复了。”苏唐握了握拳，全身的力量都没有一丝障碍。

“那到底是什么人？”路平问西凡。

“不会吧，文歌成都没听过？”莫林惊讶。

路平摇头。按说在学院三年，就算修炼无成，但见识总能增长点吧，怎么都不至于没听说过文歌成。但路平实在是特殊，不只是没听过丁点学院课程一起修炼，甚至和人的交流都仅限于苏唐，虽然有一些被动遭遇的沟通比如西凡，但这些人显然不会和他聊八卦。

“文歌成虽然只是一个二魄贯通者，但是他的能力‘显微无间’全大陆只有他一个人会，哪怕是那六位五魄贯通的强者，也没有人能掌握这一能力。”莫林说。

“这是个什么能力？”路平问。

“怎么说呢，应该也算是一种感知识别，去伪存真的辨识能力吧？”莫林说着，望向西凡，有向西凡求补充的意思。

“因为只有他一人掌握，所以外界所知道的也并不完全清楚，总之他能看出别人看不出的东西，比如血脉……”西凡说到这个词时，忽然就停了下来。

“哦，对了，燕秋辞和你什么关系？”莫林马上想到文歌成识别出西凡血脉时所说的话。

“不认识。”西凡回答得非常果断。

“文歌成可是不会看错的哟！”莫林说。

西凡却已经不理他，自己转着轮椅往前走，已经完全恢复的苏唐搭上手推起了他，身后却是路平又在问：“燕秋辞又是谁？”

“燕秋辞也不知道？拜托，大陆六大强者之一，西北燕秋辞，当世第一刀客啊！这都没听过？”莫林说。

路平挠了挠头，感觉这个名字似乎有一点耳熟，或许是因为名声太响亮了，无意间从哪里听到过只言片语。

莫林此时显然没有给路平普及知识的兴趣，连忙追上苏唐他们，挤在苏唐身边，很讨好地也要一起推轮椅。

“西凡学长！西凡师兄！”他亲切地称呼着，“燕秋辞和你什么关系？说说呗！”

“不认识。”西凡却还是如此坚持而又肯定地答道。

“唉。”看西凡坚持不说，莫林也没了办法，只是又想起之前文歌成说的话。

“文歌成刚才可说了，我们四个都是来历不凡？你们怎么样我不知道，我自己就先信了。但我到底哪里来历不凡了？你们帮我想想。”莫林说。

“你是来历不明吧？”西凡看着他，“莫家人？林默？你到底什么人？”

“哎哟我去，我都忘了我还是隐藏身份的啊！大意了。”莫林叫道。

路平四人这一路看着遇了不少事，但其实也没耽搁多少时间。只是原本雇好的马车没坐上一会儿，最后还是一路走回了摘风学院。

路平健步如飞，苏唐推着西凡，也是健步如飞，最后就剩莫林“哎呦哎呦”地落到最后，一路不停地叹息抱怨，累是累了点，但总算还是没有掉队。

摘风学院坐落在峡峰山山脚下，整座峡峰城是依山而建，半道上弃了马车徒步行走，差不多算是穿过了半个峡峰城，走了约摸四个小时。回到学院时，整座学院都已经沐浴在落日的余晖下了。

摘风学院建院也不过二十四年，没什么背景，院长郭有道似乎也没多大财力，唯一比较能拿来说的，就是院长玄武学院的出身。

或许就是靠着这出身，郭有道不知从哪里圈来了一笔钱，最后弄出了这座摘风学院，一开始要赶超“四大”的口号，着实迷惑了不少人——峡峰区毕竟偏远，人们的见识难免要落后一些，对于四大学院没有太多的认识和概念，郭有道这么一说，不少人还真就信了。

眼下二十余年过去，赶超“四大”这种事郭有道自己都不提了，峡峰区民众的见识在这二十余年也有了飞快提高，提起这个也都当是一个笑话。在峡峰区大家还是比较认可峡峰学院的。自家里有了孩子，到了合适年纪都会试着往峡峰学院里送，若是通过测试发现有修炼的潜力，一家人的未来可就都有了保障。哪怕学院出来境界平平，但只要有个二重天、三重天境界的魄之力，在很多方面也比普通人有优势——二重天力之魄，那耕起地来可比牛还快！

不过这种比较，可不是学院想见到的。所以虽然淳朴的峡峰民众对峡峰学院好评如潮，但峡峰学院自己这几年过得却不踏实。因为摘风学院，这家建立二十余年，规模不及他们四分之一的小小学院，近年来总有优秀的学生压他们一头，这种有才华的优秀学生，才是学院真正期待的。

明明学生更多，导师资源也更好，但就是培养不出拔尖的好苗子，这意味着什么？巴力言只能庆幸峡峰和摘风处在这偏远山区，人丁稀少，全区就他们两家学院。换作相临的志灵区，共有天照、双极、宁远、青曲等大大小小的学院共计十八家，相互竞争极其激烈。志灵区因此设立点魄榜，列的就是各学院学生在统一大考中的排名。点魄榜只取前五十，十八家学院，学生数以万计，能上榜的却只有五十人，竞争之激烈可想而知，但是藉此所反应出的学院实力，却也基本靠谱，因此被各大区普遍采用。

这也是峡峰学院焦虑的原因。峡峰区这边，亏得是没有这样一目了然的学院比拼制度，只是两家学院一起大考各自心里有数。若是真也在这样的环境中参与竞争，峡峰学院学生众多又怎样？前五十一个不见。学院规模不到他们的四分之一又如何？前五十里哪怕挤进一两个学生，那受重视的程度也立马超过峡峰。

峡峰学院近些年为了扩大影响，一直计划着参与志灵区的点魄榜，但偏偏没有争气的学生，真的参与了也是自取其辱。这也是巴力言看到路平就眼睛发亮，极其迫切希望将这学生招揽入院的原因。

眼下峡峰迟迟没办法迈出这一步，但是摘风学院却有路平，有苏唐，还有那个西凡，再有那个不知哪儿冒出来的进修生，若是让他们先走出这一步……大考结束了，巴力言更加的焦虑不安起来。

一、三年级的魄之塔被毁，导致他们学院这两个年级的学生到现在也没个成绩。二、四年级，峡峰学院倒是压住了摘风学院的风头，但是，那又有什么用？能冲到12层的学生，就已经沾沾自喜了，可若想去志灵区的点魄榜上杀出个前五十，怎么也得是能登上魄之塔顶端的学生。这才算是拿到了争夺点魄榜的资格证而已。

巴力言看到的唯一一个大有希望的学生，就是路平，为此他迫不及待地亲自跑去修复关系，结果却好像撞到了冰山一般。对方看起来也没有对他有多怨念，但是，却也没给他任何亲近的机会。不过是个十五六岁的孩子，却让巴力言觉得无从下手。而后他又注意到了城主府的密探。

这张好牌，引发的关注看来已经不仅仅是局限于学院之间了，城主府那边，又会采取些什么动作呢？他们注意到路平，是因为他展示出的实力，还是因为他推倒了卫天启这种小事呢……

返回峡峰学院的路上，巴力言一直还在琢磨，他真的无法就此甘心。

路平，这个名字在这一天里，就已经被很多人给记住了。

大考日过去，又是一天的清晨。

路平在晨光中醒来，一切都没有什么变化。学院的学习对他而言一直是没有任何必要的。三年来他在努力的只是如何能冲破这销魂锁魄的禁锢。

叮当叮当……昨天一天内，他两度听到了这个声音，对他来说，这个刺耳的摩擦碰撞声曾经无比熟悉。在组织里的日子，每一次被领去做实验时，他都能听到这声音。伴随着这声音一起的，是无休止的痛苦。而围绕在他身边的每一个人，都只是面无表情地观察，记录着。

痛苦，停止痛苦。他们就像是在操作着什么开关似的，日复一日年复一年地在他身上操作着。他承受着痛苦，麻木而又平静地承受着，他不知道自己还能有什么选择，从他有记忆开始，他所过的就是这样的生活。

而在这之前，自己在哪里？过的是什么样的生活？路平完全不知道，他甚至根本不知道自己的年龄，也从来没有过名字。直到逃出的那天，在一张记录纸上，他看到了“大陆 1847 年 4 月 24 日，三岁”的字样，他甚至并不确定那是不是属于他，但是他把这当作了他生命的标记，他因此有了年龄。

而后他背着苏唐，在那漫无天地的雪海中艰难行走时，他希望有一条路，不要让他这样艰难痛苦，可以平平坦坦地走下去。

路平。

这是他第一次有如此真实的期待。

他以此为名。

“他醒了。”

躺在床上发呆的路平，忽然听到窗外传来说话声。

是谁？路平侧身，望向窗外。

两个人，各自摆着舒服的姿势倚在他的窗台上，这在平时是绝无可能的。因为路平知道这窗台的高度，不是十分魁梧高大的人，能露个头就不算矮了。而此时倚在他窗口的两位，绝不是有这样身高的人。

摘风学院院长，郭有道。还有一位，却是昨天在城主府外见过的，显微无间文歌成。

路平起身，听到两人在他窗外闲谈。

“这是峡峰山上的山泉，正经的活水。茶也是好茶，峡峰山才有的高山茶，别的地方你想买都买不到。”院长郭有道说着，右手将一壶山泉高高地拎起，微一倾，煮沸的山泉带着蒸汽，自壶嘴中细细流淌出，晕起一片云雾。茶香很快洋溢在这片云雾中，跟着飘进了窗内。

“好茶。”文歌成赞叹了一声，转头望向窗里的路平，微微笑了笑。

“怎么是你？”路平一边说着，一边走到了窗边。朝外一看，这两位，各坐了一个折梯倚在小屋的窗台边，两人当中高高地支起了一张茶台。大清早的，竟然就在他的窗外品起了茶。

“为什么不能是我？”文歌成端起茶碗，饮了一口，反问道。

“只是随口的寒暄。”路平说。

“哈哈哈，好直接的孩子。”文歌成大笑。

“呵呵。”郭有道也笑了笑，端起他手中的茶碗，却是一口豪饮。他的喝法不对，坐在折梯上的样子也绝不会好看，尤其对于一个学院院长来说，实在有些不够庄重。

“在你睡着的时候，我们仔细研究了一下你，不介意吧？”文歌成说。

“不介意，习惯了。”路平说。

文歌成沉默，似乎听出了这一句“习惯”中所包含的惨痛，片刻后才开口：“你喜欢直接，我就直说。”

“好。”路平说。

“我看不出你的血脉。”文歌成说。

“哦。”路平很平静。他不知道自己的身世，名字是自己给起的，年龄是看到一页记录就定义给自己的。对自己的来历，他也有一点好奇，但是没有过高的期待。对他而言，他就是路平，从组织逃出，在摘风学院生活了三年的路平，就算找到了过去，他也不准备就此改变。所以这个来历，有还是没有，他都无所谓。

“看来你对这并不是太关心。”文歌成说。

“我不在意我的来历。”路平说。

“但我要说的不是这个。”文歌成说。

“那你要说的是？”

“不弄清血脉，就没有办法完全打开销魂锁魄。”文歌成说。

“是吗？”路平的反应依旧平静，好像这件事他也并不在意似的。

文歌成笑了，端起茶碗再次轻轻抿了一口茶：“果然我的判断没有错。”

“哦？”

“事实上，你并没有想要打开‘销魂锁魄’，你企图掌握它，我说得对吗？”文歌成说。

路平没有回答。

“销魂锁魄是对魄之力的禁锢，可以将魄之力彻底压制，所以从另一方面来说，它也是对魄之力最强的隐藏，你很满意这种状态吧？”文歌成说道。

路平依旧保持沉默，不肯定，但是也不否认。

“相当天才并且大胆的想法。”文歌成说着，而后又缓缓地喝了口茶，跟着不紧不慢地道，“但是有一个漏洞。”

“哦？”路平说。

“终于有点反应了吗？”文歌成笑，一副如我所料的模样，关子卖出这个效果，他也已经满意，没有继续故弄玄虚，随即向路平说道，“因为这根本是矛盾的，‘销魂锁魄’是通过压制魄之力实现了隐藏。这种方式的隐藏确实很完美，可是也相当危险。主动对敌时，你可以放开压制爆发实力，可若是遇到暗处的偷袭呢？在没有解除压制的情况下，你无法靠魄之力来感知到危险的存在。”

“我并不是真的要用压制来隐藏，我只是利用这种压制状态。”路平说。

“利用？怎么利用？”文歌成问。

“就是利用这种压制，将魄之力压缩在非常微小的幅度内。”路平说。

“这不还是压制吗？”

“是压缩，不是压制。压制是让魄之力无法施展，压缩是让魄之力超高浓度地聚集起来。”路平说。

“那这……和‘销魂锁魄’又有什么关系？”文歌成问。

“因为要实现这种程度的压缩，只有靠‘销魂锁魄’这种程度的压迫力。”路平说。

“你的意思，其实就是在‘销魂锁魄’的禁锢压迫下，依然感知到魄之力的存在，而且是它们的完全存在。这样一来，‘销魂锁魄’对你而言就不是压迫，而是魄之力的压缩。”文歌成说。

“你终于明白了。”路平一脸欣慰。

文歌成点了点头，但忽然觉得这好像有什么地方不对。本来不是自己卖着关子，准备指点这少年一下的吗？怎么到头来成了他指点自己了？不，不是指点，是他向自己解释而已，是解释。

“咦，这不对啊！”文歌成忽然又想起什么，“这么说的话，等于你根本没掌握‘销魂锁魄’啊！你只是在‘销魂锁魄’下，依然可以偷出魄之力来使用。”

“对啊！”路平点头。

“那你说你企图掌握它？”文歌成叫道。

“那是你说的吧？”路平疑惑。

文歌成愣了愣，仔细一想，这确实是他自己说出来的，而路平根本就未置可否，可恨自己还在那洋洋得意地说什么“果然我的判断没有错”，明明错得离谱。

“那你现在完成到什么程度了？”文歌成问。

“显微无间看不出来吗？”路平问。

“你这孩子怎么这么讨厌？”文歌成气。

“哈哈哈。”郭有道在一旁大笑，再次豪饮一杯茶。

“如果显微无间都看不出来的话，那是不是就没有人能看得出了？”路平认真地问道。

“这个……”文歌成虽然很想自信地告诉路平一定是这样，但是最后，却还是无比认真严肃地说，“不能这样认为，世界永远比你我想象的都要大。”

世界到底有多大？这个问题路平有过好奇，在那间密不透风的狭小石室里，透过头顶那巴掌大的气孔，路平看到过这个世界。

清晨，会有光线从气孔中照进来，那些光柱中的尘埃可以不知疲倦地漂浮旋转上一整天，路平尝试过抓住它们，但没有成功。不过光柱打在手上的感觉，很舒服，很温暖。

到了夜晚，气孔那里有时可以看到一颗星星，运气好的时候，或许会有两颗，有一次路平甚至发现有三颗星星挤在那里，向他眨眼，为此他兴奋了好几天。

下雨时，会有雨水落进来；下雪时，会有雪花飘进来。有次还有一只小鸟落在了那气孔边，向里探头探脑，喳喳地叫了几声才飞走。

世界好有趣，路平想着。不知道会有多大，肯定比自己这间石室要大许多。或许有一百倍，一千倍那么大。

后来他终于逃出，他看到了气孔外的世界。辽阔的天空，广袤的大地，这些常人都已经看腻，已经没有兴趣去抒发什么感想的东西，却让路平惊讶得有些睁不开眼。

这得多大？他想着，肯定不只一百倍，一千倍那么大啊！

他决心要活下去，和苏唐一起，就在这片天地间。世界到底有多大，他已经不好奇了，只要能身在其中，他就觉得很满足。

噗噜噗噜噗噜……又一壶山泉水被煮沸了，小气泡不断地从壶底升上水面，破裂。郭有道伸手抄起水壶，举高，再次冲泡，这一次，冲了三碗，有路平的一碗。

“自己拿。”郭有道说着，仔细端起了他自己的那碗。

“有关你的修炼，我可能帮不到你什么。”文歌成对路平说道。

“或许是因为你来得太晚。”郭有道吹着碗中漂浮的茶沫，看也不看地说道。

路平注意到茶桌上扔着一页信纸，干巴巴的，内容简洁而潦草，就是对文歌成的邀请，而落款日期：大陆 1857 年 1 月 22 日。

路平记得这一天。

那一天，他和苏唐从组织逃出，在雪原里走了很久很久，他根本不知道该去哪里，只是一直坚持着走下去。后来遇到了郭有道，带着他们一同上了路。回到摘风学院，那至少也是一周以后的事了，但是从信的落款日期上来看，郭有道在遇到他们当天就写出了这封信。

但是文歌成，赴约竟然用了三年多，路平忍不住要对他肃然起敬了。

"我能看到这封信就是奇迹了，否则你以为我会看到你这一笔烂字就跑来你这个荒山野岭吗？"文歌成说着。他行踪飘忽，给他写信并寄出的想法根本毫无逻辑。所以这封信能三年多没有遗失，并且最终落到他的手上才让他惊讶不已。冲着这份惊讶，他才赴了这趟迟到三年的约。

"不虚此行吧？"郭有道说道。

文歌成点了点头，然后对路平说："虽然你自己都不关心，但我对你的来历非常好奇。我会找出来的。"文歌成伸手进窗，拍了拍路平的肩膀。

"哦。"路平依然反应平淡，但这丝毫没有搅了文歌成的兴致，似乎在下定了这个决心后，他整个人都充满了精力。

"那么，我走了。"告别来得如此突兀，路平本以为文歌成对此感兴趣的话，肯定还会问自己不少东西。

"对了。"已经从折梯上跳下去的文歌成，突然又想起来什么。

"我不清楚你现在是怎么做的，但我有一个建议。"文歌成说，"将魄之力区分开，一魄一魄来偷，可能会容易一些。"

"哦。"路平应了一声，他的脸上并没有出现文歌成所期待的那种顿悟，或是思考的表情。

"你已经在这样做了吗？"文歌成有些悻悻地说道。

"是的。"路平说。

"再见！"文歌成头也不回地走了。

"呵呵。"郭有道再次笑着，满饮了一碗茶，然后望向了路平："如果三年前你就遇到他，会少走很多弯路吧？"

"是的。"路平点头。从组织逃出，是趁着对方在实验中疏忽。可每次实验中对销魂锁魄的解除都是限定的，程度有限，时间也有限。那时的他，临时拥有的魄之力很快就被销魂锁魄给镇压回去了。

在摘风学院的这三年，经过无数次的尝试，无数次的失败，才让路平最终找到了目前所用的方法。而文歌成，只是初次见到他，就已经梳理出这么多方法，确实极其了不起，如果真能在三年前就遇到，真的可以帮路平节省掉很多绕弯路的时间。

“显微无间，无与伦比的洞察能力，也只有他这种拥有无比强烈好奇心的人，才可能练就这样的能力。”郭有道说着。

“好奇心？”

“是的。你没看到他对你的事比你自己都上心吗？因为你太值得他好奇了。”郭有道说。

“那我是不是该帮帮他？”路平挠挠头，虽然他并不如何在意，但是别人毕竟是因为他的事忙前忙后，自己不去搭把手，好像有些太过意不去。

“放心吧！为了满足好奇心，当他需要你帮忙的时候，你逃都逃不掉。”郭有道说。

“那我还是离他远点吧！”路平又有点怕了。

“你试试看。”郭有道说。

“怎么忽然觉得很不安呢……感觉他可能会比组织还要麻烦。”路平说。

“当然，那组织没有来打扰你，你就很满足了，但他的好奇心可是无止境的。现在只是好奇你的来历，但是很快，他的好奇会转移到这神秘的组织上。他们的成员，他们的运作，他们的目的……这些事，他一定都非常想知道。”郭有道说。

“你把他找来，到底安的什么心哪？”路平问。

“呃……”郭有道想了想，“辨别你的血脉，帮你解决销魂锁魄的问题。”

“现在呢？”路平问。

“现在……只怪他迟到了……”

“有点同情他呢！”路平说。

“不，他乐在其中呢！”郭有道说，“至于你，想不到你现在已经达到这种程度了，你也该报答一下我的救命之恩了。”

“你说。”

“我已经说过了，摘风学院的未来，就要靠你们这些优秀的学生啊！”郭有道说。

“你这是作弊啊！”路平说。

“为了作这弊，我可是放宽院规，等了你三年。”郭有道说。

"你早说好吗？一年级魄之塔的程度我第一年就足够通过了。至于像现在这样冲过头吗？"路平说。

"冲过头好，只是通过，那哪里够啊？"郭有道笑。

"需要我怎么做？"路平问。

"以摘风学院学生的身份，去参加志灵区的点魄大会。"郭有道神情庄重。

"哦。"路平说。

郭有道再次满饮一碗茶，等了许久，但是除了这个"哦"，他再没有听到路平说第二个字。居然不主动表态。郭有道觉得有点无趣，只好再由他来点破："参加了，就至少拿个第一回来吧！"

"第一"前面用个"至少"，这种修饰明显不合适，但路平自己也不表个态，郭有道索性就给他往高里抻。

"好。"路平回答。

郭有道又等了好久，结果又只是这一个字，有些忍不住了："我说……你不是敷衍我吧？"

"当然不会，你救了我。"路平认真地说。

郭有道沉思了良久，开口道："事实上，如果不是因为你带着苏唐，只是你一个人的话，不需要人来救。所以准确来定义的话，我救的其实是苏唐。"

"一样。"路平口气坚定，"因为不存在我没有带着她的这种可能性。"

"好。"郭有道点了点头，也是用一个字，高度概括对路平的赞叹。

"苏唐也和你一起参加。"郭有道说。

"她也要参加？"路平的眉头皱了皱。

"你这是什么眼神！好像是在指责我贪得无厌啊？让她参加是为了帮她增长见识，她的力之魄已经达到六重天，她需要更高的磨练环境。这个环境摘风给不了，整个峡峰区也给不了。"郭有道说。

"哦。"路平点了点头。

"还有莫林、西凡。"郭有道说。

"莫林？"

"就是林默，显微无间都来过了，他的身份还瞒得住吗？你早就知道的吧？还挺讲义气。"郭有道说。

“呵呵。”路平干笑，末了又问，“西凡没有问题吗？”

“点魄大会距离现在还有一个月，以西凡的素质，复原没有问题。”郭有道说。

“我问的不是他的伤，而是他的身份，照理说，他现在应该算是毕业了吧？”路平说。

“还没有参加大考，哪能算毕业。”郭有道说。

“你不是准备专门给他安排补考的吗？”路平问。

“那是点魄大会以后的事。”郭有道说。

“好卑鄙！”路平忍不住感慨了。

“没大没小。”郭有道瞪他。但是说实话，就这样骑在个折梯上，跟个粉刷匠似的，目光再凌厉路平也觉得一点威严都没有。

“因为还有一个月的时间，所以我特意给你们自己安排了一个修行。”郭有道接着说。

“修行？”

“去天照学院，我已经联系好了我相熟的老友，他会给予你们最合适的指导。哦，准确来说是他们三个，你只能靠自己。”郭有道说。

“好。”路平点头。

接着，又是片刻的沉默，郭有道犹豫良久，终于还是忍不住问道：“你交个底，你现在从销魂锁魄下偷出来的魄之力，到底有几分？”

“我不知道。”路平摇头，跟着补充，“因为我根本不知道我的百分百是多少。”

“多加小心，志灵区不比我们峡峰，有天赋的出色学生本就很多。再说，也不保证其他学院没有作弊的可能。”郭有道无比郑重地说着。

“院长都这么卑鄙？”路平问。

“世界很大，人外有人啊！”郭有道叹息着。

峡峰学院，位于峡峰城往东七百余米，是一片占地极大的庄园。在摘风学院之前，峡峰学院是整个峡峰区唯一的学院，四座巍峨高耸的魄之塔，称得上是整个大区的地标性建筑。

但是现在，四座魄之塔两座已经不见，非常对称地坍塌掉了，两片废墟到现在还没有收拾干净，坐在院长室里的巴力言一偏头就可以看见，胸闷不已。

魄之塔的建造可不容易，对于学院而言，这是一种身份的象征。大陆有记载的四百四十二座学院中，独自拥有魄之塔的不过九十一家。峡峰学院在这四百四十二座学院中是排不上号的，但因为曾是全区唯一学院的缘故，它也拥有了很多学院都还没能力修筑的魄之塔，总算让峡峰学院拥有了一点值得自豪的东西。

但是现在，两座塔倒掉了……

靠峡峰自身的实力也修不了两座魄之塔，当初修筑也是多亏了城主府方面的官方支援。今次两塔被毁，巴力言也只能向城主府那边报备，但最终还会不会再给他们新立双塔可就着实不好说了。今时不比往日，峡峰区可不是只有他们一家学院了。

摘风。现在一想到这个名字，巴力言就恨恨地。今天又收到消息，摘风竟然要派人去参加志灵区的点魄大会，这更让巴力言坐立不安起来。

郭有道所仰仗的是谁巴力言又怎会不清楚？他意图招揽路平，打的其实也是同样的主意。郭有道已和他约好，只要他说服路平，他那边就一定放行，但是此时他却依然放心大胆地派出路平去代表摘风学院，显然是他根本没把那约定放在心上，他是看准了路平根本不会被巴力言引诱走。

“这老混蛋！”巴力言重重地一巴掌拍到桌上，院长室的门，应声开了。

“院长，城主府来人。”他贴身的导师匆匆进来向他汇报。

“啊？”巴力言一愣。城主府反应之快超乎他的意料，魄之塔被毁的事，他也是今天一早刚刚报告上去的。他知道城主卫仲极其注重效率，但是也没想到会效率到如此程度。

“请！快请！”回过神来的巴力言连忙说着，城主府的人却已经到了他的门外。

“巴院长。”来人进了院长室，见礼。

巴力言没敢有丝毫怠慢，他认得这人，城主府十二家卫之一，卫明。年纪不大，但据说足智多谋，深受城主卫仲的器重，卫仲会交托他去办的，一定是他极为重视的事。可如果仅仅是有关魄之塔倒掉事件的处理，似乎还不需要这位城主身边的头号智囊出马。这让巴力言不由得忐忑起来，回了礼后都忘了让座看茶，只是呆呆地等候着卫明说明来意。

对于巴力言稍有些失礼的表现，卫明没有太过在意，作为城主卫仲信任的家卫，他很好地秉承了城主极其重视效率的作风。

“两件事。”卫明竖起两根手指，开门见山地就说了起来。

“第一件事，对于峡峰学院近些年的发展，城主不满意。”

“这个……”巴力言苦笑，峡峰学院的发展，他同样也不满意，可他真的没什么办法。

学院设施方面，二百余年的积累以及峡峰区一直以来的支持，别说摘风学院了，整个大陆多半的学院都无法和他们相比，魄之塔就是最好的证明。导师方面，巴力言也是竭尽所能网罗人才，这个他不敢放眼大陆去比，但比之摘风学院，他有绝对的信心。

关键问题就在学生上，比人数，峡峰学院的学生不算少，但是峡峰区这个偏远山区真的就好像是未开化一般，完全找不出点有天赋的孩子。其他地区或是家族的优秀子弟，那也不可能往空有设施却无建树的峡峰学院送，巴力言真是感到巧妇难为无米之炊。

“您不用解释。”巴力言刚说了两个字，就已经被卫明给堵了回去，“是什么问题，城主比您更清楚，但解决问题是您的责任。城主甚至将他的独子都交到了峡峰学院，这份态度，我想您应该是很清楚的。”

卫明的措辞中一直很注意地使用着“您”这样的敬称，但是他神态可没有与之相应的尊重，巴力言的额头已经见汗。

“我明白，我明白……”他重复着。城主卫仲对峡峰学院的支持确实没得说，卫明非常简洁地点破了这一点。如此支持，却毫无建树，城主的不满合情合理，这让巴力言都羞于面对，那么接下来无论如何处置，他也只能听命了。

“但是，城主不准备就这样放弃对峡峰的支持，两座魄之塔，城主府会补给你。”卫明说。

“啊？”巴力言几乎以为听错，按卫明之前所说，接下来顺理成章废了他或峡峰都合理，哪里想到竟然是这样的反转？

“但是这并不代表什么。”卫明接着说道，“只是因为，魄之塔，摘风需要四座，而峡峰只需要两座，修两座总比修四座要省事，城主喜欢效率。”

“我明白……”听了这席话后，刚刚喜出望外的巴力言再次冒汗。基于这种原因，城主保持了对峡峰学院的支持，但是同时也是给了他更大的压力，峡峰学院若是再没有什么突破性的发展，或许他就应该考虑一下跑路的问题了。

“第二件事。”一件事传达完，卫明没给巴力言什么消化的时间，立即开始讲第二件。

“峡峰学院，要去参加志灵区的点魄大会。”卫明说。

“啊！这……这恐怕不太合适吧？峡峰学院暂时还没有这样的能力啊！一年，再给我一年。”巴力言慌了，这一次他无论如何也要据理力争，他没想到城主府对他的考核来得如此快，居然直接就让他去志灵区的点魄大会见分晓，这可只剩下一个月的时间了啊！哪可能在一个月里峡峰学院就突然冒出有实力的学生，除非……除非……

巴力言脑子也是转得飞快，突然就想到了某种可能性："除非……"

"除非摘风学院的路平转入峡峰学院是吗？"卫明帮巴力言说出了他想说的意思。

巴力言老脸一红，但这时也顾不上其他了，如果能争取到路平，绝对是一大幸事，城主府可以出面帮忙那再好不过，于是他立即点了点头。

"你以为城主府就可以随意左右学生的意愿了吗？"卫明突然冷冷地说了一句，这一次，他甚至没有再用敬称"您"，而只是用了"你"。

巴力言有些茫然，城主府如果真有这种指示，当然可以左右学生意愿了。难道还会有学生不将城主府放在眼里吗？他当然不知道，就在昨天，路平就软硬不吃地拒绝了城主的召见，甚至还重伤了一名城主家卫。所以对卫明这仿佛是在自嘲，却又极度阴冷的口吻他十分不解。

"这是峡峰学院去参加点魄大会的学生名单。"这时，卫明忽然掏出了一页纸，递了过来。

巴力言茫然接过，抬眼扫去，第一个名字，卫天启。

城主的独子，论境界，确实算是峡峰学院的翘楚，若不是魄之塔倒掉，他的境界是有冲到塔顶可能的。但仅仅是这样的实力，也不过是有参加点魄大会的资格，想上点魄榜可没那么容易。

巴力言琢磨参与志灵区的点魄大会多年，自然对此有相当的了解。点魄大会不分学生年级，卫天启所要面对的不只是同级生，还有比他高一年级的四年级生。志灵区那边的学院学年期限和峡峰区并不完全一样，他们的四年级生是要参加完当年的点魄大会后才正式毕业。而在点魄大会的最终排名，会是他们实力的最终评据。魄之塔的突破层数？这在志灵区可有点拿不出手。

城主大人，是因为自己的儿子，而过度自信了吗？

巴力言看到卫天启的名字后，下意识地就这样想着。但是很快，他扫到了名单上的第二个名字——

卫扬。

是那个卫扬吗？两年就从接触感知到完成贯通的天才，城主府的十二家卫之一？

这样的天才，正是巴力言一直渴求的学生啊！只可惜人已是城主府的家卫，已有这样的境界，巴力言求也求不来，但现在，这个卫扬，城主准备将他送到峡峰学院，然后代表峡峰学院去参加点魄大会？

巴力言的太阳穴跳了两下，这是他极兴奋时才会有的表现，他已经隐隐意识到城主这次指示他们参加点魄大会的用意了。

卫扬之下，第三个名字——

卫明。

竟然是卫明，这年轻人的实力到底有多强，巴力言也不清楚，但肯定要比卫扬强得多。卫扬虽然天才，但据说实力在城主府十二家卫中是处于末流的。

连卫明都派出来了，巴力言对这份名单已经深深期待了起来，他迫不及待地扫向名单上的第四人——

卫影。

这是谁？巴力言有点茫然了。同是姓卫，那应该也是十二家卫之一了。这不同来历的十二人，在跟了卫仲成为他的家卫后，都被统一赐姓为“卫”，卫影自然应该是其中之一了，但是，好像从来没听说过啊？

“看完了吗？”这时，卫明的声音响起。

“看……看完了。”名单上一共就这四个名字，一眼就已经扫完。

“多的话不用说了，您来安排吧。”卫明说着，对巴力言的称呼，又恢复为“您”。

“我明白，我来安排。”巴力言已经不知说了多少次“我明白”，但对他而言，这实在是天下掉馅饼一样的好事，城主府居然派出高手代表峡峰学院参加点魄大会，早有这待遇的话，峡峰学院恐怕早已经闯出名头了吧？

卫扬、卫明，还有那个没听说过的卫影，有了这些高手，摘风学院只区区一个路平，又算得了什么？

不！怎么还在想摘风，还在想路平？这时候还想他们，眼界未免太小了，自己真是在峡峰区混傻了。有这样的高手，就该放眼志灵区才对。

只可惜，人还是有点少。才三个。这要是十二家卫全派过来，到时雄据点魄榜上十二人，峡峰学院该是何等风光啊？

呃，不对，峡峰学院十二人，全姓卫，这也太过扎眼了，这不自然。还是现在好，比较有分寸，再找几个学生充充数，多凑几人去参加。

摘风学院？郭有道？路平？

咱们点魄大会再见吧！

Chapter 5

◆ 峡峰山道的血案 ◆

郭有道对这一天期待了有多久，路平也不清楚。他只知道当天上午谈过之后，下午他们四人就立即被郭有道叫到了一起，然后就要安排他们上路了。

“这有一封信，到了天照学院后，交给楚敏老师，呃，或许现在都是院长了，这一个月你们就听她安排吧！”郭有道拿着一封信，目光在眼前四人身上逐一扫过后，最后把信果断交给了轮椅上的西凡。

“或许是院长？”西凡一边接过信，一边置疑了一下郭有道话里的某个词。

“嗯，有些日子没联系了，代我向她问好。”郭有道挥手，示意四人上路。而他则负手转身，就这么自顾自地先离开了。

“怎么回事？”莫林脸上甚至还带着午睡的惺忪，“我一觉醒来脸还没洗突然就让我负担起学院的未来了？我到这到底是干吗来了？我怎么突然有点想不起来了。”

“走吧！”路平却是言简意赅，他和苏唐一起推起西凡的轮椅，咕噜咕噜地就上路了。莫林站在摘风学院的大门，望着高挂门楣的“摘风”两个字，始终还是有点恍惚。发了半天的呆，再回头，那三位已经走出去好远。

“等我。”莫林连忙叫着，匆匆追了上去。

志灵区和峡峰区相邻，两区各自的主城志灵城和峡峰城相距也不过数百里地，算不上太远。只是一路太多崎岖难行的山路，通行极其不便。峡峰区较为封闭落后的现状，大多也是因此造成的。

峡峰城，北出口。去往志灵区，这边是必经之地。从这里搭乘马车的话，总还是可以走上一段的。这条路，峡峰区修了有二百多年，至今还在继续。想和志灵区完全连通，或许再有个一百年也就可以实现了。所以这条路虽然一直在修，但和志灵区完全连通之前，都没有热闹过。对很多人而言，这条未完成的路，只能算是一条死路。

不过今天有些例外，路平四人来到北出口，准备找辆马车先走完这条“死路”时，却发现这里热闹非凡，人很多，马车也很多。

四面八方充斥着的都是细心的嘱托，有担忧的，有寄予希望的，有吩咐着难得出去这趟给家里带点什么什么的。

路平四人左右看看，很快看懂了。这里全是峡峰学院的学生，一年级生和三年级生。因为两座魄之塔倒掉，他们没有办法完成大考，学院安排后，正是要赶路前往志灵区的双极学院完成大考的。

路平正是造成眼下这场面的罪魁祸首，毫不意外地被很多人的目光给捕捉到了。但是因为所有人都目睹了他强大的实力，可没什么人敢冲他抱怨，所有望着路平的眼神中，流露出的都是一种受了委屈似的哀怨。这和他们平时居高临下鄙视摘风学院学生的眼神可大不一样。

“罪魁祸首”走在这当中，神色非常坦然。左看、右看，左看、右看，走马观花似的，像是在享受着所有人的委屈。这可就让一些人感到不忿了，虽然不敢站出来叫嚣什么，但至少眼神里偷偷释放一点狠毒，心里默默下点诅咒总是可以的。

突然，路平停下了脚步。整个北出口的气氛，都因为他这一停步变得一紧。正在打量着他的许多目光在他这一停后纷纷躲避着。

结果就见路平很高兴地摸了摸他身前那匹马：“就这辆吧！”

所有人好失望好失望……原来路平只是在挑马车，他们的眼神是委屈，是哀怨，还是恶毒，人压根就没有留意。以为路平是在挑衅时，他们或躲闪，或容忍。但在发现路平其实并没有在意他们时，峡峰学院的学生们反倒有些不能忍了。

峡峰区就这么两座学院，而他们一直比摘风学院强势得多，他们是峡峰区的天之骄子，这是他们一直以来的认知。现在，天之骄子们被无视了，在人家眼里还不如一匹马。

少年人容易冲动，常常只图一时爽快而忽略掉结果。这时，果然就有人跳出来要给路平添点堵。

“不好意思，这辆车我已经雇下了。”一位少年出现在了路平面前，粗声粗气地说着。他只是峡峰学院很普通的一年级生，没什么家世背景，实力比起三年级生来说也是远逊，更别说和路平相比，但是此时，第一个冲出来的是他，这和背景、实力都无关，只是因为心底里的骄傲化成了一股冲动。他左手死死拉着那马的缰绳，目光笔直地注视着路平，摆出了一副绝不退让的架势。

莫林不动声色地凑到了路平身边，胳膊肘碰了下路平。

“杀了他。”莫林朝那少年努努嘴。他的声音不大，但也不太小，足够那个少年也听到。少年的腿顿时就有点软了，但他更加死命地拉着缰绳，这让他至少没有立即倒下。

前来为少年送行的父母也听到了。昨天大考的事，他们当然已有耳闻，而在普通人一知半解的认知中，考试考到要把塔都弄塌，这得暴戾成什么样？而现在，他们的儿子竟然向这个家伙挑衅，他们一早就已经慌了，此时听到莫林凑上来说“杀了他”，爱子心切的父母飞扑上来，护着儿子的同时已经准备用力哀求，结果却看到路平转头扫了一眼莫林。

“你有病啊！”说完，路平有些惋惜地再次摸了摸那匹马，就东张西望地继续去挑选了。

“喂，你这人！”莫林气得不行，扭头看看，那一家三口都是目瞪口呆，似乎不知道该是什么心情。

“杀你全家。”莫林没好气地指了指那少年说道。

冲动过后的少年，此时已经知道害怕，已经感到后悔，听到这话，哪里还顾得上那马车，死死抓着身边的父母，真的就快要倒下了。

“哎哟！”结果就听一声惊叫，莫林的身子倒是先歪下去了。

“你有病啊！”苏唐说着，单手拎着莫林的衣领，居然就这样将他给斜着拖走了。

咕噜咕噜……西凡转着轮椅来到一家三口面前。

“别在意，他是个杀手，可能有点职业病。”西凡说。莫林的底细现在已经不是秘密了，至少他们这四人都是知道的。

“杀……杀手？”一直还算有点镇定的少年父亲，此时脸上顿时蒙上了一层死灰，像是一个死人。

“哎……”西凡发现自己坦白的解释似乎并没有起到很好的安慰效果。

“你们还是赶紧上路吧！”于是他说道。

“上……上路……”父亲这下彻底支撑不住了，一屁股坐到地上。一家三口抱在了一起，哭成了一团。

“我……我还是先走吧……”西凡连忙自己转着轮椅离开了。

“让开，把路让开！”

热闹的北出口突然响起洪亮的呼喊声，在嘈杂中将声音清晰传入每一个人的耳中，这显然已经不是嗓门大而已，这是利用鸣之魄力实现的对声音的控制。

有点见识的人，都立即察觉到这个呼喊者的不凡。很快，北出口道路的正中，一辆由三匹骏马拉着的三驾马车飞驰而来，这车的车厢比起寻常单驾马车可要宽大许多，此时路被挤占成这样，难免有些不够。而那施展着鸣之魄力高呼让路的人，竟然只是这架马车的赶车夫。没有人因此感到惊讶，因为大家都已经看到了这三驾马车车厢上那醒目的家徽——重叠的山峰，这是峡峰山的地理特征。卫家的家徽，用的就是这峡峰山的特点，可想而知卫家的势力在这一区是多么的根深蒂固。民众更是也已经养成了根深蒂固的敬畏，道路很快就被让出了宽宽的一条。

谁想马车的速度却在此时降了下来，三匹骏马昂首阔步，拖着车厢在道路正中缓慢前进。车厢里钻出一人，正是城主的独子卫天启。此处左右不少都是他在峡峰学院相识的同学，于是就见他不住地挥着手，和这个打个招呼，高喊一下那个的名字，享受着万众瞩目，却又极力扮出平易近人很好打交道的模样。

两边被他招呼到的学生，都极力配合满足着他的兴趣，至于心下会有什么腹诽，那旁人也就不得而知了。

卫天启就这样站在马车上，一副意气风发的模样，忽然，他神色一变，在人群里看到了一个他十五年来最为痛恨的人——路平！

从卫天启见到路平到现在，不过一天时间。两人说过的话不超过五句，动手也只是一次互相的推搡，但路平却是他十五年来最痛恨的人。因为他是卫天启，城主卫仲的独子，就这，峡峰区，峡峰城，从来没有人敢得罪他，甚至从来没有人敢惹他不高兴。所以对于卫天启来说，让他痛恨，可比让他喜欢还要难。因为从来没有人会做出让他感到痛恨的事。

但是就在昨天，终于有了这个人。摘风学院的路平，听都没听过的名字，在昨天的大考中竟然把他给推飞了。这可是从未有过的事，这让他立即痛恨上了路平，前所未有的痛恨。

虽然他知道路平的实力很强，至少比他要强，但他并不畏惧。他可是城主的儿子，所以他很清楚，从来没有人会让他不高兴，那是因为畏惧他的实力吗？当然不是。他们畏惧的是他的身份，是他的背景，是整个卫家在峡峰区的庞大势力。

身份、背景、势力……所有这些构筑起来的才叫强大，单靠个人的实力又能强到哪去？

路平强，也只是境界强。而自己的境界是弱了点，但自己有身份，有背景，有一整个家族的势力，所以在卫天启眼中，他强，他远比路平要强。所以他不怕，也不应该怕。卫天启是这样告诉自己的。

问题是，昨天被路平推飞，然后看着路平笔直走到自己身前的时候，卫天启怕了，他真的怕了，在那一刻，他忽然觉得，身份、背景、势力，好像都帮不到自己。那种从未有过的惊慌失措的心情，让他深深地感到不安，这不是过了一夜就可以忘怀的。现在，他又看到了路平。挤在人群中，和其他人看起来完全没有什么两样。

“停！”卫天启对身旁的赶车夫说，马车立即稳稳地停住。卫天启跳下马车，向前走出，人们下意识地就给它让路，很快，他就走到了路平他们身后。

路平还在挑马，他正指着一匹毛色很杂的马匹说着：“这一匹不错。”

“有点难看。”苏唐说。

“这个不重要。”路平说。

“那你是怎么看出它不错的？”莫林问。

“咳咳！”卫天启重重地咳嗽了两声。

路平和莫林回头，看了他一眼，然后头扭回去，接着分析那马。

卫天启愣了，他没怒，而是先愣了。他实在没想到，他居然被无视了。还好，他被无视得不是很彻底，同样回过头来的西凡总算认出了他。

“小城主。”西凡招呼了他一下，现在所有人都是如此称呼他，直到某一天他的父亲卫仲“不在了”的时候，那个“小”字就可以去掉了。

总算还有人理会，这让卫天启稍稍好受了一点，但是很快他就听到刚刚没理会自己的那个戴草帽的家伙哈哈笑了起来：“小城主？西凡你还喜欢给动物起名字啊？但这是什么蠢名字啊？”

万籁俱静——

认真讨论马匹的路平和莫林也立即感觉到了不对，留意到苏唐给他们的眼色后，两人再次转过身来。于是就看到一双已经快要喷出怒火的眼睛。

“呃，这位是卫天启，城主的独子。”西凡却还在一本正经地介绍着。因为他知道如果不介绍，这两位恐怕还是不会知道这是哪位。

“哦……”莫林长长地哦了一声。

路平却只是点了点头，完了望着卫天启说："有什么事吗？”

“你……真不认得我了？”卫天启觉得对方一定是在假装，可路平的神情却很认真，认真到让他动摇。

“呃……”路平仔细在想，还好苏唐凑上来在他耳边轻轻提示了一下。

“哦。”路平顿时恍然大悟，“挡路的。”

卫天启的脸立即就青了，自己原来就是个挡路的？

“有什么事吗？”结果路平却又在问。

“你觉得呢？”卫天启死死瞪着路平。

路平想了想，明白了："你是来道歉的？不用放在心上，都过去了，再说你也没影响到我什么。”

“你……你……”卫天启气得话都说不上来了。周围所有人也都觉得路平这是在戏弄卫天启，想笑，但是又不敢。

“呵呵……”但是偏偏就有人笑了。

“谁！”卫天启听到了这笑声，怒气冲冲，但是一转身看到来人，却愣了。

“明大哥。”卫天启叫道。

卫明，不过是城主府十二家卫之一，但是城主的独子对他却以哥相称，由此可知他在城主府的地位，并不只是个卑贱的家奴。

“小城主。”被卫天启以哥相称，但是卫明对卫天启的态度却是无可挑剔的恭敬。

但在目光从卫天启身上转向路平时，他的神色就整个变了。面无表情，仿佛眼前的人根本不值得他浪费一个表情。

“你挑的这匹马不错？”卫明说。

“是啊！”路平点点头，回身又摸了摸马头，那马似乎对此也很受用，摇晃着脑袋主动在路平的手掌下摩挲着。

“是哦！”卫明应了声，突然一抬手。

莫林只觉得一道微风从自己身旁掠过，他下意识地回头。那马的脑袋似乎更低了，就在路平的手掌下，越垂越低，突地猛然向下一坠，整个马头跌到了地上。

咻！血箭自马颈间喷出，手掌还悬在半空的路平，被喷了满身，满脸。马身跟着重重地倒下。

“但是它死了。”卫明说。说完，他抬手指了指已经吓傻的马车夫，这车夫看到他这动作，突然像是想起什么似的，惊叫着抱头蹲到了地上。

“去城主府，赔你十倍的马钱。”卫明却没有理会他的反应，只是自顾自地说着。末了，他又望向卫天启，依旧是无可挑剔的恭敬：“小城主，我们走吧！”

“啊？”眼前发生的一幕，让卫天启也有些发傻，又呆了片刻后，才回过神来。

“走。”他转过身，走向了他的三驾大马车，卫明跟随在他的身后。

在钻进车厢前，卫天启忍不住又回头看了一眼，路平还站在那，抬着手，一身血迹，犹自在发呆。倒是那马车夫，在反应过来卫明对他说的赔十倍马钱后，已经欢天喜地地跑了。

“小城主坐好，我们要赶路了。”马车夫对卫天启说着。

“好。”卫天启应了声，钻进了车厢。

马蹄扬起，笔直平坦的大道上，扬起一路飞尘，马车很快从所有人的视野里消失了。

城主府的三驾大马车离开了，北出口却完全失去了之前的喧闹。

鲜血洒了一地，路平也被淋成了一个血人。马头，马身，就这样分离着，无力地倒在地上，很快就有一群苍蝇闻到了血腥，嗡嗡嗡地飞了过来。

“这家伙是谁？”莫林心有余悸，他所感觉到的不过是一道微风，想不到却有这么大的杀伤力，可想而知这一击到底有多快。

如果这一击不是冲马，而是冲自己，会怎样？莫林有点不敢想下去，对方的境界远比他要高，这很明显。

“卫明。”西凡开口说道，“城主府十二家卫之一，号称是城主身边的第一智囊。境界不详。”说着，西凡转过头望向沉默着的路平：“你没事吧？”

路平摇了摇头，神情还是一如既往的平静。

“我去洗一下。”路平说着，脱下了那满是马血的上衣，随手抛下，却正好覆在那马头上，而后向着道路一侧的溪流走去。

溪水清澈，但很快就被路平脸上洗下的马血给染红，苏唐一言不发地跟在他一旁，掏出手帕浸湿，帮他将一些未洗到的地方擦干净。

所有人都在注视着，他们看着路平去了溪边，看着他清洗完，看着他赤着上身又回到这边大道上。大家在等，等着看路平会有什么反应。但是没有，路平只是默默地穿过了人群。路旁，西凡和莫林已经雇好了一辆马车，路平钻进车厢后，马车上路，很快也消失了。

“看吧，我就说！”留下的人群议论开了。

“城主府的人啊！你还指望这小子能怎么样？”有人自诩早料到了这结果，正在说着。

“那天他推飞卫天启的时候可是挺嚣张的。”又有人说道。

“没看出来吗？这小子开始根本就不认识卫天启，但是现在，他认识了。”有人说。

“这不对吧？西凡告诉他那是城主独子的时候，他也没怎么畏惧，还戏弄卫天启来着。”

“但他到底还是怕了。”

“因为卫明……”说到这个名字的时候，所有人都下意识地缩了缩头，好像谈话会被卫明听到似的。显然刚刚卫明果断斩断马头的举动，他们也被实实在在地吓到了。于是一提到这个名字后，议论突然就止住了。

“时候不早了，赶紧上路吧……”

“是啊是啊，还有好多山路要走呢！”

“走走走。”

所有人相互打着哈哈，连忙开始张罗着上路，一架又一架的马车，奔上了大道。

摘风学院的马车车厢里，四人左右分坐，西凡的轮椅被捆在了车后。

马车走了快半个小时，一直没有人说话，莫林只是仔细观察着路平的神情，希望看出点什么来，但是一无所获。这种察言观色，西凡显然更加擅长，但是此时即便是他也看不出路平到底在想什么，于是他只能自己开口。

“下马威。”西凡说。

“是杀马威吧？”莫林一看终于有人说话，可算松了口气，刚刚那沉默的半小时让他都有跳车的冲动了。

西凡不理这家伙的胡说八道，继续说着：“城主府行事，通常也没有这么强势霸道，但那并不是他们心慈手软，只是因为在峡峰区这个地界没有人敢忤逆城主府，或者说是忤逆卫家。所以他们从来不需要表现得强势。”

“但是你这样做了。”

“昨天推飞了卫天启，后来又拒绝城主府的邀请，刚刚又让卫天启下不来台，杀马，就是给你一个警告。”

“这次是马，下次就是你。”西凡一气说了不少。

结果路平却问了一个莫名其妙的问题：“杀了我的话，十倍价钱，会是多少？”

“喂喂，你关心的重点错了吧？”莫林说道。

“重点本来就应该是我，而不是那匹马。”路平说。

“所以你觉得他做的事无聊而且多余吗？”西凡说。

“是的。”路平点头。

“忽然就有点同情卫明了……”西凡无语，路平看事物的角度，和常人相比太不一样，总是很直接，非常直接。于是卫明这斩马头的威吓手段，到了路平眼中竟然成了多余且无聊。

“那你下次见他和他聊聊，让他下回注意吧！”西凡也是会开玩笑的人。

“我会的。”但是路平认真的态度，却让西凡觉得，自己开的玩笑是不是又横生出什么事端了？卫明，他们应该很快就会遇到吧！

峡峰口。

说是口，事实上这里是大路的尽头。到这里，马车再无法通行，接下来只能靠双腿来翻山越岭。两百余年，倒也算勉强踩出了一条出山的道。峡峰口，事实上就是条出山道的入口。

城主府的三驾大马车就停在入口旁，家徽醒目，路平跳下车看到后，立即就朝着大马车走了过去。坐在车前的赶车夫也一眼看到路平，飞快地从车上跳下，直视着路平，却是一脸满不在乎的神情。显然并没有把路平看在眼里。

路平却没怎么看他，几步走近后，抬眼却是向那大车厢里扫了扫，随即问道：“卫明呢？”

“上山了。”赶车夫顺口答道。

“哦。”路平应了声，转身就走。

“喂……”那赶车夫失声叫道。

路平回头看了他一眼：“有事？”

赶车夫一脸茫然。他能有什么事？不该是路平找事，然后被自己狠狠地教训一顿吗？卫明交待下来的剧本，可就是这么安排的。

卫明特意嘱咐马车在这里多待片刻，等到路平出现，就是要试试路平的态度。如果老老实实，那便无事；如果想找事，这三匹城主府的骏马倒是一个非常顺理成章的以牙还牙目标，那么……

"狠狠地教训他，杀了也无所谓。"卫明是这样吩咐的。这赶车夫可不是一般的车夫，他是城主府十二家卫之一的卫猛。赶车同时也兼做保镖，境界不凡，至少在卫明眼中收拾路平已经足够。

看到路平过来，卫猛已经做好大打一场的准备。但令他没想到的是路平问了句卫明，得知卫明已经离开后，居然也就要离开了。

"你找卫明什么事？"看到路平回头询问，卫猛忍不住问道。

"道歉。"路平说。

"哦。"卫猛笑了笑，这小子，还是挺机灵的嘛！态度转变得很快呀！

峡峰山，不算太高，但却连绵起伏，想出山绝不是一时半刻就能办到的事。无论几时出发，在山里过一夜都是再所难免的。出山的人们一般会结伴而行，互相有个照应，山林里猛兽伤人的事可不是什么低概率事件。但对峡峰学院的学生来说，并不觉得这有多艰难。虽然年纪幼小，但毕竟都是修行者，随便有点境界，应付个一般猛兽都不成问题。可能有个别一年级生境界较低有点危险，但此时也都找好了结伴而行的同伴。

峡峰学院的学生们都不在意，城主府一行高手众多，更是丝毫不考虑这一问题。赶了一会路后，天色渐暗，也就随意挑地驻扎下来，山里过夜，这是早有准备的。虽然不觉得会有什么危险，但城主府的家卫们却还是不失谨慎。

卫明将周围一带仔细观察了一下，而后回来向卫天启汇报。卫天启下意识地听着，完全没有往心里去。因为他很清楚，卫明向他汇报也只是走个名义上的过场，因为他是他们名义上的小主人。可是他的父亲卫仲是一个极重效率的人，他虽是卫仲独子，却毕竟未经历练，还不成熟，在卫仲眼中远远无法独当一面。由他主事，当然比不上由卫明主事来得效率。

"周围的情况，就是这样了。"卫明汇报完了情况。

"嗯。"卫天启心不在焉地应了一声，他正在望着卫扬。总是挂着笑容的卫扬现在再也笑不出来了。他戴着一个固定脸上骨骼的面具，看起来笨拙又丑陋。他说不了话，也做不了什么表情，只剩下一双眼睛露在外面，眼神中时不时流露出的情绪只有一种，就是怨恨。

卫扬收拾着一行人晚上过夜所需要的帐篷，卫明向卫天启汇报完状况后也过来帮忙。至于卫影，卫天启只知道他的存在，但从一开始那家伙就没有和他们一起乘坐马车，倒是走上山路后，卫天启有几次看到他的身影，也都是一闪即逝的，此时又不知跑哪去了。

“我去走走。”卫天启觉得无聊，起身想去转转，四处有不少峡峰学院的学生都在准备露宿，三年级的他基本都认识。

“我陪您。”卫明立即放下了手里的活，跟了过来。

“不用了。”卫天启连忙说着，卫明在旁总让他觉得束手束脚，这种感觉卫天启并不喜欢。

“还是小心一些吧，小城主。山里虽然没有什么可以威胁到您的，但是有些人……”卫明坚持跟了过来，一面提醒着。

卫天启立即明白卫明所指的是什么，他四下看了看，并没有看到摘风学院那四人。不过想到卫扬现在的惨样，卫天启终于还是没有拒绝卫明的要求。

卫明跟着卫天启离开了，但在离开前，似有意似无意地朝某个方向瞥了一眼。

道歉吗？卫明微微笑了笑。

赶车的卫猛是位鸣之魄的贯通者，峡峰口遇到路平的情况，他运用二级能力“传音”告诉了卫明。但是卫明可没打算就此接纳路平的歉意——他对城主府所犯下的错误，岂是一次道歉就可以洗清的？

愚蠢！卫明瞥往那个方向的短暂目光中充满不屑，他是一个聪明人，最讨厌的就是愚蠢。他甚至没兴趣停下来针对路平做些什么，这种愚蠢的家伙，顺手打发就好，根本不值得专门对他有所行动。

卫天启和卫明离开后一会，路平果然从卫明瞥过的方向出现了，苏唐跟在他的身旁。路平一眼就看到了这边支起的帐篷上显眼的城主家徽。

卫扬也正巧从刚刚支好的帐篷里探出头来，一抬眼就看到了路平，双眼立即蒙上了深深的怨毒，支地的右手狠狠地扎进了泥土，将一窝小草连根抓烂。他终究没有动，因为他很清楚，眼下的他和路平有非常大的差距。

但是很快……卫扬死盯着路平，怨毒的眼神中，忽然又充满了期待。

路平却只看了他一眼，然后就在东张西望。

“卫明呢？”路平问道。

想找麻烦？卫扬心下想着，他倒是挺庆幸卫明刚刚好不在，否则路平被卫明随手干掉的话，自己又找谁去报仇呢？他没有理会路平，路平自己扫了两眼，不大点地方，很快就发现卫明并不在场。

“他去哪了？”路平问。

卫扬随手就乱指了个方向，能这样戏弄一下路平，他并不介意。

“谢谢。”路平说着，就朝卫扬所指的方向去了，卫扬真没想到路平这么好骗，他只遗憾自己此时没办法笑一笑。

路平和苏唐离开，沿着卫扬所指的方向找去。四下都是峡峰学院的学生，相互之间基本认识，有来有往有说有笑，路平和苏唐两个走在当中就显得有些异类了，众人看他们的目光都像是在看什么猛兽。

两人顶着这样的目光找了一圈，却还是没看到卫明，两人的肚子却咕咕叫起来。

“先回去吧！”苏唐说着。路平没反对，他也不急于这一时。

两人随即回到他们准备露营的地方，是最边缘的位置，显然峡峰学院都不想和他们太接近。

两人回来的时候，就见西凡坐在轮椅上，在架起的篝火上烤着肉。

“莫林呢？”苏唐问。

神情专注的西凡顾不上抬头，朝某个方向点了点脑袋。

路平和苏唐望过去，同样是一堆篝火，不过围坐的可都是峡峰学院的人，结果莫林居然也挤在当中，和一堆人谈笑风声，在看到路平和苏唐回来后，和一圈人招呼了一声，拾起身旁的草帽扣在头上就往回走来。那一圈峡峰学院的学生竟然有些不舍莫林离开，望着他的背影，脸上全显露出“明珠暗投”的痛惜神情。

“你还有这才能呢！”苏唐看着莫林也挺惊叹的。

“能随时随地和随便什么人打成一片，是十分有必要的。”莫林说着，然后指了指自己，“刺客，专业的。”说完，举起从那边一路拎回来的鸡腿就咬了一口。

“你们吃，我差不多已经饱了。”莫林指指火架上的烤肉，表示自己不再需要，他在那边蹭吃蹭喝还带往回拿的，已经吃够了。

三人也没和他客气，围着火堆坐下，烤肉分成了三份。

莫林继续撕食着鸡腿，满嘴满手都是油，很随意地问着：“卫明呢？死了吗？”

“应该没有吧？”路平说。

“为什么这么不确定？”莫林纳闷。

“因为没看到他。”路平说。

“你还挺严谨。”莫林惊叹，没看到，于是就连卫明的死活都没有轻易下结论，这种态度……“我觉得你有做刺客的潜质！”莫林说。

“如果要你去杀卫明，你收多少钱？”苏唐忽然问。

“干吗问这个？”莫林警惕起来。

“好奇啊！”苏唐说。

“哦。”莫林轻松了些，然后想了想后说，“不收钱，我直接死你面前。”

三人笑。莫林说：“看不清对手实力就贸然出手，不如直接死！”

“你能看出他的境界吗？”西凡问路平，他看不出卫明的境界，但路平的实力远超他们。结果路平却也摇了摇头：“我现在的状况，感知方面要弱一些。”

“强的方面呢？”莫林问。

“爆发力。”路平说。

想到两座倒塌的魄之塔，莫林点了点头：“我信。”

夜已深，山林间恢复了宁静，学生们都已经在帐篷里安然入睡，只有树梢上的夜莺会偶尔传出几声啼叫。

峡峰学院这边安排了学生守夜，虽然山林间没有什么会令他们感到害怕，但有人预警总比没人预警要睡得踏实一些。只是正因为这守夜可有可无，被安排了守夜的学生都不怎么认真，很快就都找地儿偷睡去了，不过总算还有个别认真负责的一直在坚守。

“喂喂，起来盯一会，我要去方便一下。”秦元踢着自己睡倒在树下的同伴说着。

“怎么又要去啊！”偷睡正香的同伴被秦元搅了好梦，十分不爽。尤其这已经是第四次了，让他险些暴躁。

“没办法，晚上麦芽酒喝多了点。”秦元摸着肚皮。麦芽酒以大麦芽为主要原料，浓度低，不容易喝醉。秦元晚上喝了不少，虽没醉，但这肚子撑得慌，隔一会就要跑去方便一下。

“去吧去吧！”同伴坐起身倚在树上，眼睛也懒得睁，催促秦元快去。他到底也不好多埋怨什么。秦元很负责任地在守夜，而他却在偷睡，秦元没有要督促他，只是这种时候稍稍叫醒他一下，他能说什么呢？

“你看着啊！”秦元却还在叮嘱着他。

“知道啦，你快点吧！”同伴勉强睁了下眼，看到秦元离开，他也确实想看着点的，但是只三秒，眼皮就又重新耷拉下来，再也抬不起来了。

秦元朝自己今晚方便了多次的老地方走去，左右看看，本该和他一样守夜的身影一个也见不着，全都不知道跑哪偷睡去了。秦元有些无奈，但也没想着要去叫醒大家。反正也不会有什么危险，自己一个人足够了。他这样想着。秦元拥有三重天的冲之魄和五重天的鸣之魄，本就是守夜的好人选，加上他又是峡峰学院戒卫队的成员，这种事他责无旁贷。

来到了多次方便的老地方，秦元痛快地释放着，同时也在警惕留意着四下，但却怎么也没想到，一道冰冷的触感在他毫无知觉的情况下就贴近了他的喉咙。还未等完全反应过来，一张大手就已经将他的嘴死命捂住。

“不想死的话，就老实一点。”一个声音在他耳边轻响，跟着秦元就感到喉咙边那道冰冷在他脖子上划了一下，顿时一阵剧痛传来，秦元吓得面无人色，连忙点了点头。两个黑衣蒙面人一左一右从他身旁悄然绕到了他的面前，身后捂着他嘴的那张大手，也缓缓地移开了。

“我们不是来找你的，所以，配合一些，对所有人都好。”面前左边那位，开口低声说着。

秦元右手连忙捂住了刚刚被划伤的脖子，不敢出声，只是点了点头。于是对方也不再废话，立即问道：“卫天启在哪里？”

秦元恍然。城主独子，这实在是一个够分量的目标。可他也很清楚，他在这里给了对方帮助，事后若被城主知晓，绝不会有好果子吃。

“给你一分钟，带我们过去，如果让我们发现有半点花样……”冰凉的匕首再次架到了他的脖子上，毫不犹豫地就给他又添了一道血口，对方看出了秦元此时有一些犹豫，很果断地做出了更进一步的威胁。

秦元没得选，只好给三人带路。故意多绕绕引人发现？找机会发出什么暗示？秦元不是没有这样想过，但是显然对方更加老谋深算。限时，不许有半点花样的威胁，再加上严密的监视，彻底灭绝了秦元以上的所有念头。

他很后悔，后悔自己为什么不有原则一些，后悔自己为什么没有坚持把所有守夜的人叫醒，此时如果有一个人没跑去偷睡，情况或许就不会这样了。秦元很快就绝望了，就连他离开时刚刚叫醒的同伴，此时也根本不见踪迹，显然他前脚走后对方立即就又睡着了。

一分钟。没敢绕一步远路，没敢发出丁点暗示，秦元领着三人到了卫天启一行的歇息处。卫家的家徽即便是在黑夜里也十分醒目，更遑论眼下都是拥有冲之魄境界的人。卫天启所在的帐篷，不用秦元指，那三人就已经一眼认出。

一人继续挟持着秦元，另两人已经飞快上前。卫天启虽然拥有六重天的气之魄，但显然完全没有被这两人放在眼里。

但是……不对啊！秦元死瞪着那顶帐篷，那上面是卫家的峡峰家徽没错，可那帐篷并不是卫天启的！秦元会认得，是因为那帐篷是他家的，里面睡的应该是和他同是峡峰学院三年级生的亲弟弟秦镇。卫家并没有介意和其他学生的帐篷混扎在一起，可是卫家的家徽，又怎么会跑到他弟弟的帐篷上面？

秦元隐隐意识到了一点什么，可眼下他顾不上细想，他不知道这三人的目的，不知道他们是想绑架还是刺杀，如果是刺杀，那帐篷里睡的可是他的弟弟。对弟弟安危的担忧超过了一切，秦元奋不顾身地猛然喊出：“错了！”

噗！鲜血从他喉咙涌出，对方没有说谎，他稍有异动立即毫不留情地向他下手了。但是“错了”两个字已经喊出，对方听到的一瞬也立即意识到这似乎是提醒他们的有用信息，这一刀在顷刻间抽离，刀口虽深，却未致命。

拽着秦元的蒙面人正准备问个究竟，却不料一道冰凉跟着已从他的颈后直穿他的咽喉，无声无息。他瞪圆了双眼向下望去，就见一截刀尖挑着他的下巴，这样威胁他人的动作，他做过无数次，但从来没有一次刀尖是从这样的角度挑着。他张嘴，想说点什么，却根本发不出声，只有一口鲜血从口中流出，他一手还死死抓着秦元，但是身子却逐渐软了下去。

两人一起倒下，秦元死命捂着自己的咽喉，他不知道自己的伤有多重，更不知道身后发生了什么。只是一转头，就看到身后的那个蒙面人就倒在自己身旁，瞪圆了两眼，咽喉上留下了一个血洞，鲜血还在汩汩地向外冒着。

一道黑影从倒下的两人旁边掠过，直冲向了杀向帐篷的两位黑衣蒙面客。

快！说不出的快。秦元倒在地上，说不出话，也动不了，鲜血好像把他的力气全都带走，他觉得自己一定是要死了。即便是这样，他依然感到震惊，连自己的生命都顾不上了也要去震惊，因为这真的是太快了。眼一花，那黑影已经飘过，就好像黑夜一样，夜在哪里，黑影就在哪里。

转眼黑影已飘到那两人身后,两人甚至都还没有完全转过身。等那二人转过身来，他们的脖颈竟无比精准地迎上了黑影那划过黑夜的明亮刀刃。

一切发生得就是这么快。不只快，而且果断，准确，所有的动作都像是精密计算过一样，没有一丝多余，更没有一丝欠缺，全都完成得恰到好处。

寒光掠过，鲜血飞起，转身都未完成，其中一人就已经倒下。

效率。峡峰城主府最最重视的一个词，就是效率，无论做什么事，他们都强调效率，这当中当然包括杀人。于是顷刻间，三个蒙面黑衣人就已经只剩一个，他还活着，只不过是因为城主府还需要他活着，否则他早已一并效率地死去——那抹寒光，完全可以顺势再抹他一下。

黑影停止了他的动作，他就站在那儿，也穿着黑衣，也蒙着脸，一动不动，仿佛夜一般沉寂。

一切发生得如此快，唯一的声响不过是秦元的那声“错了”，根本就没有什么人被惊动，周围还是那么寂静，依旧只有夜莺偶尔啼叫。但是最后这位黑衣蒙面人，却发现自己已经被包围——不知从哪里又出现的两人，一左一右，卡死了他的退路。

卫明、卫扬。蒙面人将这两人对上了号，这和他所得到的情报相符，但是眼前这位和他一样黑衣蒙面的家伙，却没有被提供在情报里，而这意料外的一环，最终彻底破坏了他们的计划，甚至连思考一下的时间都没有留给他们，两刀，两具尸体，杀人之效率，令人心寒。

“你……是卫影……”黑衣蒙面人声音干涩，他们对城主府知之甚详，就连峡峰学院院长巴力言都从没有听过的卫影他们都清楚，他们所不知道的，只是卫影也会出现在这里。这个不知道，无疑是致命的，而卫影也根本没有要理会他的兴趣。

咕噜咕噜……这时候，山林里突然响起不该有的奇怪声音，听起来磕磕碰碰的，但是很快也到了近前。

这次是一起出现了四个人，三男一女，其中一个还坐在轮椅上，刚才那些磕碰的声音就是这轮椅发出的。四个人没有走得太近，很快停步，望向这边，当中一个戴着草帽的家伙，对着这边指指点点道："看吧，这就是我吃饭时候说过的，不清楚对手实力就贸然出手，不如直接死。"

黑衣蒙面人神色惨然，这个戴草帽的说得很对，他们今天就失败在了对对手的实力评估完全错误。不如直接死，这是一个很好的的提议，但是，已经到了一定要走这一步了吗？他可不是抱着必死的决心来的，只要还有一线生机，他还是希望可以再争取一下。

就在这时，身后的帐篷突然传来响动。黑衣蒙面人见机极快，转身、踏步、出手，这一瞬他也仿佛城主府家卫一般极具效率，从帐篷里钻出的秦镇，睡眼惺忪，还没来及问发生了什么，就已经被挟持。

"呜……呜……"秦元在地上挣扎着，刚刚那一刀伤到他的气管，此时他完全没有办法说出话来，鲜血不住地从他捂住咽喉的指缝中渗出，他的眼中充满了痛恨和绝望。

黑衣蒙面人已经被包围，卫影、卫明、卫扬，城主府的三位高手，他们完全已经掐死了黑衣蒙面人的退路，也完全监控着他的一举一动。但是就在刚刚，黑衣蒙面人冲去挟持秦镇时，三个人却都连动都没有动一下，他们就这样眼睁睁地看着秦镇被对方挟持住。因为他们早知道帐篷里不是他们的小城主卫天启，城主府家徽会出现在这帐篷上，本就是他们刻意为之。他们在拿秦镇当卫天启的替身，一个会有生命危险的替身，但对此他们却连招呼都没有打一声，当秦镇遇到危险时，他们本有机会阻止，却连一动都没有动，那么在接下来，他们自然也完全不会顾及秦镇的安危。秦元就是因为认清楚了这一点，所以他感到愤怒，感到绝望，偏偏他又什么也做不了，连声音也发不出，只能在地上无力地挣扎。

"都别动！"黑衣蒙面人挟持了人质，虽然他也马上认出这人并不是卫天启，但是这终归应该算得上是一个筹码，这让他找到了活下来的希望。

"愚蠢。"卫明却一脸厌恶地说着。这家伙以为随便挟持一个人就可以让城主府听他摆布？这种念头十分愚蠢，愚蠢到让他恶心。他理都没有理，继续迈步就向前走着。

"我说过，都不许动！"黑衣蒙面人再次大叫，抵在秦镇脖间的匕首立即切破了秦镇的皮肤，他本也是行事果断的人。

卫明冷笑，这样的蠢货，他连话都懒得和他说，他毫不迟疑地继续向前。

秦元绝望了，他像是寻找着什么救命稻草般，目光四下搜寻着，而后他看到了路平四人，他顾不上理会四人是谁，这是他所能拥有的唯一指望。他说不出话，只能拼命地向四人使眼色。

“他想我们救人。”西凡可是读懂各类表情的专家。

“城主府的家伙显然并不在意人质。”莫林说。

于是路平上前。

“喂……”莫林叫道，路平如此贸然走上前，举动和城主府的根本没什么两样。趴在地上的秦元，眼中绝望的神色已经更重了。

“站住，给我站住！”黑衣蒙面人歇斯底里地大喊着，他的眼中也有了绝望的神色，因为他发现他的挟持连半点用处都没有。他只好挥起匕首要将秦镇杀掉。不过动作稍有些大，他还没有死心，他下意识地做出一个比较大的动作，是留给对方一点空间，他希望对方可以在这点空间里叫停。他的眼神，他的这一幅度微大的动作，都没有逃过西凡的眼睛，西凡立即意识到了他此时的心态。

“等一下！”西凡立即大叫。

这一声，对黑衣蒙面人而言有如天籁，终于，还是自己胜利了……但是他马上发现，喊这一声的是个骗子，因为他等来的是一记拳头。

噗！拳很快，很重。他还想着在这最后一刻把人质干掉，但是他的人已经飞了出去。

卫明？不是卫明，卫明在向他走近，卫明也在准备出手，当然不是要救秦镇，只是要做他原本就要做的事。可是最终这一拳却更快，快到黑衣蒙面人完全无法防备，就算没有那个声音喊出的“等一下”，他觉得这一拳的速度也足够阻止他。

是谁？他偏头望去，看到是路平时他再次大吃一惊。这个少年，之前距离自己明明还有段距离，只这么一瞬间拳头就轰着了自己？城主府今天，到底来了多少高手啊？这人是谁，完全不认识啊……但是这一拳真的好重。他觉得自己像是被轰散了架，浑身都已经没了力气，重重地摔飞在地。

卫明加快速度向他走来，他很清楚自己接下来面对的会是什么，他想到了之前那个戴草帽的家伙说的话——不如直接去死。是的，比起被城主府抓了活口，直接去死实在是一个幸福的选择。但是他立即发现他竟然无法做出这种选择，因为他连手都提不起来，对方这一拳直接断了他自尽的可能。

不愧是城主府，好手段……他已绝望，但绝望之中却又想死马当活马医，他望着眼前的少年，哀求了一句：“杀了我。”

“好的。”路平答应得相当痛快，伸手卡住了他的咽喉。

黑衣蒙面人完全没想到对方居然会答应，这幸福来得，也太突然了吧？“谢谢……”他满心欢喜地说着。

“不用。”路平说着，手指用力，喉骨立碎。

“你干什么？谁让你杀他了！！！”卫明赶上来时，正看到路平手指发力，顿时全没了他一向成竹在胸的风度，尖叫怒喝着上来阻止，但等抢上前时，黑衣蒙面人已经气绝。

“他。”路平指了指尸体，回答着卫明的问题。

“路平，来这边。”另一边苏唐喊了他一声，路平立即扔下卫明不理，赶了回去。

“你懂什么！白痴，愚蠢，谁要你插手的！谁给你的权力？！”卫明还在怒斥着。他当然有理由发怒，这本是他精心布置的引蛇出洞的计划，原想抓个活口再顺藤摸瓜，却不料被路平横插一杠，把最后一个活口给他解决了。

“回头再叫你好看！”卫明狠狠地又瞪了路平的背影一眼，他到底还是很快恢复了冷静。虽然没了活口，但从死人身上未必就没有线索可挖，他还有很多要紧事要做，可没工夫在当口去和路平多做计较。

“你们两个，保护好小城主。”对卫扬和卫影叮嘱了一句后，卫明的身影匆匆消失在了夜色中。

很多学生这时候才被惊醒，一个个从帐篷里钻出后，看到这边地上倒着一具又一具的尸体，都是目瞪口呆。

“发生了什么？”他们这才纷纷打听着。

秦镇这时也倒在地上，他没受什么伤，只是受了些惊吓。虽然是感知者，但一直以来都只是在学院里无忧无虑地修炼，未来会怎样，暂不知晓，但这次死亡边缘的行走来得太突然，被路平轰飞黑衣蒙面人得救的那一瞬，他腿一软，就已经倒在地上。但他很快看到那边的秦元，他的哥哥，望向他的双眼虽然满是欣慰，但显然正处在某种痛苦当中。

“哥！”身子依旧在颤抖发软的秦镇也不知从哪来的力气，连滚带爬地就冲了过去，到近些一看更被吓坏，秦元已经完全是倒在一片血泊当中，面如白纸，嘴唇微微颤抖着，似乎是在说什么，却根本没有声音发出。

“你没事就好。”一旁的西凡看他的神情和口型，替他表达着意思。

“什么时候了你还在这搞翻译呢？”苏唐说他。

“就这是我强项啊……”西凡说。

“放心吧！死不了呢！”莫林这时蹲在秦元身前，右手不知从哪摸来了一根玉米，正啃着，左手却是拨了拨秦元捂住咽喉的右手，看了看伤口后说着。

“多休息，多喝水就会好了是吗？”苏唐说，显然因为上次苏唐受伤事件，大家对于莫林所谓的“会毒也会医”已经不信任了。

“水恐怕喝不了吧？会从这伤口漏出来呢！”莫林说。

“你认真点行不行？”苏唐说。

“你哪看出来我不认真啊？”莫林说。

“你右手拿的什么？”苏唐问。

“玉米啊？你要吃啊，给你给你。”莫林不耐烦似的把玉米递给苏唐，苏唐哪会理他，望向赶过来的路平。虽然路平也不懂治疗方面的事，但他随便说什么苏唐至少都会觉得比莫林可靠一万倍。

“你们那边有没有人懂医术？”路平问秦镇。

“喂喂……”莫林觉得被深深地伤害了，大家都很不信任他啊，不就是失误了那么一次吗？

“没……没有啊……”秦镇已经彻底慌神，听了路平的问题后都愣了一会才反应过来。

魄之力并不只是为了战斗服务，但要做出职业划分，那至少也得是贯通境以后。贯通者或根据练就的能力选择方便的职业，或根据想要从事的职业苦练需要的技能。而峡峰学院的学生全都处于感知境，相当于学习基础知识的阶段，这时候还不会拥有治疗方面的能力，但是，有的人或许早早立志于此，倒有可能拥有一些相关方面的见识。

“我去问问陆青。”已经说过没有的秦镇，忽然又想起了某位同学，跳起来就飞快跑去找人了。

越来越多的峡峰学院学生已经醒来，山林间失去了夜晚该有的宁静，学生们三五成群地议论着所发生的事。三个死掉的尸体那边，无人敢靠近，就算有人壮着胆子上前，也马上会被卫扬或卫影严厉的目光给制止。两人将三具尸体仔细地检查了一遍，搜寻着可能的线索，而后向终于出现了的小城主卫天启汇报着。

卫天启听着，却还是像之前听取卫明汇报情况时一样心不在焉，他的目光更多地倒是在落在了重伤的秦元这边。在听完了报告后，他未置可否，他知道他并不需要发表什么意见，他所拥有的不过就是个知情权罢了。

“秦元怎么回事？”在听完了报告后，他问。这个因此而受到重伤的人，在之前的报告里竟然只字未提。

“他带刺客接近，并且在看出我们的安排后试图发出提示。”卫影说。

“我们的安排吗？”卫天启看了看本该是在他帐篷上的家徽。他并不知道这个安排，但他知道卫明一定有一个很好的理由解释为什么没有让他知道，可他依然对此感觉很不舒服。但是，只是对此不舒服而已，对于这个安排本身他并不觉得有什么不恰当，自己可是要继承峡峰城主位置的人，自己的安全当然是高于一切。

“所以呢？”他继续问道。

“不排除他是奸细的可能。”卫影说。

“你们知不知道这个帐篷正巧就是他和他的弟弟秦镇的？所以他为什么会发出提示很明显吧？”卫天启说。

“即便这样，也不能排除嫌疑。”卫影说。

“说得也是，那么卫明交待了要怎么做吗？”卫天启说。

“密切监视他的举动。”卫影说。

“很好，我去监视他一下。”卫天启说着就朝秦元那边走了去。卫影和卫扬互望了一眼，没有阻拦，却都紧随其后。小城主的安全，是需要他们最大程度来保障的。

秦元这里已经聚集了不少峡峰学院的学生，在看到卫天启过来后，所有人下意识地就让到了一旁。

秦元看到了卫天启，并没有藏起他眼中的怨恨。即便他的弟弟最终没事，也无法更改这些家伙完全无视他们兄弟生命的事实。秦元觉得自己马上就要死了，眼下的他没有什么可害怕的。

“大家让让！”人群外这时传来了秦镇的喊声，他终于把陆青找来了。陆青只是峡峰学院一位挺普通的三年级学生，在魄之力的修炼上他没有什么特别突出的造诣，但是他是一位医师的儿子，而且立志要接过父亲的衣钵，所以在治疗方面他还是比较有见识的。两人进入到人群里时，就看到卫天启正站在倒地的秦元面前侃侃而谈。

“我不会怪你。”结果卫天启开口后的第一句如此说道，而后他看到秦镇进来，顺手就指了指秦镇，“毕竟那是你的弟弟，你不想他受到伤害的心情，我是完全可以理解的。”卫天启说着，“但是，你给这些刺客带路？”

“因为自己的生命受到威胁，就果断出卖了别人吗？”

“还好你出卖的是我，我受到着不一样的保护，但如果是其他同学呢？现在是不是已经被你害死？”

“说的是呢……”人群里有人不知出于什么心思，居然发出了附和的声音。

“如果换成我们，现在真的已经被刺客干掉了吧？”

“秦元真是……”

有些人看起来很沉痛，不是因为秦元的重伤，而是因为他的行为。而其他并不这样看的学生，却不敢说出自己的看法，只是保持着沉默。

秦镇却已经无法忍受，倒在地上的那是他的亲哥哥，生命垂危，却还要被人这样议论。什么城主的儿子，卫家的势力，他全都不在乎，迈步就要冲上。但是有人的动作却比他更快。

一拳！夹带着极其强烈的气流，发出风卷过的呼啸声，直接轰向了卫天启的面门。

“啊！”卫天启只来及发出一声惊叫，他完全没有料到居然有人敢向他动手，他想闪避，却心慌意乱地迈不出腿。还好有一道黑影及时地挡在了他面前，卫影的动作总是很快，很精准。

轰！这是拳头所发出的轰鸣，卫影拦下了这一拳，身形也在剧烈地颤动着，他慌忙向后踩出一步，才维持住了身形。躲在他身后的卫天启，只觉得劲风擦脸而过，顿时就是一痛，伸手一摸，竟有斑斑血迹。只是这一拳的拳风，竟然就划伤了他的脸。

路平吗？他以为是的，除了路平，他根本想不到还会有第二人敢向他动手。可当他的目光从卫影身上绕过后，看到的却是一个一脸愤怒的女孩——苏唐！

卫天启惊讶，卫影也在惊讶。眼前的女孩看起来也就是力之魄六重天的境界，还是个感知者，但是这一拳却有如此惊人的力道。此时他拦下这一拳的右手，还有后来稳定身形用来支撑的右腿，竟然都有一些发麻。

苏唐收回了拳头，神情也平静了许多。

“我救了你呢！”她对被卫影挡在身后的卫天启说着，“如果换成他出手，你现在已经死了。”她所说的“他”，当然不是正准备冲上的秦镇。苏唐的身后，路平也在跃跃欲试！

卫天启很愤怒。不只是因为脸上被拳风划出了一道伤口，更因为又一次，他感受到了恐惧。如果那一拳没有被卫影拦下，而是直接轰到了他的脸上，那会怎样？

这个状况没有发生，但是他忍不住就要去想，越想越觉得心寒，越想越觉得可怕。这种感觉，两天前他第一次体会，而在这个深夜，他又一次体会到。深受威胁而感到畏惧，他讨厌这种感觉，他希望消除这种不安。

杀！

杀杀杀！

卫天启涌起疯狂的杀意，仿佛只有这样才能消除心中的恐惧。但他毕竟是城主之子，杀人这种事不能全凭势，更要有一个理。而现在，直接杀路平，杀苏唐，有理吗？显然没有。

如此多学生围着，没理，即便他有这个能力，也不能做这个事。那么，只能略施惩戒了。让他们畏惧，让他们不安，那大概也能消除自己心中的不安。仅仅是这样的话，卫天启觉得已经不需要做什么指示了。对方居然敢向自己挥拳，卫影肯定会出手施以惩戒，但是他没想到的是，卫影转过了身，面向着他，说了三个字：

"我们走。"

"走？"卫天启惊讶，他怀疑自己听错，对方对他挥拳，虽然被卫影拦下，但也依然让他受了一点小伤，刚刚更是还说什么"如果是路平出手自己已经死了"，这应该算是威胁吧？绝对是威胁吧？可卫影居然说要走？

"你……"卫天启刚来及说一个字，一旁的卫扬也过来拉了一下他。卫扬说不了话，但是他的眼神却给了卫天启足够的暗示。

卫天启忽然明白了。卫扬的脸是被路平捏烂的，显然他不是路平的对手。卫影虽然不是卫扬可比，但就在刚刚拦下那一拳后，大概也感受到了什么。他们只能走，因为卫影和卫扬都已经知道，他们在实力上并不占上风，那他们还能做什么呢？

城主府的威势足以让很多人耳提面命，但是显然并不包括眼前的这两位。明知他小城主的身份，还敢向他挥拳，那是会在乎城主府背景的人吗？想到这一点，卫天启甚至有点怀疑路平和苏唐是不是也有什么背景或来头？否则的话，怎敢这样对待自己？但无论怎样，眼下他只能乖乖听取卫影和卫扬的意见，老老实实地就这样离开了。

所有峡峰学生都在发呆。他们没想到竟然有人敢向卫天启挥拳，虽然这已经不是第一次。他们更没想到的是，被这一拳伤到的卫天启居然没有发作，就这样带着两位城主府的高手家卫离开了。

他们好说也是和卫天启相处了三年的同窗，即便卫天启有个高高在上的身份，但在学院里免不了还是要和大家打交道。他们是了解卫天启的，有这样的身份，有这样的背景，他有什么不痛快那都是当场就会找回的。但是这一次，他居然默不作声地就离开了，为什么？

因为他在躲，在怕……

摘风学院的这几位，到底是什么实力？敢不怕城主府的背景，能吓退城主府的两个家卫？还是说，他们其实有着更可怕的身份和背景？

山林间忽然又变得静悄悄了，只剩下夜莺的啼叫。

最后先回过神来的还是关心哥哥的秦镇，连忙拜托也在发愣的陆青去看哥哥的伤势，同时望着路平、苏唐，因为魄之塔的事也曾让他怒骂过的二人，眼下他不知道说什么好。但两人却没有在意这些，都在看着陆青查看秦元的伤势。

“命可以保住。”陆青终于开口，先让所有人安了心。

“早就说了嘛！”莫林说着，一边还在啃着玉米。

“不过声带受损，需要缝合，能不能恢复要做进一步的诊断。快些送回城里吧。”陆青进一步说着，“我能做的就是这么多了。”

“你不能缝合？”秦镇连忙问道。

“我不行。”陆青说道，“你快送他回去吧，晚了还是会有生命危险的。”

“不如让我来试试？”莫林说。

秦镇看了一眼他，以及他手里的玉米棒子，目露坚定的神色：“我马上送他回去。”

“我去！”莫林郁闷。

“我给他的伤口做了简单包扎，你尽快吧！”陆青说。

“明白。”秦镇点头，在众人的帮助下将哥哥背到了背上，准备离去前，望着路平还有苏唐，终于还是说了一句：“谢谢。”

“不用。”路平说。

“快点跑吧！”苏唐向他挥手。

“嗯。”秦镇点点头，转身就沿来路向山下跑去。此时再不做保留，力之魄力全力施展着，很快就消失在了夜色中。

众学生随即各回帐篷休息了。这种事他们也都没有经历过，但毕竟他们醒来看到时，事情基本已经结束，他们没有亲眼目睹生命的逝去，倒也没太多情绪。

山林很快再度恢复了宁静，好像什么事也没发生过。只是多了三具尸体，一些血迹，还有一座空了的帐篷。再有就是，负责守夜的学生再不敢偷懒偷睡了。

他们三三两两地结成伴，也不敢再落了单，一边小心守夜，一边小声议论着刚刚发生的这一切。他们的目光，时不时就要扫向两个方向。一边是宿营区域的最边缘，摘风学院的四人就在那边休息。另一边，则是区域的正中间，城主府一行在这边休息。

摘风学院这边，四人回去后很快就安静下来，但是城主府这边，有一顶帐篷时不时就会晃动两下，里面的人似乎辗转难眠。

是的，怎么睡得着？

卫天启此时一闭眼，那种恐惧的感觉就会立即侵袭着他，两次情景的画面总是会不断交错地在他脑海中闪过，仿佛正在发生的噩梦一般，怎么也挥之不出。他很想睡，但却不敢睡，他只能极力控制着自己不要去想。他讨厌和卫明相处时的感觉，可是此时此刻，他很希望卫明在。卫明一定可以把一切都处理好。

就这样，卫天启一直翻身翻到了天亮，卫明却一直没有回来。从帐篷里钻出时，卫天启顶着两个黑眼圈。卫影依旧不知去向，卫扬戴着那个可笑又丑陋的面具，正收拾着早点。卫天启想和他说说话，但随即想起他现在说不了话。一切的一切似乎都极不顺利，卫天启憋屈得见什么都想踢两脚。

学生们默默收拾着行装，有些人已经启程了，没有人再提昨晚的事，因为一大早起来后大家就发现那三具尸体已经不见了。

这是针对城主儿子的刺杀，显然不会就这么轻易结束，无端卷入这样的纷争可不是什么好事，大家都在极力避免着和这事沾上关系。

卫天启四下遛了一圈，时不时地就要往摘风学院那四人的方向偷偷瞄上两眼。

四人也刚起来不久，收拾早点，用餐，然后打点行装，接着就继续上路了。卫天启一夜未眠，一大早还要紧张不安地留意着四人的举动，但是摘风这四位却好像没事人一样，行动一切如常。很快，走上山路的四人就从卫天启的视野里消失了，但他心里的不安，心里的愤怒，可没有就此消除。

路平一行四人离开了，其他峡峰学院的学生动作也挺快，相继三五成群地上路了。昨夜的事虽然与他们无关，但到底还是把气氛搅得有点紧张，谁也不知道接下来这一路上还会不会发生类似昨晚的事情。初上山时那种游山玩水的心情谁也没有了，快些上路，其实就是为了避开城主府一行人，哪怕是平日很喜欢往卫天启身边凑的学生，眼下也不想招惹麻烦。

山路走了整整一天，所有人都提心吊胆，好在再没遇到什么麻烦。

黄昏时分，学生们陆陆续续走出了山口，峡峰山到此就算是走出来了。眼前的景象在这一刻变得豁然开朗起来，再不是他们平时见惯的山坡怪石，而是一望无垠的平原。一条连到山口的大道，平坦而又笔直地向远端延伸着，没出过峡峰区的人哪见过这样的路，只觉得看几眼都能消除这走了一天山路的疲劳。

不少学生被这条笔直平坦的大道勾起了兴趣，他们没在山口停歇，沿着大道便继续行走起来，看起来是准备连夜赶路了。

“我们怎么着啊？”莫林一出了山口，一屁股就坐到地上了，他这体力，走了一天的山路哪里会不累？况且他可不是没见过世面的峡峰山民，不会被这么一条除了峡峰区以外随处可见的大道弄得心旷神怡。

“你们决定。”西凡不发表意见，因为他这路全不是他自己走的。山路上想走轮椅其实是相当不方便的，所以这一路的大半时间，他都是被路平和苏唐连轮椅带人一起抬着走的，结果现在两人却都跟没事人一样。

“这怎么没个跑车的啊？”苏唐四下打量。

因为峡峰山每天出入的人极少，所以没有马车夫会把生意做到这来，大道边上除了一个路牌指明了这里是去峡峰区的山道口外，就什么也没有了。

“往前再走走吧，前边有个小镇，在那过夜会比较好。”这时有个峡峰学生凑上来和他们说了一句,说完匆匆离开了。而他的同伴因为他这样的一个举动变得异常紧张，不住地向山口那边打量着，等他回去后也还不住地埋怨着同伴。

昨晚的事后，不少峡峰学生对路平、苏唐都暗生好感。可他们两人毕竟是得罪了卫天启的人，所以大家都不敢和他们走太近，以免被迁怒。刚刚那位，也是看此时没有卫家人在，这才过来和路平他们说了一句话，回去后也立刻遭到同伴的埋怨——这里是没有卫家人，可是想讨好卫家人的家伙可是不在少数的，被有心人看了去，在卫家人面前歪歪嘴，谁知道会不会生出什么事端来。

路平和苏唐看着他们这种态度，原本要说的谢都忍住了，而后笑了笑，也并不放在心上。

“怎么样,你是就睡这呢,还是去小镇上？”两人一起回头望向莫林,问道。这家伙，刚才还只是坐地上，现在干脆就躺平了。

“小镇……小镇……哦，望山镇。”莫林似乎是想起了什么，一副狠下决心的样子，一骨碌又站了起来，“走走走，去望山镇，街东头的那家虾粥非常棒，我领你们去。”说着，这家伙就已经大步流星地上路了，引得路平和苏唐在后边面面相觑。

“怎么这么爱吃啊！”苏唐感叹。

“枢之魄嘛！”西凡说道。

“精通枢之魄的也见得多了，没几个像他这么吃货。”苏唐说着，推起西凡，跟在后边。

“据说这也是一种枢之魄的修行。”西凡说。

“那这个修行倒真省事。”苏唐感叹。

四人接着上路，莫林因为有了这么一个动力，难得没有抱怨喊累，居然就这样一鼓作气地走到了望山小镇。

“虾粥，虾粥！”这家伙在步入小镇的那一刻忘情呐喊着，路平三人无奈地跟在他身后，被他熟门熟路地带到了街东头的一家小店。看到那迎风招展的“粥”字大旗，莫林一脸的悲壮。

“快，扶我过去……”莫林一脸要跪的表情，他的体力终于是达到极限了，双腿都在打颤了，但他不改要吃粥的决心。路平无奈上前扶着他，四人一起向那店走去。

他们这四人，路平不用说，其他三位，在气之魄上虽然都没有特别突出，但却都有个一重天、二重天的境界，嗅觉之敏锐远超常人。眼看着这是向着粥店走去，但越来越清晰的却是一股酒味。

“好大的酒味啊！”西凡抽着鼻子说道。

“怎么回事？”莫林的神色已经有点茫然了，他的气之魄有二重天，比苏唐和西凡都强，他甚至已经准确分辨出了这酒味的源头，确实是从这店里传来无疑。这让他忍不住抬头又看了一眼那面大旗，确定自己没有累到眼花，那确实写的是“粥”没错。

四人带着疑惑，来到那店门前，就见靠门的一张桌上，一个女人对门而坐，长发散乱，面色潮红，身前桌面上东倒西歪地足足有六个空酒瓶，此时右手正抓着第七个，仰起脖子就朝嘴里灌了一口，左手一拍桌子叫道：“我的粥好了没有啊！”

“马上，马上！”店里有人急忙回答着。

“猛啊！”门外四位，眼都直了。大家的冲之魄境界都不错，所以不用上前也能看清女人桌上的酒瓶，那可不是山上峡峰学生们随便喝着玩的麦芽酒，而是以粮谷为原料酿造的烈性酒。麦芽酒的酒度大概在四度左右，而这女人喝的这种烈性酒，酒度通常都在五十度左右。普通人喝个三五两就得醉，一斤基本扶墙。但这女人，桌上光空瓶就是六个，那就是六斤，手里还抓着第七瓶在喝，如此，竟然还能中气十足地叫粥，这酒量真不是一般的吓人。

"这个……得是枢之魄的能力吧？"西凡心有余悸地望向莫林问着。他擅长的是精之魄，而精之魄强调对心情、对情绪的控制，所以像酒这种东西对精之魄修炼者来说是大忌，西凡向来视为禁忌。

"难道是传说中的酒囊？"莫林喃喃自语。

"你瞎编的吧？"苏唐说。

"不是啊，有这种能力啊！不信你问他。"莫林说着望向路平。路平那次喝粥将毒留在碗底的能力，莫林猜想一样可以在喝酒时将酒中醉人的成分给留下来。

"那是两回事吧？"路平说。

"不要这么认真嘛！"莫林说。

几人议论的声音并不大，显然也不想让人听了去，哪想到那个已经喝了大概有六斤半烈酒的女人，不只中气十足，耳朵也灵得狠，突然又拍了一下桌子，瞪向四人。

"几个小鬼懂什么？用能力来喝酒，那是对酒的浪费。"女人训斥着四人。

"啊？"四人都愣住。

这女人，听得到他们说话，也知道"能力"这回事，这应该也是一个修炼者吧？

"什么境界？"这是每一位魄之力的修炼者遇到其他修炼者时习惯性就要做的事。但是最终四人却面面相觑起来。

"感知不出……"感知不出，不是感知不到，这意味着对方是有境界的，只是他们看不出，绝大多数这种情况都是因为对方的境界远在他们之上。比如卫明，他们也感知不出境界，显然那家伙是很有几分实力的。

"咦，卫明！"路平忽然说道，他们这刚刚想到卫明，卫明居然就出现了。从粥店另一侧的一道门迈步进了粥店，眉头微皱，一脸的厌恶："怎么这么大的酒味？"一边说着，他的目光就已经转到那女人身上，女人却连瞧都没瞧他一眼。

"粥来喽！"正这时，粥店老板亲自捧了一碗粥从厨房钻出，端到了那女人桌上，那占领了整间粥铺的酒味，还有那一桌狼藉的酒瓶都没有让他生出丝毫不快。

但是卫明却很不痛快，很快就站到了老板面前：“这么大的酒味，让我们怎么吃？”

“不能吃，就请您慢走。”老板微笑着，对卫明做了个请的手势。

卫明依旧只是眉头微皱，但心下已经恼怒异常，换在峡峰区，绝没有人敢对他这样说话，但这里已属志灵区。峡峰区城主府十二家卫的威名，小镇粥店的老板就算听过，也绝不会想到眼前这人就是十二家卫排名第二的卫明。

卫明决心给他点教训，他这一天的心情可都不怎么好。手臂一提，卫明正要扬手，谁想连一公分都没提起，他的手腕竟然已被人抓住，被那个坐在桌前喝得一片狼藉、脸颊潮红、醉眼惺忪的女人给抓住。

“现在的年轻人，为什么都这么没教养？”女人像是在自言自语。卫明惊讶，连忙就想用力挣脱，却不想女人突然一扬手，他那挣脱所用的力道竟然像是全都施加到了自己身上一样。

卫明飞起，从粥铺里，穿过粥铺的正门，摔到了门外，滚在了街上。他狼狈地抬起头，就看到四张惊诧的面孔，竟然是路平他们四人。但四人好像没多大兴趣欣赏他的窘迫，已经齐刷刷地扭头，将更加惊诧的目光投到了那个女人身上。

谁也没看到她如何起身，谁也没看到她做出了何种动作，但她此时就已经端着那碗粥，走到粥铺外。

“有酒味，你就喝不了粥是吗？”她望着还在地上的卫明说着。

卫明也是满脸惊诧，如果他这时候还意识不到这女人的强大，那他也枉称城主府的智囊了。

“这里没有酒味了，张嘴。”女人说。

“你想干……”卫明刚喊出了三个字，那女人已经手一斜，那碗滚烫的虾粥，竟然就这样直接朝他脸上倒了下来。

“我请你喝粥，不用谢我。”女人说着。

顷刻间一碗粥就已经倒完，女人随手一甩，那碗刚刚好飞到粥店老板怀里，女人举了举酒瓶，向老板致意了一下，又扫了一眼路平他们四人，留给了他们一个摇摇晃晃的背影。

卫明满脸都是粥，极烫。虽然这点温度还不至于伤到他，但是所受到的屈辱对他而言却是前所未有的。对于一个骄傲的人来说，忍受这样的屈辱，还不如去死。

卫明毫无疑问是骄傲的，可此时的他，没有任何作为。他仅仅是从地上站了起来。

他的头发上、脸上，甚至脖子里，都是粥，模样狼狈而可笑，但他根本没有急着去擦拭。他的神情在站起时已恢复了冷漠，他一贯的冷漠。虽然在一碗粥的装饰下，这样的冷脸看起来也很滑稽。

他没有理会目睹了他狼狈的路平四人，更没有去追那个女人，他转身走进了刚刚被人扔出来的粥店，然后语气平静地对粥店老板说："给我一碗虾粥，我要等人。"

老板露出了惊讶的神色，显然他也没想到这个年轻人会是这样的反应，他还在发愣，卫明却已经又问了一句："可以吗？"

"稍等。"老板回过神，回到厨房，很快又端出了一碗虾粥。

"谢谢。"卫明微微欠了欠身，而后从怀里掏出手巾，将脸上、头发上、衣服上、脖子里沾到的虾粥，都十分仔细地擦干净。然后他开始喝粥，很平静地喝粥，就好像什么事都没发生过一样。

路平四人面面相觑，即便是擅长从动作、神情来判断一个人内心想法的西凡，也根本猜不出此时的卫明到底在想些什么。

"我们还要不要喝粥？"苏唐问道。

"要啊，难道你们不饿吗？"路平说。

"走走走。"莫林说着，第一个走了进去。而后四个人坐了一张桌，要了四碗粥，其间依然不住地打量卫明，好像他是下粥的咸菜，多看两眼这粥就会更有一些味道似的。直至门外街道又传来脚步声，又有两个人到了粥店门口。

门外的两人一愣，店里的四人也一愣，卫明却依旧平静，起身，向着门外的人欠身施礼："小城主，你们到了。"

卫天启、卫扬，来的竟然是他们两人，而卫影依旧不知去向，整个行程中，他从头到尾都没有和所有人走在一起，唯一一次出现就只是昨天晚上的出手。

"他们为什么也在这里？"看到卫明，卫天启的心里顿时踏实了许多，他甚至有些迫不及待地就想从路平他们这里找回场子。结果卫明却没有回头看他们四人，只是欠身答道："大概因为这里的虾粥很不错，而他们恰巧也知道。"

"有他们在，再好的粥也没什么胃口。"卫天启说。

"那么，我们打包带走？"卫明像是在征询卫天启的意见。

"什么？"卫天启几乎以为自己听错。他不相信以卫明的聪明，会听不出他是什么意思。但是打包带走意味着选择了退让，又一次的，对这几个家伙选择退让？卫天启有些想发作，可是想到卫明素来滴水不漏的行事风格，又觉得这当中或许是有什么用意。

“算了。”他马上隐忍下来，最终还是相信只要有卫明在，一定会有一个让他满意的结果。两碗虾粥很快被端了上来，卫天启吃了两口，心情不错。或许是因为虾粥的味道确实很好，也或许是因为见到卫明以后，心中的那些不安终于被扫除了不少。然后他开始等，等卫明的安排，等卫明的手段，但是很快他就看到，路平四人已经结账，已经准备离开。

卫天启望着卫明，卫明正在认真地喝粥。

沉稳，不动声色，就是他的父亲卫仲一直以来最欣赏卫明的一点，卫天启发现，自己或许确实应该多向卫明学学。

他的安排到底是怎样呢？卫天启猜测着，期待着，然后，就看到路平他们四人走出了粥店，渐渐消失在了街头，而卫明，还在喝粥。

天卫启又耐心地等了一会儿，终于确认，卫明真的是没有任何安排，他立即感到不悦。

“解释一下。”卫天启说道。

卫明没有问“解释什么”，他是聪明人，和聪明人说话总是比较省心，因为他完全清楚卫天启要的解释是什么。“我们有该办的事要做，太过节外生枝，不够效率。”卫明说。

听起来像是敷衍，像是一个说辞，但对卫天启来说，对整个城主府上下来说，这个解释已经足够，没有比这更合理的解释了。

因为城主府注重效率。不够效率的事，就不去做，这就是他们的逻辑。卫明是在按城主府的逻辑做事，即便是卫天启，也无话可说。这也是卫明之前会快速冷静下来的原因,就当粥浇到他脸上的时候,他就意识到了,他做了一件节外生枝极没效率的事。

这样的事，就该到此为止。于是他立即恢复到了他本来的节奏，回到粥店，等卫天启他们来会合，这是他们约好的碰头地点。所以当卫天启示意他针对路平四人时，他保持了冷静，他不会再让自己的情绪失控。行事一向滴水不漏的他，似乎因为昨晚的计划被破坏而有些太不淡定。他做事总是很成功，总是很顺利，他没想到一次小小的挫折竟然对自己有这样大的影响。这样的失误，有一次就足够他吸取教训了，他是个聪明人。

无话可说的卫天启，只能继续喝粥。而路平他们四人，走过街头后，也停下来纳闷。他们也在等，等城主府发作，等城主府向他们找事，但是没想到，对方居然毫无反应，一路走过整条街，也没遇到任何麻烦。

“咋回事？”莫林挠头，他的医术已经多次判断失误，而这可是凭借“刺客的经验”做出的推论，居然也不准确？

“看来，他是不想节外生枝。”到底还是西凡，仔细研究分析了卫明的心态后，做出了接近真相的推论。

“那我们还要不要回去？”苏唐望向路平。路平本来就是要主动去找卫明说话的，结果被莫林“刺客的经验”给劝阻，什么后发制人之类乱七八糟的，却是走到这了也愣没见到发在哪里。

“算了吧，实在走不动了！”莫林被苏唐的建议吓坏了。

“那就以后吧！”路平倒也不坚持。

莫林松了口气，刚说走不动的时候，他飞快想起了当初路平背着苏唐坚定向前的画面，心想着这家伙不会马上把自己扛肩上大步流星走回吧，好在这样可怕的事到底没有发生。

“先找个地方住吧，明天就可以到志灵城去天照学院了。”西凡说道。

这一夜，大家基本都是在望山小镇过的，到了第二天一早上路的时候，又在小镇门口不期而遇，然后向着志灵城的方向走去。

直至此时，峡峰学院的学生们才猛然意识到一个问题。

他们，是因为魄之塔倒掉被逼去志灵城的双极学院参加大考的，可摘风学院这四位是要去干什么呢？居然跟着他们走了一路？

Chapter 6

◆ 天照学院追逐战 ◆

志灵城，是志灵区的主城，和峡峰区主城峡峰城相比，那是大不一样。峡峰城地处山间，倍受各种限制，就连整个城镇的格局都因为两侧无法逾越的山峦而显得狭长；志灵城则不一样，地处平原，四面开阔，整个城镇四方格局，道路四通八达，蜿蜒向大路的各个方向。哪像峡峰城，就那么一条出山的大道，而且至今还没修完。

路平他们一行人走了约半天，终于算是进入了志灵城的周边区域，道路上的车马明显增多，再不像他们刚出山口时那么冷冷清清。峡峰学院的绝大多数学生也是初次走出峡峰山，这与峡峰城完全不同的热闹景象，让他们目不暇接。

沿着大道，穿过两端的稻田和村落，随着建筑群越来越密集，一行人已经进入了志灵城的外城区域，远处高耸着巍峨的内城城墙，这也是峡峰城所没有的——峡峰城的内城依山而建，利用峡峰山的山体就已经构建成了易守难攻的防御体系，这大概是峡峰城唯一优于志灵城的地方了。

进入外城街区，路平他们就开始打听天照学院的所在。天照学院在志灵城，甚至整个志灵区都赫赫有名。四人一路打听都很顺利，终于，穿过一条僻静却又宽阔的街道后，路平四人站在了天照学院的正门外，而他们的身后，一溜的峡峰学院学生，都用奇怪的目光打量着他们。天照学院正门的斜对面，一道气势一点不输天照学院的正门，门楣高挂的门匾上，两个大字：双极。

天照学院和双极学院，这两家志灵区的名院，竟然只是隔了一条街道的斜对门，这点峡峰区的孤陋少年们可从来没听说过。

双极学院那边，已经提早收了信，安排好了峡峰学院借魄之塔考试的事，峡峰学院的学生们都顺利地进入了双极学院，但是路平他们四个此时却被堵在了天照学院外。

“楚敏？没有这位导师。”在四人说明来意后，天照学院的门房很不客气地将他们拦在了门外。

“呃，也或许，不是导师，是院长。”西凡想起院长临行前交给他们信件时的交待。

“捣乱是不是？谁不知道天照学院的院长是云冲大人？我可还是他老人家亲自任命的呢！”门房一脸的骄傲自豪。虽只是个看门的普通人，但他显然没有把眼前几个貌似修炼者的学院生太当回事。他只知道守好天照学院的规矩，有人真敢捣乱，他是没什么本事，但自有人来收拾，他身后这座靠山可是硬得很呢！

“怎么回事，老郭是不是搞错了？”莫林说着，背地里，郭院长什么的也不叫了，直接以老郭相称。

“不应该啊！”西凡翻出那信，信封上确实写的是“楚敏亲启”。

“大叔，学院里是不是有别的人叫楚敏呢？”苏唐上前问道。

面对这么一个看着就很懂事的小姑娘，门房的口气明显和善了不少，可最终还是一脸无能为力的表情：“学院上上下下一万多号人，这我哪里记得过来，你们还是弄清楚了再来吧！”

“能不能让我们进去找一下？”苏唐问。

“不行不行，绝对不行。学院不许陌生人随便进出。”门房连连挥手。

“好吧！”苏唐无奈退下，莫林看那门房的模样却很是不爽。

“你怎么不给他脸上来一拳？”莫林怂恿苏唐。

“给你脸上一拳。”苏唐瞪他。

“那啥，怎么办？”莫林转移话题。

路平却反而走上前。“让我们进去找一下吧！”路平说。

“你这孩子，说了不行了，你们弄清楚要找什么人了再说。”门房说。

“楚敏。”路平说。

“没这人。”门房挥手。

“你刚说一万多号人你都记不过来的，怎么知道没有？”路平反问。

门房一愣，明显没想到路平会这样说，不过也很快反应过来：“谁知道你们是不是乱编了一个名字？你们先弄清楚这人身份，我才好去确认。”

“不是乱编的，我们有信给她呢！”路平指了指西凡手中的信。

“谁知道是不是伪造的。”门房说。

“是真的。”

“你说是真的就是真的啊？”

“确实是真的。”

“跟我耍无赖是不是？信不信我……呃？”门房说着说，突然眼一翻，腿一软就要倒下。路平一手伸出扶住，将他塞到墙根角落，回头招呼三人：“走。”

“该说你机灵还是蛮干呢？”莫林擦汗。

“这样不好吧？”西凡发愣。

“你出手没太重吧？”苏唐担忧。

“不重。”路平只回答了苏唐，迈步进了天照学院的大门。

“刺客的直觉告诉我，会倒霉。”莫林说着。

“尽快找到楚敏老师吧！”苏唐说。

“就怕院长太久没联系，真的有什么变故。”西凡说着。

三人一边说着，一边跟着路平一起进了天照学院。

宽阔的林荫大道，直通学院的主楼。路上一个人也没有，整座学院宁静祥和，却让四人头痛起来。本想进来就快些找人打听，结果这么宽阔的道路上，竟然一个行人也没有。

“去楼里找吧！”路平走在最前边，在所有人都没什么主意的时候，路平用他果断的行动指引着大家。

不料，就在这时，清晰而又明亮的声音，在整个天照学院的上空开始回荡——

“闯入者，有闯入者。三男一女：精之魄六重，轮椅少年；枢之魄六重，草帽少年；力之魄六重，红衣少女；普通路人，灰衣少年。”

四人的特征、境界竟然都被描述清楚，仿佛亲眼看着四人一般。而这声音虽然覆盖了整个学院，四人却还是都分辨出了声音的源头，齐齐回头。

身后，天照学院的正门前，一个少年插腰站立，右手端着个喇叭状的东西在嘴边，但是谁都知道单靠这么一个简单玩意儿绝不可能达到如此扩音传送的效果。少年靠的是不俗的鸣之魄境界，能达到这样大面积的传音覆盖，这不只是几重天的境界，更应该是贯通后才会产生的对声音的控制能力。

“以上是戒卫队石傲送出的情报。”少年接着又说出了一句。

戒卫队！这说明了肯定是学生身份。天照学院的在院学生，竟然就已经达到了贯通境界，这学院实力，果然远非峡峰区乡下地方可比。而就在这少年送出情报后，学院上空立即就有声音做出回应——

“发布三年级修行试题:缉拿闯入者。轮椅少年，两分;草帽少年，四分;红衣少女，六分；灰衣少年，一分。”

“这么少，怎么够分啊！”校园上空顿时响起各种抱怨声。

“有一分算一分吧！”

“先到先得喽！”

声音传递间，远处那主楼竟然就已经有身影直接从窗内跳出，四面八方也各有行动的声响，刚刚还一片宁静祥和的天照学院，顷刻间就热闹起来。

“果然要倒霉。”莫林惨叫。在摘风学院，拥有六重天境界的他是学生中的顶尖强者，可到了这天照学院，只听刚刚那么多人的声音玩一样的传来传去，就知道六重天境界肯定是不够看的，对他来说，这是一个强者如云的世界。

“不怕，和他们说明来意就是了。”西凡说。

“问都不问先打残你呢？”莫林说。

“先跑。”路平说。

“得分头跑，不然目标太大。”刺客出身的莫林，到底还是有些经验的。

“你跟和我有仇吗？”西凡郁闷。平时倒也罢了，但现在他坐着轮椅呢，哪里跑得过人。

“你留下来和他们说明来意啊！”莫林说。

西凡看了看大道远端已经冲出的人群，很多手里都是抄着武器的，冲在最前的那个光头少年，头皮上文着一道乌黑的刺青，一直到眉角，一脸杀人凶手的面相，顿时他也有些心虚了。

“跑吧！”路平一伸手，就把他捞到了肩上，狂奔而去。

“哈哈哈哈。”莫林还有心情笑，他是想到昨天走出山口时脑补出的情景，现在在西凡身上成现实了。

“还笑，你担心一下自己吧！”苏唐说。莫林那身体，“跑”的话和坐轮椅的西凡其实也差不了多少，苏唐正考虑是不是把这家伙也扛了。

“呵呵，我靠的可是经验和智慧。”莫林说完，也不走大道，闪身钻进了道旁的林荫。

“我走这边了。”苏唐指着和莫林相反的方向，对路平喊道。

“我把西凡藏好就来找你。”路平回道。

“你打算把我藏哪啊？”西凡郁闷地问道。

“我哪知道，这我也不熟，你说呢？”

“我说的话，咱能别在这大道上跑得这么光明正大吗？”西凡说。

“多吸引一些注意，方便他们两个脱身。”路平说。

“哦……”西凡惭愧，自己光想着自己，这觉悟太低了啊！

“不过，追咱俩的人还是不多啊！”西凡观察着各路冲出学生的动向，说道。

“为什么？”路平也放慢脚步四下看了看。

“咱俩分低啊……加起来还不如一个莫林。”西凡说。

天照学院这分数分配当然还是有一番道理的。路平是普通路人，给一分让大家别白忙一场，算是个安慰。西凡虽然拥有六魄中最难感知修炼的精之魄六重天，但坐着轮椅，显然行动不便，所以只值二分。莫林拥有枢之魄六重天，行动自如，所以值四分。至于苏唐，六重天境界的单魄是力之魄，行动力和战斗力会更强，所以比莫林还要高出两分，是四人中最高的六分。

可怜路平和西凡两人，绑一起才值三分，还不如一个体弱的莫林。天照学院学生众多，得分机会就这么可怜的四个，有实力有自信有野心的，当然都要去找六分，次些也要四分，会盯着两分一分的，从一开始就没什么人。

“闯入者分散逃窜，六分红衣少女向东，四分草帽少年向西；灰衣少年和……呃，抛弃了轮椅的轮椅少年向北，这是最后一次情报发布，接下来将不会有任何提示。另，灰衣少年身体素质惊人，分数修正为一点五分。”天照学院的上空，再次回荡起声音。从对方的内容和态度上就可以看出，天照学院真是没太把这四位闯入者当成什么重大危机，而是借题发挥弄成了一次竞争修行。不再进行提示当然是为了提高难度，而提高路平的分数，显然是注意到了路平扛起西凡还能健步如飞，虽然没有魄之力，但只是这普通身躯的体魄确实也不容忽然。

“零点五分！好小气啊！”

“直接杀死能不能多一分啊？”

不少声音在回应着新发布的消息。

西凡听着这些抱怨，再看看那些冲上来的天照学生们的神情，发现自己没有被留下来“说明来意”真的是太正确了。

“这学院的院风好野蛮啊！充满了胡来的气息。”西凡说。

“追我们的人好像多起来了。”路平观察发现。

“你的分数提高了嘛，更关键的是……咱俩是打包的，等于三点五，接近莫林了。”西凡说。

“而且又这么显眼……”路平的脚步放慢了，身后有人，左侧右侧那各是莫林和苏唐逃走的方向，也已经有人追了过去。至于身前，那非但有人，而且是人潮。从天照主楼飞窗跳出的大量学生，正是从这个方向高速涌来。他们有一些已经偏左偏右试图去找六分和四分了，但有一些，对打包的三点五分已然心动。如此清晰暴露在大道上的二人，接下来如何行动需要慎重抉择一下了。

“不要停，前方路口转向，能赶在他们之前的话！”西凡分析线路，叫道。

“好！”路平应声，立即提速。那一瞬间，在他肩上的西凡只觉得自己几乎要被惯性甩出，跟着就见道路两旁的大树飞速被抛离在了身后，连成一片树影。西凡努力运起自己的冲之魄力，发现依然无法完全看清。路平此时奔跑的速度，竟已超出他的三重天冲之魄所能捕捉的极限，这恐怕需要四重天冲之魄所提升的动态捕捉视力才有可能看清如此高速移动的画面吧。

能不能赶在从主楼冲出的学生们之前冲到路口？西凡发现与其担心这个问题，不如多担心一下自己在这样的高速移动中会不会眩晕。

这突然爆发的移动速度，让天照学生们也大吃一惊，这家伙，之前竟然没尽全力？扛着一个人，还能跑这么快，这是什么样的身体？追在二人身后的那些天照学生，眼睁睁地就看着距离被拉开，还能赶上的，无一不是高水平的力之魄修炼者。

“向左！”西凡看不清两旁飞快晃过的树影，但高速接近的正前方画面他却看得很清楚。天照学生也没有大量囤积在大道上对他二人进行封堵，向左右分散的人更多，从西凡的观察来看，左端分散出去的人略少，向左是一个更加方便脱身的选择。但是，转眼已经冲到路口的路平，却毫不犹豫地冲向了右。

“喂喂，这是右！”西凡叫道，以为路平匆忙中没分清左右。

“我知道。”路平说道。

“这边人多啊！”西凡说。

“我知道。”路平还是这样说。

西凡愣了愣，但是很快他已反应过来。这边人多，为什么？因为苏唐是向东，也是右侧逃出的。天照学生大多数人都想抓六分，所以从主楼冲出的人潮大部分也是偏向右侧移动。路平果断选择向右跑，目的自然是为了干扰对方，甚至可能的话还会出手料理对方，以此减轻苏唐的负担。

"你这是偏心哪……"西凡念叨着，想想跑向西边完全无人照应的莫林，好可怜的说。

"这是我应该做的。"路平如此答道。

"我知道啊……"西凡发现自己完全无法辩驳，苏唐跟路平那是相依为命的，"但你就不能稍加掩饰吗？"

与此同时，天照学院的上空再次回荡起声音。"非提示消息：灰衣少年移动速度相当惊人，分数修正为二分。"

"你又涨分了。"西凡说。

"听到了。"

"这么随性，我看你这分还得涨。"西凡说。

"这个总在发布消息的声音是在哪里，能感知出来吗？"路平问。

"挖苦我吗？"西凡反问。

"哦……忘了，抱歉。"路平说。就像莫林没有力之魄一样，西凡的缺陷是在鸣之魄上。所以这声音在哪里他完全没能力感知出来。

"总觉得是在哪个居高临下的位置呢！"路平向四下上空张望。

"想把他解决掉吗？"西凡说。

"有机会的话。"路平说。

"先看眼前。"西凡说。

"看到了。"路平说着。

"哈哈，四分！"前方道路正中，一个从道旁林中高速窜出的少年正在雀跃着。显然他是一个以速度见长的家伙，所以才能在那么多人之前先一步截到路平和西凡。

拿下这四分，还有足够的时间去拿下六分，如此十分轻松到手，所以说，速度才是王道啊！少年心下打着如意算盘，更在准备迎接眼前的四分。

"你这家伙，在速度上是有什么天赋异禀吗？不过在我音速桥影面前……"

啊？面前？

是的……面前！就在他说到“面前”的时候，路平就真的到了他面前。

怎么回事？以速度见长的桥影对速度的判断是极其敏锐和准确的。他原本觉得对方冲过这段距离的时间，是足够他说完这句话的。可是现在，他话还没完，对方竟然就已经到了他面前。不是他的判断不准确，而是对方，提速了……

在扛起一人，展示出不凡速度后，从安慰性的普通一分，到了有点难度所以赋予的一点五分；之后速度进一步提升，让人惊讶而后修正为二分；再到此时，乔影真真切切感受到了对方的速度再次提升，而且只在一个瞬间，宛如爆炸般的一个提升，以至于他还没有察觉对方就已经到了他面前。

桥影根本还没来及完成惊讶的表情，路平的手掌已经按在他的脸上。

要死了吗？这是桥影脑中在这一瞬间闪过的念头。因为他了解速度，这种速度所能带来的冲击力足以瞬间折断他的头颈。

手掌离开。桥影仰天倒下，四面尘土飞扬。

天好蓝啊，云好白啊，就这样随风飘荡着，好悠哉啊！如果能再多看一眼，那该多好。桥影想着。然后，三秒后……

“桥影你在干吗？”有声音传来。

嗯？桥影一愣，然后动了动。

自己……没事吗？桥影已经飞快爬起，没事，果然没事，只是仰天摔了一跤而已，那也算事？

“连你也追不到他们？”迟他一些赶到这里的同学们惊讶地问着。

因为桥影并没有吹牛，只论速度，天照学院三年级生里，他称第二，没人敢称第一。音速乔影，这绰号是他自己起的，目前来说夸张了点，他还到不了音速。但是所有人都相信，以乔影对速度的天赋和热衷，终有一日，他会达到这种速度，甚至超过都说不定。

“我……大意了。”桥影如此说道。

“哦哦哦。”同学们顿时释然，如果是扛了个人速度还比桥影快的话，那未免太夸张了点。

“还在这聊什么，接着追啊！”有人回过神来，立即就跑了。这一刻，大家其实还是竞争对手来着。

“追追追！”众人纷纷继续追赶，绝大多数都是横穿大道，进入了对面的树林。

他们想得到的，是苏唐那六分，而不是这边的二加二。

二加二吗？桥影有些恍惚了。他原本也是奔着六分去的，只是正好在这里截到了二加二，正为自己的幸运欢呼，结果对方就给了他这样的打击。

二加二？不止啊！那家伙所展示出来的速度，怎么可能才值区区二分？而且，那家伙是个普通人啊，普通人是怎么拥有这样的速度的？桥影对此的兴趣，已经远远超过了六分，他义无反顾地朝着路平、西凡跑出的方向继续追了出去。

这一次，一定要看清楚了，桥影暗下决心。

音速桥影，绰号虽然略夸张，但在天照学院的三年级里速度数他第一，这是毫无争议的事实，而且他的优势相当明显。当桥影做出决定要锁定路平和西凡时，这无形中反倒帮了路平和西凡。

在所有人看来，路平无非就是跑得快点，普通人一个；西凡则行动不便，战斗力肯定大打折扣？要料理这两个人，所要做的仅仅是“追上”而已。

于是当桥影飞快超越所有人，一骑绝尘冲向路平和西凡时，原本对这四分抱有企图的人，立即停下脚步打消了念头。望着桥影飞快远去的背影，他们果断改变了方向，因为没有人觉得能比桥影更快。

“喂喂。”西凡这时喊了路平。

路平专心奔跑，刚刚又转过了一个路口，正在试图将身后的追兵往远离苏唐的方向带。被他扛在肩上的西凡虽有些尴尬，却在认真充当着路平的观后镜，他赫然发现他们好像没有吸引到太多的注意力。照理这可不应该，两人现在共计可有四分了，不比莫林低了。

“怎么？”路平问。

“没有人追我们啊！”西凡说。从摆脱角度上来说，这当然是好事，但他知道路平并不单纯想要摆脱。

“没有人追？”路平的脚步立即慢了下来，回头望去，刚刚转过的路口果然空无一人。

“跑太快了吗？”路平正说着，一道身影却从那路口闪电般地窜出，急转。

“来了！”路平连忙转身就要再跑。

“来的只是这一人而已。”西凡说。之前没转过这路口时他就发现了，天照学院的其他人好像都放弃了他们，只有这一个人锲而不舍地追了上来。虽然只是打过一个照面，但路平和西凡倒还没有这么快就忘记桥影的这张脸，很快想起这就是刚刚拦过他们的那位。

“怎么回事？”路平不解，西凡也茫然，他们对天照又不是很了解，当然不知道这当中的缘由。

桥影却已经飞速逼近，他发现路平竟然放慢了脚步甚至好像要停下，但这没有让他过多犹豫。

“相当的有恃无恐啊！”桥影说着，“是因为拥有着这样的速度吗？那我倒真不好说你什么，因为速度就是王道，你的嚣张，很有道理！”话刚尽，桥影距离路平、西凡就已经不到三米。

“但这次我不会再大意了！”桥影叫道，三米距离，他没有直冲上去，而是突然切了一个斜线冲向路平身侧。

路平连忙转身跟上他的移动，桥影却已经再次变向，窜身跃向半空，速度丝毫不减，犹见更快。

“你有了不起的速度，但是你有能跟上我动作的动态视力吗？”桥影没有立即展开进攻，而是不断变向移动，变换着身位。西凡起初还在追随他的移动，但是很快就觉得满眼都是人影，他已经完全没办法分辨桥影在哪里了。

太快了！想追上这样的速度，西凡三重天的冲之魄境界根本不够。

“要知道，速度可并不只是用来奔跑的啊！”这是一句总结，桥影已经准备在这一刻做出终结一击。在鸣之魄上毫无建树的西凡都猛然发觉这句话的声音一下子就从远端到了耳边。

哪里？西凡眼中全是桥影的残像，对方就在身边，他却根本无从分辨。

起初路平也会追着桥影的变向移动转转身，但很快就没了任何动作，却在此时他又突然有了动作——转身，抬手。

动作很平凡，很简单。但是西凡眼中的那无数残影就在这一刻猛然消失，最终汇聚在了他的眼前。

路平的右手，又一次抓住了桥影的脸，在他如此高速变向移动，西凡根本不知道他身处何方的情况下，只是一探手，就准确地抓到了……西凡已经不知道该如何形容，在这一刻，他甚至有点同情桥影。

而这一次路平可没有再像之前那样轻轻推倒了事，抓住桥影脸庞的一瞬，路平身子微弓,下沉,左手还在维持着肩上西凡的平衡,右手却已抓着桥影的脸将他掼翻在地。

“哈哈哈哈。”还没有等他们这说什么呢，天照学院的上空又飘起了声音，这一次，赫然换成了一个明亮清脆的女声。

“事情似乎变得有趣了呢！”这个突然换上的女声说道，“现在发布最新的非提示信息，闯入者草帽少年，分数提升为六分；红衣少女，分数提升为八分；灰衣少年，分数提升为三分；三年级生们，可不要被人家给干掉了哦！”

已经被干掉了啊……又一次仰天摔倒在地的桥影十分苦恼地想着。他可以感觉得到，这一次被摔倒的力度，和之前截然不同，这一次，自己是真的要被干掉了吧？

这到底是什么人啊？桥影脸被捏着，好在有一只眼睛还露在外面，他打量着眼前这位。对方看起来就是一个和他年纪相仿的少年，平平无奇，没有任何特异之处。

大意了啊！桥影心下懊恼着，可是，谁又能想到一个根本不具备魄之力的普通人，除了拥有不输给他的速度以外，竟然还能一击就捕捉住高速移动中的他呢？

这不能怪自己啊！桥影不只懊恼，还很委屈，眼前这位，根本就不符合常理嘛！死得真冤……桥影这样想着，缓缓闭上眼睛已经开始等死，谁想就在这时，那只捏着他脸的手忽然放开。

嗯？桥影疑惑了下，眼睛重新睁开。那个灰衣少年，还有那个被他扛在肩头的家伙都在望着他。

“别紧张。”西凡笑道。他仔细观察了少年的一系列举动和细微表情，对桥影的心理做了一个大致的推断。“我们不是坏人，也不是来捣乱的。”西凡看出对方已有一副任你处置的神态，于是先给对方宽宽心。

“嗯？”桥影一听，心下顿时就先松了口气，当然，戒心还是有的，谁知道这是不是对方想套取什么信息故意让他放松警惕呢？

“我们是峡峰区摘风学院的学生，闯入天照学院，也是在进行一项修行。”西凡用了这样一个说法，就他目前所观察到的来说，他估计这是一个天照学院的学生很能适应的说法。

“哦！”桥影果然脸上有了几分恍然的神色，但很快又有了些茫然：“摘风学院？”显然他没有听说过摘风学院的名字。

“一家小学院。我们来天照的修行目标是找人。找一位叫楚敏的人。她不是学生，或许是导师，也或许不是，也或者曾经是，但现在离开了，你听过这个名字吗？”西凡问道。

桥影摇了摇头，他没有听过这个名字。

“这个……”路平伸手指了指上空，“发布信息的声音是从哪里来的？”

“嗯？”桥影立即换上一脸警惕的神色，传音室目前发布的都是和他们四个闯入者息息相关的信息，对方打听这个，似乎有所企图。但是自己装作不知道的话，似乎敷衍得太假。

桥影偷眼看看左右，刚刚那路口一转之后，此处前后都没有人，自己得不到任何援助，不过他还是很快有了主意。

“是传音室啦，需要我带你们过去吗？”桥影说。

“好啊！”路平点了点头，“怎么走？”

“这边。”桥影从地上爬起，就要往一边带路，身后路平和他肩上的西凡对望了一眼，一起点了点头，路平手掌飞速切出，打在了桥影的颈后。

扑通。桥影倒地，这次是彻底昏迷失去意识了。

西凡叹了口气，这家伙，揣着心思的时候微表情也太多了，想不察觉都难。

“传音室，至少我们知道这地方的名字了。”西凡说着。

“再打听一下就行。”路平说。

“最好穿上那家伙的衣服。”西凡说道。

路平点了点头。天照学院的学生穿的都是统一的制服，全院万余名学生，怎么可能全部认识？换上这衣服显然就已经足够完成冒充，然后以此身份打听一下传音室的位置，轻而易举。

“但是你比较暴露，我总不能再扛着你。”路平说。

“我在这里等你。你先去打听。”西凡说。

“好，很快回来。”路平将西凡放到了主楼侧面的墙根，附近也实在没什么可供掩藏的地方，缩在角落里聊胜于无。随后路平匆匆跑去打听，等问到结果，顺便又弄了一套天照学院的制服回来后，西凡，连同晕迷过去的桥影却都已经失去踪迹。

天照学院的上空，女声再次回荡：“最新非提示信息，轮椅少年已被抓获，恭喜沈迟同学收获两分。此外，草帽少年提升为八分，红衣少女提升为十分，大家继续加油哦！”

刚抓走吗！于是路平想也不想，向着道路南端急奔出去。

沈迟人如其名，做什么事总会迟一些，慢一些。所以当其他三年级学生从各个方向潮水般聚集开始搜寻目标好一会后，他才慢悠悠地从主楼里走出来。

寻找苏唐和莫林的两路人，这时都已经钻入东西两片树林不见了，沈迟一偏头，就看到桥影在主楼东侧路口左转的身影。反正无论和谁相比，沈迟都会迟一些的，所以他也就无所谓那个身影是三年级速度最快的桥影了，他不紧不慢地就朝这边跟了过来。然后现在，沈迟乐得有些合不拢嘴。

虽然只是很多人都看不上眼的区区两分，但是对于他这个做什么事都会迟一拍的家伙来说，这种修行，他居然能挣到两分，这让他十分满意。

“所以说，来得早，不如来得巧。”他得意地摇头晃脑，对身旁的桥影说着。

桥影背着西凡，依旧健步如飞。

“因为我救了你，所以你要背他，而且这两分是我的。”沈迟把桥影弄醒时，就是这样对他说的。

桥影没反对，他只是希望沈迟能走得再快一些。

“因为那家伙还有一个同伴，那家伙看起来可不是一个会丢下同伴的人，我想他或许很快就会追回来。”他对沈迟说。

“是吗？”沈迟一听更高兴了。

“那快放下。”沈迟说道，“既然他一定会找回来，我们为什么不守株待兔？这三分，我们可以平分。”

“因为他只用一只手就可以击败我。你呢，你能挡他几只手？”桥影说。

“那他为什么才三分？”沈迟说。

“我也想知道。”桥影没好气。他当然很想知道，一个看起来只值区区三分的普通人，为什么会有一伸手就能击败他的实力。

“那我们是得快点了。”难得沈迟都会着急，他也很心疼他好容易拣来的两分。

“他来了。”但是一路上都在频频回头的桥影，这时已经看到身后一道身影自那个路口转出，以不可思议的速度向他们冲上。

“那好吧！”已经看到敌人了，沈迟这才开始活动身体，像是在做准备活动。

“看来只好我挡上一挡，你快点跑吧！但要记住，那两分是我的……我……的？”

一阵风！

沈迟真的只感觉到了一阵风，除此以外，他什么也没有看到，那个看起来还有一段距离的人影，忽然就这样消失了，然后就是一阵风过来。

这是什么样的速度？桥影那么快，高速移动时还会在视线里留下残像，但是这个速度，什么都没有，快到身影直接就消失了。

沈迟急忙回头，就看到已经冲出去一截的桥影这时候已经飞了出去，落到地下，摔得似乎很惨。而他的两分已经被背到了那个家伙背上。

沈迟情不自禁后退了一步。“你好……”他挤出了一个笑容。

“你好。”对方也对他说，然后就背着人逃走了。

沈迟没有追，他慢吞吞地走到了桥影身边，一屁股坐到了地上。桥影依然那样躺着，仰头看着天，似乎并不打算再动了。

“他穿的不是灰衣……”沈迟忽然说道。

“重点在这吗？”桥影没好气。

“你说他应该值几分？”沈迟说。

“不知道，不管多少分，我也不去追了。”桥影说。

“你放弃了？”

“是的，放弃了。”

“这可不像你啊！虽然他很厉害，但我觉得他似乎没有恶意，你不应该害怕。”沈迟说。

“是的。他是没有恶意，不然我已经死了好几回了。”桥影说。

“但我现在制服都摔破了，连裤裆都破了，屁股会露出来，还怎么追？”桥影很生气地说道。

“哦。”沈迟点了点头，他觉得这个理由完全可以接受，他站起身，脱下了他的外套。

“护着你的屁股吧！”他把外套扔给了桥影，“我再去瞧瞧。”说着，他不紧不慢地朝着路平跑出的方向跟了去。

“喂！”躺在地上的桥影叫了一声。

“什么？”

“他们可能会去传音室。”桥影说。

“传音室吗？”沈迟抬头看了看天空，“那很高啊……”

是的，传音室很高，甚至可以说是天照学院最高的地方。天照学院有一座传音塔，传音室就在那塔的顶端。

这样一个建筑，在天照学院里当然会很醒目，所以路平很轻松就问到了。对方虽然觉得天照学院的学生会问这个问题很奇怪，但还没来及思考，下意识地就告诉了路平。

路平此时背着西凡正在往传音塔跑去。高高的，几乎要插入云霄的传音塔，在天照学院的任何位置几乎都可以看到，所以路平不必担心走错。而这时，传音室又在天照学院上空传出声音。

"哈哈，越来越有趣了。"那个女声听起来似乎很开心，"大反转哦！灰衣少年，看起来最普通的灰衣少年，温言提醒大家要当心，他可是深藏不露。非提示信息：沈迟同学刚刚获得的两分，很遗憾要暂时收回了，另外灰衣少年的分数，由两分……"自称温言的女声拉长了单调，卖起了关子，停顿了足足有三秒后，这才大声宣布："提升为三十分！"

"三十分！！！"

天照学院上空响起无数鸣之魄的境界高手所发出的惊讶声。要知道战斗力最强的六重天力之魄，最初也不过定义为六分，之后根据这位感知者的实际表现，才由六分提至八分再至十分。但是现在，这个灰衣少年，由三分，一下子就被提到了三十分，翻了整整十倍，他到底做了什么？

"怎么会这样？"无数嘈杂声中有一道声音异常清楚，正是路平他们最初就听到过的，"他只是一个普通人，怎么可能达到三十分？"

"石傲同学，你这个问题是犯规的哦，我可不能回答你。"温言隔空答道。

"那么，能让我们戒卫队插手吗？"石傲问道。

"好吧，允许你们戒卫队插手，分数同样有效，但是只限于三年级学生哦！"

"收到。"石傲回答。

隔空对话，如此肆无忌惮，丝毫不介意被路平他们听了去。而路平的实力，显然已经被目睹，但也不过是从三分翻了十倍定为三十分，并没有引起对方过多的惊讶，对此对方似乎只是觉得"越来越有趣了"。

"天照学院的实力果然非同小可啊！"西凡分析着这里所表现出的态度，感慨着。

"他们似乎可以看到我们的举动。"

"所以在他们看来这只是一场猫捉老鼠的游戏吗？"西凡说。

“我们尽快去传音室，说明我们的来意。”路平加紧脚步。

“哦，原来你的意图在这……果然是最直接的解决办法。”西凡连连点头，借用传音室，向整个学院说出此行的目的，路平从对声音的传出感兴趣开始，就已经有了一个相当简明的解决思路了。

传音塔是一座圆形塔，高达百米，除去塔顶的传音室和观景台以外，所拥有的就是登上这百米高塔的旋转楼梯了，而这也是需要相当的魄之力境界才能走完的。

沈迟来到传音塔下的时候，传音室已经又发布了一次非提示信息。草帽少年和红衣少女的分数再次各提了两分，变成了十分和十二分。

这是刺激性质的提高，还是对两人实力的重新评价呢？大家已经不清楚了，非提示信息是不会透露具体情报的。

“没有说到灰衣少年啊，他是不是去传音室了啊？”沈迟站在塔下，抬头仰望。

“去看看吧！”他嘟囔着，随即走向楼梯。他并不懒，也不怕麻烦，他只是比较慢性子，总是要迟一拍而已。

传音塔顶，传音室。

这并不只是一间普通的房间那么简单，传音室拥有特殊材质做成的设备，可以依靠鸣之魄来启用，以此将声音笼罩整个天照学院。

温言就坐在传音室里，有些无聊地摆弄着手里那个用鸣之魄力才能发动的话筒，她已经有些时间没有新信息可以公布了。

传音室四面一圈都是透明的晶石，从这里鸟瞰整个天照学院，和走到顶上观景台所看到的也差不了多少了。无非就是观景台上用冲之魄力发动的晶体镜可以将远端的东西看得更清楚而已。但是温言不喜欢，因为观景台风太大，会弄乱她的发型。当然，更重要的还是冲之魄贯通的她，可以轻而易举施展冲之魄贯通境的一级能力“远视”，她根本不需要借助晶体镜就能从这里看清她所能看到的天照学院的任何一个角落。但她此时却觉得很无聊，因为她最关注的灰衣少年，居然在钻入一片树林后，就此失去了踪迹。

至于草帽少年和红衣少女，他们的能力已经基本都显露出来了，一个拥有相当丰富狡诈的脱逃经验，而另一个的六重天力之魄则有让人惊讶的表现。不过，也就是如此而已了，这两位似乎已经无法带来更大的惊喜，无非也就是随着时间的推移，再提升一下他们的分数刺激大家了。

只有灰衣少年，所表现出的实力让人吃惊，让人不解。这让温言十分好奇，她期待看到灰衣少年更多的表现，但是他偏偏就这样失去了踪迹。想拿到这三十分的学生当然极多，但是目前看来大家全都没有进展。眼下戒卫队已经被允许插手，他们倒是没有像其他学生一样一盘散沙相互竞争，戒卫队在统一的指示下，开始了有配合的搜索，这是他们和其他学生最不一样的地方。

“到底在哪呢？还不快点跑出来。”温言施展着“远视”又是将整个学院所能看到的位置搜索了一遍，依然没有发现，她不得不怀疑对方是不是已经有意在传音室无法看到的死角活动了。

咣咣咣！温言忽然操起手中那价值不菲的话筒敲起了身边的一根金属杆，清脆的撞击声向着上方的观景台传递着。

“上边的，有没有发现灰衣啊？”温言有些暴躁地喊着。

“温言学姐……”天花板上突然探下来了一个脑袋，神情极是苦恼，心疼地望着温言手中的话筒，“你有话就直接说嘛，听得到，不要总敲话筒啊！”

“上面风那么大，你们听得到吗？”温言没好气地说着，显然她只是没事找事地在发泄。

“风现在……也不是很大，你要不要上来看看？”那人说道。

“我在问你有没有看到灰衣啊你这么多废话！”温言说。

“没有啊，一直都没有，不知道跑到哪去了……”那人郁闷，但是他的目光，就在此时投向了温言的身后，那里是楼梯口，一个人，背着另一个人，一级一级地，逐渐就从那里出现了。

“在找我吗？”那人说着，背着另一人从楼梯口走出，他现在已经不是灰衣，而是穿了一身天照学院的制服。这一点在传音室和观景台的诸位当然都是知道的。他们只是没有将这一情报透露。

“哎哟？”温言闻声也已经回过头来，她的鸣之魄境界也不低，早听到身后有人上来。不过传音室也不是什么禁区，只要不嫌爬楼梯太累，谁都可以来，所以她并没有太在意。此时发现来的人竟然就是他们一直在找的灰衣少年，这顿时让她整个人都精神起来。

“有意思啊！”温言一扫之前百无聊赖的神色，两只眼睛都要放出光来了。

路平和西凡也听出这女生就是之前播报消息的女声，不免也多打量了温言几眼。

这无疑是个很漂亮的女孩，尤其皮肤很好，肤色很白，这点和峡峰区那些山里的女孩很不一样。当然这些不是路平和西凡关注的重点，他们正准备要开口讲话，但那女孩开口却比他们两个都要快得多。

“居然找到这来了。”温言已经站起了身，“但问题是我是四年级生啊，捉了你们也没有分数可拿，其他学弟学妹还会埋怨我，这可怎么办？”

“学姐可以捉了他们送给我啊！”那个天花板上探下的脑袋嘻皮笑脸地说道。

“看来只能是便宜你了。”温言叹息。

“学姐加油！”那家伙喊着。

“我可不能大意。”温言说着，但是真的一点也看不出她的谨慎，因为她说完这话后立即就动手了。

“喂……”西凡没想到好容易到这了，居然连个说话的机会都不给，就见对方已经冲到了身前，这女生的速度，似乎并不在那个号称“音速”的三年级学生之下。

“在我们天照学院，四年级可是一个不同的概念。”温言说着，冲上来伸出的右手直抓向路平的脸庞，这是他几次弄倒桥影时所用的手法。

路平急闪，跟着也是伸手一探。但是令桥影几次都毫无抵抗的攻击，面对这温言时，却抓了个空。

“很没有新意啊！”温言的声音传出时，已是在路平身后。

路平探出的手并不收回，旋身就打，温言支起手臂一架，极大的力量涌来，让她神色也是一变，慌忙借势朝旁一闪，身子踉跄，直接撞翻了一张桌子，这才卸去这一击的力道。

这一闪有些狼狈，但温言能在一瞬间意识到路平的力量是她无法抵抗的，连忙调整借力避让，已算相当不凡。

温言一脸震惊，路平带给她的，到底还是超乎了想象，不过她神色很快还是恢复了寻常。

“这样才有意思。”她说着，立即就发起新一轮攻势。

依旧是快，但她的快，不是像桥影那样用高速移动来摆脱对手注意以此寻找空当。温言的快，就是很纯粹地发动高速攻击，移动快，攻击也快，瞬间闪来的拳影腿影，让西凡看了两眼就晕得想吐。

她快，路平却也不慢。

“抓紧！”路平对西凡说了一声，拳脚立即也以不低于温言的速度攻出，瞬间两人拳脚接连发生碰撞，却没有太大的声响。温言知道路平力量惊人，所以完全不和他以力相搏，拳脚一触或者不触就闪就让，换个角度重新发起高速攻击。

势均力敌？至少在旁观者看来是这样，但温言脸上却浮起微笑。

她也不知道该怎样形容路平的实力，总之，应该是拥有一身天赋的。但是，他运用的方式在温言看来实在是太粗糙太简陋了，只是随性而发，根本没有什么技巧可言。否则的话，拥有不输给自己的速度，且有自己不敢硬扛的力量，早就应该取胜了。

“你还有得学啦！”温言说着，她已经摸清了路平的虚实，不准备继续纠缠下去。双手接连挥出两拳，使了个花招，不出她所料地轻松将路平的双手引开。

“就这样吧！”一掌，直取中路，抓向路平的头。这一次，路平已经无法闪避，招架？被虚招骗过，也已经来不及了。

“你的三十分！”温言说着，抓住路平脑袋的右手准备顺势就想将其放翻，但是，不动……

这……温言再次惊讶了。她已经清楚不能和路平角力的，但是她真没想到双方的力量差距居然这样悬殊。已经制住了对方，但是她的力量却无法给对方造成任何影响。

这时想再添新力或是施展能力都已经来不及。温言慌忙后撤，路平被骗开的双手却已经抓回，在温言的眼中，路平的出手，总是漏洞百出的，这次反击也不例外。

闪！温言斜身避向空当，躲开路平的反击，退步就要先撤开，却不料头颈的另一边，竟有一道劲风袭来，清晰无比的力之魄力在当中回荡……这应该是三重天的力之魄？

三重天的力之魄，在天照学院，这种境界简直不值得一提。但是此时，这种境界的一击，却在最合适的时机，出现在了最合适的位置。

两分少年……一直靠着路平才没被抓住的西凡，竟然在此时出手，这一击，让对付路平都信心十足的温言瞬间方寸大乱，因为她没找到任何有效的手段去阻止。

三重天的力之魄，自己能硬扛吗？这是温言心存的最后一丝希望。但是，不能……

如果说路平的技巧很糟糕，十分的实力发挥不到一半的话，那么这个两分少年这一击对时机的选择，对部位的把握，对速度和力量的控制，无一不表现出了超凡的技巧，这是足以将十分实力发挥到十二分的技巧。

三重天的力之魄，已足够。

一掌，切倒了温言。

温言一直很感兴趣的是灰衣少年，但是怎么也没想到，最后一击击倒她的竟然是四个闯入者中看起来最没用的，一路都需要灰衣少年扛着、背着才能脱身的两分少年。

三重天的力之魄力拿捏得恰到好处，最后还有六重天的精之魄力攻击中枢神经。温言还有意识，但却已经无法控制协调身体，就这样倒了下去。

“制住她！”西凡没有就此感到得意。因为路平的制衡，以及对手对他的全面忽视，他才捞到这个机会，否则直接对敌的话，温言的快拳快脚他看都看不清，早把他揍到鼻青脸肿了。眼下虽然一击凑效，但他的这个力量层次能对眼前这个强敌制造多大伤害西凡并无把握，毕竟，温言的境界他完全看不穿，这显然是一个贯通者，天照学院的学生实力真的太可怕了。

路平依言上前，温言所受的伤害明显比西凡想象的要高，他轻松制住了温言。再一抬头，天花板上探下的头还挂在那，起初嘻皮笑脸，现在已经满脸惊诧，看到路平抬头望来，顿时打了个激灵，头嗖地就缩了回去。

“温言学姐我去搬救兵！”一句话从天花板上落下来，一道身影嗖一下，竟然就从眼前透明晶石窗前划过，那家伙，居然直接从观景台上跳了出去。

“不至于吧？”路平和西凡惊讶着，慌忙凑上前去观看。百米高塔，这人是有什么异能？

“别看啦，他也没什么了不起的。”还被路平抓着的温言说道。

趴到晶石窗前向下张望的路平和西凡也已经看到，那家伙并不是一落到底，也不是有什么御空飞行的异能，只是借着传音塔上一圈一圈的边沿向下攀援罢了。这种事，普通人当然没可能做到，但作为修炼者，有足够的胆量和力之魄力就不算难事了。看这家伙娴熟的程度，恐怕平时没少这样下塔，倒是比走楼梯快多了。

一看这没多大意思，路平和西凡的注意力很快重回到传音室内。西凡打量了一圈，看到墙上挂衣钩上挂着根软鞭。

“试试那个。”西凡指了指挂衣钩上的软鞭。温言实力强劲，他用精之魄力对中枢神经的攻击看起来是得手了，但他也不知道能持续多久，一直让路平钳制着也未必稳妥。可是像他们这些修炼者，但凡力之魄有点境界那普通绳索就没多大用处，总得有些特别的道具。路平和西凡当然没有，不过正巧这挂着根软鞭——会被修炼者拿来做武器的，总不至于是一般绳索。

“运气不错。”温言嘟囔了一句，路平将西凡放到一旁坐椅上，过去取下软鞭，试了试，向西凡点了点头：“很结实。”

“当然，这可是天罗藤做的。”温言说。

“果然运气不错。”西凡说。

天罗藤，一种极其少见的植物，柔韧，却又坚硬无比，无论拿来做弓弦，软鞭，或是其他什么，仅凭天罗藤三个字，就足够评定为三级。

路平对此没做什么评价，只是回来麻利地将温言手脚都捆在了一起，他这一边忙活着，西平这边却在很没有说服力地说着：“别紧张，我们没有恶意。”

温言笑了，她显然清楚，捆她不过是对她顾忌，而不是心存什么歹念。

“是这样，我们是峡峰区摘风风学院的，我们是来天照学院找人的，她叫楚敏，可能是导师，也可能曾经是导师，你知不知道这人？”西凡说。

“不知道。”温言说。

“好吧……那替我们在这里向学院说明一下好吗？”西凡说。

“不好。”温言摇头。

“为什么？”西凡有些诧异。

“因为那样就无趣了。”温言笑。

“你……你这是有恃无恐啊？”西凡说。

“对啊，你们能把我怎样呢？”温言说着，还扭了下身子，似乎在找一个舒服的姿势，丝毫没有觉得被捆是什么困境。

路平和西凡面面相觑，因为温言说对了，他们还真没法把她怎么样，谁让他们确实没什么恶意只是想找人呢？

“这玩意儿该怎么用呢？”路平和西凡只好自己动手，研究起了传音室。被温言敲打过的话筒很快就被两人发现了。

“喂喂！”路平拿起话筒喂了两声，声音仅仅能让西凡和温言听到。

“呵呵……”温言笑。

“肯定没这么简单。”西凡一直留意温言的神情，但这女生只是带着笑容，很有兴趣似的研究着他们两个，路平拿起这话筒时她也丝毫没有在意。

“不只是用能力，还需要借助道具的话，那这道具至少也需要一点魄之力来发动吧？”西凡一边说着，一边仔细留意着温言的表情。

“没错。”结果他根本不需要去解读，因为温言很痛快地就承认了。

“当然是鸣之魄力了。”西凡说。

“当然啦！”温言笑得更愉快了。西凡知道她为什么开心，因为很明显，他不具备鸣之魄力，而路平呢？在一般人看来根本是不具备任何魄之力。

不过这一次，西凡终于也很愉快地笑出来了。

“鸣之魄力哦！”他对路平说道。

“嗯？”温言神色变了，她诧异地望向路平。这少年的实力虽然很蹊跷，但不具备魄之力，这点很明显啊！

路平却已经信心十足地重新将话筒拿到了嘴边：“喂！”

喂——整个天照学院上空，顿时回荡起了这一个字，很响亮，很清晰。但是，紧跟着——

砰砰砰砰砰，砰砰砰砰砰……接连不断的响声在整个传音室里响起，从路平手中的话筒，再到室内传音设备的很多个部件，突然就这样急剧地响动起来，杂乱无章，炸起的碎片四处飞溅，让三人都不得不低身抱头。

持续了好一会儿，传音室才逐渐恢复平静，三人呆呆地望向左右，整个传音室已经一片狼藉。话筒，只是传音设备的一部分而已，但现在，不只是路平手中的话筒，整个传音室的设备都像是遭到了什么毁灭性的打击。

温言愣了，愣了很久，但是最后，她又笑出来了，笑得上气不接下气。

“你这家伙……”她望着路平。

“这是怎么回事？”西凡茫然，路平也很不解。

“鸣之魄力啊！这传音用的材质，只能传导鸣之魄力啊，你搞什么？”温言说。

“只能鸣之魄力？”路平挠头。

“没错！”

“你做了什么？”西凡望着路平。

“呃……我的鸣之魄力大概不够精纯。”路平说。不是他不想精纯，而是在销魂锁魄的禁锢下，偷出魄之力并持续使用这本身就已经是奇迹般的事了。这种情况下还要追求精纯，难度太大，目前的路平还无法完全做到这一点。所以即便他想发动的是鸣之魄力，但是捎带的其他魄之力都会在偷取的过程中也溜出来一些，结果轻易就给只能承受传导鸣之魄力的特殊材质造成了毁灭性的打击。

“这下我就是想帮你们也帮不到了。”温言笑得更愉快了。只是敲打了一下话筒，就曾让之前那个三年级生心疼不已，而现在整个传音室的设备都被摧毁，温言却也完全没放在心上，她只是觉得十分有趣。

“这可怎么办？”西凡和路平面面相觑，原本的设想是到了传音室就可以向天照学院说明一切，顺便来个寻人启事也极其方便。哪想遇到的这个女人如此不配合，路平一出手，却把他们的计划和期待全给摧毁了。

两人一起望着窗外，有些茫然，路平的神色却在此时突然变了变。

被捆的温言，手不动，脚也不能迈，一蹦一蹦地跳到了窗边。西凡对她中枢神经制造的伤害显然已经解除，而手脚被捆并不影响她施展能力。

“哟！”施展“远视”，她能看到的比起只是冲之魄三重天的西凡要清楚多了。

“草帽少年已经被捉住了哦，是谁捉住的呀？给个正脸好吗……”温言念叨着。

“这女孩也差不多了嘛！”温言望向另一个方向后说着，“其实我倒是挺欣赏她的，相当勇猛，不过这样的话，吃的苦头也会多一些啊！”

正说着，一道人影忽然嗖一下，就从她面前的窗外滑了下去。

“什么鬼！”温言被吓了一跳，慌忙靠向窗边向下张望，看到的却是路平的身影，效仿着之前那个三年级生，极快速地攀援而下。一回头，果然传音室里已经只剩下西凡一个。

“那女孩是他什么人？”温言问西凡。

“大概是死也要保护的人吧！”西凡说。

“哦，那就更有趣了啊！”温言望着窗外，兴致勃勃，嘴里不住地念叨着“快点快点”。

“慢点也没什么不好嘛！”这时楼梯口传来一个声音，温言回头，看到沈迟慢吞吞地走了上来。

“你怎么被捆成这样？”看到温言的模样，沈迟笑了。

“要你管！”温言不理他，继续看窗外。

沈迟再朝这边一望，立即看到了西凡。

“怎么又是你……”西凡苦笑。

“对啊，又是我。”沈迟很高兴，“还有一个呢？”

“刚刚走了。”西凡说。

“哦！”沈迟一副松了口气的模样，顿时更高兴了，“所以我就说，慢点也没什么不好嘛！”

“两分！重新被我追回！”沈迟宣布他的胜利。

“出息！”温言回头，朝他翻了个白眼。

东南！路平从传音塔上飞速攀援到底，心中只有这一个方向。

沈迟已经帮温言松绑，两人一起站在窗边，就看到路平以不可思议的速度超快地向那方向奔跑着。

“他……刚才是不是没有尽全力？”温言忽然回头问了西凡一个问题。

“我不知道。”西凡说。这不是谎言，他根本不清楚路平尽全力到底会是什么样子。

“能不能也扶我过去看看。”西凡说。

“别想耍花样哦！”沈迟说着，但还是把西凡连同坐椅一同推到了晶石窗外，三人一起望着下方高速移动的路平。

“那个女孩那边怎么样了？”西凡问道。他的境界已经不足以完全看清这个距离。

温言原本只是盯着路平在看，听到西凡发问，目光也朝苏唐所在的位置望了眼：“嗯……正在被包围，很顽强地在抵抗……唔……”最后惊叹了一声。

“怎么？”西凡忙问。

“好厉害的一拳。”温言继续惊叹着，“真的是力之魄六重天吗？难以想象……”

温言觉得无法理解，那些追逐着苏唐的天照学生同样也是如此。

冲之魄三重天，鸣之魄三重天，气之魄一重天，枢之魄一重天，力之魄六重天，精之魄刚入感知——苏唐在他们眼中就是这么一个并不如何起眼的境界，力之魄六重天虽然会带来很强的战斗能力，但对天照学院的学生来说，没人会觉得这很难降服。但是现在，他们意识到了，他们所以为的力之魄六重天，和眼前这个女孩似乎有一些差距。

砰！一身闷响。

拳对拳，力对力。这是毫无取巧的一次碰撞，两人的拳头在力之魄力的催动下，骨节相撞，狠狠地轰在了一起，发出沉闷的声响。

紧跟着，一人倒飞出去，落地，翻滚，撞树。苏唐也被撞退了两步，但她依然紧握着拳头。拳头上有血迹，有对手的，也有她的。

苏唐深吸了一口气，很自然地又退了一步。但是，没有人跟上。

她的身边天照学院的学生已经围成了一个弧圈，所有人都在为这女孩惊人的战斗力感到吃惊。不只是力量，她坚持到现在的体力也足以让人震惊。虽然可以看出她已露疲态，但若换个人的话，此时恐怕连站立都成问题。而她，却依然举着拳头，摆着架势，没有丝毫走样。

天照学院的学生们你看看我，我看看你。他们没有一拥而上，那样的话分数未免有些不好分，到时候很容易弄得自己人互相打起来。可是在接连几人被轰飞后，却也没有人贸然地冲上前了。

“真没用啊！”传音室里远远看着的温言，看到这一幕后，十分不满这帮学生们的举动，下意识地就想找来话筒骂几句的，一转头看到满屋的狼藉，才想起传音室已经被路平给毁了。

让温言不爽的状况，对西凡来说当然是好消息了，但是他随即听到那边沈迟在说着：“那女孩，也坚持不了太久了吧！”

沈迟似乎也看得清那远处的情景，西凡没有太感到意外，因为这个沈迟的境界，他同样感觉不到，毫无疑问，也是贯通境。天照学院学生的水准，真是比他们摘风学院或是峡峰学院都高出太多太多了。

“就看这小子能不能及时赶到了。”温言又望向路平飞奔的身影。

“那女孩，也已经选好了防守的退路了吧！”沈迟说着。

“是吗？”温言转头又朝苏唐那边看。

苏唐在退，不动声色地，缓慢地，已经退了有三步。她盯着眼前的每一位天照学生，随时准备着招架任何一人冲上。但是，所有人都没有动，他们只是随着苏唐的移动也跟前了三步，而后继续等待着时机，他们似乎都已经打定主意再不上来和苏唐硬碰硬。

结果就在这时，苏唐突然转身，箭步疾冲！

“想跑！”退路当然早有人盯着，这时候不上去拦截都不行，一左一右，立即冲上两位天照学生形成关门的架势。

苏唐却早有准备，双拳同时递出，一左一右，正轰向迎面挡来的两人。

两人不敢硬撞，立即向两侧闪让，同时探出手来想要勾出苏唐的拳头。苏唐却在此时拳向里一折，变成双肘撞向了二人。

这下两人再没防着，顿时被撞了个正着，一左一右撞飞出去，苏唐速度丝毫不减，继续疾冲向前。身前数级台阶，几大步就已经飞跨到底，面前一座看起来极其古朴的建筑，苏唐想也没想就推门冲入内。

天照学院的学生们当然不会就此放过，一起冲上台阶也要冲入。这栋被树林四面包裹着的古朴建筑，是他们天照学院的图书馆，又不是什么禁区。

但是就在这时，忽然听到身后树林里传来惊喜的叫声："呀！三十分！"

一道人影飞出。

三十分吗？众人下意识地就要围上前，有三十分在，十二分暂且放一放也没什么关系。

但是大家随即看清，这飞来的人影不是什么三十分，而是和他们一样的天照学院学生，是被一击轰飞到了这。

"这个也这么猛！"众人惊。由于路平是一开始就被绝大多数人忽视，再后来被桥影盯上后更被所有人认为没可能再争取到,所以这里完全没有人见识过路平的实力，三十分是怎么来的，他们倒是非常好奇。

但是现在他们很快知道了——更强的力量，更快的速度!

那道人影飞落时，又一道身影从林里疾速冲出，身后还伴随着各种大呼小叫，似乎是追兵，可听起来真是相当的遥远啊。

是这家伙!

有五位学生，一直站在外圈，他们身穿的制服和其他天照学院学生略有一些不同：衣领上绣着一圈金边，后背更是非常直截了当地绣着三个字，标明了他们的身份：戒卫队。

他们很认真地注视着双方的出手，但却丝毫没有要上前参与的意思，众学生也一直没有理会他们的存在。

直至路平出现，这五人立即精神一振。其他学生感受到路平实力的不同，纷纷退步打算从长计议的时候，他们五人却极有默契地冲了出去。

五人的动作整齐划一，从人群中冲出时就已经摆成V字形，开口向着路平冲来的方向，齐声喝道："我们是……"

砰!

天照学院戒卫队。准备自曝的身份只能在心里默念了，当他们刚刚喊出三个字的时候，V字形兜底的那位，就已经飞出去了……

“就是这种感觉！”传音室里沈迟拍着桌子惊叹着。

“就好像一阵风！”他说。

是的，一阵风……戒卫队的几位真就是这种感觉，他们这一边报上名号，一边就要采取整体行动来着，哪想这位冲上来的竟然这么快，他们V字形的防守阵，没有展现出丝毫防御力，作为五人中坚的那位，就这样直接飞出去了，其他四位所感觉到的，真的就只是一阵风，还有恍惚间可见的人影。

咣！被撞飞的那位中坚，直接飞过了台阶，而后撞到了图书馆那陈旧的大门。就听嘎一声响，大门根本来不及弹开，跟着这位中坚一起直挺挺地倒了进去。

路平飞速掠上了台阶，但就在这时，那倒掉的木门里，传来一人说话，更有不少气之魄境界不错的学生，一起抽了抽鼻子，他们闻到了一股酒味。

“谁在这捣乱呢？”门里传出的声音说着。

图书馆古朴陈旧，一看就已经有好些年头，初建时，这四面环绕的还只是一圈圈的小树苗，时至今日都成了参天大树，枝繁叶茂，将图书馆遮蔽其中，感觉好像挺有一番风味，可这图书馆的采光就实在无法恭维了。

两扇门，一半已经倒下，另一半被震得敞开，门里是宽阔的走廊，昏昏暗暗的。好在大家都是修炼者，冲之魄有个二重天的境界就足以在这种光线下看清。众人抽鼻闻着酒味，耳听着人声，再然后就看到一个女人从昏暗中走出，左手拎着个酒瓶，右胳膊却挟着个女孩，正是刚刚闯入的红衣少女，看起来好像已经失去意识了。

“呃？”天照学院的学生们愣住。

闻到酒味时，他们已经意识到是谁，可当看到这女人居然这样挟着红衣少女出现，又让他们觉得有些不可思议。在他们的认知中这就是一个终日酗酒、不知所谓的颓废女人，所有人只好奇一件事：这样的人为什么还会被留在学院。

可是现在，他们一直都没有制伏的红衣少女，竟然就在冲进图书馆的这么一会时间里，被她如此迅速地制伏，这酒鬼女人，难道一直都在隐藏着实力？

所有人因为诧异沉默着，只剩下一个声音，极其冰冷地回荡着：

“放开她！”路平说。

只是三个字，但是充满了不顾一切的勇气和决心。所有人都知道这话绝对不只是说说而言，因为说这话的时候，路平就已经冲了上去，不顾一切地冲了上去。

“当心！”大家下意识地叫着，他们已经见识过了路平所展示出的速度和力量。

但是酒鬼女人却只是微微皱了皱眉，所流露出的神情不是担心，不是戒备，而是一种奇怪，她望着路平，她在奇怪这个根本没有魄之力的少年怎么会有如此强横的爆发力。

路平的拳已挥出，强大的魄之力终于在此时涌现出来，和空气节节碰撞，发出有如飓风般的轰鸣声。

所有天照学院的学生脸都白了，这是什么力量？被这样的魄之力轰上来，除了一死，还有别的可能吗？

同时，在传音塔顶，温言的神色立即就变了。

“果然……”她看了一眼西凡，“他之前根本没用全力。”

“这还不止啊！”沈迟说，这一拳的威力，明显还在提升。

“那是什么？”温言突然像是看到了某种东西，惊讶地叫着。

西凡立刻想到了，那个东西，他也不过见过两次，听到过两次声音，但是印象却极为深刻。当这个东西出现时，应该才是路平力量发挥到极致的表现吧。西凡这样猜想。

他的判断没有错，此时的路平，已尽全力。因为他认出了眼前的这个女人，就是他们在望山镇粥铺见到的那位举手间就将城主府十二家卫之一的卫明扔出，并在卫明脸上倒了一碗粥的强悍女人。

这女人很强，但更重要的是，苏唐被她捉住。所以路平毫无保留地施展着全力。

叮当，叮当……锁链显现，碰撞声响起。

“那是什么？”天照学院的学生们惊奇地看着这突然出现的锁链。酒鬼女人的神色也在此时变了变，但原本因为奇怪而拧起的眉头反倒是舒展开了。

“了不起。”她开口说话了，紧跟着却又说了一句，“但也一塌糊涂。”

轰！飓风般的魄之力已经疯狂地卷过，女人的身体瞬间就被撕成两半。左一半手中的酒瓶立时粉碎，酒水飞溅着，右一半，挟着苏唐，竟然还在移动。

怎么回事？所有人瞪大了眼，而就是这一晃眼的工夫，右一半竟然又恢复完整。

残像？大家意识到了，被魄之力轰中的，不过是残像。这女人的动作太快，快到根本没有人发现她的动作，只看到了她移动的结果。

飓风般的魄之力已被甩在了身后，抛下酒瓶的左手探出，锁住了路平的咽喉，掀起，压下，轰——

又是巨大无比的声响，是魄之力与魄之力之间的对撞。图书馆门前的石板迸裂溅起，路平的上半个身子竟然整个陷入了地下。

嗤，一声轻响，女人的左脸颊突然裂出一道血口，血珠飞出。她在躲避路平的攻击时到底还是受了点波及，但是一切都发生得太快了，以至于伤口到此时才裂开。

女人的神色丝毫不变，完全没有受到这点伤势干扰，她的目光还注视着路平双手双腿上挂着的锁链。她所在关注的，似乎只有这个，而面对那样强大的力量，却打倒了路平，她似乎并不以为意。

路平的双眼，却一直都在注意着被女人抓着的苏唐。这个女人很强，从未领略过的强，但是不管多强，他也不能放弃，他一定要救下苏唐。

被死死锁住的喉咙几乎透不过气来，但却还是有一声低吼被挤出。已经垂倒模糊起来的锁链，忽然在此时再次变得清晰，跟着像是活了一般跳动起来，叮当叮当毫无规律地乱响声中，魄之力再次疯狂地涌动。

冲之魄、鸣之魄、气之魄、枢之魄、力之魄、精之魄……之前天照学院的学生从路平身上感受不到任何魄之力，而现在，六种魄之力全都无比强大地涌现出来，散发着要吞噬一切的气息。他们感觉到了前所未有的威胁，不由自主地向后退着。三十分？如此可怕，就是三百分、三千分也不值得上前啊，这根本就是送死。

神情一直都没有太大变化的酒鬼女人，也在此时神情大变。“够了！”她撤回了锁喉的左手，算是解除了对路平的威胁，但是魄之力还在继续提升。

酒鬼女人愣了愣，看了看自己挟着的苏唐，终于意识到了，眼前这个少年，根本就没有把自己的险境放在心上，从始至终更在意的都只是自己抓着的这个女孩。

“放心吧，她没有事。”酒鬼女人轻声说了一句，右手一道魄之力送入了苏唐体内。

听到这话的路平，气势果然稍减，随即就看到苏唐醒了过来。

“啊，你来了。”睁眼就看到了路平，苏唐很高兴。

“嗯，我来了。”路平说。

“那就好了。”苏唐一脸的放心。

“你没事？”苏唐已经被那女人放开，路平却还是有些不放心。

“我没事。”苏唐笑着，然后望了一眼那酒鬼女人，“还记不记得她？”

“哦……”路平应了一声，而他逼发出的魄之力，也在此时逐渐地退回。终于，在完全放松下来后，锁链突然猛地变得笔直，像是在被用力拉紧束缚着什么一般，路平脸上闪过一丝痛苦的神色，但却咬紧牙关，一声未吭，一口鲜血涌上，竟也被他强行咽了回去。

“你怎么样？”苏唐却已经看出他神色有异。

“没什么事。”路平摇了摇头。

“白痴。”那酒鬼女人也摇了摇头，忽地一掌，极快速地就拍到了路平的天灵盖上。

噗！路平顿时狂喷一口鲜血，随后头一歪就晕了过去。

“你！”苏唐大急，挥手一拳轰上，已经精疲力竭的她，这一拳竟然也爆发出前所未有的威力，拳风连数米外的人都感觉到了。但是女人却只轻抬了一下右臂，转眼就已经又将苏唐挟了回去，苏唐也立即又昏迷了。

女人一边挟了苏唐，另一手随手拎起路平的一条胳膊就这样将他拖着，返身朝图书馆里走去。

天照学院的学生都在愣愣地看着，一点声音都不敢发出。

红衣少女很难对付，灰衣少年更是可怕得要死，但是谁也没想到，更强悍的，居然是一直就在他们学院，但他们从来都没当回事，甚至有些轻视的醉鬼女人。

所有人面面相觑，望着那走进图书馆的背影，听着锁链划地的声音，逐渐消失。

Chapter 7

◆ 酒鬼女人的非一般修炼指导 ◆

天照学院，主楼顶层，院长室。

院长云冲此时的情绪可不能说好，原以为只是一个锻炼一下学生的小插曲，怎么也没想到四个挺不起眼的闯入者闹出的事最后竟然让他忍不住要亲自插手过问。

枢之魄六重天的草帽少年，精于逃匿、用毒。追捕过程中共有十八位天照学生中毒，至今还没有进一步的消息报来。不过草帽少年总算已经被捉住，被直接送到了院长室来，他居然穿着一身天照学院的制服，一脸慷慨赴义的神情。

力之魄六重天的红衣少女，战斗力惊人，尤其展现出的力量超出大家对普通力之魄六重天的认知。追捕过程中共三十一位天照学生受伤，其中十九位是骨折类的重伤。而红衣少女至今还未被擒获。

精之魄六重天的轮椅少年，行动不便，一直在灰衣少年的协助下逃逸。但灰衣少年就在带着一个累赘的情况下，从区区安慰性的一分，最终提升到了三十分，可见还是相当有能耐的。不过他这边一直没有传来人员上的重大损伤，倒是让人欣慰。结果就在刚刚，将轮椅少年送来的温言同时也带来了一个心塞的消息：传音室的设备被灰衣少年摧毁。

听到这个消息时，先前送草帽少年一起过来的石傲已经准备偷偷摸摸要离开了。闯入者是他最先发现的，之后的判断全都是以他送出的第一手情报为依据。但是很显然，他这份情报有些不确实，尤其是对四人的实力定位偏低，多位学生因此而伤，还可以当是历练，长见识，可是传音室被毁，这是什么样的损失，作为天照学院的学生戒卫队的副队长之一，石傲心中当然很有概念。他知道，如果之前院长大人还只是有些郁闷的话，那这个损失，已经足够他发怒了。

快跑！石傲就要往门口溜，云冲那里正在询问温言详细状况，倒还真没注意到他。哪想好容易溜到门边，正想开条缝就钻出去，房门却被人当当当地敲响，所有人的视线一下子就汇聚到这来了，石傲都没来得及收起他那鬼鬼祟祟的架势。

“咳……”石傲干咳了一声，然后故作镇定，好像他是听到敲门过来开门一般，将房门带开，恶狠狠地盯着门外这个坏了他事的家伙——沈迟。

沈迟本应该是和温言一起的，但就是因为他总会慢一点，迟一点，结果落下了个时间差，刚刚好堵了温言带来消息后连忙就想闪人的石傲。他慢吞吞地走了进来，站到了温言旁边，院长云冲望着他，心想着这次带来的会是好消息还是坏消息？结果就见沈迟指了指那个行动不便的轮椅少年说：“这两分是我的呢！”

云冲心里的火腾就起来了，哪怕是刚听到传音室被毁的消息，他都没有这么火大。这么多学生受伤，传音室被毁，十分、十二分甚至三十分的学生没见你抓回来，现在居然和我谈这两分的问题？

云冲拂袖站起身来，恨铁不成钢地狠瞪了沈迟一眼，转身站到了窗边。比起峡峰学院的郭有道和巴力言两位院长，云冲要年轻不少，正是年富力强，凡事都锐意进取的年纪。今天学院却在四个无名之辈上栽了个说大不大，说小不小的跟头，正烦呢！结果自家学生还在这和他讨论区区两分的归属，着实火上浇油。

结果他这望着窗外平复心情呢，身后几个居然还不闲着。

“我觉得，能击倒你，这家伙其实不应该只值两分啊！”沈迟非常没眼力劲地还在和温言积极讨论他该获得的分数问题。

温言却早看出院长脸色不善，飞快对沈迟做了个“闭嘴”的手势。石傲一看眼下机会大好，那还能迟疑吗，悄悄拉开条门缝就溜了。刚被带进来的西凡，这会儿倒正和莫林寒暄上了。

“怎么样？没事吧？”

“没事，唉，主要是没有下重手，限制了我的发挥啊，不然真不至于被捉到。”

“还弄一身衣服，挺机灵啊？”

“小事，这都想不到，枉为……嗯，那啥，你懂的……”莫林险些就说“枉为刺客”，猛地想起处境好像有些不对，最后硬是把自己那身份给咽了回去。

“路平呢？”莫林随后问道。

“他去找苏唐了。”

“哦，那应该没问题吧？”

“不好说……”西凡神色并不轻松，图书馆外的战斗，凭他的冲之魄三重天是看不清的。温言和沈迟不给他讲的话，他只能通过他们的神情来观察。但最后他所观察到的，就是惊讶、惊讶和惊讶。那边也不知起了多少变化，让这两人一再惊讶。西凡问过两人情况，但他们都没和他说。甚至此时到了院长室，两人所看到的图书馆外的战斗都还没有向院长提起。

那个酒鬼女人竟然有如此强大的实力，这是他们这些学生们从来都不知道的事，温言不知道这是不是天照学院的什么隐秘，当然不好对外人说，也不好在有外人在的场合问院长了。

“不会吧？怎么可能？”莫林看西凡的神色，似乎对路平的情况竟然有些担忧，顿时诧异起来。

“你们聊够了没有！”云冲怒了，真的是怒了！原想平复一下心情，结果身后这帮家伙，从他学院的学生，再到这些闯入者，个个都是这么不懂察言观色。这里是哪？这里是天照学院堂堂院长大人的院长室，他说话，别人应该听着；他问话，别人才可以回答。这帮小鬼，把这里当什么，茶话室吗！

“你们到底是什么人？”云冲厉声问道，他本不想太失态的，可现在真是顾不上了。

“我们是峡峰区摘风学院的学生，是来天照学院找人的。”西凡回答了他。

“摘风学院的？”云冲愣了愣，当院长的，见识当然不能那么差劲。摘风学院、峡峰学院就算不是名院，总是近邻，他不至于不知道。况且摘风学院院长郭有道当年找了个穷乡僻野开了间学院就号称要赶超“四大”，这个笑话可是在志灵区都流传过的。云冲当时虽然还小，但对这个倒是记忆犹新。

“你们要找谁？”云冲随即问道。

“楚敏，或者是导师，或者以前是……”西凡说。

“楚敏……”云冲愣了愣，但只这神情，和那些问到后很快就能答不知道的学生总算不一样。西凡松了口气，看来总算是没白忙，楚敏，不管还在不在天照学院，这下总该有点消息了吧？

“找她做什么？”云冲问道。

“指点修行。”西凡说道，他知道眼前这位就是天照学院的院长，自然不会有什么隐瞒。

“楚敏，指点修行？哈哈哈哈……”云冲愣了愣后，突然笑了起来，笑了很久，笑得很失态，最后才问，“是谁告诉你们找她修行？”

“我们院长。”西凡说。

云冲连连摇头：“不行了，她现在已经废了。我看你们四个素质还算可以，我倒是可以安排你们在天照学院进修。”

进修，普通的学院很难有底气说出这个词。而对于很多名院来说，进修则是他们从普通学院掠夺优质学生的美妙说辞，而会被名院主动吸收去进修的学生，很少会有人拒绝——进修算得上是人往高处走的真实写照了。

天照学院虽不比四大学院，但在大陆已算是有一号的，看学生的实力，就知道他们比摘风学院和峡峰学院要强不知多少。说进修，尤其是对峡峰区这两家学院的学生说进修，天照学院完全有这个底气，而且会是一个无法拒绝的邀请。

这四个学生境界虽然都不高，但看起来都有特别之处，云冲不计前嫌地给了四人这样的机会，正在等着对方迫不及待地点头。

对方果然很迫不及待，想都没想，抢着就要回答了。

“进修？那不需要啊，我们就是来找楚敏老师修行的。”西凡说。

“进修？进什么修啊，我在摘风学院主要是出于某种兴趣，我在这进什么修啊？”莫林说。

“嗯……嗯？！”云冲几乎没听对方答复的内容，就要点头。在他看来，峡峰区那个破地方出来的学生，拒绝他天照学院进修邀请的可能性无限接近于零。他们只会遗憾天照学院看不中他们，而不可能对天照学院的主动邀请说不。

可是现在，云冲听到了。无限接近于零，到底还不是零，眼前这两个家伙，居然就都属于那接近于零的存在，而且像是在抢答般的，飞快地就给拒绝了。

云冲愣了愣后，忽然笑了。这两个山里出来的土包子，大概根本就不知道这进修的邀请意味着什么吧？云冲摇了摇头，几个土包子小鬼，居然还要他亲自做说客吗？真是有点可笑啊！不过今天正好也就赶上了，干脆就多说几句吧！

“你们两个，知不知道我们天照学院在志灵区，甚至整个大陆的地位啊？”云冲说。

“知道啊，去年出的大陆学院风云榜，天照学院列志灵区第二，大陆第三十九。”西凡答道。

云冲愣了，对方知道这排行榜，那显然很清楚天照学院的地位和分量。他们摘风学院在这榜上会在哪啊？云冲完全没有注意到，估计会是三四百开外。就这样，居然想都不想地就拒绝他们排名第三十九的天照学院的进修邀请？

拒绝是出人意料的，甚至在天照学院的人看来这根本是不可理喻的。温言以为他们的院长大人马上就要爆发，却没想到云冲居然没有露出丝毫不悦，也没有什么其他神情，他只是很简单地“哦”了一声，就好像他说了一件很平常的事，然后听到了一个理所当然的答案一样。

能四十岁就坐到学院院长位置的人，在整个大陆都屈指可数，更何况还是学院风云榜排名前五十的学院，这可都是有着相当影响力的名院了。云冲绝不是一个简单的人物，在一些学生看来院长似乎很好相处，那只不过是因为在这些学生面前，他根本没必要表现他的城府，也或者说，很好相处，这就是他在学生面前所表现出的城府。

这样一个出人意料的拒绝，就会让他乱了分寸？那只是学生们天真的看法罢了。云冲没有乱，非但没乱，他还更加认真地打量着这两个摘风学院的学生。

说实话，这几个闯入者，虽然制造了一定的麻烦，表现出了一定的才能，但对天照学院来说，他们可是风云榜排名三十九的名院，整个大陆都会有人慕名而来，才华横溢的学生，他们多得是，云冲不至于求贤若渴到这种地步。

如果西凡、莫林麻利地答应，云冲不会觉得这有什么异常，甚至他第二天就会不认得这两个学生。可是他们拒绝，这份意外，反倒让云冲觉得他们有点特别。他开始重新审视这二人。

西凡和莫林顿时感受到了不自在。他们原本并没有把眼下的状况太当回事，都放松得很。可是云冲这一次的目光再投上来，两人忽然都有一种被穿透的感觉。浑身上下的每一处毛孔，似乎都有东西在渗入，这让他们极其不舒服。

这是什么能力？莫林和西凡都是有一定见识的，知道这一次云冲肯定是施展了他的什么异能。他们两位却连贯通者都不是，毫无抵抗的能力。

莫林心下骇然，抬眼想看云冲到底是用了什么动作，是什么魄之力在运转。

“别看！”一旁的西凡留意到他的举动后，马上出声提醒了他。

云冲微微笑了笑，看来右边的这个少年，见识要更多一些，也或者是因为他的精之魄境界所以更敏锐一些。但是，仅仅是“别看”，这样的防御手段未免低级到有点可笑。不过云冲也没想太为难他们，手段施展到这一步已经足够。

左边这个，虽然拥有枢之魄六重天，但力之魄完全没有，这样的素质并不适合从事战斗性质的工作，但是他就凭这样的条件，在天照学院三年级如虎似狼的抢分大战中生存了很久。逃匿、利用环境、下毒，包括第一时间就弄了一套天照学院的制服换上，这并不仅仅是才能和智慧，这更是一份经验。这个少年，身上根本没有多少学院出身的学生气息，那满不在乎的态度和觉悟，倒有几分混迹草莽的感觉。

而右边这位，因为身有重伤没有恢复，所以行动不便。但在这样的状况下，他还是展示出了非凡的身手和技巧，一击击倒了境界远比他要高的温言。这少年相当的大家风范，他所表现出的自身气质，完全凌驾于区区的摘风学院……不，甚至是凌驾于天照学院。哪怕在说起一定要找到楚敏进行修行时，所包含的也不是期待，而是要完成一项任务，遵守一个承诺而已。

云冲微笑着，一手扣在书桌上，轻敲了两下。他像是在思考着什么，又像是什么也没思考。院长室里变得很安静，西凡、莫林没有再说话，温言和沈迟也保持着沉默，他们清晰地感觉到了云冲压迫性的气场。

安静，持续了很久。

云冲没有说话，也没有特别在意屋里的任何一位，但是屋里四人的一举一动，哪怕是一点微小的情绪变化，他都了然于胸。

左边的那个少年，他在等。他没有能力消除这份局促和不安，但他有耐心，他在十分耐心地等着这个局面过去——局促和不安并没有让他产生焦虑和动摇。

右边的那个少年在守。同样会感到局促和不安，但他没有乱，他的内心保留着一丝清明。这不是因为他的境界，而是因为他的气质，他的心中藏着一份骄傲，可能是他自己都不愿意面对的骄傲，但偏偏是这份骄傲不允许他在此时低头，他没有能力针锋相对，所以他守，死守。

相比之下，天照学院两位学生的表现就让云冲有些失望了。温言和沈迟有着远比西凡、莫林要高的境界，但是此时的安静让他们抓狂。他们需要不断的小动作来打发这段难熬的时光，以此打消心中的不安。

云冲心下叹了口气，他忽然有点真心想得到这两位摘风学院的学生。他们的这份心性，比起天赋更加难得。温言和沈迟都是天照学院学生中的佼佼者，拥有优秀的家族血脉，远超同龄人的境界。可是这样的心性，他们没有，现在没有，或许这一生都不会有。

这两个小鬼，到底能坚持多久？云冲很想试一试，可是他知道再这样继续，首先坚持不下去的会是他天照学院的两个优秀学生。

调整一下结界吗？云冲心下正思考，突然咣一声响，房门被人推开。

什么人？云冲心下一惊。

整个院长室都布满了他由冲之魄和精之魄双贯通后配合使用的结界，以冲之魄驾驭范围，精之魄操作效果。结界并不妨碍人的进出，但是门开的这一瞬，他可以感觉到，结界在那个位置竟然崩开了一角。

“听说，有人找我？”推开的房门走进一人，带着一身酒气。这浑浊的酒气，向来让天照学院的学生对她退避三舍，嫌弃不已。可是此时，酒气竟成了对云冲结界的扰乱，烦燥不已的温言和沈迟，闻着酒气，居然觉得情绪变好了不少。

不用回头，他们已经知道来的人是谁。

“她就是他们要找的楚敏？”这是两人此时共同的心声，而莫林和西凡望向来人，一眼就认出这就是粥铺里轻松料理卫明的强悍女人，再然后，就看到她一手挟着个红衣女孩，正是苏唐；另一手，竟然只是拎了个脚踝，一人就这样跟着滑进了房内，不是路平又是谁。

所有人的目光齐齐望向一步踩进院长室的酒鬼女人。温言和沈迟，两人正巧拦在了她的面前，此时不由自主地就朝旁让了让，而他们两人自己都没有察觉这一点。

女人却没有继续往前，踩进来一步后就已经站住。她的目光在房间里扫了一圈。温言、沈迟，甚至院长云冲都没能让她的目光停留，她的目光落到了西凡和莫林的身上。

“您是楚敏老师？”西凡开口了。

“我是楚敏。”酒鬼女人如此回答。

“我们是峡峰区摘风学院的学生，院长有一封信给您，他想拜托您帮我们修行，参加一个月后的志灵区点魄大会。”西凡说。

点魄大会？听到这个名词，温言、沈迟，甚至云冲，神色都是一动。温言、沈迟还在诧异，云冲却已经微微笑了起来，笑容里充满了不以为然。

这些孩子或许是有不错的素质和潜力，但是以他们目前的境界，一个月后就想参加点魄大会未免还是太天真了。听起来这是他们摘风学院院长的意思。这位郭有道，还真是二十多年天真不改。当初穷乡僻野开间学院就敢说要赶超“四大”，现在派出几个单魄六重天境界的学生就要参加点魄大会。四大学院的出身，居然就这点见识，这身份该不会是假的吧？

云冲像是听到了一个笑话一样，但是很快他已经收起了笑容："一个月后，参加点魄大会？你们有看过志灵区的点魄大会吗？知道这是什么程度的对抗吗？你们以为这还是在学院的大考？以你们现在的境界，我敢保证，在点魄大会上连命都保不住。一个月……你们认为一个月就足够改变这一点了吗？"

"你们的素质不错，在天照学院进修两年，或许一年，你们会在点魄大会上有一番作为的。"云冲说。

两人没有回答，他们知道云冲说的是事实，他们现在的境界，参加点魄大会确实是件不自量力的事。两人对望了一眼，莫林耸了耸肩，一脸无所谓的表情。他加入摘风学院都是别有用心，对于郭有道的安排当然一点也不热衷，只是随意配合着走走过场而已。但是西凡不一样，他很认真，看到莫林无所谓的态度后，他认真地表明了他的态度："一个月，我想试试。"

找死！云冲没有说，但是眼神中所流露出的完全就是这个意思。

西凡、莫林一起望向了楚敏。

"点魄大会啊……"楚敏一身酒气，却又看不出有几分醉意，她的样子好像是刚刚想起来点魄大会这个词是什么意思。

楚敏会是什么态度？所有人都在看着她，但是她却已经转身。

"跟我走。"她说。

这算什么？所有人愣住了，楚敏却已经一只胳膊挟着苏唐，一手继续拖着路平，走出了院长室。

"喂……"西凡和莫林再次对望，面面相觑。他们两个，一个行动不便，一个还被捆着，结果楚敏来了，一共只说了三句话：

我是楚敏。

点魄大会啊……

跟我走。

走，怎么走？两人望向云冲。

云冲一脸若有所思的神情，对于他们两人似乎已经不怎么在意，看也没看就挥了挥手。温言走上前来解开了莫林。莫林的表情却没有因此轻松多少，苦着脸望向西凡："不是要我背你吧？"

西凡露出一个无奈的表情，莫林咬牙上前："来吧！"

“告辞。”西凡倒不忘和几人点头招呼，这才爬到莫林背上。莫林摇摇晃晃地，背着他走出了院长室。

院长室里，温言和沈迟还舍不得离开，他们还有一肚子问号呢，尤其是对那个女人充满好奇。

“院长……”温言开口了，和她一起的是沈迟，那家伙慢吞吞的，等他去问不知要等到什么时候。

“那个女人是什么人啊？”温言问道。

云冲却没有回答她，反问道：“她怎么会出现的？”

“哦！”温言反应过来，楚敏怎么和闯入者相遇的事她还没有向院长汇报。她仔仔细细地描述了当时的情形，云冲听得很认真，但最终引发他最大关注的，不是楚敏，却是有关路平的一个细节。

“锁链？什么样的锁链？”

“就是看起来挺普通的，黑色的锁链……”温言之前就已经描述得很详细了，实在做不出什么补充描述，那锁链出现得蹊跷，但她也看不出有什么特异之处。

“难道是……”云冲想到了某种可能，但是如果是那种状况的话，又怎么会出现魄之力，这是完全违背逻辑的事。

那个少年，或许才是最值得关注的。云冲想着。但温言和沈迟此时的好奇心却全在楚敏身上，尤其眼前人就能回答他们。

“楚敏老师，因为很多年前的一些事变得有些消沉，如果她能重新振作的话，对我们天照学院来说……”云冲话只说了一半，就又陷入了沉思。

温言和沈迟倒也知趣，没有无休止地追问，默默离开了院长室。

云冲沉思了良久，起身，走出了院长室，从走廊的窗户向外望去，正看到楚敏带着那四个闯入者朝着图书馆的方向走去，身影逐渐消失在了树林当中。

图书馆内，穿过长长的走廊，楚敏将四人领进了一间小屋，门一推开，酒味扑面而来，楚敏拖着路平走进，撞得满地酒瓶骨碌碌地滚个不停。

莫林喘着粗气跟在身边，他的腰几乎都要直不起来了，他自己都不知道哪来这么大的毅力，可以背着西凡一直坚持到现在。他已经迫不及待地想将西凡放下，结果一看这小屋，连个落脚地都难找。

楚敏却是很随意地一抡，路平顿时被甩到了角落，哗一声响，撞翻了一旁七歪八扭摞着的一叠书，噼里啪啦一通掉，将路平埋了一半。而苏唐，却是被她放到了房间中的那张小床上，总算没像对待路平一样粗暴。

“我真不行了……”莫林这时终于坚持不下去，顾不上那么多，直接把西凡扔地上，自己也坐到一边，靠着墙，大口喘气，擦汗。

楚敏转回身，来到二人身边，西凡早已经将信取出，双手递上：“这是我们院长给您的信。”楚敏接过，却是顺手捏成了一个团，像扔路平似的随手一抛就丢到不知哪去了。

“点魄大会？”她十分平静地说着，“郭有道什么时候变得这么没志气了？二十四年前他不是声称要赶超‘四大’吗？”

任何人提起郭有道初建摘风学院时赶超“四大”的口号，都会把这当成一个笑话，包括摘风学院的导师、学生，甚至眼下的西凡和莫林。

可是楚敏没有，她提起“赶超四大”时，很平静，没有奚落，没有嘲笑，就是在陈述一个事实。口气中流露出稍许遗憾，不是因为“赶超四大”这件事，而是郭有道的目标成了志灵区的点魄大会。

和四大学院相比，志灵区的点魄大会当然算不上什么。甚至有人说这种地区性的点魄大会，水准还不如四大学院内部的随便一次测试，更不用说四大学院联手举行的、四年才有一次的斗魄大会，这可是在整个大陆都倍受瞩目的顶尖强者集会之一，堪比三大帝国的人才选拔。

三大帝国的人才选拔则是三年一度，因为是人才选举，对能力需要更加详尽的了解和评判，所以会对六种魄之力分别进行考核，被称为魄举。

斗魄大会和魄举，是大陆上最富盛名，最能成就一名强者的盛会。除此之外，像志灵区的点魄大会这种规模和性质的大会还有很多。一个大区，一座城镇，甚至一个缘由，都有可能牵出一场大会。

志灵区的点魄大会在大陆众多大会中算是比较有影响力的，尤其在东南地区，称得上第一盛会。在所属的玄军帝国内，也是除魄举外最受帝国方面重视的大会之一，甚至昌凤、青峰两大帝国都会在此期间派潜密探，观察每年参会者的实力，再考虑招揽人才。

能参加志灵区的点魄大会，在很多修炼者心目中就已经是一种实力的证明，但楚敏对点魄大会似乎颇不以为然。

西凡和莫林再次对望，他们也不知说什么好了。或许楚敏的实力有资格对点魄大会不屑，可就他们而言，参加点魄大会暂时还是有些不自量力的。

“先住下来吧！”楚敏说道，“门外，左右两间，随意。”

“他们两个怎么样了？”西凡问。

“女孩的力之魄太强，带来的负荷也是超乎常人的，她到极限了。”楚敏说着。而后，望向角落里已经被书埋掉一半的路平。

“这个，就是个蠢货。”楚敏毫不客气地说着，可是她的目光却在此时流露出一丝从未有过的神采，似乎是欣慰，也似乎是期待，到底是什么？西凡看到了，但是却看不出。

“你们先回去休息吧。”楚敏吩咐着。

“是……”两人去了门外左右的房间，两间房都差不多，堆了很多书，落了很多灰。可是眼下两人都顾不上讲究这些，哪怕一直有人代步的西凡，此时精神上也已经极疲惫，很快就沉沉地睡了过去。

初晨。

路平刚一恢复知觉，就猛然站起身来。

哗啦——更多的书倒下了，路平站在一片书海当中，放眼望去，全部是书。

路平没有理会这些，他第一时间想到的就是苏唐，但是房间里没有人。

被参天大树围着的图书馆，每一处都不分昼夜，昏暗非常，可就在这房间中，却有一处异常的明亮。没有找到人的路平，就朝着这片光亮走去。

那里是一扇窗，从这扇窗到天空，树林留下了一条通道。窗户向东，初升的太阳也在东，此时正是这扇窗一天中最明亮的时刻，阳光未受遮挡，直直地投射进来。路平站在窗边，影子在屋里被拉得斜长，他忽然觉得这窗就好像是一个出口。然后他听到了说话的声音，看到了窗外的人。

苏唐，还有那个酒鬼女人，此时就在窗外树林的一片空地上。路平翻窗跳了出去，苏唐很快看到了他，向他挥手：“路平。”

路平快步走上前，他当然没有忘记失去意识前的那一刻发生了什么，这女人到底什么情况？

“这位就是楚敏老师。”等他走近，苏唐向他介绍。

她就是楚敏？路平望着楚敏，和他们在粥铺里第一次见到时并没有什么两样。一身酒气，一只手还拎着个酒瓶。

看到路平依然略带戒意的目光，楚敏突然迈步，只一晃，她就已经闪到了苏唐身后，一手已经搭在了苏唐的肩头，她这样的强者，到这一步，想取苏唐的性命已经轻而易举。

路平瞬间握紧了拳头，他死盯着楚敏的举动，他没有动，但是心中却极失落。他已经看出来楚敏事实上并没有恶意，但是，如果她有呢？如果没有这样的停顿，如果她直取苏唐的性命呢？自己有机会阻止吗？

答案让路平感到恐惧。楚敏却笑了笑。

“感受到了吗？”楚敏说着。

“有决心就一定能做到？这只是孩子气的天真念头。你需要实力。无论对手阴险、冷静、狡诈、拼命，都完全无法在你面前占到半点上风的最强实力，没有之一的最强实力。只有这样，才有可能不留遗憾地守护好你所想要守护的东西。”楚敏说。

“楚敏老师……”被楚敏假意挟持的苏唐却在此时开了口。

“我可不是只会被守护哦……”说着，她的头已经猛然向后撞去。

用头作为武器，这无疑很凶险，但楚敏看得出，苏唐绝不是因为这只是一次假意的挟持，所以才会如此大胆。因为她刚刚说过，她不是只会被守护的，她，也在努力守护着路平。

楚敏飞快错身，避开了这一撞，但只这一瞬，路平已经冲了上来，并肩站到了苏唐身边。

没有人退缩，没有人只是被守护的那一个。这两人，如果有一个在火里，那么另一个也一定会在火里，因为他们互相扶持，互相依靠，互相守护，他们只会选择共同进退。

对他们而言，守护好自己，就是守护对方;守护对方，也是守护自己。他们之间，可没有根据实力强弱去划分角色。

楚敏本可以继续出手，她依然可以击败两人，甚至不用费什么力气。但是她停住了，脸上露出由衷的笑容。

“原来是这样。”她说着。

“你很好，你也很好，你们都很好。”

“楚敏老师。”西凡的声音从一旁传来，他的轮椅找了回来，莫林推着他来到这边，刚刚好看到了刚才一幕，看到了楚敏最后的笑容。比起昨天那一闪而过猜不太透的眼神，这笑容当中的欣慰可就相当清晰了。

楚敏回头看了西凡和莫林一眼，神情已经恢复了自然。四名从峡峰区摘风学院来的学生，终于聚集在了她面前。楚敏的目光从四人身上逐一扫过，四人也在望着她。对这位老师，他们充满好奇，傻子都看得出她的身上一定有很多故事。

但楚敏显然并没有详细介绍自己的意思，目光扫过四人后，随即开口：“我就是楚敏。这一个月由我来指点你们。”

“啊？”莫林惊讶。

“你有意见？”楚敏望向莫林，那眼神，仿佛莫林敢说“有”的话，立即就会被打死。

“没有，完全没有。”莫林慌忙说着，而后呆呆地看了西凡一眼。他们两人之前还在分析楚敏目前这消沉的状态，很有可能根本没兴趣接纳他们。却没有想到她的意志转变竟然如此坚决，昨天还在消沉，今天就好像换了个人似的。

什么原因？当然不可能是郭有道的安排，郭有道的信她连看都不看就扔了，显然也没把郭有道当回事。

是因为路平和苏唐吗？西凡想着，毕竟楚敏只有对着他们两人时才有一点特别的眼神和笑容，所以只可能是被他们给打动。然后，她就立即一扫颓废。由此也可以看出她超强的意志力，无论是想颓废，还是想振作，都只是她一念之间，旁人根本没办法影响到她。

西凡在这分析着楚敏，楚敏却也盯向了他，似乎看穿了他在想什么似的说道：“心思不要太多，这一个月，你们必须把所有的注意力都放到修炼上，否则一个月后的点魄大会，你们都只有死路一条。”说完，她又特意指了一下路平：“包括你。”

“不会吧？”莫林惊讶。

“因为你的状态和技巧都烂到家了，保持这种水准的话，即使拥有十倍于现在的魄之力，杀死你我也只需要一根手指。”楚敏说。

“太夸张了吧？”莫林继续惊叫，为路平鸣不平。

“至于你们三个。”楚敏却好像完全没有听到莫林的声音一般，“六重天的魄之力，需要尽快实现贯通。在此之前，我想你们应该已经了解过了到底什么是英之魄，英之魄……”

“等等等等！”莫林再次惊叫，“我们这是已经开始修行了吗？”

“你再插嘴，我就打死你！”不再是眼神，这一次，楚敏发出了真正的警告，莫林立即闭嘴。但是楚敏却偏偏又不让他闭嘴：“你这么爱说，那么你来说，英之魄从某种形式来说，是什么？”

某种形式，不确切的指代，却是一个严谨的描述。因为英之魄就是英之魄，一如冲之魄就是冲之魄等。人们为了便于理解，才通过魄之力与人身上的关联赋予了它们又一种意义。冲之魄被赋予了视觉的意义，鸣之魄为听觉，气之魄为嗅觉……

这赋予的意义，就是所谓的“某种形式”。因为已经形成了惯例，所以这个用词已经可以省略，甚至很多人会用眼、耳、鼻、舌、手、心这样更加简易的方式来指代六种魄之力。但是楚敏没有，非但没有，她还加重了这四个字的语气。

不过这个问题的意思终归一样，答案，当然也一样。

“英之魄，就是记忆。”莫林回答。

冲、鸣、气、枢、力、精，六魄就是六识，也即是人的六感，第七魄英之魄，则是记忆。这当然不算什么奥义，甚至很多普通人都耳熟能详地说出七魄的指代意义，很流利地解释为什么英之魄是六魄的最终指向：因为人所看到的、听到的、闻到的、尝到的、摸到的、想到的，最终都将化为记忆，英之魄，就是记忆。

道理就是如此浅显，很多普通人摸索着也能感知到些微魄之力，但是最终没有突破，没有境界，差别就在“某种形式”四个字上。

视觉，是某种形式上的冲之魄。听觉，是某种形式上的鸣之魄。但若说视觉就是冲之魄，听觉就是鸣之魄，那就错了。而真正可以体现这个错误的，就是贯通境。

“感知境，是强化，是提升。但从贯通境开始，将进入一个全新的领域——驾驭。”楚敏说道。

“怎样算是驾驭？贯通境所修炼出的能力，就是驾驭。想拥有这种驾驭的能力，首先你要明白你能驾驭些什么。”

“看得更远，听得更清楚，力气更大？这些并不是驾驭，这只是你本身已有能力的提升。那么真正的驾驭应该是怎样？”楚敏说着，右手忽然动了起来，“气之魄，仅仅是嗅觉，仅仅可以让你的鼻子变得更灵敏吗？当然不是。气之魄，可以驾驭气流。”

楚敏端起的掌心中，突然缓缓聚集起一个气团。

“冲之魄，仅仅是视觉，仅仅是让你看得更远更清楚吗？仔细想一想，‘看’这个动作中，你实际感受到的都有什么？比如说，色彩。”说着，掌心中的那个气团，渐渐就有了颜色，气团很快就变得火一般红。

“力之魄，力量？速度？你的双手双脚，能感受到的信息只是这些吗？依靠你的触摸，是不是可以察觉到：重量？”楚敏又说着，掌中气团忽向下一沉，似是完全压住了手心。楚敏抬手一挥，红色气团划过一道弧，落到了路平脚下，砰一声闷响，气团破散，地上竟被砸出一个小坑。

楚敏望着路平：“你的魄之力是贯通境界的，但是你，做得到这种小儿科一般的驾驭吗？”

小儿科？西凡、莫林脸都绿了，这叫什么小儿科？

楚敏片刻间就表现出了三种魄之力的贯通境，这说明她的境界至少是三魄贯通。

三魄贯通！这不是一魄贯通加一魄贯通再加一魄贯通等于三魄贯通这么简单，否则的话大陆也不会迄今为止都没有六魄贯通者。

每多一魄贯通，修炼的难度和最终实力都是呈几何倍数增长的，这不是一加一再加一等于三这样的简单算术题。

这女人，到底是有多强？原本只是瞎凑热闹的莫林，在这一刻都有所期待了。

三魄贯通的境界让人震惊，至于所示范的能力却不至于引起太大惊喜。这四位毕竟不是刚入学院对魄之力一无所知的新生。尽管境界不够，但也见过贯通境的人施展能力，就算能力评定有高低，但“驾驭”的原理总是一致，只要不是太蠢的，这样看看，自己也能想到很多。

但想归想，未到贯通境，想再多也是枉然。楚敏的示范，显然主要是针对路平，只是路平已经拥有贯通境，而他几次暴露出的魄之力虽然确实无比强悍，但都只是凭借魄之力直接碾压对手，并没有表现出任何异能。

“你拥有贯通境的魄之力，但是你的运用，却依然停留在感知境。”楚敏一语道破了路平目前所处的困境，接着说，“我想，你也未必没有尝试过，但是你发现很难做到，是不是？”

路平点了点头。

“问题在哪呢？”楚敏说着，手掌再次一翻，又一个气团聚集在了她手中，但是这一次，她没有让气团产生什么颜色，也没有加重气团的分量。她的手掌一扣，一抹，气团忽地被拉长，再被楚敏握在手中时，赫然变成了一把剑。楚敏握剑抬手，气剑，指向了路平。

“这是什么？”她问。

“剑。”路平说。

“为什么你觉得它是剑？”楚敏又问。

路平愣，这个问题听起来很不知所云，就好像有人拿了一个鸡蛋，然后问你为什么这是一个鸡蛋一样。

这就是鸡蛋。

这就是剑。

这还有什么为什么？

结果楚敏的手忽又一抹，气团又发生了弯化，剑身有了弯曲，原本两侧都有的剑刃，忽有一侧变得厚重起来。

“这又是什么？”楚敏问。

“是刀。”路平想也不想地答道，但是答完之后，他愣了愣，若有所思。

“为什么刚才是剑，现在就是刀？”楚敏说。

“因为模样不一样。”路平说。

“是的，模样。你怎么知道它的模样？”楚敏问。

“我看到了。”

“很好。”楚敏点头，“所以，就是这么简单，模样是你看到的，不是你听到的，不是你嗅到的，更不是你尝到的。”

路平明白了，因为就在昨天，他还刚刚吃过一次这方面的教训。天照学院传音塔的传音室，设备是需要鸣之魄力来发动的，但路平的魄之力不纯，他是想发动鸣之魄力，但在发动鸣之魄力的同时，却又有其他魄之力混入，于是最后所有设备被毁，因为它们的材料所能接受的，只有鸣之魄力。

贯通境的能力，也是如此。由哪一魄之力驾驭引导出的能力，就只能纯粹地使用这一魄之力去驾驭，要完完全全地防止其他魄之力的混入。可目前路平却无法做到这一点，这就成了他无法驾驭产生贯通能力的根本原因。

“可是……形状不一定只是看到的啊！”苏唐忽然问了一句。

"是的，形状不一定是看到，形状也可以摸出来，不仅仅摸出来，还可以想象出来。所以说，双魄贯通，远比单魄贯通要强大，三魄贯通，却又远比双魄贯通要强大。"楚敏说。

四人顿时全都明白。楚敏用形状来举例，不仅仅让路平充分明白了他的问题所在，更让所有人飞快明白了贯通境的无限可能性。

形状，是一个冲之魄力、力之魄力、精之魄力都可能驾驭到的内容。但是，如果有什么内容，是需要两种魄之力，甚至三种魄之力同时发挥才能驾驭成功的，那么这种能力，显然就不是单魄贯通甚至双魄贯通所能施展出来的。贯通境，不是一加一这样简单的叠加，就是因为这种排列组织可以衍生出无限的可能性，贯通的魄之力越多，衍生的方式就越多。

只有想不到，没有做不到！这是流传于修炼界的一句名言，但是太多人把这句话都当作了是一种态度。可事实上，这句话是对魄之力贯通境能力的概括描述。通过六种魄之力的组合搭配，可能衍生出多少能力？这是没有极限的，就怕你没想到。

路平四人，固然早已不是新生，但是清晰深刻地理解到这种含义，却也是第一次，一个新世界的大门，豁然就在他们面前打开，他们好像一下子就找到了新的方向一般。

"但是首先，你们要先达到贯通境。"楚敏接下来的话，无疑又相当于一盆冷水。

贯通境，达到单魄六重天后就可以试着冲破的玄关。无论苏唐、西凡，还是莫林，他们达到各自单魄六重天都已经不是一天两天的事，到了这种境界，他们当然不可能对贯通境没有想法。但是三人目前为止，各自六重天的魄之力，依然是六重天，突破至贯通境，显然不是那么容易的事。

"突破贯通，和英之魄力产生牵连，或者说是，找到英之魄力，关键就在于，专注，集中。"楚敏说。

专注，集中……好平凡的用词，哪怕是读书写字这种普通学习，也会听到要专注，要集中精神的教导。可是眼下，在有过楚敏之前的示范，在有过针对路平的讲解后，这个专注，这个集中的意思，四人瞬间也都明白了。

就好像驾驭魄之力施展能力所需要的纯粹魄之力一样，这个专注，这个集中，所需要的，也是一份纯粹。而贯通境后能实现这份纯粹的驾驭，和实现突破贯通的过程中就已经掌握到了这种纯粹的驾驭不无关系。但是，这件事绝不轻松，绝不简单。

拿魄之力某种形式的指代意义来说，六魄是六感，英之魄是记忆。所见，所听，所想，最终都会化为记忆。可是需要纯粹，就好比是某一时刻的记忆，仅存其中一感，而其他感观则要完全剥离。

这很难，太难。人的六感永远是同时发动的，要选取某一个节点，只留一感，完全剥离其他感观，这就实在太难控制了。

不过感观只是一种简洁的理解形式，魄之力，并不只是感观这么简单。楚敏的目光，就在此时落到了莫林身上。

“所以你现在，感受到你血脉的某种优势了吗？”楚敏说。

莫林愣。莫家血脉，天生无法修炼出力之魄的血脉，是优势？他从来也没有这样想过，可是这一刻，他想到了，他意识到了。

这是一种纯粹。虽然只缺一魄，但是其他人实现贯通时，需要集中一魄，剥离其他五魄，贯通境后驾驭能力，同样如此。而他们莫家血脉，实现贯通时，集中一魄，只需要剥离其他四魄，因为有一魄，他们无论如何也是不可能拥有的。

他们当然永远也不可能拥有六魄贯通这样的顶尖境界，但想达到五魄贯通的程度，他们永远比其他人要多一份优势，因为他们天生就缺一魄。

这种缺一魄，和刻意不去修炼某一魄是截然不同的。完全没有，所以会感知不到。但是感知不到，却不一定完全没有，很多时候只是因为修炼者在这一项魄之力上特别迟钝而已。

就拿眼下来说。苏唐的精之魄力仅是感知境，西凡的鸣之魄力没有境界，但这只是他们在这两种魄之力上一点也不敏锐，所以最终和其他魄之力拉开了很大的差距。同理可看他们各自所擅长的魄之力，此时都已经突破到了六重天，也和其他魄之力有很大差距。但莫家人在力之魄上，那不能说是不敏锐，不能说是迟钝，那是真真正正的，没有。

天生缺一魄的莫家血脉，被认为是先天不足，此刻在楚敏的口中反倒成了一种优势？莫林在意识到后，彻底呆住。他从来没有听说过这一论调，他们莫家上下，全都在因为血脉缺少力之魄而遗憾。因为没有力之魄，在战斗搏杀方面实在难有表现，莫家作为一个修炼家族，成员最终所从事的多是一些支援性的工作。强者，这个名词似乎和他们从不相关。

可是转过头来仔细又一想，他们莫家上下，突破至贯通境的人确实相当多，这一方面比很多家族都要优秀。但是从来没有人意识到这是因为缺一魄所带来的优势，莫家人反倒因此对缺一魄更加遗憾，大家纷纷觉得莫家人是很有修炼天赋的，却最终被血脉限制着。

这不是限制，这才莫家人天赋的由来啊！莫林有些激动，他迫不及待地就想回家，告诉叔叔伯伯兄弟姐妹等等所有的莫家人这一信息。

莫家，或许出不了最顶尖的强者，因为他们永远不可能六魄贯通。但是莫家，却有可能出现数量最多的强者，因为他们天生缺一魄。

“这个……这个真是……”莫林有些语无伦次，他意识到这将是他人生的重大转折，从此以往，他整个人的心态、状态，都将发生翻天覆地的变化。

“谢谢……”莫林向楚敏深深地鞠了一躬，久久没有直起身子。一旁的西凡坐着轮椅，视线比较低，清楚地看到莫林的眼里有泪花在闪动……

哭了？西凡没有太诧异，他完全可以想象这种缺一魄的血脉对不知情的修炼者会有多大的困扰。而莫林，一个没有力之魄的修炼者，却从事着刺客这种危险的战斗工作，并且声称这是他兴趣使然。

为什么会有这样的兴趣？是不是因为没有力之魄所以被认为并不适合刺客这种战斗类的工作，而他就偏偏要以此来证明些什么呢？

莫林没有说过，他们也没有问过。因为有些事，不用问，也不用说。

“不要高兴得太早。”结果楚敏却完全没有要配合一下莫林此时心境的意思，“即便你拥有这样的血脉优势，但是想在这一个月里就达到贯通境，也是完全没有可能的事。”

“如果接受您的指导呢？”西凡说，他已经看出来，楚敏不会说无意义的废话，她说没有可能，当然只是指一般情况，而她，一定有手段能制造出不一般的情况。

“可能会死，可能会废掉，但是也有可能，一个月之内就突破至贯通境。”楚敏说。

“要怎么做？”西凡问。

“完全切断你们的魄之力。”楚敏说。她还没有详细描述，但有了之前的铺垫，在场四人却立即就明白了。

突破贯通，需要完全纯粹地感知单独的魄之力，而现在，楚敏将施以外力，直接帮他们隔绝需要感知以外的其他魄之力。

“六种魄之力，并不就是六感，但我在剥离魄之力的时候，你们相应的感知也会被剥离，只有精之魄会做一定程度的保留，让你们可以思考和体会。”

“这种方法，一般我会推荐贯通力之魄的人来使用，所以苏唐会是我一般情况下的推荐人选。不过莫林因为天生力之魄缺失，完全不用剥离，所以你一样可以保持行动力，要失去的只是视觉、听觉、嗅觉，除此你甚至会保有枢之魄的相应感知，比起苏唐，你的状态还要更加容易忍受一些。”楚敏说道。

“哈哈哈，这就是了不起的莫家血脉啊！”莫林已经完全骄傲自豪上了。或许很多人会觉得这种血脉无法成就六魄贯通，到底还是具备很大缺憾，但是莫林不会，因为缺憾对于莫家人来说早就习惯了。而现在，缺憾中却存有优势，这已经足以让莫林感到欣慰，感到满足。

不过在听过楚敏这番话后，大家的目光最终都落到了西凡身上。

作为一个需要贯通精之魄的人，他不是推荐人选。而他会面临怎样的处境呢？大家举一反三就已经想到：他将被彻底剥夺五感。他虽然没有鸣之魄的境界，但那只是因为他未实现突破，这和莫林没有力之魄是两种概念。被剥离后的西凡，仅存的只会是意识，而这一点，楚敏之前已经说明本就会有一定的保留。如此比较的话，精之魄用这种方法来贯通，可能是最为辛苦的。

有关这一点，楚敏已经对西凡开始了专门的说明：“你是最危险的，失去行动力，意味着你无法进食，无法排泄，甚至你肺部的呼吸，心脏的跳动，都会逐渐变得无力。但这些你都感受不到，你只有漂浮着的意识。你唯一能把握的，只有时间，你一定要把握的，也是时间。因为这种状况顶多能活七天，而且你还带着重伤，三天，我想就是你目前的极限了。”

“三天解除状态，补充一下，然后重新剥离一次呢？”莫林问道。

“这就是我要说明的最后一点：魄之力被剥离后，是没有可能再靠外力复原的，只有靠你们自己。方法也只有一个——突破贯通。成功贯通后，依靠英之魄才有可能找回你们被剥离的魄之力。如果无法突破贯通，那么很遗憾，你们会一直保持在这种状态，而你……会死。”

而你……会死。没有过分强调的语气，没有威胁的意味，也没有警告的态度，但是却很真实，真实的就像初升的太阳，清晰地挂在东方。

树林里还有早起的鸟在鸣叫，林间的这一小片空地忽然变得很安静。

西凡抬起头，望着空地上空，天空蔚蓝。

三天，生与死，如果失败，他将不会再有机会看到这片天空。当然，他完全可以选择不用这种方法。着急提升境界，无非就是为了参加志灵区的点魄大会，比起生死，年年都会举办的点魄大会真的不算什么大事，根本不需要为此将自己逼入这样的绝境。

再或者，多等几天，等伤势再恢复一些，再用这种方法，总可以多争取几天，换取更大的机率。

西凡不是没有选择，这场面临生死的考验，他完全可以轻松避过，似乎没有什么理由需要他冒这么大的风险，至少，没有外在的理由。那么他自己呢？

“给你们一上午的时间考虑，决定了的话，中午之前回到这里，放弃的话，就自己离开。”楚敏最后说道。

几人沉默着，各自思考着。要下决心的，并不只是西凡，莫林和苏唐也只是比西凡情况好一些而已，被剥夺了那么多感官，他们也会处于一种很抓狂的状态，是不是能在这种状态下坚持住，而且完全贯通，同样有极大的风险。非一般的手段，自然是有着非一般的凶险。

莫林推着西凡默默地离开了，苏唐却没有动。

“我已经决定了。”苏唐笑着说，“因为我要变强！快快地变强。”

“所以，我现在就可以开始。”

“好。”楚敏点了点头，没有再多说一个字，她迈步上前，走到了苏唐的身前，右手上一团魄之力渐渐卷起，是光，还是气？未等分辨出，楚敏的手已挥起，极快地，就见那团魄之力在闪动着，一旁的路平根本看不清楚敏攻击的到底是苏唐的哪个部位。但是苏唐的双眼在这一刻就已经失去了光彩，空荡荡地，已经失去了方向。

她的头偏了一点，却还是很准确地朝向了路平。“路平你在那边吗？”她说着。

“我在。”路平说。

“看不到了呢！”苏唐笑着，楚敏的手再度挥起，斩下，像是劈断着什么，苏唐的世界一下子变得宁静了。她侧耳听了听，没有任何声音，她张了张嘴，也没有任何声音。

鸣之魄，也已经被切断。这一次，楚敏没有再停顿，右手快速旋转着，瞬时间气之魄、枢之魄也已被完全断绝，精之魄得到部分保留，只剩下力之魄是完整的。

苏唐试着走了走，这一次，她已经完全无法掌握方向，三步后，她就已经走偏，她试着伸出了手，但马上还是抓到了她想要抓到的。

路平握着她的手，苏唐笑了，在已经被剥夺了四感的情况下，她还能笑得出。

她点了点头。路平也拉着她的手摇了摇，就像是在点头一样。

苏唐随即放开了他，摸索着，慢慢地向一旁移动着，她的动作很快就变得流畅起来，她十分迅速地适应着这种状态，她甚至又回头笑了一次，虽然方向弄错，笑给了一颗树。但是楚敏却为之动容。

她见过很多用这种方法让自己突破贯通的力之魄修炼者，从他们的脸上，看到的只是惊惶、不安，或者坚毅、决然，但是笑容，尤其是这种发自内心的笑容，从来没有看到过。这种笑容，哪怕是那些家伙最终成功突破贯通，找回四感后都未曾有过。成功了的他们，喜悦都依然被这段残酷可怕的状态给压抑着，甚至有人从此就再没走出过这种恐慌。他们突破贯通了，可这种状态最终成了他们挥之不去的噩梦，摧垮了他们的意志，最终成了废人。

可眼前这个十来岁的小女孩，不仅在自己说出这种方法后立即做出了决定，而且在这种状态下，她还在笑着。楚敏看得出这笑容的真实，绝非惺惺作态。

她一定可以做到！楚敏从来没有对一个人有过如此的信心，这份相互扶持和信赖的决心，竟是如此强大。苏唐如此，那么另一位呢？

楚敏望向了路平，路平还在看着苏唐，在感受到她的目光后，转回头来。

“你呢？”楚敏忽然说道。

“我也要变强。”路平说，很平静，很认真。

“你的状态，远远比他们要复杂，想掌握也更加困难。”楚敏一如既往的干脆，没有停顿没有过渡地就和路平开始了正式的交流。

“我应该做些什么？”路平问。

楚敏随手就抛了一样东西过来，路平接住一看，只是一个形状古怪的碎片，完全不知有何用途。

“这是你昨天制造的垃圾。”楚敏说。

路平愣了愣，随即想起，传音室里，因为他不正确的魄之力使用方式而被摧毁的那些设备，似乎就是由这种材料所制，此时却都化成了无数这样的碎片。

“注入鸣之魄力试试。”楚敏说。

路平尝试，他已经知道问题所在，可是当他小心翼翼地将魄之力引导进去后……

啪——手中碎片断折了，因为导入的魄之力并不强大，破坏得总算不是太严重，但终归还是断了。

“知道该做什么了吗？”楚敏说。

路平点了点头，试着再次发动鸣之魄力。

啪——一块碎片变两块，现在变成了三块。

“那边还有很多。”楚敏伸手朝旁边一指，路平望去，大大小小的碎片，堆积如山，也不知楚敏什么时候收集回来的。

“做到的话，再来找我。”楚敏说道，她显然不是一个会言传身教的导师。

“是。”路平随即转身向着那堆垃圾走去，看了眼苏唐，她就在不远的地方正在尝试着做出各种动作。

一起，开始吧！路平拣起了一块碎片，他很期待。

一直以来，他都是在靠自己摸索。他有在摘风学院查找过一些书籍资料，但是根本找不到能对他有所帮助的。他的情况毕竟太特殊。

显微无间的文歌成，是第一位让他感受到指点价值的，但是很遗憾，他遇到文歌成晚了一些，而他现今的阶段已经超过了文歌成可以帮助的范围。甚至就在郭有道派他们来天照学院时，他对路平的吩咐，也依然是要靠自己。

自己这条路，只能靠自己……路平有足够的决心，但也难免有点感慨。事实上他挺羡慕学院的学生，有导师明确的指导，有互相印证参考的同学，路平也有几次做梦梦到有和他一样被销魂锁魄限制着的家伙，和他一起交流着心得。

而现在，他至少有了被指导的方向，这让他感觉不再是一个摸索，那条一直孤独的修炼之路，忽然有了一个强大的身影在他身后注视着他。

真的很期待呢！路平注入鸣之魄力，啪，手中的碎片又碎，这次大概有些过分激动，碎得有些厉害，甚至在手上划出了一道小口。

路平不在乎，他又重新拣起了一片，高高兴兴地开始了又一次的尝试。

啪……啪……啪……富有节奏的声音在树林里响起了。路平的左脚边，是高高的一堆材料碎片，但是很快，他的右脚边也堆起了一小堆，比起左脚边的更加细碎一些。

成功来得没有那么容易，路平每次小心，小心，再小心，最后的结果却都一样，啪一声响，碎片变得更碎。

但他没有气馁。碎掉一片，就拾起又一片，他一再重复着这样的动作，但一点都不觉得枯燥，他注意力很集中地乐在其中。连温言在图书馆的窗口趴着看了快有半个小时，他都完全没有察觉，直至半小时后，他才稍微停了停，似乎是在思考着、整理着什么。完了又扭头看了看另一个方向。

树林里，苏唐依旧在毫无方向感地走来走去，尝试着各种动作。路平再回过头来，这才看到窗口趴着的温言，温言也连忙不失时机地发问："在做什么啊你们？"

树林里苏唐的举动，她完全看不懂。离窗口很近的路平的举动，她开始看不懂，后来倒也看出了点端倪。

但路平的回答却很简单："修炼。"说着，他已经又拣起了一个碎片，集中精神，感知魄之力，鸣之魄力，然后小心地向碎片中注入。

"哎，你多休息会嘛！"结果一个声音传来，趴在窗台的温言又在说话。

啪———一声轻响，就好像是一声叹息，路平又失败了。

对于单纯的失败，路平不会懊恼，可是如果是因为外来的干扰，他当然十分介意。抬头望向温言的目光里，充满了责备之意。

"怪我咯？"温言说。

"是的，别吵。"路平说。

温言气，她在这耐心看了半个小时了，苏唐那边古里古怪的是什么修炼她没看出来，但路平这边，她已经看出一点门道了。昨天路平因为魄之力驾驭得不精纯毁坏传音室所有设备的时候，她可止好在场呢，眼下利用这大堆废弃的材料，似乎就是在针对此做出训练。

可是这哪有那么容易？对魄之力纯粹的掌控，是突破贯通的必要条件。想当初自己在冲之魄达到六重天后，突破贯通可是花了足足八个月的时间，就这，已经是在天照学院数得上的修炼天赋了。这帮从峡峰区什么什么学院来的家伙们，说是要参加点魄大会，看这架势，是真准备在一个月里就完成突破贯通？

温言一向爱凑热闹，任何不正常的事到她眼里都会被看作是有趣的事。可是眼下这事，她一点不觉得有趣，只觉得很荒谬。而这家伙，居然还因为这种荒谬的事责备她。温言一点不觉得有歉意，她倒是觉得有点委屈。

但是路平显然已经不准备再搭理她，埋头就要继续修炼，只是低下头看到手中的碎片时，路平一愣。

手中的碎片是裂了，但却又没有完全断开，稍稍还有一点粘连，折下去的半截，就这样还挂在碎片上。

这可是之前完全没有过的状况。一样的材质，一样的承受力，之前都会完全断开，但这一次竟然并不完全，这是否意味着，有进步？

进步当然是值得高兴的，但这一点是怎么做到的？刚刚那一刻，自己的控制好像也没有特别之处，就是在最后将鸣之魄力注入碎片时，突然传来那句说话声，再然后，碎片仿佛他每一次注入鸣之魄力时一样立即断裂，只是这一次，断裂的好像稍稍轻微了一点点。

是巧合？还是因为听到那一句话后的分心反倒加强了控制驾驭？路平无法确认，他有点迷茫地抬起头，结果看到趴在窗口的温言正生气地看着他。

“你现在连控制纯粹单一的魄之力都做不到，就想在一个月里实现贯通境，也太天真了吧？”

机会！听到温言又在继续说，路平连忙从地上又捡起一个碎片。然后没有着急匆忙，而是像每一次一样静着心，不过这一次他注意听着温言在说些什么。

“你也真是奇怪，魄之力明明很强大，怎么会连这么简单的事都做不到了？更奇怪的是，为什么很多时候根本感知不到你的魄之力？”

啪！轻响，路平手中碎片再次裂开。

“喂，你有没有听我说话啊！”温言喊。

“在听，在听！”路平很高兴，因为这一次他印证了自己的猜想，在听着温言说话的时候，他的控制力好像有所提升，这一次的材料碎片，断裂的程度就和刚刚一样，并不彻底。

“你接着说。”路平说着，已经又拣起一块碎片了。

“什么我接着说啊！该你回答我了好不好，我刚才问你的你没有听啊？”

啪！新的碎片断裂，又和之前一样，这一次路平已经可以确认，这一定和听温言说话是有关系的。

“你说话的时候，用了什么能力了吗？”他想进一步了解确认一下。

“什么能力啊！”温言没好气，路平尝试了两次，她也从中看出了端倪。她可是冲之魄的贯通者，眼力好得很，发现了碎片断裂程度和之前有了变化，这意味着路平对鸣之魄力的控制有所提升。

“那是因为你在听我说话，这就是鸣之魄的相关感知。所以在无形中就提高了你对鸣之魄的注意力，但是作用也仅是这么一点点而已，没多大价值的。”温言不只看出来了，甚至明白这当中的道理。

“哦，那你接着说。”路平已经又拣好一个碎片，跃跃欲试。

“什么我接着说啊！”温言气，自己在家那是大小姐的身份，在学院也是倍受瞩目的明星级人物，怎么搁这山里来的土鳖眼里自己跟个佣人似的？使唤得相当顺手。

狠狠地瞪着路平，温言当然绝不会不停地说下去，伸手从口袋里掏出了一个圆圆扁扁的东西，拍到了窗台上：“用这个。”

“这是什么？”路平问。

“留音器没见过啊？”温言惊讶，这峡峰区到底是有多穷多落后啊？

“哦，听说过。”路平想起来，苏唐有和他描述过这种东西，说是有学生有来着，貌似就是叫这么个名字。

“真够惨的……”温言有点同情路平了，听说过没见过，那一定相当渴望吧？

“这东西是这样的。”温言的语气一下子变得温柔了许多，“将声音用鸣之魄力收集起来后，就可以储存在它里面。然后再用鸣之魄力发动它，声音就可以重新呈现出来，就像这样。”

温言说着，伸指在上边轻轻一点，几乎没看到她有什么魄之力的控制，但悠扬的乐声已经从那扁圆的东西里传出来了。

“怎么样？”

“嗯嗯，用这东西修炼，倒是方便了很多啊！”路平感慨。

修……修炼？谁说这东西是拿来修炼的啊？温言完全跟不上路平的思路，但路平已经拣起了一块碎片，这一次，他一边听着音乐，一边控制着他的鸣之魄力。

“这样修炼就有用的话，大家还用那么辛苦吗？”温言嘟囔着。

啪，轻响。

就是嘛！温言想着，但是一眼望去，却见路平手中的碎片这一次甚至没有断折，只是多出来一道裂痕，虽然很深，但是明显又有了进步。

“挺好听的。”路平赞扬着留音器里放出的音乐。

因为动听的音乐，进一步提升了注意力？温言想着，但很快脸又黑了。那这意思不就等于是指之前自己的说话声比起音乐来比较让人排斥不想听吗？

“混账小子！”温言低声嘟囔了一下，但这一次她没有再去打扰路平。她清楚地看到了路平短时间里的提高和进步，他所做的，并不是她最初所想的那般荒谬的事呢！

没准真有可能……温言正想着，忽然感到一股十分凌厉的魄之力冲来。她慌忙就朝窗后缩身一让。

啪！窗台上掀起一阵灰尘，温言呆呆地望去，发现自己的留音器已经成了一片尘埃了。

“你需要注重的是过程，不是结果。”远处，一棵大树下，那酒鬼女人大清早地就拎着一瓶酒，一边喝，一边教训着路平。

“我的留音器……”温言有点想哭，留音器本身倒也罢了，关键那里面的音乐都是她精心挑选特别喜欢的，攒了好几年的，但是现在就这么一起化成尘埃了。

“呃……”路平一时间不知该说什么。温言也是出于好意要帮他，所以算得上是因他而起。有心说赔温言一个，但是，这东西得多少钱呢？路平想着，可别自己话说出去了，但却买不起，那可就不好了。一想到这，路平不免就踌躇上了。

“别理我，让我哭一会。”温言默默地缩了。换成任何一个人就这样把她的留音器打成粉，她都绝不会善罢甘休。但面对不知来历不知深浅的彪悍楚敏，温言没敢上去理论，非常诚实地退缩了。

“继续。”楚敏也压根没理她这茬，远远地对路平喊道。

“是。”路平连忙又回到拣垃圾碎片的修炼中。

是过程，而不是结果吗？回味了一下这话后，路平也很快理解。因为他并不是要完成突破贯通，他所需要掌握的是控制力，很多人在感知境就已经掌握的控制力。借助外力，只是实现最终结果的快速手段，自己总不能以后战斗使用到鸣之魄时，还要先摸出留音器放着音乐吧？虽然这样一想好像还挺带感。

啪！路平这次是彻底有点分心了，控制糟糕，手中碎片一下子裂成四半。

路平深呼吸，回头看了看那边的苏唐，调整好心态，继续。

太阳越升越高，树林里虽有林荫遮蔽，却也渐渐变得闷热起来。路平虽然只是做着这样一个极简单的动作，但对魄之力的不间断控制却很耗费心神，额头不断冒汗，却丝毫不以为意。

呼……不知过了多久，路平长出了口气，挥袖抹了抹汗暂做休息。在失去说话、音乐一类的辅助后，他又回到了原点，这一段时间下来，并没有任何进展。

窗口处，一个板凳递了出来。

“坐着吧！”温言说。她一直没有离开，在图书馆随便找了个闲书，一边看着，一边关注着路平和苏唐的修炼。

苏唐那是什么情况，她依然没有搞明白，但是她已经没办法再去打扰。两人都是极认真、极专注，对于自己一开始的出声打扰，眼下的温言都有些悔意。她只是有些好奇，到底是多大的动力让他们有如此毅力？就是为了点魄大会吗？在温言的世界里，点魄大会可带不来这么大的动力。

看到路平停下稍做休息，温言把早拿到身边的板凳递了出去。路平的修炼，姿势并无所谓，坐着总算还能节省一点体能。

“谢谢。”路平没有拒绝温言的好意，虽然站着并没有让他觉得有多疲乏。

修炼继续，楚敏只是坐在树下喝着酒，再没有出声做出任何指点，一上午，她竟然就喝掉了三瓶。

太阳这时也要挂向正中，温言肚子已经咕咕叫了两回了，但是看路平和苏唐，丝毫没有要停下来的意思。

太疯狂了吧？温言想着，却还是没敢多事上前打扰。

咕噜咕噜……轮子滚地的声音，就在这时传入了她耳中。她看到了昨天被抓到院长室的那两个少年，一个推着另一个，也来到了这片树林间。

树下的楚敏终于不是只顾着喝酒了，望向回来的二人，就连一直专注修炼的路平，听到轮椅声后，也暂时停下来望去。

“你这玩什么呢？”莫林看到路平左右脚两堆的碎片垃圾，目瞪口呆。

“修炼。”路平说。

“有新意。”莫林赞叹，末了问道，“吃不吃饭？”他举起手中的提袋，他回来，顺便还带了饭。

“好。”路平点头。

“苏唐，楚敏老师，吃饭。”莫林到处叫。

我去！肚子早就咕咕叫的温言郁闷啊，人家这都马上要吃上了，结果却没她的份。

楚敏走了过来，但是苏唐却毫无反应。

“苏唐，吃饭，吃饭！”莫林提高音量大叫，苏唐依旧毫无反应，在树林里，有些笨拙，有些滑稽地走动着，做着各种动作。

西凡神色有点变了，他已经意识到了，而莫林在苏唐又一次没有反应后，也露出惊讶的神色：“啊？她已经开始了？”

“嗯。”路平点点头。

“什么时候开始的？”莫林问。

“你们走的时候。”路平说。

“那就是说，她马上就答应了？”莫林还是惊讶，惊讶苏唐的果断，惊讶苏唐的坚决。

路平走过去，拍了拍苏唐。苏唐停止了动作，歪了歪头，似乎在问做什么。

路平拉住她，将她向这边带着，苏唐立即懂了，跟着走了过来，步子依旧有些小心，但是比起独自练习的时候，明显自信踏实了许多，因为她有了可靠的人在为她引路。

西凡和莫林都在默默注视着苏唐。他们已经回到了树林，这意味着他们已经有了答案，苏唐目前的状态，就是他们马上也要经历的。当然，对于西凡来说，远远不止这样。

苏唐被路平领回，扶着她让她坐好。饭菜的香气、味道，她都已经感受不到了。但是饭菜有温度，枢之魄、力之魄都可以对温度做出感知，苏唐很快感知到了饭菜的热度，伸手在上边感受了一下热气，笑了笑。

路平挑了一勺饭菜，递到了她嘴边，苏唐从温度上察觉到了，张口吃到了嘴中。没有味道，完全没有味道，苏唐摇着头，似乎是在向大家说着这份遗憾。

温言这时来到了他们身边，她一直没搞清楚苏唐的状况，在路平过去扶她走来时，才有点意识到了。她终于忍不住过来想看个究竟。接近后，她已经可以确认，这个女孩，失去了很多感知。

“她怎么了？”温言惊讶地问。

“四感被剥离了，只剩下力之魄和少量精之魄。”路平说。

“怎么会这样？”是昨天受的伤吗？这未免太可怜了。

“修炼。”路平说。

“你们……疯了吧？”温言目瞪口呆。

“更疯的还在后边呢！”西凡笑了笑。

“你……”温言望向西凡，她不蠢，甚至可以说很聪明。得知苏唐是仅留了力之魄在修炼后，她已经意识到了这种方法的关键。那么，眼前这个西凡，如果也要用的话，将是彻底的五感剥离，只留意识。这无疑是比苏唐还要抓狂的状态。

“这就是你教导的方法？”温言望向楚敏。

“很残忍的方法，但是往往也很有效。”楚敏神色不动，她东西也吃得很少，倒是酒喝得更快了。

“有这个必要吗？”温言忍不住问着，是问楚敏，更是问这四人。

“只不过是个点魄大会，去年有，今年有，明年有，年年都会有。”温言说道。

“点魄大会当然也没有太重要。”西凡说，“但我们有自己的理由。”

“你也决定了？”楚敏望着西凡，干脆果断如她，在西凡这里也进行了最终确认，可见西凡的选择需要多慎重。

“决定了。”西凡点头，在说出这话的时候，他没有丝毫犹豫。

“就这样开始吗？”楚敏问。

“就这样开始。”西凡说。

“很好！”楚敏点了点头。

因为西凡做出了正确的决定。如果他放弃，楚敏不会说什么；如果他选择伤势好转，那么楚敏会拒绝他。选择等伤好，那样似乎机会更大一些。可是西凡他要面对的修炼是置之死地而后生的修行，容不得半点退缩，容不得半点侥幸心态。等伤势好转，这已经是一种退让，在这种情绪下就算争取到了更多的修炼时间，也不会有什么帮助，这种情绪本身，就已经是一个致命伤，西凡要进行的可是精之魄的突破贯通。

“少吃点。”这是楚敏给西凡的最后忠告。至于莫林，她干脆就没问什么，莫林在三人中算是情况最好的。

于是午后的树林中，又多出了两个修炼的身影。

莫林坐在一颗树下，他没有像苏唐那样不停地行动，因为他要贯通的是枢之魄。此时他嘴里咬着一截草根，很苦涩，但莫林却好像在品尝什么美味似的，细细体会着。

味觉，是枢之魄所具备的特有感知，刺激味觉，可以起到一定的引导作用。这道理就好像路平在听温言说话、在听音乐的时候，对鸣之魄的控制不知不觉就有了一点微妙的提升一样。只不过路平修炼的重点不同，他要练习的就是控制力本身，所以这种方法被楚敏给阻止了。但是莫林他们，寻求突破贯通是关键，用这种方法来刺激控制力当然是个简单易行的法子。虽然起到的作用如温言所说非常细微，但是，总比没有的强。

至于西凡，此时一动不动地躺在一棵树下。日晒，风吹，小草撩动他的脸庞，但他没有丝毫知觉。在力之魄被剥离以后，他已丧失基本的触觉，看不到、听不到、闻不到、尝不到，甚至触摸不到。

他要修炼的是精之魄，精之魄是意识，是情绪。五感全部剥夺以后，已经完全没有任何外部信息可以传递给他，哪怕是像莫林叼根草那样简单微小的帮助他也没办法使用。他静静地躺在那，没有人知道这具身躯内的意识正在进行着怎样艰苦的搏斗。表面上看，他的修炼好像是四个人中最宁静安详的，事实上，却是最凶险无比的。

温言一直在看着，看着莫林和西凡两人接连被楚敏剥离了魄之力，看着他们在这种可怕的状态下寻求突破。她不知道他们是出于何种理由，但是这种坚决，这种态度，让她深受震撼。

啪……啪……啪……路平这边，也依旧在拣着碎片，大堆拣成小堆，小堆拣成大堆。虽然没像那三人一样身陷可怕的状态，但认真的精神却一点没少。

自己是不是也该多下下苦功了呢？明明都是境界远不如她的几个修炼者，但是此时却有一种很深的危机感侵扰着她，天照学院里那些和她一样优秀的尖子生都从未像她这样有过深刻的“被比下去”的感觉。

不能放松！想到自己一上午居然就在那里翻着闲书看别人修炼，温言深感自己有些太不珍惜时间了，她没有继续逗留，毅然离开去进行她该进行的修炼。

树林里只剩下五人。

苏唐继续四处游荡着，莫林继续在嘴里不住地品味着各种东西，西凡依然是那么宁静安详，路平依旧认真地拣着碎片。楚敏所在的位置，可以一眼就看到这四个人，她手里抓着又一瓶新酒，酒香四下弥漫着。

Chapter 8

◆ 瞬息的反校霸行为与张扬的追踪行动 ◆

双极学院在天照学院的斜对门，两家学院的竞争氛围从各自成立的那天起就相当浓烈。但是数百年下来，谁也没有斗倒谁，两家学院各自都发展得相当强大，在大陆学院风云榜上经常做邻居，至于志灵区的分区榜上，两家一起那还真就是数一数二的存在。

但是此时双极学院的门外，却聚集着一大堆垂头丧气的学生，他们当中甚至有一些带着一点伤痕。

这些学生正是从峡峰区赶来借魄之塔大考的峡峰学院一、三年级学生。

大考还算顺利，可在双极学院的这一天他们却好像是低等生物误入了高级圈一般，受尽了歧视。刚刚就有学生气不过，最后引发了一场群殴，再然后，就是被双极学院的学生揍得灰头土脸，一路被赶出了学院。

他们今天本来也是要离开的，结果却是这样的方式，人人都觉得憋屈得很。可是偏偏又没有什么办法，境界上大不如人，再记恨，也只能是在心里不住地咒骂了，再然后，也只能灰溜溜地离开了。

“哈哈哈哈。”好几个双极学院的学生是一路追打到了这里，玩得那是相当的尽兴，此时看到峡峰学院这边再没人嘴硬，就此离开，他们也就没有再继续纠缠了。

“一群土包子，浪费时间。”几人中的一位，朝地上啐了一口说着。今天这场争斗，也是因为一句类似的嘲讽而引起。有人嘲笑峡峰学院的学生境界差，再怎么修炼都是浪费时间，双方争执，再到动手，峡峰学院学生最终的狼狈，似乎也特别印证了他们的看法。

“这些是什么人啊？”斜对面的天照学院大门，也正好有天照学院的学生出入，看着垂头丧气离开的一群少年少女大感好奇，向双极学院这边问着。

两家学院虽是竞争关系，但学生之间总不至于斗得你死我活，相互之间的正常交流总还是有的。

“峡峰区来的一群土包子，据说是学院的魄之塔坏了，跑我们这蹭塔考试来了，那水准啊，真是丢人现眼。”回答的人声音很大，摆明是想峡峰学院的人也听到。峡峰学院的学生只是加快了离开的步伐。

“有这么差吗？”天照学院这边的学生愕着。

“当然。哦，对了，你们学院听说昨天来了四个闯入者啊？搞得挺热闹啊！都什么人啊？”双极学院这边问道。

“也是峡峰区来的学生。”

“峡峰区的学生？那弄得你们鸡飞狗跳的？早上听说连传音塔都给毁了？”

“妈的！谁传的，这不好好立那呢吗？看不到吗！”双照学生向着墙内怒指，传音塔的高度，再隔几条街也看得到。

“哦，没塌啊？但也快了吧？”

“胡说什么！”

两家学生能交流，但这可不意味着就是好朋友，这话一不对头，火药味分分钟就弥漫开了。

“怎么着？想练练啊？那正好了，刚才收拾那帮废物正好没过瘾，借这机会再教训教训你！”

“就你？死怎么写知道吗？”天照学院学生冲出，转眼，一场新的斗殴已经发生。

两院之间的宽阔街道总是很少人走，就是因为这条街道一年下来，每天平均发生的争斗，据统计有三点二次。

已经快要走出街道的峡峰学院学生听到身后的动静，回过头来，顿时有些被这场面吓到。

寂静无人的街道，转眼间就成了争斗的场所。闪现着各种魄之力光影的招式技能，在街道中肆无忌惮地飞舞着，与之而来的，是荡漾的鲜血。

这一刻，峡峰学院的学生们嘴上不说，心里真的有点认了：他们对于这两家学院来说真的就只是低等生物。这街道上忽然而起的争斗，展示着各种贯通境才有可能施展的异能，而他们呢？单魄能到六重天的，就已经是最最出色的学生了。

“我们……走吧……”有人说着。

语气中充满悲凉，眼前所见的，仿佛是一个不同的世界，在峡峰学院称为天之骄子的角色，在这条街道上却什么也不是，怎样离开都不会有人关注，所有人都已经完全沉浸在这平均每天三点二次的争斗当中了。

街道上打得热闹，却完全没有妨碍两家学院有人进进出出。有的人出来看两眼就接着忙自己的事去了，也有的出来以后也十分兴奋地参与进来。这是一场持续了几百年的斗争，从来就没有过完全的胜利者，两家学院也已经将这当成了是一种例行的切磋，没有人阻止，没有人叫停，甚至有时候连导师都会参与其中。

至于流血、受伤，乃至重伤，在这种层次的战斗中当然无可避免。不要下杀手，这是双方争斗中约定俗成的底限，但是混乱中意外有时也会发生，能找出责任人，一般也会要个交待下来。但是除此以外，两家学院每年下来时不时就会有一些学生甚至导师离奇消失，再也不见。双方都会怀疑指责是对方背地里下了死手，可是从来也没人找到过证据，数百年来不知道积累了多少算都算不清的烂账。

就连这条街道，以及两旁学院的高墙，都在这持续了数百年的争斗中被洗礼加固了不知多少次。在志灵区，这条街道已经是一个传奇，伴随着两家学院成长、争斗而来的传奇。

“宁书学长到了！”

“方芜！”

“秦桑学姐！”

随着战斗的升级，两边也各有重量级学生开始到场参战，这些人或带动着己方的士气，或吸引着对方的仇恨，引发的影响和情绪是各式各样的。战斗变得越发复杂凶险了，但两家学院实在势均力敌，局部可能有点优劣，但大体上却谁也没能压倒对方，短暂的优势，在对方一有新人注入后，总是很快就会倾斜，然后，再等己方来个支援……如此反复。

“天照、双极，这两大学院果然名不虚传……”同是峡峰区过来的卫明，此时和卫扬一起观看着这场争斗。他的见识当然远远不是只在峡峰学院混过的那些一、三年级的学生那么浅薄，他知道这个世界有多大，知道峡峰区学院的水准有多么落后。天照、双极，这才是这个大陆走在前列的学院水准。

他的身边，卫扬依旧戴着面具，他无法做出表情，但眼里已经写满了震惊。比起卫明，他的资历可就没那么深厚了。被城主收留，训练成为修者，他的经历比较短暂，和身边人相比，尤其是和峡峰区两家学院的学生相比，他的天赋无人可敌，他这年纪上达到贯通境界的，在峡峰区的学院里一个都没有。

大家说他是天才，他十分同意。不过在城主府的他，总算听说过很多外面世界的事情。但是听说，总比不上亲眼目睹来得震撼。眼下，就在志灵城的这条街道上，和他年纪相差不大，甚至更小的少年，一个个却都拥有着不输给他的境界。如果说他这个水准就算是天才的话，那么这条街上，就是一群天才在打架，打得头破血流。

比起卫扬的郁结，卫明只是很平静地看着。他们两人当然不会插手，但是，也一点没有要离开的意思。

峡峰学院的大考已经结束，但他们城主府一行人过来，本就不是冲着大考来的。大考随随便便通过了，接下来，他们的重点是要参加志灵区的点魄大会，而在此之前，他们也要进行相当的修行，尤其是卫明，还有气之魄六重天境界的卫天启。

修行就在双极学院进行，这可不是靠巴力言争取来的面子，他和双极学院这边也不过略有交情罢了，但城主府的卫家，和双极学院却有更深的渊源。卫天启他们这次过来找的，可是当年指导过卫仲修炼的，如今已是双极学院院长，在志灵区声名显赫的唐穆。

两人正看着这场混战，一个身影不知从哪里闪出，突然就落到了二人身边。卫明没有回头，直截了当地发问："小城主那边都安排妥当了？"

"是。"卫影回答。

"接下来二十一天的闭关修炼，就要靠小城主自己了。"卫明说着。

他们都比较清楚，就修者而言，卫天启的天赋并不怎么出众，但是作为城主之子，他所能掌握到的修炼资源绝不是寻常人家可比。

各种可以帮助修炼的功法、药剂、秘诀，从卫天启开始修炼初就不间断地服务着他，用这样的方法，硬生生让卫天启在三年级就已经达到了气之魄六重天，这在峡峰学院已是相当顶尖的成就。

但在志灵区的学院，这点成就显然非常不够看。但是这一切卫仲早有安排，注重效率如他，从一开始给儿子安排的修炼道路，就是最具效率的一条。初期相比起志灵区这边的高水准有些落后，但是在单魄达到六重天后，就可以迎来接下来的爆发，而这个修炼，需要双极学院唐穆来安排和指导，这是此次卫家一行来双极学院的重要目的之一。

“你这次可是沾了小城主的光。”卫明对卫扬说。

卫扬点头，虽然只是拣卫天启用过的剩余资源，可对常人来说，这绝对已是难能可贵的机会，就算他们是城主府的家卫也不例外。如果不是他恰巧和卫天启同龄，与这套为卫天启量身打造的修炼方法契合度最高，城主府十二家卫，拣这剩余的机会都论不到排位末流的他。

但是，效率，关键词还是效率，由他来拣这剩余，效率最高，所以他拥有了这次机会。从明天开始，他也将开始一个为期二十一天的爆发式修炼，他很期待。

随后短时间里没有具体事务的卫明和卫影，却也不会就这么闲着，城主府家卫所养成的习惯，不允许他们对时间资源有所浪费，每一分每一秒，都要充分利用起来。

“摘风那四个家伙，说是进了天照学院。”卫明接着说道。

“很多人看到了。”卫影说。

“我去办理参加点魄大会的相关事项，你找机会去探一下他们。”卫明吩咐着。

“是。”卫影点头。

再然后，抛开眼前愈发激烈的争斗，三人毫不留恋地走开了。城主府的人，是绝不会在看热闹上浪费时间的。

今天街道上爆发的这场争斗，规模不算太大，但也绝不算小，不过在伤员逐渐增多后，最终也和每一次一样不了了之了。

夜幕降临，对很多人来说一天的学习修炼也就到此为止，该是放松休息的时候了。有不少学生会在这时候溜出学院跑去街市上找找乐子。和街对面的学院学生打打架，这在很多学生心目中也是乐趣之一。于是白天刚打了一大架，夜晚街上又发生了两次小规模冲突，两家学院的门房都在打着盹儿，这种热闹他们都懒得看了。

路平四人却一直专注于他们的修炼，除了晚饭时间稍作休息，夜幕来临并没有让他们停止。直至楚敏叫停，这一天的修炼才算告一段落。

路平帮苏唐和莫林安顿着休息下来，两人的状态看起来都不错，尤其苏唐，躺下来没多久就睡着了，睡得很香很甜，脸上还挂着笑。即便失去了四感，她依然很安心，很踏实，因为对她而言更重要的东西始终都在。

西凡的状况却完全看不出。苏唐和莫林至少还可以用表情来传达一些东西，但是西凡不能，他的神情一直就停留在进入状态的那一刻。除非是拥有意念沟通类能力的精之魄强者，否则没有人可以向他传递任何信息。他有没有停止修炼准备休息？他是不是遇到了什么困难正在焦虑？他是不是充满希望地还在继续努力？

不知道，看不出。路平看不出，他看了看楚敏，楚敏知道他的意思，但也只能摇摇头，她也看不出。

一夜就这样过去，修炼的第一日就这样度过了。对于许许多多的人来说，这就是很平凡的一天。

据大陆去年的不完全统计，人类的平均寿命约是113岁，也就是41245天。一天，不过是四万分之一。可对西凡来说，这一天，是他的三分之一。因为他只有三天时间，三天不能完成突破贯通，他就只能死！

早上一醒来，路平就特意过来看了看西凡的情况，尽管早知道是看不出来的，但如果西凡已经成功，已经可以苏醒过来了呢？

但是没有——西凡的面容安详平静，平静得让人很怀疑他是不是已经死了，路平忍不住伸手指探了探他的气息。

“他还活着。”身后传来楚敏的声音。

路平稍松了口气。

“你的感知也太差了。”而后是毫不留情的戳穿。对于修者而言，有没有呼吸这种事，还用得着伸指头去探？远远的就有很多种感知方法可以探查。

“我只是确认一下。”路平解释，他的感知是不太灵敏，但也真不至于像楚敏说的这么糟糕。

楚敏其实也知道，于是也没搭腔。她在喝酒，天才蒙蒙亮，她就已经开始喝酒。

路平去买回了早饭，帮助苏唐和莫林用早餐。莫林吃得特别开心，对于枢之魄还在的他来说，这事相当有乐趣，每一口他都吃得特别仔细。但对苏唐来说，再美味的食物现在也索然无味，她吃得比较快，之后就又开始修炼了。只一天，她的动作就不再那么生涩古怪，已经开始变得流畅自然，显然她对力之魄的驾驭已经更上一层楼，控制动作的感觉和触觉都变得越发敏锐了。

路平却好像没什么进步，只是将那堆碎片变得更碎了，听音乐甚至是听温言说话时所能产生的那点细微变化都没有再出现。失望难免是有一点的，但路平没有气馁，搬着板凳坐到碎片堆前，已经准备开始他的新一天。

“你有进步了，只不过你的感知太糟糕，自己都发现不了。”楚敏忽然对他说道。

“是吗！”路平很高兴，原来情况并不如他想象的那么糟糕，这让他精神很是一振，很快就投入到新的一天中。

“这孩子真是单纯啊，这么好骗。”温言一大早又溜达到这树林里来了，并且听到了楚敏刚才和路平所说的，此时大着胆子凑到楚敏身边说话，明明也没比路平大哪去，却老气横秋地称路平为“孩子”，仿佛这样就可以和楚敏拉近些距离。

楚敏扫了她一眼，神情不变：“你的感知也没比他强哪去。”

“什么意思？”温言说。

“因为我没有骗他，他确实已经有进步。”楚敏说。

温言愣。她确实什么也没有感知出来，只是看路平弄出的碎片状态看起来没什么进步，楚敏的话也很像是在这种没进步的情况下对路平的安慰和鼓励，属于善意的谎言。结果却只是她一厢情愿。

温言脸红了一会，半晌后却还是鼓起了勇气，问道：“楚敏老师，你看，我的话，在修炼上有什么可以指正的地方吗？”

学院里的所有导师，包括院长她都打过交道，从他们那里她已经接受不到多少新鲜的东西。结果现在却发现，这个一直被大家嫌弃忽略的酒鬼女人，竟然是如此强大的存在，有胆量这样训练学生，让温言也生出了求教的心思。

“你？”楚敏再次扫了她一眼，神情还是没有变化，“少凑点热闹就比什么都强了。”

“我……”温言无言以对，再次脸红。她喜欢凑热闹，看热闹，在天照学院是出了名的。这个酒鬼女人看起来和他们一直毫无交集，想不到也知道她这毛病。把花在这上面的时间和精力全放在修炼上，实力肯定会有所提高，这种道理，温言当然也懂，但是，那就是自己的性格，为此要改掉自己性格的话，即使变得更强了，那个人还算是自己吗？

这个问题，还得温言自己去拿捏，谁也帮不到她。温言叹了口气，而后又去看了眼西凡：“他怎么样？”

“只有他自己知道。”楚敏说。

“你也没办法和他交流？”温言说。

“我的精之魄很一般。”楚敏说。

“但你却在指导他精之魄的突破贯通？”温言说。

“没有指导，我只是给他们一个方法，所有人都是，然后就只能靠自己。”温言淡淡地说着。然后她的头很不自然地偏了偏，目光没由来地盯向了西南角的树梢。

那有什么？温言情不自禁跟着楚敏的动作转移了注意力，也望向了那端的树梢，但是，除了风吹过后的颤动以外，什么也没有。

“你照看他们一下。”楚敏忽然说着，迈步就向那个方向走去。

“你去哪？”温言不解，但等她视线偏过来时，只看到一道身影窜出，视线连忙去追身影，结果眼前已是空无一人的树林。

去哪了？温言竟然已经找不到楚敏的踪迹，风吹过的树梢依然在那样摇曳着，看起来根本没发生什么。

被发现了！卫影此时真有一种满腹冤屈无处诉说的感觉。

城主府十二家卫，论当面较技搏杀，他不敢认最高，但论隐匿追踪暗杀，他称第二，绝没有人会认第一。

这是他的专长，从第一天修练魄之力起，他就是往这个方向上在培养。他不是学院的学生，在老师的悉心照料下自由生长，再选自己中意擅长的魄之力开始主修。他从一开始就被当作一个杀手刺客来培养。他的基础魄之力，他的贯通魄之力，再到他最终掌握的异能，都恰到好处地将他培养成了一个城主府需要的暗杀者。

天照学院不比峡峰区，学生水准相当高，更有许多能力优秀的导师。潜入天照学院，卫影做得很慎重。之后很小心地侦察打探，这才探出了路平一行人的下落。

他没敢轻易接近，因为在打探过程中他听闻了某个酒鬼女人的可怕。只是学生们不太确切的描述让他无法准确摸清这个神秘人物的深浅。他只好继续小心，用了几乎一整夜的时间将图书馆这一附近的树林地形仔细探了又探，综合考虑各种利弊，最后选了这么一个适合他藏匿的位置，自觉会万无一失，然后稍作休息，清晨就已经到来。

小心，小心，再小心。

谨慎，谨慎，再谨慎。

半天的辛苦，一夜的疲惫。可是，这女人发现他只用了一眼。

轻描淡写的一眼，毫无征兆的一眼，甚至卫影都还没有留意到这一眼的意味时，这女人已经行动，以快到不可思议的身法切向了他的藏身之处。

逃！根本没有时间分析，更没有胆量去和对方对敌，卫影拧身就逃。他的准备绝对是极其充分了，看着女人冲来的方向，他就已经瞬间选好了撤离的路线。

卫影从树梢上飘起，温言正望向这边，冲之魄贯通境的她，却没有察觉丝毫动静。身法：一叶落——卫影从修炼第一天起就开始打下基础，最终练就的力之魄贯通能力——他就像一片从枝上飘下的树叶，无根，无迹，随风扬起，卷入林中。

一叶落，驾驭的不是力量，不是速度，也不是什么敏捷，一叶落控制的是重量，卫影自身的重量。此时的他，没真轻到仿佛一片树叶，但也差不了多少。他就这样在树林间飘荡着，很好地利用着地形，不断利用树木的枝叶遮挡着自己，掩护着自己。

但他却一直没有摆脱，一股强大的压迫感始终在他的身后，这是那女人刚出图书馆时还没有释放出来的，而现在，她毫不掩饰。这是因为她全力施展魄之力所以无从掩饰？还是故意释放出来以制造压力？

对于卫影而言，无论前者还是后者都对他不利，这都意味着他想摆脱这个女人会很难。

学院内的树林说大也不大，卫影一叶落的身法轻，同时也很快，很快他已看到光，那是树林的边缘，冲出树林，他就将无所遁形。但是卫影没有慌张，他继续飘荡着，借着树枝的弹力，几个起落，他已越飘越高，到了树林边缘时，他已站上了树顶。

吸气，跳起，风来！

这一刻，卫影已将他的一叶落身法施展得淋漓尽致，比起一片树叶，真的已经不差多少。日照、风向、起跳的树顶、跳起的高度，所有的一切，都经过他准确的计算，所有的一切，都拿捏得恰到好处。这一刻，卫影就像被风卷起的树叶，他飘荡着，却是向着他早已经计算清楚的方向——天照学院的高墙外落去。

就在飞跃高墙的那一瞬，他看到树林里冲出了一个女人，就是之前看到的一路追他的女人，距离他已经很远，而且还在变得更远，但是紧跟着，卫影看到这女人做了一件事，她扬起手臂，将手中的酒瓶送到嘴边，然后美美地灌下了一口。这很像是事情告一段落时才会做的事，可是这女人却完全没有表现出要就此作罢的意思，她喝了这口酒，就继续向着卫影这边追来。

不准备放弃，还停下来喝酒，这意味着什么？这意味着一种绝对的自信。

紧接着，楚敏冲出两步，突然跃起，身子在半空中来了一个急速的旋转。

风……变了？借风而行的卫影，触感十分敏锐，风向微小的变化立即被他捕捉。而楚敏转身的脚下，隐隐传来风的呼啸。

卫影慌忙中断了一叶落的身法，体重恢复立即向下坠去，此时的他倒也已经飘出了天照学院的围墙。可就在落下的时候，他听到风声大作，再然后，他看到墙里那个女人的身形急速升起，急速向他飘来……

同样是飘。卫影降低自己的体重，让自己随风而飘。而楚敏，却是自己造风，造强风，然后将她这种体重的人直接吹向了空中。这是何等的声势？这是何等的气魄？

狂卷起的怒风咆哮着，连楚敏都可以吹起，这一阵风带向空中的东西就实在太多太多：枯枝、落叶、碎石，甚至连地上的泥土都被掀起了些，跟着楚敏一道张牙舞爪地就要跃过围墙落向卫影了。

卫影在跑，他可没有停下，他一刻不停地跑。天照学院的对面就是双极学院，他毫不犹豫地就冲了进去，在他看来没有比这更合适的暂避场所了，天照学院的人，无论谁和双极学院都是天敌，难道还敢这么堂而皇之地追进双极学院？

敢！楚敏就敢。狂风带着她转眼连双极学院的高墙也一起飞过了，双极学院的学生大呼小叫地喝斥着，但很快就被狂风中卷带着的各种乱七八糟的东西砸了个乌七八糟。

楚敏落回了地上，没有理会双极学院的任何人，继续盯着卫影，继续追上。

“什么人？”双极学院的学生不依了，纷纷围上。双极学院是这样由得外人来肆意妄为的吗？

此时的天照学院内，图书馆旁的树林空地，温言犹自没从楚敏的突然离开中完全回过神来，但对楚敏交待的事却没马虎，留下来看顾起了四人。但也就在这时，一伙天照学院的学生，也出现在了图书馆这边，这可是平时极少会发生的事情。

一行人穿出了树林，当中有的脸色难看，有的一瘸一拐，还有的吊着臂膀打着伤药，竟然有一多半的伤号，少说也有十二三人。

温言望着这群人，天照学院的学生她当然不可能个个都认识，但是走在头前这位精神抖擞的，温言倒还真认得出来——道然，和她同为天照学院四年级生，力之魄贯通者，最擅长的能力是强化系的力之魄异能“大力”。大力，顾名思义就是将修者的力量强化。温言所掌握的冲之魄异能“远视”，也属于强化系，是对视野距离的强化。

强化系异能相比起其他类型的异能，有一点麻烦的地方就是不好评定等级。同是力量强化，有的修者是将力量翻倍，有的却能将力量增强十倍，更有甚者，可将力量增强百倍！

强化系的异能，很容易产生这样的差距。增强百倍的强化，和只将力量翻倍的强化评定在同一等级里，这显然有些不合适。所以一直以来，强化系异能统一都被标定为最高的“六级”，表示这一系的异能都拥有无限的提升性。

直至三百年前，四大学院之北斗学院的著名修者林意远，一生致力于对强化系异能的研究总结，在发表了多篇各类强化异能的研究文章后，最后总结出了一部《强化类聚》，在学院界产生了极轰动的影响。当中第一次对强化系异能有了详细的分级和评定，从此沿用至今。

强化系，再不是一股脑的六级异能。以力量强化为例：

翻倍强化，评定仅为一级，称为“倍力”；

增强二到十倍，评定为二级，称为“大力”；

增强十一至五十倍，评定为三级，称为“强力”；

增强五十至百倍，评定四级，称为“暴力”；

百倍以上，评定五级，称为“神力”。

至于六级力量强化，林意远也没有给出标准，因为在他一生中所见识过的力量强化异能中，最强也仅为一百零八倍。这是不是力量强化的极限？林意远没有给出答案。但是在他去世后至今，参照他所设下的标准，也确实没有力量强化系的修者将力量突破过一百零八倍。但在《强化类聚》中，林意远还是给六级力量强化起了个名称，称为“无穷力”，无穷力没有增强倍数的标准，有的似乎只是林意远对强化系异能永无止境的一种期待。在《强化类聚》中，类似这样只有名称而无标准的强化异能还有许多。

强化系异能，可以提升，这是其他系异能所没有的最大特点。强化系异能，没有极限，很多选择强化系异能的修者，都会信奉《强化类聚》中包含的这种期待。而他们中的很多人，又纷纷愿意相信自己一定是可以突破现有极限，达到只有名称的六级“无穷”的那个人。

道然就是这样的一个人。他的力量强化以“大力”为名，自然已属二级，而且温言还知道，这家伙“大力”的强化效果已达九倍，距离第三级“强力”已经相去不远。

力之魄的贯通者，首先他的力之魄必然已经达到了六重天贯通境，力量本身就已经强于其他魄之力的修者。再有九倍强化，一拳千斤都已是极其谦虚的描述了。所以道然很强！

温言却丝毫不惧地迎了上去。“道然，你来做什么？”温言拦在道然身前问道。

天照学院和双极学院平均一天就要打三次架，别说学生，就是有导师第二天带着伤来授课也一点都不稀奇。但是此时十二三个伤员全都聚集到了这来，这让温言已经想到了另外一种可能。

“你在这里又做什么？”道然身材极其魁梧，身高近两米，居高临下，低头俯视着温言，不理会温言的问话直接反问。

“你先回答我。”温言却也不甘示弱。

“总之不关你事。”道然说着，迈步就要绕过温言，身后一群伤的没伤的学生紧随。

“等等！”温言一步跨上，再次拦住。这行人的目的她已经猜出。那些断胳膊瘸腿的，估计都是那天伤在苏唐手下的；那些气色不对好像随时都会呕吐的，肯定都是那天中了莫林下的毒。

“你要干什么？”道然皱眉。温言出现在这里，他有一点意外，却也无心过问，但此时看来，温言似乎有维护那几个家伙的意思，这可就让他有些不明白了。路平几个，他们现在也都听说了，是从山里跑到天照学院来修行的。这当然算不上是敌人，但总也说不上是朋友。关键在于，现在有人在他们这里吃了亏，那么之后就要找回，这是天照学生很习惯的思维模式，不然和双极学院这一年平均每天三点二次的架是怎么打下来的？

以道然对温言的了解，发生这种事，她应该兴高采烈地坐到一旁看热闹才对，出手干预，这实在不像是她的性格。

“你要干什么？”之前是道然不理她直接反问，而这次，又轮到温言不理他直接反问了。

“你想多管闲事？”道然皱眉，他虽然说话不怎么客气，但对温言并无恶感。对于他们这些总是惹事生非的人来说，这么一个忠实热心的美女观众倒常常是提升士气的存在，如果她不是那么无节操的没立场就更好了。但是今天，这温言怎么回事？忽然之间就有立场了？

“我就管了又怎样？”温言一脸坚持。换在两天前，道然的看法还真不会错，她遇上这种事绝对已经兴高采烈地坐到一边磕瓜子去了。可是现在，她被这四个山里来的土包子打动了。他们的境界虽然不怎么样，可是他们这种修炼的毅力、勇气，还有信心，是她在天照学院四年都没有见到过的。她实在无法眼看着他们付诸的努力就这样被人给破坏了。

“滚一边去吧！”道然的大手猛然挥起，比温言头还大的巴掌立即向着温言的脑袋挥去，看到温言的立场确实如此后，他毫不犹豫地动手了。

温言热闹看得多了，早知道这道然是什么秉性。力之魄的修者，从感知境起就比其他魄之力的修者更具战斗优势。所以从一入学院起，就是年级一霸，经常欺负那些境界不如他的学生。但那时毕竟还有更强悍的高年级学生在，这家伙还算有些收敛。可到了四年级，再无高年级学生制衡，道然的力之魄也已经突破贯通。而强化系的异能优点，是可提升，所以强化系的人不会从一开始就摸索着直接掌握高级异能，大家飞快掌握一级程度就足以，之后再慢慢提升嘛！这一特点，也就注定了强化系异能的拥有者，尤其是力之魄的修者，在贯通初期，将继续具备战斗方面的优势。

于是这道然，可就从年级一霸，变成学院一霸了。那些有实力和他抗衡的，他自然不会去招惹，至于其他人，那都是一言不合就“大力”相向，这四年下来，道然打伤的天照学院学生和他打伤的双极学院学生也没差多少了。

温言不怕他，倒不是实力比他强。她只是想着楚敏很快就会回来，道然那点贯通初期的力之魄优势，在三魄贯通以上的强者面前，跟个蝼蚁有什么区别？

拖延，自己只需要拖延。温言从一开始就已经打定主意。道然一巴掌挥来，她快步退闪，但也不就势反击，而是已经摆好了防守的架势。

“躲？我看你往哪躲！”道然迈步上前，一拳挥出。温言早有准备，双手叠起支上，一边就要退步卸力。哪想这一接上力道，才意识到不妙。道然这一拳的力道，超乎了她的想象。

九倍。这是她认知中道然“大力”的境界，可是这一拳的力道，何止九倍，这至少得有十倍、十一倍，还是十二倍？

“去死吧！”道然狞笑着，对于温言这因为意外露出的惊慌他十分得意。

大力？不，已经不再是了，道然的力量强化，现在已经是三级强力，强化倍数，是十五倍！

轰！温言完全没能卸开这一拳的力道，拳劲与她招架所碰撞的魄之力爆发出轰鸣声，她整个人都向后跌去，直撞到了一棵树上，一口鲜血从嘴里喷出。她败了，只一拳，她就彻底败了，她完全低估了对手，这种毛病她不是第一次犯了，就在前几天……

“哎……”前几天她低估的某一位此时躺着一动不动，她低估过的另一位，却已经来到她身边了。

“怎么打起来了？”路平说着。

“那个，我来帮你，你的那个留音器就不要我赔了好不好？”路平说。

“喂，你有没有搞清楚状况啊！”温言气得差点又吐一口血出来。

“什么情况？我刚去解手了。”路平确实不知道刚刚发生了什么，他离开了一下，刚回来时就看到道然将温言一拳轰到了树上。

“他们是伤在苏唐和莫林手上的。”温言只用了一句话就让路平了解了眼下到底是个什么状况。

“哦，是这样，谢谢你。”路平对温言说着，随后他的目光就落到了气势汹汹的道然身上。

“小子，也不找你，别管闲事知道吗？”道然向路平晃了晃他那砂锅大的拳头。虽然没从路平身上感知到任何魄之力，但他没有掉以轻心。他已经听说了四个山里来的当中，那个看似普通人的家伙也潜藏着相当的实力，而且不俗。欺软怕硬惯了的他，向来没有向这种实力未知的人挑战的爱好。

“这不是闲事。”路平说着，已经迈步上前。

道然比起路平也要高上两个头还多，此时脸上露出十分不耐烦的表情，头向后一转，向着身后跟来的天照学生甩了个眼色：“打发了他。”说完，他向旁一让，一副不屑于和路平动手的模样，其实却是将这个实力未知的角色扔给其他人去试探一下。

身后跟来的除了那些中毒、受伤的，也还有几个生龙活虎的，都是平时跟着道然一起耀武扬威的角色，对道然的风格倒也了解。这时知道道然的用意，自然也无法拒绝，几人你看看我，我看看你，似乎是用目光选举了一番后，终于有一位站出来了。

“小子，别碍事知道吗？”壮声势的场面话那是一定要说的，这学生迎面走向路平，结果发现对方对他的场面话毫无反应，无奈也只好动手。挥手一掌，却是学着之前的道然，直接就朝路平脸上抽去了。

温言冷笑。这个跑出来的跟班，不过是个二年级生，单魄六重天的境界都没有，也就是跟着道然才敢这么猖狂，不然这点实力在天照学院二年级里根本就不够看。

就这么一个货色，对上路平会是什么下场呢？温言看热闹的心情完全起来了，愉快得连自己的伤势都要忘了，但是马上，她就发出了一声惊叫。

“啊！”温言惊叫着，慌忙将身子挪向一旁。那个该死的路平，一抬手就将对方抽过来的巴掌抓住，然后再一抡，就将那家伙朝自己刚撞的树上甩了来。

这是要以牙还牙，给自己报仇？但这家伙不看看自己还在这树下呢吗！温言这才刚一闪开，砰砰两声响，一声是那位撞树上，再一声，就是从树上掉下来趴地上。还好温言动作够快，不然岂不是平白要被这家伙给扑倒了。

“看着点！”她朝路平喊着。但是其他人可都没在关心这个问题,大家都已经呆住。

就算只是一个境界毫不突出的二年级生，但这么举手投足间就把人给扔出去，他们这一堆人里，除了道然，其他可真都没这个本事。几个跟班脸上纷纷露出畏惧的神色。耳听为虚，眼见为实。这家伙据说很厉害，到底有多厉害现在算是见识到了。这实力，他们上去全都白给啊！老大你就别装不屑了好吗？几人都不敢动了，一起望向道然，心跳得厉害。

道然不动声色，心下也在衡量着这一抓一扔的力道。他是力之魄贯通者，又是强化系的力量异能，对力量的把握自然极为精准。虽然路平在发力那一瞬所流出的力之魄力他没能感知清楚，但看那二年级撞树的力道，他对路平的力量顿时已经有了一个清晰的判断。然后，他就气定神闲地笑了出来，笑容中依旧充满了不屑。

“看不出有两下子啊！”他说着，迈步过来，已经不准备再去难为他那几位可怜的手下。几个跟班也是如遇大赦，连忙个个回到道然身后，马上就又气焰嚣张起来。

“我不想浪费时间，再给你最后一次机会。”道然的话还是蛮多的，他喜欢这样警告对方，尤其喜欢对方不服警告后的反应，然后再被自己打趴。这种感觉实在是美妙，简直就是欺负人的至高境界。

路平果然也没有理会他的警告，但让道然比较遗憾的是，眼前这家伙实在太平静了，如果也能十分自信地叫嚣几句，哪怕就像之前的温言那样嘴硬一下，然后再被自己打倒，那也是极好的嘛！这样毫无反应，感觉和打木桩也没什么区别。

道然兴致大减,当真有了一点不想浪费时间的心情。“滚开吧！”迈步上前,同样,一巴掌挥出。结果路平也是同样的一手扬起，向着道然的手腕抓来。

“哼……”道然冷笑着。强力，十五倍的力道，毫不犹豫地施展出来，充满力之魄力的一击，直朝着路平的头上扇去。路平的手臂比起道然那粗壮有力的胳膊，看起来是那么的纤细脆弱。

这样挡？断掉吧！道然没有理会路平伸起的手，他完全不觉得路平的力量可以对自己做出任何阻碍。

啪！巴掌挥到，手腕先撞到了路平的手掌，发出一声脆响。居然没断？道然意外，那纤细瘦弱的手臂，居然受得了自己这势大力沉的一击？

但是无论怎样，他这巴掌不会停，他继续挥着，但是却也没能拍到路平的头。路平低头闪过了这一巴掌，可是他的右手，却还死扣在道然的手腕上，看起来好像还在准备将道然扔出去。

“不知死活的东西！”道然再次冷笑，手臂直接举向半空。比起近两米身高的道然，路平的整个人也显得十分瘦小，手臂这一挥起顿时将路平也甩向了半空，道然丝毫不觉得费力，丝毫没觉得有受到什么抵抗。

“去死吧！”他叫着，将路平也朝那棵树上甩去，但是紧跟着，一声惊叫却是从他嘴中喊出，“啊！！！”伴随着这一声惊叫，他的手臂猛然垂下，另一手更是条件反射般地扶了上去。他整个人都好像没了力气支撑似的，突然一下子就单膝跪倒在地了。

“疼疼疼，疼疼疼疼！”一连喊了七个疼，全是出自道然之口。因为他真的很疼，他想将路平甩飞，紧跟着就觉得手腕被路平更用力地扣紧了，接着手腕上就传来他完全无法抵挡的剧痛，让他浑身的力气都为之一泄。

道然跪了。高大如他，半跪在地上看起来也比路平要威武。他举在半空的手臂依然被路平握着手腕。那粗壮结实的手腕，路平的手不过能握住半圈，但是所有人都看到了，路平的五指已经深深地陷进手腕的肌肉当中，被强行挤到两端的肌肉鼓鼓胀胀的，像是两个犄角。

不住叫疼的道然就差没喊救命了，身后那些为虎作伥的跟班更是脸都白了，路平却还是毫无反应的平静模样，回过头来望向温言：“怎么办呢？”

怎么办？温言真的很想让路平把这道然杀掉算了，只可惜不能。一来学院不是没规矩的地方，这样明目张胆地把一个学生杀掉，学院不可能不追究；再来这个道然可也不是没点背景的，一年级起就开始横行霸道，这仰仗的可不只是境界，更因为他有一个大靠山——天照学院的副院长夏博简。

夏博简虽非院长，但在天照学院的资历却比院长云冲还要深厚。从天照学院走出的修者有多少受过夏博简的教导姑且不论，单就天照学院内，出身天照学院最终又成为天照学院导师的，就有三分之一都是他的门生。

门生这种概念，在摘风学院这样的小学院很难体现。可在大学院，尤其是有名的大学院可就极为寻常了。像夏博简这样三魄贯通的强者导师，学生们当然都极愿意跟随他学习。只是导师精力有限，学生在确定了主修、辅修的魄之力后，就需要各不相同的指导，到了贯通境后差别更大，几乎一人一个模样。学生多点，导师自然不可能顾得周全。

所以到了这一阶段，学生选导师，但更主要的还是导师挑选学生。只有被导师选中的学生才会得到该位导师的指导。该阶段的指导也会对学生的境界和异能产生相当重要的影响，导师的重要性毋庸置疑。

如此，就有了门生这样的概念。导师，会因为培养出强悍的门生名声大涨;学生，也会因为成为名师的门生而倍受期待。夏博简就是这样一位名师,门生可说遍布天下，这方面的名望，天照学院没人比得了他，院长云冲也不能。

道然不仅仅是夏博简的门生，更是他的亲外甥，整个学院上下照拂他的人多了去了。识趣的人自然不会去招惹他，被他主动招惹上了也只能自认倒霉。有几次事情闹得大的，都没等夏博简出面，就已经被同是他门生的导师给摆平了。

这样的人，别说杀了，就是搞到现在这种程度，温言都已经觉得有些不好收场了。尤其路平他们几个都是外院学生，在天照学院根本不会有人替他们说话。那个酒鬼女人？看起来挺神秘的，但谁知道靠不靠得住呢？眼下不就不知道去哪了？

杀又不能杀，甩又不好甩，这该怎么办？温言挠头，一时间也没好办法。路平看她迟不回答，只好自己拿主意。

“不要再来捣乱了。”路平对道然说。

“不来了，不来了！”道然疼得一头是汗，嚣张、不屑，统统不见了，脸上只剩下痛苦的扭曲。

“走吧！”路平手指一松，放开了。

“我……这你也能信？！”温言当时就跳起来了，同样跳起来的还有道然，一个箭步，瞬间就和路平拉开了三米，另一手握着手腕，疼痛还没有那么快消除，但扭曲的表情已经平添了许多狰狞。

“你小子给我等着，没这么便宜。”道然一边喊着，一边飞快逃走。贯通境的力之魄，虽然异能是强化力量的“强力”，但速度也是一点不差。

“还真是不能信啊……”路平目瞪口呆。

“笨死了你。”温言生气。结果路平却立即也冲了出去，边跑边回头问：“楚敏老师呢？”

“不知道啊，忽然就不见了，你干吗啊？”温言望着路平的举动又呆住了。道然一秒钟出尔反尔，说实话并不让她意外。但是路平反悔得也好果断！刚才还说让人走呢，一看对方赖皮了他这马上也要重新追上去了，山里来的真是一点都不讲究矜持啊！

但是路平听到温言说楚敏不知去了哪里，就马上停了下来。看着对刚刚发生的一切一无所知，依旧在各自做着修炼的苏唐、莫林还有西凡，路平终于没有再追，道然一群人狂奔离去，有些个腿脚不灵便的，也没人理会，落在后边，急得都快哭了。不过看到路平根本没有再追后，这才稍稍放心，一瘸一拐地离开。

“楚敏老师去哪了？”路平东张西望。

“就看到朝那边去了。”温言指了指方向，她的脸色不是太好，嘴角还挂着血，她受的伤不算太重，但也不轻。

“有我在，你去休息吧！”路平也注意到了。

“好，你小心些。我好点再过来。”温言确实觉得自己难以这样支撑，说了声后也就离开了。

树林里就剩下他们四个。被剥离了感知的三人完全不知道刚刚发生的事。西凡依旧平静安详，莫林嘴里依然不知嚼着什么东西，苏唐的行动更自然了，但方向感还是不太好。路平跑过去把有些走远的她拉了回来，而后自己也回到了碎片堆前，一边继续修炼，一边注意着周围，一边等着楚敏回来。

楚敏去哪了？

路平他们不知道，但就在天照学院斜对门的双极学院却非常知道。

“是天照学院的，是那个酒鬼女人！”一开始他们没认清这个闯入他们学院的人是谁，但是很快，有学生认出了楚敏。虽然不知道名字，但是天照学院的这个酒鬼女人时不时醉醺醺地进出天照学院，他们不少人都是见过的。

但是见过就见过了，此时甚至就在他们眼前，他们又能怎样？

楚敏奔跑起来的时候，完全就像一阵风，或许说她总是带动着一股风。甚至境界低点的学生，靠近这风时都能被吹倒。

所有人目瞪口呆，他们从来都不知道，这个酒鬼女人居然会是一个这样的强者。从她闯进双极学院，大家阻拦、包围、追击，学生不知出动了多少，但全都形同虚设，在这女人面前，他们无论什么境界的，都好像是纸糊的。

强，太强了！

“快去报告院长！”有人惊叫着，实在是没办法了。这女人闯进来，问她来意，她说“找人”，问她找谁，她说“就在前面”。

前面？哪个前面，她一直奔跑的前面吗？前面哪有什么人像是她要找的？双极学院的学生找不到，因为卫影的逃匿术真的很强，他不只善用各种地形，也善用人流。在进了双极学院开始逃窜的过程中，他只装束就换过三次，这已经是他的极限，再换那就要裸奔了。

那些留意到他的双极学生在他千变万化的逃匿手段下纷纷转眼就找不到他了。但是楚敏却依然跟着，从天照学院，追到这双极学院。双极学院没成她的顾忌，双极学院的学生也完全没有阻挠到她，她就这样明目张胆地追踪着。卫影都不用回头去确认，听身后大呼小叫的声势，他就知道这女人还跟着他。

报告院长！有学生在这样喊着，可实际上院长对学院状况的掌握，永远比学生想象得要快。

起初，院长唐穆并没有太在意，以为又是哪个天照学院的学生闯进来找事，这种事，时有发生，用不着他去处理。但是很快，进一步的消息传来，闯学院的，是天照学院那个酒鬼女人。

酒鬼女人？唐穆神色立即就变了。这女人，如果真是一个单纯的酒鬼就好了，但如果她不是酒鬼，她真精神百倍地跑来双极学院闹事，那可就是大事件了。

没有做出任何指示，因为唐穆已经亲自动身。在赶往的过程中，收到进一步的信息：她在找人，找前面的人……这是，在追人？追什么人？

一院之长，自然老辣，唐穆可没立即就去和楚敏打擂台。他甚至没有亲自赶往现场，只是找了个位置，远远地看了看。然后他马上找到了卫影。

唐穆院长的境界，当然不是双极学院的普通学生可比。他不只找到了卫影，他还认识卫影。虽然卫影平时都会极力不在人前露面，但在唐穆面前，他没有隐藏。他是卫家家卫，而现在的卫家家主卫仲是唐穆门生。虽然卫仲现在已是峡峰城主，统辖一区，但对他的导师还是保持了相当的尊重。他的家卫，没有在唐穆面前隐藏，卫明对待唐穆的态度，那和对待峡峰学院的巴力言更是天壤之别。这并不仅仅是单纯的尊师重道。

比权势，学院、名师，当然都无法和城主相比。但是学院教导出的学生修者，名师门下的门生，遍布整个大陆。比人脉，没有人敢和学院，和名师相提并论。尊重学院，尊重名师，这并不仅仅是礼仪，这是利益。

学院和导师同样不会介意和城主搞好关系，也是为了利益。峡峰学院就是最好的例子，如果不是有峡峰城城主一直以来的支持，它绝不会有今时今日这样的规模，也不会拥有很多学院都没有的魄之塔。

双极学院不像峡峰学院那么弱势，所处的志灵区也不是卫仲的辖区。但这不影响唐穆愿意和峡峰城城主搞好关系，更何况卫仲还是他的门生。

门生尊重导师，导师维护门生，再有导师遇到什么麻烦的时候，门生也会站出来维护导师。这其中自然也有许多是师生之间纯粹感人的关爱回护之情。但是唐穆和卫仲，他们两人所处的位置，注定了他们的师生关系很难单纯，而两人也都很坦然地没去塑造这种单纯。所以唐穆接纳卫仲的儿子卫天启，助他修炼。否则的话，以卫天启这平凡的资质，唐穆怎肯耗费精力布下月华二十一天结界助其修行？

月华二十一天结界需要耗费大量天材异宝，这些都由卫仲提供，但长达二十一天的守界人一职却需要唐穆亲自担当。二十一天，每晚都需二十一次调整结界，十分繁复，如此才能最大程度地利用月华之力为修者洗魄，飞速提升境界。

这二十一天，对月华洗魄的修者来说是一种享受，修炼没有太多的艰难险阻，全看个人能感知和领悟到多少。但对守界人来说，这二十一天纯属消耗，而且是非比一般的消耗。如此牺牲，唐穆绝不是因为师生情谊，卫仲也不会厚颜到凭师生情谊就让导师为自己的儿子做这种牺牲。

两人达成默契交换的，必然是比“情谊”更加实质性的东西。而眼下，卫仲的家卫正被楚敏追杀，就在唐穆的双极学院，说不得他也得出面维护一下。只是……这卫仲的家卫又怎么会招惹到那女人呢？唐穆想着，没有立即采取行动，而是又耐心地看了看状况，心里疑虑顿生。

“这女人……想干什么？”唐穆奇怪。他看出卫影逃匿的手段相当不错，但在境界上和楚敏差距太大。楚敏若想动真格，早有机会抓到他，根本不需要闹得这么鸡飞狗跳。而眼下她却刻意地保持距离，放任卫影在前逃匿，这是想……引蛇出洞？

引蛇出洞没见过这么张扬的，可是想到这女人一向火爆的脾性，偷偷尾行这种事确实不是她会做，也不是她擅长做的事。这样暴力威胁对方亮出底牌才是她的风格。

没办法了，去打一打掩护吧！唐穆没有指派任何人，而是准备亲自出手，因为他知道楚敏的可怕，更知道楚敏不是随随便便就会被劝住的人物。自己总算是她的旧识，或许可以多说上几句，但是，也完全没把握能说服，一旦最终还是要动手的话……

唐穆苦笑。动手他倒也不怕，他至少有把握可以掩护卫影离开。但是和这个女人动手实在是件很辛苦的事，无论胜，还是败，最终一定都会很辛苦。可是没办法，只能他来，换别人去的话，或许就不是辛苦不辛苦的事了。

唉……唐穆叹着气，正准备动身，忽然又见一道身影以极快速，极亮眼的方式向着奔跑带风的楚敏冲出，而在这道优美身影的身后，还有一个身影。不，准确地说是一道身形，没有跳跃，没有曼妙的空中滑行，只是迈开双腿奋力奔跑着。她在追赶着那道优美的身影，但这对她来说无疑非常吃力，即便如此，她却没有被甩开太多，而她所跑出的速度，也足够让太多人感到震惊。不过她跑动的姿势却很难看，让人觉得很别扭，似乎为了跑出这样的速度，她已经颠三倒四不知道该如何动作了。

“是她！”唐穆的目光却落在了那道优美的身影身上，心头突然一喜。如果是她的话，或许真就不用麻烦自己了。虽然她也不可能完全挡住楚敏，但是应当足够拖延完成掩护。

再看看，唐穆决心再等一等。楚敏这边，身后一声轻叱已经传来：“什么人，敢在双极学院捣乱？！”喊音未落，那道身影突得就好似一道流光，陡然间又快了几分。楚敏跑出的那道风，境界差些的学生都近不了身，这道流光却瞬间将风劈开，空中一折，落到了楚敏身前不远。

“我姓秦，我叫秦桑，报上名来！”拦在楚敏身前的美丽少女骄傲地介绍着自己。她叫秦桑，双极学院最骄傲，也最值得骄傲的学生。因为她姓秦。

如果有人把姓秦当作是一种骄傲，那么这个秦一定是“卫秦梁顾”的秦——玄军四族，卫秦梁顾。说的就是玄军帝国的四大家族。

峡峰城的卫仲一家也姓卫，但这个卫只是很普通的一个卫，但秦桑的秦，却是真真正正不同凡响的秦。因为她是这个秦，所以即便双极学院是大陆排名第三十七的学院，也只不过是她的一个落脚点。在双极学院，没有导师敢把她收为门生，因为谁都知道，在这个落脚点稍作休整后，秦桑是一定会进四大学院进修的，那里才是她最终的出身，就像她的三个哥哥和两个姐姐一样。

她骄傲，她不凡。不过虽然双极学院只是她暂时的落脚点，虽然她的归宿绝不会在这里，但是，既然现在她在双极学院，那么她也容不得双极学院受到什么耻辱，那样会让她也连带着一起蒙羞。所以她出手，拦路，报名。

但是楚敏不理。每个字她都听到了，秦桑的秦是哪个秦，她也很清楚，但她依然向前，一个字也没有回答。

“大胆！”秦桑怒，右手探出：“剑来！”

“啊？是！”有人应了一声，声音有点慌张。那个一路奔跑跟随秦桑的小姑娘本就跟得十分勉强，秦桑最后这又猛然一提速，双方速度又有拉开。此时秦桑忽喊剑来，小姑娘连忙就将自已经常要为秦桑背着的佩剑掷了过去。

她的手法很娴熟，也很准确，显然这是她们主仆二人常有的默契。但是今天她的语气有些慌张，因为她忽然觉得，太远了，小姐今天离她有些太远了，对手却又太近，而且那么快，自己这剑，怕是要掷不到了……

秦桑伸右手，准备接剑，但是最终入手的，却是坚硬的四根手指。她没有握到剑柄，她握到的是楚敏左手。楚敏也不是要和她握手问候，这一握，秦桑天旋地转。

高高在上、骄傲不凡的秦桑倒在了地上，楚敏从她身边一抹而过，卷起的风，荡起的土，甩了她一脸。她的奎英宝剑也没有人去接，就这样从她的头顶上飞掠而过，最后也落入了尘土。

“小姐……”跑步难看的小姑娘终于赶上来了，却看到自家小姐已是这个模样。奎英宝剑落在了地上，她连忙过去拣了回来。秦桑没有接，她坐在地上还在发愣。秦家小姐，从来没有这样狼狈过。

“小姐……”小姑娘也从来没想过秦桑会有这么难堪的时候，顿时难过得眼泪都落下来了。秦桑一见，忽地怒火中烧，甩手就是一记耳光。

“废物，怎么掷的剑？！”秦桑骂道。

“对不起，小姐……”小姑娘惶恐，低着头，眼泪珠子继续朝地上落着。周围人看着，纷纷默然无语，心里却都为那小姑娘叫屈。

秦桑是秦家血脉的天之骄女，冲之魄的觉醒者。可这背剑姑娘，普通人一个，甚至没有过正经的修炼。能够靠双腿赶上秦桑的速度已经足够不可思议了，但要人连她的“流光飞舞”都追上，未免也太强人所难了。刚才掷剑没有接到，显然是因为秦桑最后施展“流光飞舞”的异能超过那女人的同时，也一下和背剑姑娘拉开了太大距离，因此责罚背剑姑娘，实在有些没道理。

秦桑起身，从小姑娘手中狠狠地夺过剑来，迈步就要再追，但却看到前方楚敏已经停了下来，缓缓向前走了几步，一片学生的惊叫已经传来。

“死了。”“有人死了。”

怎么回事？所有人都茫然了，纷纷围上去观看。楚敏站在那，也是沉默无语，因为死的人，正是她一直在追的人。

卫影死了。但是根本没有几人知道他是楚敏一直在追赶的目标，他的逃匿术确实高超，除了境界远超他的楚敏，双极学院学生没有一个察觉他才是引导这一场闹剧的罪魁。

“怎么死的？”学生们还在互相打听着，而知道这一点，也只有两个人。

追赶的楚敏，还有远处观望的双极院长唐穆。就在楚敏被秦桑拦截的那一下，卫影忽然一个踉跄，扑倒在地后，就再也没有起来。

他似乎感觉到了自己无论如何也摆脱不了楚敏，也似乎察觉到了楚敏是在有意放逐他，以待他更多的同伙现身相救。他只是去天照学院刺探了路平他们一下，这不过是卫明随手的一个安排，甚至不是什么计划中有策略的行动。但是最终，他却因此直接了断了自己，因为他是峡峰城主卫仲的家卫，而这，是最效率的方式。

他没有暴露自己的身份，没有暴露任何目的，更没有让自己的同伙被迫出手相救。在发现之前的逃匿都毫无意义后，卫影用最效率的方式，了结了这一切。

越来越多的双极学生围了上来，他们并不知道他和楚敏有一场追逐，只当是一名学生发生意外死掉，倒下的卫影穿的也是一套双极学院的院服。

“这是谁？”

“几年级的？”

学生们在议论着。而原本对楚敏的围追堵截，在楚敏忽然停下后，也就变成对峙了。

楚敏皱了皱眉，事情的发展超乎了她的意料。像卫影这样暗中的监视，肯定不会是好意，而路平他们四人，除路平以外其他三人所用的修炼方法是很危险的，这时候面对外敌，肯定毫无还手之力。所以楚敏果断出击，逼走卫影，并紧追不舍。她是要将对方的同伙一并逼出，再慢慢敲打出来他们的意图，最后一网打尽，永除后患。

如果可以暗中相随的话，当然很好。但正如唐穆判断的那样，这种事，楚敏很不擅长，而卫影却又太擅长。暗中相随，她跟不上卫影，哪怕她境界要高出许多，但她所掌握的异能可没有一个是这类型的。她只好采用她的法子，施压，强逼对方亮牌。但她没想到对方的应对竟然如此决然，居然直接一死了之，这确实是她一开始完全没有意料到的事。

于是她一无所获，她所能确认的，仅仅是这人是自杀，而绝非有人暗中灭口。她留意了四下，诸多的学生当中，也没有看到任何异样。然后她已被包围，但没有人敢贸然上前，直至秦家小姐秦桑又一次赶了上来，这次她手里已经握紧了剑，身后却依然跟着那个背剑的小姑娘。

“休想逃！”她说道。

楚敏回头看了她一眼：“我什么时候逃了？”

“很好！”秦桑提剑上前，她看出对手相当强，境界甚至在她之上，但她还是很有信心。境界也只是实力的一部分，并不能说明一切。对魄之力的驾驭，运转魄之力的功法异能，还有可以提升魄之力威力的神兵利器，都将全面影响一个人的最终实力。而她，冲之魄觉醒者，对冲之魄的驾驭具有天生的敏锐。

四大族秦家的出身，家族血脉才有可能掌握的功法异能，绝不是在学院里就可以学到的，四大学院都不能。再有她手中这柄奎英剑，评定五级的神兵，很多修者一生可能都没有机会见识五级神兵，她却从小就有这剑伴她一起修炼成长。所以，她不惧，她有太多太多的自信源泉，之前若不是那丫头掷剑慢了点，自己会被那女人轻易甩开？

秦桑手腕一转，剑指楚敏，魄之力向奎英剑中注去。楚敏，却也在此时扬起手，空手，五指虚张，而后手腕也是一转。

瞬间风起！

楚敏这一转腕，赫然就拧出了一道风，龙卷风。但是风势很集中，从楚敏掌心出，盘旋向前，瞬间就卷到了秦桑握剑的手。风力大到不可思议，大到秦桑根本无力去抗衡，她的手腕被风一拧，手指不由地张开，奎英剑已脱手，跟着就已被风带走。

风去，风回，带走了秦桑的奎英剑，但却没有回到楚敏的手上。楚敏凌空又是做了个手势，那风已变了个向，忽然又向外吐，这一次，是猛朝地上钻了去。

泥土飞溅，这一道龙卷风锐利得好似一个钻头，竟然直朝着地底钻了去，而夹带着风中的奎英剑，也成了钻头的一部分。转眼，风不见，已经全吹入了地下，剑也不见，跟着风一起钻入了地下。

“先找回你的剑再说。”楚敏淡淡地说着，任谁都看得出，她这一出手，也是轻而易举，只是夺走秦桑的剑，也是手下留情。那道风，如果卷的是秦桑的脑袋，那又会怎么样？

秦桑的脸红一阵，青一阵，白一阵，望着地上那被风钻出的洞，她的右手腕至今也还在酸麻。比起一般学生，她总是更识货的，楚敏有多强，她比任何人都更有体会。她心有不服，但也不得不承认，眼下的自己，绝不是对方的对手，尤其是自己连剑都没有。

“小姐……”身后的小姑娘走了上来。

“还愣着干什么？还不快点把剑找出来！”秦桑叫道。

“是……”小姑娘连忙走上前，开始刨啊，挖啊，要把剑找回。楚敏已经准备离开，此时却又回头看了眼，皱了皱眉，但却也没说什么，更没去理会，转身就接着要走。

那些对她又追又打的学生此时也都在，但是现在，谁还敢拦？学生中最强最傲的秦桑，在人面前连一个完整的回合都没走上，他们这些人还上去拦，那不是自取其辱吗？这人，根本就不是学生级别的修者，该由学院的导师们来料理嘛！

双极学院的学生都在这样想着，都在这样期待着，但是就是不见导师露面。这女人，也再没有来时那样的声势，就这样平静地从双极学院的正门离去了。

而他们的院长唐穆，在这时却恰到好处地出现了。

“怎么回事？”他过问着，了解着，然后吩咐人将卫影带了下去，吩咐学生们不要乱说话，对秦家小姐也免不了亲自安慰一番。相比起卫仲，那秦家的势力就更可怕了。卫仲还会对他这个院长有示好之意，但是秦家呢？将女儿交到双极学院落落脚，这就已经是给双极学院脸上贴金的事了。这秦桑，平时对导师也是礼数有加，但唐穆清楚，那只是人这身份该有的基本教养和礼数，是不是真把他们放在心上当成很尊重的人那可就未必了。这不，眼下秦家小姐的心情极其不好，对着他这双极学院的院长时，可也没什么好脸色。

小姑娘还在那里卖力挖土，唐穆苦笑了一下，走上前，拍了拍那小姑娘示意她让开。而后手向那坑里一探，也不知用的是个什么异能，好像变戏法似的，奎英剑就跳到了他掌中，而后被他提了出来，随手将剑交给了那小姑娘。

小姑娘接过剑后愣愣的，也不知该就这样收起，还是要再交给小姐。询问的目光向秦桑望去时，却看到秦桑也在发愣。

唐穆不动神色，没见什么声势，也没见什么大气场，却就这样轻轻巧巧地做到了她们需要很费一番工夫才能做到的事。剑被取出来了，随手也就被交还了，唐穆只是随意笑了笑，也没有要以此来卖好的意思，但是秦桑却对自己之前没啥好脸色的态度有些歉然了。

“谢谢院长……”她低声说着。

“呵呵呵，继续努力，未来路还很长。”唐穆也是院长的模样，说了点没营养的鼓励后，就这样离开了。

“小姐，剑……”小姑娘拿着剑，到了秦桑面前。

“收起来吧！”秦桑说着，周围的学生已经渐渐散去，可她的心情，又哪会这么快就安定下来。出生以来，她还从来没有遇到过这样的挫折，那个酒鬼女人到底是什么人？

人群中，卫明也悄无声息地离开了。卫影没有来得及向他传递任何信息，最后干净利落地了断了自己，这是他们城主府的风格，作为一个密探，当在暴露自己却又不能脱身后，只有死，才能将一切保护得最有效率。

卫影是十二家卫，不是普通的密探，但他行事却比任何一个普通密探都要干脆决断。他所执行的，甚至根本就不是什么重要任务，因为路平那四人，和城主府实际上没有什么利益冲突。他们只不过对待城主府时没有平民该有的那种尊重和胆怯。

这种事，可大可小。但城主府事无巨细。只不过小事大事在一起，当然先忙大事。什么是大事？送小城主到双极学院，将月华洗魄的修炼妥善安排好是大事。大事安排好了，小事也不能丢，也要拿出来处理一下。

这处理还没开始，只是派卫影去看看这帮人现在在做什么，结果居然就搭上了卫影这条命。他因为一件小事，死得干脆，死得果断，但这绝不代表他这条命就不重要。

城主府十二家卫，个个都是城主卫仲最信赖的属下，卫影更是他一手培养出来的第一密探，第一杀手。现在，就这么死了。那么现在，这就不再是一件小事。

卫明回到了住处，立即提笔写下了一封密函，将所发生的一切原原本本地呈报给了城主。这当中是否有他的过错？这种考虑在他写下密函时是不存在的。他所做的只是将情况以最简洁、最准确的方式描述出来。至于当中行事的对错，那全由城主来定夺。他不会在这密函中做任何隐瞒，更不会有什么辩解，如果有，那也是以后的事。

十二家卫个个深受城主信赖，绝不是没有原因的。

做完一切的卫明，跟着走出了住处。他不能停下，他要立即开始打探那个女人的情报。那女人从天照学院来，那么双极学院的人，多少应该知道些什么吧？

卫明摸了摸自己的脸，望山镇的那一碗虾粥并没有烫伤他，但那份耻辱他可并没有就此遗忘。

他是个骄傲的人，但与此同时更是一个恪守城主府行事规矩的人，他不会让自己的情绪凌驾于城主府之上。不过现在，这女人正好踩在了城主府行事的轨道上，那么正好也可以让自己洗刷一下耻辱，这样一举两得的事，卫明一点也不反对。

Chapter 9

◆ 找茬的结果 ◆

天空中，城主府特训的雨燕带着密函闪电般地飞向了峡峰山方向。楚敏也在这时回到了天照学院，回到了图书馆旁的树林空地。

“有什么事吗？”楚敏随口问路平，但不想还真有事发生。

调虎离山？两面一结合，这是楚敏立即生出的念头，但很快就摇头否定了。天照学院这边，无非就是几个学生吃了亏过来找找场子，这么点事，何至于要搭上性命？

“来的人认识吗？”楚敏问路平。

“不认识。”路平就赶了个后半场，温言和道然互相叫名的时候他正好去方便了。

“长得很高大，力量很强，我听他身边的人叫他‘道哥’。”路平描述了一下对方，“道哥”是对方跑远后，有人在喊，他才听到的。

“我知道是谁了。”楚敏点了点头。

“看起来他们还会再来。”路平说。

“你在这看着，我去警告他一下。”楚敏行事那是相当果断，说着就又马上动身离开了。路平笑笑，也没说什么。他早看出来了，楚敏老师喜欢直接用暴力解决问题，就看给他们四个安排的修炼方式吧，可不就非常的简单粗暴吗？

路平继续拿碎片练习着他的鸣之魄，并没有受到太大干扰，只是临近中午了，却还没看到楚敏回来。那边莫林已经自己摸索着爬到大家平时吃饭用的那个大树桩，不停地拍打着，那意思是他饿了，要吃饭。

“再等会。”路平说，可莫林又听不到，还是拍。路平抓了把草递到他嘴边，这家伙很高兴地咬进口，飞快吐了出来，一脸怒容，木桩拍得更凶了。

路平也实在不知道该怎么和这家伙交流，好在这时候终于有人来了。不是楚敏，却是温言，带着午餐过来了。“你们没吃吧？”温言问。

“嗯。”路平点头，已经慌忙从温言带来的食盒里抢了个包子出来，塞到了莫林嘴里，莫林终于不拍木桩了，笑逐颜开的。

“他高兴什么？”温言一边把食盒一个个取出来一边问。

“有饭吃了。”路平说。

“哎，真惨……”温言一直很同情这三人的修炼状态。

路平过去把苏唐领了过来，温言这时才对他说：“可能出事了。”

“出什么事？”路平问。

“楚敏老师早上不知为什么，冲进了双极学院，打死了双极学院一名学生，现在双极学院的院长都亲自找上门来了，他们都在院长室呢！”温言一脸的担忧。

院长室里此时都是真正的大人物，她当然再没资格随便进出。她这消息都是从传言里听来的。事实上呢？谁也没看到楚敏打死学生，只是因为楚敏闯双极学院和双极学院死了一个学生在时间和地点上都保持了相当的一致，于是传来传去了，就传了这样的版本。

不过这个夸张的版本其实反倒是最贴近真实的。唯有两点不实，第一，卫影不是双极学院的学生；第二，他不是被楚敏打死，而只是被逼死的。

但是，谁知道呢？学生们都不知道，只是这样议论着。至于学院双方的大人物们在怎么议论，他们更是无从知晓了。

“我听说后一想，你们这边又没人了，赶紧过来，顺便给你们带点吃的。本来还想找几个人帮忙的，但是……”温言无奈地摇了摇头，那个道然就是学院一霸，又有大靠山，哪怕是一些实力比他更强的学生也不愿意强出头，更何况是帮毫无交情的几个山里学生来出头。至于正义这种理由，如果有的话，道然也不会嚣张至今了。

“楚敏老师也是的，这么危险的修炼，就把你们扔在这大树林里进行。”温言跟着又气道。

“嗯……楚敏老师虽然看起来不是一个太细心的人，不过这样的安排，我想应该也是有一定道理的吧？”路平说。

“是吗？”温言毕竟不了解，也不敢把话说得太满，“我看你们抓紧时间吃，吃完了我们带着他们三个先找个地方躲一下，你觉得呢？”

“嗯，是个办法。”路平点点头，也没反对。

谁知这话刚刚说完，温言因为警惕一直开启着的冲之魄异能远视，就已经发现前方树林里人头攒动。

“已经来了！”温言急道，站起身左看右看，一时间不知道该先带哪个走。

“哪边？”路平的神情却依旧从容。

“那边，人不少。”温言指着前方说道。

“你带着他。”路平一指莫林，然后他走到苏唐身前，将她拉到自己身后，随即弯身背起，苏唐感觉到他的动作后，立即配合着他。路平背着苏唐又到那树下，将完全没有任何知觉的西凡抱起。

“现在也走不远了，先在图书馆里躲一躲。”温言这边也搞定了莫林。虽然他远没有苏唐那么配合，但就他那力量，被温言捏了两下就变老实了。

“你最好弄晕他。”路平看了一眼，莫林假装老实了，但一只手却在悄然向着他衣襟内的口袋里摸着。这家伙显然以为遇着什么危险，这是准备要施什么小手段了。可眼下实在没时间，更没方法和他交流解释。

“哦？”温言愣了下，但也没多问，挥手一掌，打晕了莫林。然后和路平一起连忙向图书馆转移着。

树林空地距离图书馆的正门有很长一段距离，此时已经完全没有时间再往那边赶。好在楚敏房间的那扇窗永远是开着的，走在前边的温言毫不犹豫就选了这路线，很快就都从窗口进了房间。

窗外嘈杂的声音已经越来越近，温言的鸣之魄状态也不错，有五重天，一些嗓门大点的声音她已经可以听到。

“快点……”

“这边……”

“人呢？”

温言不敢说话，打手势示意路平也保持安静，然后跟上她。只藏在这房间里未免有些太草率了，从树林空地看过来，这窗口是相当显眼的。但就在这时，温言已经听到窗外传来一句话。

“洛停，你来看看。”窗外有人说着。

他也来了……温言脸上闪过一抹失望的神色，因为她知道，这个人的话，肯定是能追踪到他们的。

洛停，天照学院四年级生，夏博简的门生，气之魄贯通者，精通异能名为“气逐”，意指沿着气味追逐，被一些学生背地里促狭地称之为“猎犬”。但事实上大家都知道，“气逐”这个异能不是强化性，不是对嗅觉的强化，而是气之魄力对气味信息的敏锐感知。洛停沿着气味追逐的时候，也不会像狗一样不停地抽着鼻子，只是所依赖的信息都是一致的，那就是气味。

气味有吗？当然有！几人刚刚还在那边吃过饭，难免沾染到一些食物的气味，对洛停而言如此气味信号的指引和路牌已没什么区别了。众人都没看到他做出什么感知的动作，他就已经进行了明确的指引。

“那里！”洛停所指的，正是路平他们刚刚翻进的窗口。

“原来躲进这里去了！”走在最前的依然是道然，看来不过一个上午，被路平捏着手腕大叫“疼疼疼”的狼狈样就已经被他选择性地遗忘了。他的神情变得更嚣张，更跋扈。因为这一次他邀来了强有力的帮手，三个四年级的强悍学生，和他交情虽然没多深，但都是他舅舅夏博简的门生，道然没费什么力气就约了他们来助拳。

不过道然更期待的还是由自己亲自动手揍扁路平，所以这一次，他还带了武器。一双看起来很有金属质感的手套套在他的双手上。硬骨拳套，评定二级的神兵。

力量强化十五倍的异能“强力”，再辅以可将魄之力的破坏力提升三成的硬骨拳套，道然重新变得自信、嚣张、跋扈，可并不仅仅是依赖有人帮手。再看到对方回避逃跑的举动，道然的气焰自然更加嚣张了。大步流星走到那窗口，翻身跃进房间，眼前一片凌乱。

洛停就跟在他的身后，到了这边就朝房间门一指，道然二话不说冲上，拉门就要追出。

唰！昏暗的图书馆走廊似有一道电光闪过，朝着拉开房门的道然劈头打来。

换做平时，这一鞭肯定会让道然感到相当棘手，但是今天，他丝毫不以为然，因为他同样是带着武器来的，戴着硬骨拳套的右手提起抓向前方，直接就将这道电光攥在了手中。

“你还真是爱管闲事！”道然很是不屑地说着，挥手往回一拉。温言的力量哪里能和道然相比，更何况早上那一拳的伤势影响还在，顿时被道然连鞭带人地一起扯了过去。

失算！温言心里暗叫。她本想仰仗武器在这走廊多多阻挡这些人一会。没想到道然这次竟然也带了武器，抬手就把她的软鞭给抓住了。她这天罗藤所制的天罗鞭，要说评定等级那还在硬骨拳套之上，是三级神兵。可就这样落入对方手里，等级再高也施展不出了。

“不给你点颜色看看是不行了！”道然举手挥拳，就要朝被扯回来的温言轰去，却不想身后跟着的洛停一步贴上，在他的手肘上托了一托，道然这一拳顿时打空。温言也连忙放手撒鞭，向后闪去。

“算了，都是自家学院的，快追那些家伙吧！”洛停说着，却是帮着温言说了个情。

“下次放聪明点，这鞭子就当是你的赔罪了。”道然大大咧咧地说着，天罗鞭也没有交还给温言，接着就继续朝前赶去。温言站在一旁，默不作声。洛停走过时看了她一眼，又看了她身后紧闭的房门一眼，不过随后看到温言那一脸威胁加拼命的神情后，笑了笑，什么也没说，继续跟上道然。他之后，石中天、桥诚两个，也都是四年级学生，夏博简的门生，和温言自然也都是相识的。走过她面前时，各朝她做了个无奈的表情，而后继续追了上去。

很显然，他们两位对道然的行为都不怎么感冒，可碍于导师夏博简的面子，实在没有办法拒绝，只能心里一边叫着倒霉一边来装装样子。至于洛停，看起来挺卖力，那也是没办法的事。他那个异能大家都清楚有多厉害。树桩上还有刚吃过的食物，这样他还说找不到目标，那敷衍得未免有些太过头，道然也不是白痴。

不过就在刚才，他拦了道然那一拳，再之后，有些事他也顺势没有说破。

几人沿着走廊继续追过去了，再之后道然的那些小跟班在温言面前当然还是不敢太猖狂，一个个都紧随他们的老大，直至最后一个人跑过，温言终于松了口气。拧开身后的房门，西凡就躺在里面。

西凡没吃过什么，所以身上不会有什么食物气味，温言因此觉得他是可以避过洛停的“气逐”的。可就刚刚来看，洛停好像还是发现了什么，只是最终没有说破。

将西凡先藏在这里，而她是天照学院的学生，道然对她并不能做得太过分。这是温言的理由，因此她留下来帮路平多争取一点时间，跑远一些，以摆脱洛停的“气逐”感知。

结果看来，她争取时间争取得很失败，西凡的躲藏也不怎么成功。但是好在洛停将此隐瞒了，再接下来，只是希望路平靠速度取胜，能甩脱这些家伙。不过路平眼下可是一次带着两个人，就算没有什么力量上的负担，对行动也总有一些影响。

能不能逃掉？温言很担忧，她想去看看，可是把西凡独自扔在这她又实在有些不放心。正着急，忽然听到楼道里传来脚步声，一步一步，不慌不忙，越来越近，最终，停在了门外。

谁？！温言的心悬在了嗓子眼。房门被人推开，她已经做好随时出手的准备，但是走进来的，却是洛停。

“你？”温言意外，“你怎么又回来了？”

“呵呵。”洛停笑笑，走进屋，反手将门顺势关好，“因为那边已经不需要我了。”

“追到了……”温言的心一沉，不过看到洛停反手关门的举动，更有一种不好的预感，原本稍稍放下的戒心，立即重新提起。

“是的，追到了。”洛停点头说着。

“你回来就是为了和我说这个？”温言说。

“当然不是。”洛停笑着，“虽然追到了，但你可不能否认我之前是帮了你的，所以我回来问问，你，准备怎么报答我啊？”洛停的笑容，忽然变得要多恶心有多恶心。

“你！”温言惊呆了，她不是小孩子，哪里听不出洛停这话里的意味。她只是没有想到，洛停竟然如此大胆，竟敢如此赤裸裸地胁迫自己。

“我怎样啊？难道要我再去喊他们过来，那样的话地上这小子可就惨了吧？这小子的状态很奇怪啊，是在进行什么修炼吗？”洛停一边说着，一边却已经步步逼上前来。

“卑鄙！下流！”温言骂道，她一直以为像道然那种家伙就已经非常非常可恶了，但是现在才知道，还有远比道然更加恶心的存在。

“想动手？你现在还受着伤吧？天罗鞭也不在手，你觉得你还是我的对手吗？”洛停好整以暇地说着。

“试试看呀！”温言不退，一拳挥上。这一拳她积蓄了很久，早在听到脚步声时就在准备。在看到是洛停时稍有松歇，现在温言很后悔，后悔自己为什么会有那一瞬间的松懈。这个家伙，原来是这样一个人面兽心的东西，四年同院她竟然一点都没察觉。今天就是把他打死在这，温言也一点都不后悔。

温言的出手本就极快，这一拳积蓄已久，更是挟着劲风。这一刻，她已经不怕惊动什么了，就算是道然赶回来，她也不会觉得比眼前这个家伙更恶心。

“早知道你不会这么容易屈服啦！”洛停还在笑着，他的话，却也表明了他也是早有准备，对于温言这突然暴起的一击，他一点也不意外。他的动作也很快，身形急退，右手两指，向前一点……

“啊……”温言惨叫了一声，这一指明明并没有点到她，但是她早上招架道然那一拳，最终被魄之力轰中受伤的部位却传来一阵剧痛，她这一拳的力道顿时完全松了。

“呵呵……那个地方，道然的气味很浓呢，怎么回事呢？”洛停淫笑着，他明明知道是怎么回事，而且就因为那里是被道然重伤过的伤口，才故意用他“气逐”的手段向那里发动了锁定攻击。手段残忍，完了说的话却又还要如此侮辱。

温言咬牙，她不会就这样屈服，但是洛停却比她想象得要残忍的多。手一抖，已经又一击放出，重伤的部位，再次传来剧痛。

“不要怪我啊……你知道的，我的手法，就是需要这样特殊的气味痕迹才能发动锁定攻击。”洛停说着，接连又是三指，温言已经痛得全无招架之力，只是勉力支撑着没有倒下罢了。

“好顽强啊……看来我必须直接上手啊！”洛停说着，向前走出，他分明看出温言已经全无力气，只能任由他摆布了。

死！这是此时温言心里唯一的念头，但是洛停真的太卑鄙，连续用他的“气逐”手法，将魄之力打在她的伤口上，此时的她，连自尽的力气都没有了。

“呵呵呵……”洛停笑着走近，一伸手，就已经将温言推倒在了身后的桌上。跟着却听到一旁有人说话。

“呃……是不是先让我回避一下？”躺在地上的西凡，目光向另一边回避着说道。

嗯？恨不能死的温言一愣。这声音，她不熟，但她马上意识到了这是谁，马上意识到了这是什么情况：就在这个节骨眼上，西凡突破贯通了！并且找回了被剥离的魄之力！

但是，这家伙那话……“神经病啊你！很好笑吗？快救我啊混蛋！”又骂又叫，又哭又笑。面对洛停那样的欺负凌辱，甚至完全陷入绝望，连死都不能的时候，温言也一滴眼泪都没有掉，她可不是期待眼泪可以解决问题的女孩。可是这一刻，她哭了，当忽然燃起希望，忽然有了救星，忽然从绝望中找到依靠的时候，她哭了，号啕大哭。

好笑？西凡一点没觉得这好笑，他倒是尴尬自己突破贯通的一刻怎么这么不是时候。但是当温言喊出来，哭出来时，他马上意识到情况并不是他所以为的那样。

西凡缓缓起身，他有点习惯于只有一个意识，突然间找回了所有感知，片刻间还有点不适应。他活动了一下身体，扭动了一下脖子，全身上下的关节接连发出“咯咯”的声音，他很快进入状态，目光笔直地锁定在了洛停身上。

“放开她。”西凡的语气中没有夹带什么愤怒，却是绝对毋容置疑的口气。

“如果我说不呢？”洛停冷笑，但并不太清楚西凡是怎么回事。之前毫无反应，此时却又突然醒来。他只知道，这家伙不是什么高手，听说来天照学院的时候还带着重伤，其他三人大展身手的时候，这家伙也是个需要被人照看的累赘。

就这样的货色，也想学人英雄救美？洛停只觉得好笑。他没有太慌张，对他而言，无非就是多杀一人罢了。而且杀这么一个外院来的，比起杀死温言的压力要小太多太多了。

是的，当他对温言起歹念的那一刻，就没想着再让温言活下去。而现在不过多了一个无足轻重的陪葬，没什么大不了。

不过，动作还是要快点。洛停想着，根本没去再等西凡的下一步举动，这样一个小人物，自己需要那么小心在意地浪费时间吗？他笑着，笑容中充满戏谑，他在嘲笑西凡的不自量力，然后他忽一提手。

嗖！一道指风击出。他是气之魄的贯通者，除了异能“气逐”，对“气”也有一定的驾驭能力。虽然远达不到楚敏那样强悍的程度，但总算也小有杀伤，尤其速度不俗。

啪！一声脆响，一张脸已经稀烂。洛停的脸却露出惊讶的神情。

如此距离，如此速度，这记直击西凡眉心的指风，竟然被对方不动声色地稍一偏头就给避过了。动作是如此的准确，如此的敏捷。指风最终打中的，不过是他身后壁画中的一张人脸。

洛停已经完全忘记了身边的温言，他情不自禁地又向后退了一步。多点距离，他会对他所用的这种攻击方法更有信心一些。

啪！啪！啪！啪！洛停双手同起，左右手各取两指，再次不断打出指风，但是无一例外，全被西凡轻松闪过，他身后那张壁画瞬间再添几个窟窿，但西凡毫发无伤。

“怎么可能？”洛停难以置信地叫了出来。

西凡的动作是挺快，但是能这样接连避过他的指风，最重要的不是动作快，而是判断准。西凡就是如此，判断极其准确，每一个闪避的动作都没有任何多余，而且很快就会调整好躲避下一击，看起来就好像是完全知道洛停会怎么攻击似的。

啪！啪！啪！洛停不甘心，抬手又是几指，但结果还是一样，完全一样。西凡却已经在躲过这几击后，冲到了他的面前。

“总是欺负弱小，所以连多少隐藏一下自己的攻击意图都不懂了吗？”西凡说着，已经出拳。笔直的一记直拳，正中洛停的脸庞，洛停鼻血长流，踉跄向后，再抬起头，脸上忽然又有了狰狞的笑容。

“呵呵呵呵……”他笑着，抬手，指风再度扫出。

“当心！”温言立即意识到了什么，连忙叫道。

嗯？西凡这次也愣了一愣。眼前这个对手，之前每一次出手时，从眼神到神情再到动作，简直没有一处不在暴露他的意图。所以每次西凡都能提早准确判断出他要攻击的位置，然后从容闪避。可这一次，这家伙看起来只是一扬手，竟然把所有会暴露意图的神情动作都给隐藏了？

无法预判，西凡只能做出大幅度的移动来闪避，但是这一次，却好像对方的指风知道他的意图似的，最终依然击中了他，击中了西凡的右手。带有魄之力的指风与西凡的右手相撞，发出难以描述的声响，西凡的右手立即就有鲜血迸出。

“是气逐！他的异能可以将攻击命中他锁定的气味符号！”温言叫道。

“不错！”满脸是血的洛停继续狞笑着，“现在，就是你的右手！”

西凡的右手，打中了洛停一拳，于是就沾到了洛停的气味，他立即就把这做成了他的“气逐”可以锁定的标靶。说着，指风再起。

噗……西凡右手再次中招，任何动作也无法阻止，鲜血再次迸出。而洛停一如他之前的残忍，绝不停手，紧接着又是一击。西凡的右手很快变得鲜血淋漓，他却回过头来对着温言说话：“你就是这么被他打败的？”

温言愣。

“他攻击的一定是你的弱点，无法忍受痛苦的弱点。”西凡说。

“是的！那么你呢？”洛停疯狂地大笑着，双手不断打出指风，狂攻西凡的右手。

“神经病！”西凡却已经猛冲向前，他的右手被他自己伸出撑到了面前，就好像一面盾牌，洛停打出的指风悉数撞了上去，飞溅起的鲜血，在他面前溅成一大朵血花。

“我还有左手啊！”西凡说着，左拳挥出，血花破开，拳头笔直地撞在了洛停那满是惊诧的脸上。

噗！一拳！

“而且右手也根本不是那么难忍！”右拳挥上，第二拳！

轰！洛停被拳头打飞，倒撞在身后的墙上。他的眼中全是惊惧，他挥起双手时，竟然已经无法集中注意力控制好气之魄力，他惊恐地看着西凡冲到他面前。

“杀了他！！！”满腔怒火的温言在这时愤怒地喊道。

“那还用说？”西凡说道。

“不要杀了我……”洛停的话只来得及说出一半，西凡的左手已经牢牢地卡住了他的脖子，满是鲜血的右手按在了他的头顶。

求生的本能，让洛停再一次御起了气之魄力，气再次被他驾驭，带着魄之力做出了攻击，通过他“气逐”的指引，刺中了西凡的右手。

但是，这又能怎样呢？洛停完全没有感觉到按在自己头顶上的右手有丝毫动摇，自己的攻击，在对方看来好像不存在一样。

明明不是这样的啊！洛停无论如何都想不通，自己的精准攻击，就被对方这样粗鲁地应对过去了？

西凡右手流下的鲜血，划过洛停的额头，和洛停脸上的鲜血混在了一起，模糊着他的视线。

喀喇。这是洛停听到的最后一声响，再然后，他只觉得脑袋好像没有了支撑，好像在向下落去，模糊的视线在这一刻终于彻底消失了，西凡拧断了他的脖子。

“杀了。”西凡回头对温言说着，让开身，给温言看。

“真……杀了？”温言愣住。

“我刚才只是一时气话……”温言说。

“难道不该杀？”西凡皱眉，那神情，完全是在质疑温言的品质。

“该杀！”这点温言也是很坚定的，她所犹豫的是，“但就让你这样给杀了……”

“举手之劳。”西凡说。

“唉，算了……”温言也不想啰嗦什么了，她担忧的当然不是洛停该不该杀的问题，而是该谁杀的问题，由西凡就这样处置了，恐怕免不了又是一场风波一堆麻烦。但不管怎么样，西凡保护了她，她还有什么可埋怨的？有什么麻烦，也该由她来收拾。

“你的手没事吧？”温言问道，她看到西凡的右手还在不停地滴血。

“没事。”西凡笑了笑，“我的弱点又不在右手。”说完，他就直挺挺扑地向前，扑通一声趴倒在地。鲜血，瞬间染红了他的后背。

“喂，你怎么……”温言惊叫着，但话说一半也想起来：西凡，一直是带着伤的！

因为伤重，所以他行动不便，到天照学院第一天起就一直坐着轮椅；因为伤重，所以这个凶险的精之魄贯通修炼，一般人可以坚持七天，而西凡只能坚持三天。

不过最终西凡只用了一天一夜，就完成了突破贯通，但是这个修炼，对于他原本就有的伤势丝毫不起作用。击杀洛停，显然西凡是在强忍着他背后的重伤，在彻底击杀洛停后，立即就不支倒地了。

“喂喂！”温言眼下伤势也不轻，手撑着桌子勉强想要走过去，却随即腿一软，也倒在了地上。此时的她才明白，为什么西凡杀洛停杀得那么痛快。

因为他别无选择。他清楚自己马上就会支撑不住，不杀，只能是等洛停回过劲来杀他们俩。否则的话，洛停纵然该杀，但如此杀法会有什么样的麻烦，西凡不会不清楚，不会没想到。温言和他仅仅打过一丁点交道，但这个一直带着重伤的人却已经给她一种特别稳重可靠的感觉。

杀！这个温言原本以为有些贸然的举动，其实正是在这种处境下最安全的选择。这个家伙，确实如他给人的印象一样，真的非常踏实可靠。

只是现在……“你怎样啊？没事吧你？”温言倒在地上喊着，眼泪又啪啪地掉下来了。遇到危险的时候，她始终都没有哭泣，她一直觉得自己还真是挺坚强独立的。可是当拥有依靠的时候，她哭了；当依靠就这样倒下去的时候，她又一次哭了。

温言拼尽全力，爬到了西凡的身边。“喂！喂！”她不敢去晃动西凡趴在血泊中的身体，只是努力喊着。但是西凡却好像已经完全没有意识，只是安静地趴在那儿，一如他这一天修炼时的状态。

“有没有人？有没有人啊？”温言已经顾不得其他了，只要来个人，无论是谁都好。可是只是这样的喊叫又有什么用，这个时间，会来图书馆的人几乎没有。

冷静，要冷静。温言告诫着自己。她已经没体力做出什么行动，这样空喊毫无意义。

鸣之魄！自己需要发挥鸣之魄的作用，将声音更远地传递出去。

静心……不要乱，集中精神，鸣之魄力……温言闭上了眼，努力汇集着自己的精神，强忍着伤势的痛楚，努力控制着紊乱的魄之力，将鸣之魄力从中努力地抽取出来，依照她所需要的去运转。

“有没有人……来人哪！！！”终于，驾驭着鸣之魄力发出的呐喊自房间里穿了出去，穿透树林，翻过树梢，在天照学院的上空回荡着。

有没有人？不管是谁，都快来吧……温言在心里又默默念叨了一遍，终于也耗尽了所有精神，彻底晕了过去。

天照学院里当然有的是人。不过路平背着苏唐，挟着莫林准备冲出图书馆时，所盼望的可是不要遇到人。

据温言所说，对方一群人里有一个靠气味就可以找到目标的人，所以躲藏变得毫无意义，需要靠速度甩开追兵。所以路平想跑出图书馆，宽阔的环境，更利于用速度来决胜负。但是就在他要冲出图书馆的那一刻，他感觉到一股劲风，极其猛烈地从他身后掠过，一道人影瞬间就已经来到了他的正前方，拦住了他的去路。

“唉，留下吧……”这人说这话的时候，看起来并不喜悦，反倒是愁眉苦脸的。

他本来只是来凑数走走过场，却不料局面最终发展到了必须要他来处理的场面。这实在有违他的真实心意，于是他也就很真实地表现在了脸上。

“我叫桥诚，是桥影的哥哥，听他说过，你很快。”愁眉苦脸的桥诚对路平说着。

“你好像更快。”路平说。

“比桥影的话，我是更快，不过你的话……”桥诚抬手指了指，“如果不是这样带着两个人，我看就难说了。”

两个人，一个背着，一个夹着，就算对路平来说这并不费力气，但是有这样的累赘，对奔跑不会全无影响。速度普通一点的修者可能还是比不上他。但是眼前这位，自称音速的桥影的亲哥哥，同样是以速度见长的四年级生桥诚，却一下子就超过了路平。

躲藏，有气之魄的能者找到他们;逃跑，有这样速度见长的强者。道然找人助拳，还真不是随便就找的，他早对一些可能的情况进行了估计，找的人非常有针对性，眼下就各自发挥出了相应的作用。道然已经十分得意地赶到了路平的身后。

“跑啊！你小子倒是接着跑啊！带着两个人还能跑得这么快？你挺能啊，现在怎么不跑了？”道然倒是没急着出手，显然已经不觉得路平还有什么机会，他准备好好地玩弄一下这个对手，以洗去自己早上蒙受的耻辱。

一想到这，道然的左手情不自禁地又去摸了摸自己的右手腕，早上被路平死死攥住，攥到肌肉都挤向两边的时候，他一度怀疑自己这手腕是要废掉了。但等回去以后才发现，伤势并不算太重，尤其对于他这么一个身体异常强壮结实的修者来说。于是他很快找了些厉害的帮手又回到了这里，他可不想多等几天让早上发生的那一幕传遍整个天照学院，那实在有损他的威名，他要尽快把这场子找回来。

不过道然也并不介意展示一下自己的大度，他决定还是给对方一个机会。“跪下来认错，我可以考虑原谅你。”道然趾高气扬地说着。

“认错？我有什么错？”路平望着他，一脸的茫然，茫然得让道然有些受伤。他觉得路平摆明了没把他放在眼里，摆明了是在戏弄他。

“就冲你这句话，你已经失去了道歉的机会！”道然咬牙切齿，他发誓一定要让这个家伙后悔，后悔错过了这个跪下认错的机会。

“去死吧你！”道然咆哮着冲上，挥拳。一出手，就没有再留半分力，十五倍力的强力，加上二级神兵硬骨拳套三成破坏力的提升。这一拳挥出，就连站在路平身后，阻挡着路平去路的桥诚都感觉到了强大的魄之力扑面而来。

道然确实不是一个一无是处的纨绔。他的天赋不错，实力在天照学院确实称得上是翘楚。他找了人来帮手，但帮手的几位也并不认为他们的实力就在道然之上。尤其这样正面强打的话，桥诚就自认绝不是对手，最后大概只能依赖速度跳脱了事。而眼下面对道然的路平，也是拥有速度优势的。

他会跑吗？这是桥诚心中的疑惑，他稍退了两步，避过道然那骇人的拳压，同时也是多点距离，以便掌控路平的举动。虽然并不情愿，但既然已经到了这份上，那说不得也得帮着道然尽尽心了。

但是路平没跑，他只是一抬手，将他带着的两个人扔了出去。“帮我接着。”他喊道。

“哎？”桥诚发愣，没想着路平居然是把带着的那两人全都扔给了他。但他的身体却已经条件反射般地出手，极快速地将两个人给悉数接住了。

“什么情况啊？！”两人被桥诚飞快地放到了地上，他已经完全费解了。就算他没有表露出太明显的战意，但这立场总也是一目了然的吧？这家伙居然将他的伙伴就这样交到了自己手上，这是在想什么？虽然……虽然自己也确实不会去为难他的两个伙伴……这样一想，这家伙的判断竟然极准确。

轰！桥诚这还没回过神来呢，面前已是一声巨响，回音在走廊中经久不息地回荡着，一个人影炮弹般地朝他撞来。

“什么情况？！”桥诚再次惊讶地叫着，但这次这个来得太快，太猛，他可没敢去接，凭着超快的身手，好容易才向旁一闪。一股劲风极强烈地从他面前掠过，身后，再次传来碰撞的巨响。桥诚扭头看去，就见路平撞在一颗树上，直接挤烂了树皮，有些陷进树身。遭到剧烈撞击的大树也是摇晃不停，像是到了秋天似的，树叶哗啦啦地直往向下落。路平的右手，鲜血淌下，汇集在指尖，滴滴答答地落到了地面的枯叶上。

“小子，还真是有胆，站起来，再跟老子对一拳试试！”道然从图书馆里走出。

竟然和道然对拳，这小子，傻的吗？桥诚发愣。十五倍力量强化的异能强力，再有提成三成破坏力的二级神兵，这得是多愚蠢才会选择和道然进行直接的力量碰撞？

跌倒在树下的路平，脸上也有些茫然，他显然也有些意外，道然的力量突然比他早上遭遇时大了许多。但是很快他注意到了道然手上的拳套。

神兵吗？路平不是不知道神兵的作用，只是没有太多接触。结果和温言一样，也是吃了这意料之外的亏。

“你这是什么表情？是打算要跪下了吗？很遗憾啊，你已经失去机会了。不过你还是可以试试看，也许还是可以打动我，我这个人，还是很好说话的。哈哈哈哈。”道然大笑着，大步向前走着，但是就在从桥诚身边走过时，一道劲风，忽然就从他的身侧袭来。

道然扭头一看，竟然是那个需要路平背着才能行动的女孩在向自己出拳。

“找死吗？”道然想也不想，身形微晃，毫不留情的一拳，向着女孩挥来的拳头对了过去。两人的拳头紧紧地对在了一起。肌肉、骨骼、魄之力，无一不在互相挤压，发出连串爆炸般的轰鸣声。

“我……”桥诚开口还想骂句话，但是他刚张口喊了一个字，两人碰撞后猛然挤散出的拳压立即灌入了他的嘴中，将他接下来要喊出的声音都给压回去了。

桥诚的身子早在动，但是这一次一切发生得太近太近，即使是他的速度也来不及。拳头相撞，拳压绽放，刚来及退出一步的桥诚立即被这强势卷来的气流给掀飞了。

这是什么力量？带着惊骇，桥诚飞向了半空，他只是因为距离太近被波及，但只是这样身上也已有因为力之魄力的撞击而受的轻伤。

太强了！桥诚身手倒也不凡，半空中尽可能地消化着这些冲击，但想完全化解依旧不能。落地虽然勉强还是站着，但紧跟着就一屁股坐到了地上，然后又是一段滑行，最后很巧就停到了树下的路平身边。

“什么情况？”这已经是桥诚第三次发出这种惊叹了。道然有多强，他十分清楚，在那一瞬他本来还在同情那个女生，觉得被道然这样毫不留情的一拳轰上真是很惨。但只一转眼，先被轰飞的是他，这至少说明道然这一拳的力量受到了相当程度的抵抗。

这可是十五倍强化的强力，再加硬骨拳套啊！那女生纤细的胳膊就算整个碎掉桥诚都不会觉得太稀奇，但是现在，那纤细的胳膊伸得笔直，赤手空拳，就这样和道然的硬骨拳套狠狠地抵在了一起。指缝间虽有鲜血迸出，但却毫不退让。这哪里是“相当程度的抵抗”，这一拳分明是和道然势均力敌。

“强化系！”桥诚听到图书馆那边有人喊了一声，是和他同为四年级的石中天。

道然这次一共找了三个四年级生帮忙。拥有异能“气逐”，凭气味就可以找到目标的洛停；再有他，音速桥影的哥哥，他速度更快，但远比弟弟低调得多；再一个就是石中天，一位冲之魄贯通者，异能“辨视”属感知系，他能观察目标魄之力的流转、运作,由此分辨出最终会发挥出的威力和效用。因此很多异能的效力他一眼就能看穿。道然找他来，显然是因为对路平的实力有些摸不清楚。再一点，早上苏唐、莫林这些人他们也都看在眼里了，状态奇奇怪怪的，让他们心有疑惑。

而现在，状态奇怪的苏唐对道然挥拳，赤手空拳，力量竟和道然的十五倍强化的强力加硬骨拳套打成了平手。石中天连忙用“辨视”观察，立即发现苏唐的力之魄极其明显地强化运转着。

是强化系没错，是力量强化更没错。比起感知系、变化系等其他类型的异能，强化系最直接，最容易被识破。而石中天的“辨视”则可以通过分辨力之魄力的具体运转方式，由此判断出这力量强化的具体效果。

这力量强化是……石中天本来已经很快就看出了一个倍数，但是他不能接受，忍不住又看了一遍，然后再一遍，然后又一遍。片刻间，石中天就反复“辨视”了四遍。分辨强化系的异能真的很简单，真的很难出错，但是……这怎么可能？

四遍，全是一个数字:五倍。石中天无法接受的，并不是苏唐的力量强化太彪悍，正相反，他难以接受的，是苏唐的力量强化超乎他想象的低——只有五倍。但是这五倍，却敌住了道然十五倍力，还有硬骨拳套的强化。

这意味着什么？意味着苏唐基本素质的强悍。

强化系的能力是个系数，系数要体现出作用，总还需要一个基数。像莫林那样力之魄根本就是零的人,就是拥有百倍强化的“神力”,力量也依然是零,因为基数是零。

而现在，苏唐五倍基数、二级评定的“大力”，却已经可以敌住道然三级评定、十五倍力的“强力”。她的系数是道然的三分之一，那么这个等式成立就意味着她的基数是道然的三倍，不，应该说是三倍以上，道然除了异能，可还用着二级神兵。

这是怎样的一种力之魄六重天，竟然蕴藏在这么一个少女的身体里？石中天真的吓傻，在四遍“辨视”出五倍这个数字后，他完全一副难以启齿的模样，但紧接着出现的结果，却让他呆若木鸡。

砰！连串的力量碰撞最后归于一声。苏唐身形一晃，但左脚向后跨出一步，立即将身子稳稳支住。道然的姿式却完全散了架，两脚腾腾腾腾向后连续换步不说，右臂也是荡向一边，门户大开。

势均力敌？没有的事！这次硬对硬的力量对抗，输的是道然——拥有十五倍强化的强力，拥有二级神兵的道然。

道然也在惊讶，他完全无法相信自己在力量上竟然输了。早上虽然很狼狈，但那一下，并不完全是力量的纯粹对抗，路平那一击有一定的取巧，打的是他力量薄弱的环节。可是眼下这一击，毫无取巧，拳对拳，力对力，自己还有二级神兵，但是，败了，如此明显的败了——对方击溃了他的力道，而他为了消化剩余的力道，身形已经完全不受控制，换句话说，此时他空当大露。

对手会无视吗？不会！一步后撤站稳身形的苏唐立即发力，红色身影直线猛扑向道然，拳头再一次挥出。

“啊！”道然发出惊恐的尖叫，这女孩拳头的力量他已经领教过，此时在他完全无法招架的情况下完全被轰中，身体恐怕直接就会被打烂吧？但是更让道然感到心寒的是苏唐的眼神，那眼神，明明是望向他的，但是眼神却又很空洞，好像没有看到他。这就是传说中漠视生命的眼神吗？

死定了！“救命哪！！！”道然惶恐地大喊着，他不想死，一点也不想。可是谁又能救他？桥诚，石中天，他那些为虎作伥的小弟，还是被苏唐、莫林弄伤的残兵败将？不能，这些人都不能，他们只能眼睁睁地看着，将绝望传递给道然。

“不……”道然发出绝望的呐喊，可就在这时，他忽然觉得眼前一暗，一道人影仿佛从天而降，护住了他，挡住了苏唐。

“舅舅！”道然惊喜地叫道。

“老师？！”桥诚和石中天也愣住，他们的导师，天照学院的副院长夏博简，谁也不知道他是怎么出现的，他仿佛从天而降一般，突然插到了道然和苏唐之间，迎向了苏唐那可怕的一拳。再然后，谁也没看清他如何动作，似乎只是挥了下一手，苏唐这一拳的力道一下子就被荡去了其他方向，苏唐的人也整个跟着摔了出去。

这就是三魄贯通的强者，让道然深感死亡威胁的一拳，他在举手间就已经化解。

神情不变，仪容不改，那身在天照学院象征着相当地位的院士长袍也不过随着拳劲掀出的气流随意飘晃了几下。

桥诚望着夏博简，眼里全是崇拜，但接着就见身边一道人影蹿出。

路平！几乎是在夏博简出现的同时，他就已经蹿出。苏唐被一挥荡开的同时，他就已经扑到了夏博简身边。

没见什么异能，没见什么招法，没见什么技巧，路平就是极其蛮不讲理地冲了上去。那边有堵墙，他就要撞翻那堵墙；那边有棵树，他就要掀倒那棵树；那里是夏博简，他就要击倒夏博简，管你天照学院的副院长还是什么三魄贯通的强者。

夏博简依旧潇洒，迎着路平冲来的方向，就像挥走苏唐那一拳般地一扬手。但是，紧接着他所迎接到的力量却在刹那间有了翻天覆地的变化，之前看起来还可以轻松应对的魄之力，突然疯涨起来，极其澎湃汹涌。冲、鸣、气、枢、力、精，每种都有，全都像是失去控制般的，极度混乱地爆发着。

所有人再次惊呆。在他们眼中神一样的，他们的导师夏博简，竟然没能招架住这一击，竟然被路平直接撞倒，跟着就和路平一起，像是两个在泥巴里打架的顽童一样，滚到了地上……

“舅舅！！！”

“老师！！！”

无论道然、桥诚还是石中天，还是其他任何一个人，谁都没有想到潇洒登场的夏博简只潇洒了这么一会儿，然后就在地上打滚去了。

每个人都慌了神，有些手足无措，这个场面怎么处理他们实在生疏。他们心目中神一般的导师，竟然被人撞翻在地，象征着学院身份和地位的院士长袍瞬间就沾满了烂泥和枯叶。

所有人已经抢步冲了上去，但是反应最快的到底还是夏博简本人。作为三魄贯通的强者，他不会把学院里的任何一个小鬼放在眼里。插手学生们的争斗，在他看来就已经是很掉份的一件事。

但是刚刚，苏唐那一拳若就这样打实了，道然那条小命真有可能原地报销。夏博简再顾惜身份，总也不能见死不救，何况还是他一路看着长大的亲外甥。他出手，举手间将苏唐弹开，化解得轻松写意，倒也丝毫没有堕了身份。再之后，路平蛮不讲理地猛扑上来，夏博简当然也没想着下什么重手，也是想弹指挥开，继续他的潇洒。却不料这一下却是踢着了铁板。路平刹那间爆发出的魄之力超乎他的想象，他毫无准备，即便是三魄贯通的强者，在那一瞬他所做出的应对也已经不足以完美回避或是防御了。

他摔倒了，虽然对手同样也是。但以他的身份和地位，对峡峰区那种落后小学院来的一个少年用上“对手”这种称呼就已经很降格了。现在竟然还弄成这样的平手，简直是输得一败涂地，输得他恼羞成怒。

脸色铁青的夏博简飞快从地上飘起，但是沾满了烂泥枯叶的院士长袍完全抹杀掉了他这一动作的潇洒。对他而言，一击就可以取了路平的性命。之前会被撞倒，全都因为始料未及，路平的魄之力因为有销魂锁魄的强制压迫，所以在被他偷出使用前向来是毫无存在的，即使是夏博简也完全感知不到。结果到了爆发时，他原以为足够的出手就已经不够。否则的话，那程度的魄之力，夏博简化解起来绰绰有余。

这亏吃得无疑会让人相当郁闷。偏偏双方地位又是如此悬殊，让夏博简此时不知如何是好。这么一个和他相比相去甚远的少年，他就算动手也无法挽回什么，反倒会因此更降身份。

好在还有道然。被他看着长大的外甥，飞快体会到了夏博简此时尴尬的境地。

“大胆！”他一声大喝，就代替夏博简冲了上去。是不是路平的对手，此时他一点都不担忧，舅舅就站在身后，还能让他吃亏不成？这一点，谁都想到了。

此时的路平，除了挨揍，别无选择。谁都明白他刚才对夏博简那一击只是侥幸，他并不是真有可以和三魄贯通强者抗衡的实力。但是路平却一点退缩的意思都没有，他看了一眼另一边刚刚被夏博简掀飞出去的苏唐，眼神中满是坚毅。

是墙，他就推倒墙；是树，他就掀翻树；是夏博简，他就打夏博简；是道然和夏博简一起？那也没问题，一起打！路平已经跃起，已经挥出了拳，他拼尽全力，销魂锁魄的锁链已经又一次要显现，结果就在这时忽然卷来了一阵劲风。

夏博简的脸色立即变了，比之前被路平撞翻时还要更难看一些。“退下！”他喝道，但是道然毫无知觉。难得有舅舅亲自到场撑腰，他正准备肆无忌惮地一雪前耻呢，他挥出的拳不会停下，因为他根本没意识到这一声“退下”是冲他来的。跟着他已被风卷到，他的人，连同他的拳劲一下子就消失了，连同他自己也被风吹走了。

路平的拳自然落空，他原本还准备拼尽全力的，结果他要攻击的目标，竟然突然被风吹跑了？

“什么情况啊？”桥诚，第四次发出这样的感慨。今天给道然来助拳，他算是大开眼界了，不可思议的事情那叫一个此起彼伏，这才过了多久啊？有没有一分钟啊？

风吹走了道然，场上却又来了一个人——楚敏，比起夏博简的出现还要不可思议。夏博简至少看起来是从天而降，看起来还有一个过程。但是楚敏，突然间就站在那儿了，没有人看到，也没有人感觉到。

酒鬼女人！在天照学院的学生眼中，楚敏是没有名字的，甚至直至前天，他们才知道楚敏除了喝酒以外还会做别的事：她是一位修者，而且好像还是实力非常强悍的修者，据说那天，她一招就完全制住了路平。

等等……这个酒鬼女人，一招制住了路平。夏博简却被路平给撞翻。以此对比，难道说这酒鬼女人比夏博简还要厉害吗？

不，不可能，当然不是这样。情况不同，怎能如此对比？夏博简老师是因为没太在意，而这女人是主动出手，肯定施展了全力才一招制住了路平，一定是这样的。

夏博简的学生们此时都在着急着为他们的导师辩驳，在理清了这么一个逻辑后，心里顿时踏实了不少。再然后，他们就看到他们的导师在和这酒鬼女人对峙着，那神情，相当的严肃，如临大敌一般。印象里，他们的导师即使是在院长云冲面前也是随意地谈笑风生，从来没有过这般模样。

“你……”夏博简刚说了一个字，但是紧跟着就有一道穿破力极强的女声，靠着鸣之魄力回荡在了天照学院的上空，将夏博简要说的话完全打断了——

“有没有人……来人哪！！！”温言努力控制好魄之力，终于是用鸣之魄喊出了这一声。

楚敏立即蹿了出去，夏博简的动作也没比她慢几分。其他人望着两个强者蹿出的背影，只觉得触目惊心，但是很快，有人发现了更令人吃惊的事。

“那女人的衣服……”走到石中天身边的桥诚说。

“是的……我注意到了……”石中天冲之魄贯通者，基本目力就很惊人。

一直以来，他们从来都没有注意过。因为这个酒鬼女人终日醉酒，十分邋遢，谁也不想接近她，自然也没人会去仔细留意她的衣着。但是此时，两个同去的背影，如此注视过去，一下子就有了比照：夏博简的院士长袍是沾了些东西，但此时早已经抖落了许多，眼下冲出，长袍飘舞，潇洒依旧；而楚敏的衣服看起来已经很旧，旧到连原本是什么颜色都已经看不出。她的速度不比夏博简慢，但衣服飘荡得就一点也不潇洒，而是张牙舞爪的，给人一种极不整齐的感觉。

但是，桥诚和石中天却都看出来了，楚敏身上这件破旧的长袍，和他们导师身上的长袍款式如出一辙。

“院士长袍……”桥诚咽着口水说着。

在天照学院，学生有年级的差别，导师也有身份的象征。导师中的优秀者，才可以被评为学院院士，享受更好的待遇和资源，并有资格穿上这身院士长袍。

“不只这样……”眼神更好的石中天接着说道。他一直在死盯着楚敏的后背，长袍正中的图案因为太久已经模样不清，但是当他施展起“辨视”看得更深入些时，总算还是可以看到，那背上的日照图案中，太阳内的一圈光晕。

一圈，就代表一。

“不只是院士，她是我们天照学院的……首席院士。”石中天再一次目瞪口呆，像发现苏唐的力量强化只是五倍力时那样。但是这次，至少他说出了结论：楚敏，天照学院首席院士。

首席，并不仅仅意味着能力，还意味着资历。云冲，固然是天照学院的院长，但在院士排位中，却只列第三席。第二席，就是桥诚、石中天他们的导师夏博简，比院长还高一席，这一直是他们引以为傲的一件事。但是天照学院的院士首席是谁？大家一直都不知道，好像根本没有这个人，导师们也都不会说起。而现在，桥诚和石中天看到了。

图书馆里的这个酒鬼女人，居然就是天照学院的首席院士。两人面面相觑，久久无法接受这一事实。

“你是不是看错了？”桥诚说。

石中天当然也希望自己看错了，可是就和“辨视”苏唐的力量强化时一样，这一次，他也足足检查了四遍。

没有错，就是一圈光晕。而他们导师夏博简的长袍后背上，是很清晰的两圈光晕。模样、走线、纹理，都是一样。所不同的只是一圈和二圈的区别，再就是酒鬼女人这长袍太旧太旧，旧到图案都快磨光了。

不可思议！两人在天照学院四年了，所遇到的震惊事还不如今天这一个午后来得多。如果把这当作是餐后甜点的话，真的是太辛辣太刺激了。

两人连忙也跟上了他们导师的脚步，路平扶起了苏唐，拣回了莫林后也一起跟上。至于其他人，此时都有点茫然了，尤其是那些带伤的三年级生。这事原本就是因为他们而起，可现在却好像发展到了一个他们完全无法参与的高度，他们已经完全沦为看客了。

还要不要继续跟上去围观？这成了眼下让他们纠结的问题。至于那些道然的小弟，在恍惚了一会后，突然意识到所有人是不是都忘了啥？

“道哥！道哥！”他们惊呼着，纷纷冲了出去。

图书馆，在这个日光最明亮的午后也一样昏暗。楚敏和夏博简对声音传出的方位判断得都极精准，很快两人就赶到了那房间外。夏博简犹豫了一下要去推门，结果楚敏毫不迟疑地已经抬腿一脚就把门给踹飞了。

夏博简皱眉，但是紧接着出现在他眼前的情景让他不由地一愣。不大的房间，未见有多凌乱。但挂在右边墙上的壁画却有多处被打烂，残留的魄之力让夏博简感到一丝熟悉的痕迹。

地上一摊血迹，还在向四下缓缓地扩散流淌着，触目惊心。一人趴在血泊当中，一动不动。旁边还倒着一个女生，夏博简认得是温言。

夏博简慌忙走上前，看到血泊中的少年原来不是他所想的洛停后，这才稍稍松了口气。但是一转头，却看到洛停就坐在左边的墙根下，脑袋耷拉着，好像随时要掉下来似的。不用上前查看，夏博简已经完全可以感知到，那是一具尸体，死得不能再死的尸体。

夏博简的脸色瞬间阴沉得可怕。洛停是他的学生，异能“气逐”就是在夏博简的指导下修炼出来的。这是夏博简本人引以为傲的一个异能，用途多端，评定达到了五级。在夏博简教导的那么多气之魄贯通的学生中，只有洛停一个人掌握了这一异能。对洛停，夏博简抱有很高期待，他相信这个学生的前途是不可估量的。

但是现在，他就这样被人扭断了脖子，无力地死在了墙根下。

是谁？夏博简已经怒到了极点，但他并没有急于展示自己的愤怒。向前又走了两步后，他飞快感知到了洛停的头发上、脸上残留着其他人的血迹。

气逐。夏博简施展起了这个他悉心指导洛停所掌握的异能，一瞬间就已经找到他所要找的目标，那么清晰，那么浓烈，那一地的血，都和洛停头上、脸上残留的十分吻合。倒在血泊中的少年右手上，也全是被洛停气之魄力击伤的痕迹。

就是这小子，和洛停交手，最终杀死了他！结果已经相当清晰了，于是夏博简毫不犹豫地一拂手，一道锐利之极的气刃打出。他准备直接斩断西凡的脖子，让这个还未断气的小子彻底断气。

却不料眼看就要击中的气刃忽然像撞着什么似的，啪一声就散开了。跟着就听“嗖嗖嗖嗖”接连不断的破空声，气刃四分五裂，在房间飞窜着，很快就在桌上、墙上诸多地方留下了十分锐利的划痕。

“你做什么？”夏博简望向站在门口的楚敏，挡下他这一击的，就是楚敏打出的一道气刃。

“应该我问你才对。”楚敏说。

“他杀了我的学生。”夏博简说。

“那一定是你的学生该死。”楚敏说。她明明也不清楚到底发生了什么，明明看到的也只是一个结果，但她的口气就是这样笃定。很霸道，蛮不讲理。

夏博简气极反笑，笑完才冷冷地道：“为什么我觉得是我的学生为了保护本学院的女生，最后被凶手杀死呢？”

“你想太多了。”楚敏说，依旧毫无证据，但她就敢这样理直气壮。

夏博简再次被气笑。“不可理喻。”他说着，已经不准备再和楚敏废话，他再一次运起魄之力，他倒要看看楚敏敢阻拦他到什么地步。

啪！碎裂的声音。楚敏手里总是拎着的酒瓶被她随手抛到了地上，摔得粉碎。她看着夏博简，很认真地看着，然后一字一句很严肃地告诉他：“你再乱来，我就打死你。”

天照学院的副院长夏博简，被人以“打死”相威胁，这恐怕是任何人做梦也无法想到的事，包括夏博简自己。

你敢！换作是面对其他任何人，夏博简恐怕早已经这样脱口而出。但是面对楚敏，他没有说，因为他知道，她真的敢。能不能打死那在其次，但这样的决心和勇气，楚敏一定有。

“你发什么疯……”他怒道，但是魄之力却都已经撤下，这句话，与其说是愤怒，倒不如说是在抱怨。

很多人在这时候相继赶到，不只是桥诚、石中天、路平他们，温言的喊声听到的人很多，闻声赶来的导师、学生很快将这小屋里外挤满。学院的医师也已经闻声赶来，还有院长云冲。现在大家所知道的，已经不只是温言那一声呐喊，而是洛停死了，似乎是被那天闯学院的山里学生给打死的。

闯学院的山里学生有四个啊，哪一个？有人不免要问。

那个女孩，她最生猛了。有人觉得。

是那个戴草帽的，那家伙手段特别多，感觉杀人很内行。有人认为。

是那个灰衣少年吧？能把洛停干掉，总得有值三十分的实力啊！有人肯定。

不,是那个一直被背着的,二分的少年啊！这才最终的真相,谁也没有想到的真相。

《天醒之路 1》完

tianxingzhilu
天醒之路

作者
蝴蝶蓝

总策划
朱家君

选题策划
熊 嵩

执行策划
李 徽

特约编辑
李 徽

流程校对
许斐然 刘 峰

封面绘画
karma

封面设计
李 婕

宣传营销
郭海洋

运营发行
常蓦尘

出版社
长江出版社

总出品
漫娱文化

平台支持
好漫画 GOOD 小说馆

图书在版编目（CIP）数据

天醒之路 . 1 / 蝴蝶蓝 著 .
—武汉 : 长江出版社，2016.6
ISBN 978-7-5492-4333-4
Ⅰ. ①天… Ⅱ. ①蝴… Ⅲ. ①长篇小说 - 中国 - 当代 Ⅳ. ① I247.5
中国版本图书馆 CIP 数据核字（2016）第 143869 号

天醒之路 1/ 蝴蝶蓝 著

出　　版	长江出版社 （武汉市解放大道 1863 号　邮政编码 : 430010）
出　　品	漫娱文化 （湖北省武汉市积玉桥万达写字楼 11 号楼 19 层　邮政编码 : 430060）
出 版 人	赵　冕
选题策划	长江出版社青春动漫编辑室
市场发行	长江出版社发行部
网　　址	http://www.cjpress.com.cn
责任编辑	冯　曼
特约编辑	李　徽
装帧设计	Yvonne
印　　刷	湖北新华印务有限公司
版　　次	2016 年 6 月第 1 版
印　　次	2016 年 10 月第 1 次印刷
开　　本	710mm × 1120mm　1 / 16
印　　张	18
字　　数	210 千字
书　　号	ISBN 978-7-5492-4333-4
定　　价	32.80 元

电话 : 027-82926557(总编室) 027-82926806（市场营销部）